LA
MUJER
DE LA
ESTRELLA
AZUL

PAM JENOFF

LA MUJER DE LA ESTRELLA AZUL

Editado por HarperCollins Ibérica, S.A.
Núñez de Balboa, 56
28001 Madrid

La mujer de la estrella azul
Título original: The Woman with the Blue Star
© 2021 by Pam Jenoff
© 2021, para esta edición HarperCollins Ibérica, S.A.
Publicada originalmente por Park Row Books
© Traductor del inglés, Carlos Ramos Malavé

Dirección de Arte: Kathleen Oudit | Ilustración Digital: Allan Davey
Diseño de cubierta: Elita Sidiropoulou
Imágenes da cubierta: © Magdalena Russocka/Trevillion Images (zapatos)

ISBN: 978-84-9139-704-5
Depósito legal: M-24274-2021

A mi shtetl... *Os estaré viendo.*

Prólogo

Cracovia, Polonia
Junio 2016

La mujer que tengo ante mí no es en absoluto a quien esperaba.
Diez minutos antes, me hallaba frente al espejo en la habitación del hotel, cepillándome la pelusa del puño de la blusa azul claro, ajustándome un pendiente de perlas. Notaba la repulsión crecer dentro de mí. Me había convertido en la clásica mujer de setenta y pocos años; pelo gris, corto y práctico, con un traje pantalón que ceñía mi cuerpo rollizo, más ajustado de lo que me habría quedado un año atrás.

Acaricié el ramo de flores frescas de la mesilla de noche, rojas, muy brillantes, envueltas en papel de estraza. Después me acerqué a la ventana. El hotel Wentzl, una mansión del siglo XVI restaurada, se encontraba en la esquina suroeste del Rynek, la inmensa plaza del mercado de Cracovia. Escogí esa ubicación de forma deliberada, me aseguré de que mi habitación tuviera las vistas adecuadas. La plaza, con su esquina meridional cóncava que le otorgaba la apariencia de un colador, era un hervidero de actividad. Los turistas peregrinaban entre las iglesias y los puestos de recuerdos del Sukiennice, la Lonja de los Paños, un enorme edificio rectangular que dividía la plaza. Los amigos se reunían en las cafeterías al aire libre para tomar algo después del trabajo en una cálida tarde de junio, mientras que los trabajadores que debían volver a casa se apresuraban con sus paquetes, mirando hacia las nubes oscuras que se acumulaban sobre el Castillo de Wawel, hacia el sur.

Yo había estado en Cracovia dos veces, la primera justo después de la caída del comunismo y después, en otra ocasión, años más tarde, cuando comencé de verdad mi búsqueda. De inmediato me cautivó la joya oculta que era aquella ciudad. Aunque me habían eclipsado los destinos turísticos de Praga y de Berlín, la Ciudad Vieja de Cracovia, con sus catedrales intactas y sus casas talladas en piedra y restauradas al diseño original, era una de las más elegantes de toda Europa.

La ciudad había cambiado mucho cada vez que iba, todo era más vivo y más nuevo; «mejor» a ojos de los ciudadanos, que habían sufrido muchos años de penurias y de recesión. Las casas grises habían sido pintadas con vibrantes tonos amarillos y azules, convirtiendo las calles antiguas en una versión de sí mismas digna de un decorado de película. Los ciudadanos eran, además, un claro ejemplo de contradicción: los jóvenes vestidos a la moda se paseaban hablando por sus teléfonos móviles, sin prestar atención a los aldeanos de las montañas que vendían jerséis de lana y queso de oveja en mantas tendidas en el suelo, o a una *babcia* envuelta en una bufanda que pedía monedas sentada en la acera. Bajo el escaparate de una tienda que ofrecía planes de wifi e Internet, las palomas picoteaban los duros adoquines de la plaza del mercado como llevaban siglos haciendo. Bajo toda aquella modernidad y elegancia, la arquitectura barroca de la Ciudad Vieja resplandecía desafiante, una historia que no podía ignorarse.

Pero no era la historia lo que me había llevado hasta allí, o al menos no esa historia.

Cuando el trompetista de la torre de la iglesia Mariacki comenzó a tocar el Hejnał, señalando la hora, contemplé la esquina noroeste de la plaza, esperando a que la mujer apareciera a las cinco, como había hecho cada día. No la vi, y me pregunté si tal vez no acudiría ese día, en cuyo caso, yo habría recorrido medio mundo en vano. El primer día, quise asegurarme de que era la persona indicada. El segundo, me propuse hablar con ella, pero me faltó arrojo. Al día siguiente, tomaría un avión de vuelta a mi casa en Estados Unidos. Aquella era mi última oportunidad.

Al final apareció, doblando la esquina de una farmacia, con el paraguas cerrado debajo del brazo. Atravesó la plaza con una velocidad sorprendente para ser una mujer de unos noventa años. No iba encorvada; tenía la espalda recta. Llevaba la melena blanca recogida en un moño alto descuidado, pero algunos mechones se le habían soltado y se mecían libres, enmarcándole el rostro. En contraste con mi indumentaria sobria, ella vestía una falda de colores alegres con un estampado muy llamativo. Aquel vivo tejido parecía ondularle en los tobillos con ritmo propio mientras caminaba, y casi pude oír el roce de aquel susurro.

Su rutina me resultaba familiar, la misma de los dos días anteriores, cuando la observaba acercarse al Café Noworolski y pedir la mesa más alejada de la plaza, protegida del bullicio y del ruido por la profunda arcada de acceso al edificio. La última vez que fui a Cracovia, seguía buscando. Ahora ya sabía quién era y dónde encontrarla. Lo único que me quedaba por hacer era reunir el valor y bajar.

La mujer ocupó una silla en su mesa habitual de la esquina y abrió un periódico. Ella no tenía ni idea de que estábamos a punto de conocernos, o ni siquiera de que yo estaba viva.

De lejos me llegó el rumor de un trueno. Comenzaron entonces a caer unas gotas, salpicando los adoquines como lágrimas negras. Tenía que darme prisa. Si la terraza de la cafetería cerraba y la mujer se marchaba, yo habría perdido todo lo que había ido a buscar.

Oí las voces de mis hijos, diciéndome que era demasiado peligroso viajar tan lejos yo sola a mi edad, que no había motivo, que no descubriría nada nuevo allí. Que debería marcharme e irme a casa. A nadie le importaría.

Excepto a mí... y a ella. Oí su voz en mi cabeza, tal como me imaginaba que sería, recordándome qué era lo que había acudido a buscar.

Me armé de valor, tomé el ramo de flores y salí de la habitación.

Una vez fuera, comencé a atravesar la plaza. Entonces me detuve otra vez. Las dudas me asaltaban. ¿Por qué había llegado hasta allí? ¿Qué estaba buscando? Me obligué a seguir con cierta terquedad, sin sentir los enormes goterones que me mojaban la ropa y el pelo. Llegué hasta la cafetería, me abrí paso entre las mesas de clientes que se apresuraban a pagar la cuenta para marcharse antes de que arreciase la lluvia. Al aproximarme a la mesa, la mujer del pelo blanco levantó la mirada del periódico. Abrió mucho los ojos.

Teniéndola ahora tan cerca, le veo la cara. Lo veo todo. Me quedo inerte, congelada.

La mujer que tengo ante mí no es en absoluto a quien esperaba.

1

Sadie

Cracovia, Polonia
Marzo 1942

Todo cambió el día en que vinieron a por los niños.

Se suponía que yo debería haber estado en la cámara del ático del edificio de tres plantas que compartíamos con una docena de familias en el gueto. Mi madre me ayudaba a esconderme allí cada mañana antes de marcharse a trabajar en la fábrica, dejándome con un cubo limpio a modo de retrete tras advertirme que no debía salir de allí. Pero a mí me entraba frío y me ponía nerviosa allí sola, en ese espacio diminuto y gélido en el que no podía correr, ni moverme, ni siquiera ponerme de pie. Los minutos pasaban en silencio, apenas interrumpido por unos arañazos: niños invisibles, más jóvenes que yo, escondidos al otro lado de la pared. Los mantenían separados unos de otros, sin espacio para correr y jugar. No obstante, se enviaban mensajes entre ellos mediante golpecitos y arañazos en la pared, como una especie de código morse improvisado. A veces, aburrida como estaba, participaba yo también.

—La libertad está donde la encuentras —solía decir mi padre cuando me quejaba. Papá veía el mundo tal y como deseaba verlo—. La mayor prisión está en nuestra mente. —Para él era fácil de decir. Aunque el trabajo manual en el gueto distaba mucho de su profesión como contable antes de la guerra, al menos él podía salir por ahí cada día y ver a otras personas. No estaba enjaulado como yo. Apenas me había movido de nuestro edificio desde que nos vimos obligados a abandonar seis meses atrás nuestro apartamento en el Barrio Judío, cerca del centro de la ciudad, para trasladarnos al vecindario de Podgórze, donde habían establecido el gueto, en la orilla sur del río. Quería llevar una vida normal, mi vida, ser libre para correr más allá de los muros del gueto y visitar los lugares que antes frecuentaba y no sabía valorar. Me imaginaba tomando el tranvía para ir a las tiendas del Rynek, o al *kino* a ver una película, o a explorar las colinas frondosas de las afueras de la ciudad. Deseaba que al menos mi mejor amiga, Stefania, fuera una de las que estaban escondidas allí cerca. Pero ella vivía en un apartamento distinto, en el otro extremo del gueto, destinado a las familias de la policía judía.

Sin embargo, no eran el aburrimiento ni la soledad los que me habían sacado de mi escondite aquel día, sino el hambre. Siempre había tenido mucho apetito y la ración del desayuno aquella mañana había consistido en media rebanada de pan, menos incluso de lo habitual. Mi madre me había ofrecido su porción, pero sabía que ella necesitaba estar fuerte para encarar el largo día de trabajo en la fábrica.

A medida que transcurría la mañana en mi escondite, empezó a dolerme el estómago por el hambre. Se agolparon en mi mente, sin yo buscarlas, las imágenes de toda la comida que disfrutábamos antes de la guerra: la riquísima sopa de champiñones y el *borscht*, los *pierogi*, las sabrosas bolas de masa hervida que preparaba mi abuela. A media mañana, me sentía tan debilitada por el hambre que me había atrevido a salir de mi escondite y a bajar a la cocina que compartíamos en la planta baja, que en realidad no era más que una única hornilla y un fregadero de cuyo grifo goteaba un agua tibia y amarronada. No iba en busca de comida porque, aunque hubiera quedado algo, jamás se me ocurriría robar. En su lugar, quería ver si quedaban migas en el armario y llenarme el estómago con un vaso de agua.

Me quedé en la cocina más tiempo del que debería, leyendo el ejemplar manoseado del libro que había llevado conmigo. Lo que más detestaba de mi escondite del ático era el hecho de que estaba demasiado oscuro para leer. Siempre me había gustado mucho leer y mi padre había llevado todos los libros que pudo de nuestro apartamento al gueto, pese a las protestas de mi madre, que decía que necesitábamos el espacio en nuestras maletas para guardar ropa y comida. Era mi padre quien había alimentado mis ganas de aprender y mi sueño de estudiar Medicina en la Universidad Jagiellonian antes de que las leyes alemanas lo imposibilitaran, primero al prohibir la entrada a los judíos y después al cerrar la universidad por completo. Incluso en el gueto, al finalizar sus largas jornadas de trabajo, a mi padre le encantaba enseñarme cosas y discutir ideas conmigo. Además, hacía pocos días me había conseguido, no sé cómo, un libro nuevo, *El conde de Montecristo*. Pero el escondite del ático estaba demasiado oscuro para leer y apenas tenía tiempo por las tardes antes del toque de queda y el apagado de las luces. «Solo un poco más», me dije a mí misma mientras pasaba la página en la cocina. No sucedería nada por unos pocos minutos.

Acababa de terminar de lamer el cuchillo sucio del pan cuando oí el chirrido de los neumáticos en la calle, seguido de voces alzadas. Me quedé petrificada y casi se me cayó el libro. Las SS y la Gestapo estaban fuera, flanqueadas por la malvada Jüdischer Ordnungsdienst, la policía del gueto judío, que obedecía sus órdenes. Se trataba de una *aktion*, la detención súbita e inesperada de grandes grupos de judíos para llevárselos del gueto a los campos de prisioneros. Precisamente la razón por la que debería haberme quedado escondida. Salí corriendo de la cocina, atravesé el recibidor y subí las escaleras. Desde abajo me llegó el fuerte estruendo de la puerta de entrada al edificio al astillarse, y después la irrupción de la policía. Me sería imposible regresar al ático a tiempo.

En su lugar, corrí hasta nuestro apartamento, situado en el tercer piso. El corazón me latía desbocado mientras miraba a mi alrededor, en busca de algún armario o cualquier otro mueble apto para esconderme en aquella diminuta estancia, que no tenía casi nada salvo una cómoda y la cama. Sabía que había otros lugares, como la falsa pared de yeso que una de las otras familias había construido en el edificio adyacente hacía menos de una semana. Pero también eso estaba demasiado lejos y me sería imposible llegar. Me fijé en el enorme baúl situado a los pies de la cama de mis padres. Mi madre me había enseñado a esconderme allí en una ocasión, poco después de trasladarnos al gueto. Practicábamos como si fuera un juego, mi madre abría el baúl para que yo pudiera meterme antes de que cerrara la tapa.

El baúl era un escondite pésimo, a la vista de todos y en medio de la habitación. Pero no tenía otro sitio al que ir. Tenía que intentarlo. Corrí hacia la cama y me metí en el baúl, después cerré la tapa con esfuerzo. Di gracias al cielo por ser pequeñita como mi madre. Nunca me había gustado ser tan pequeña, lo que me hacía aparentar dos años menos de los que en realidad tenía. Pero en ese momento me pareció una bendición, así como el triste hecho de que los meses de raciones escasas en el gueto me hubieran hecho adelgazar. Seguía cabiendo en el baúl.

Cuando ensayábamos, imaginábamos que mi madre ponía una manta o algo de ropa por encima del baúl. Como era lógico, no podía hacer eso yo misma. Así que el baúl se quedó ahí, a la vista de cualquiera que entrara en la habitación y lo abriera. Me hice un ovillo y me rodeé con los brazos, palpé en la manga el brazalete blanco con la estrella azul que nos obligaban a llevar a todos los judíos.

Oí un golpe muy fuerte en el edificio de al lado, el ruido del yeso al romperse con un hacha o un martillo. La policía había encontrado el escondite de detrás de la pared, al que delataba la pintura demasiado reciente. Me llegó un llanto desconocido cuando

16

encontraron a un niño, al que sacaron a rastras de su escondite. Si hubiera ido allí, me habrían atrapado también.

Alguien se aproximó a la puerta del apartamento y la abrió de golpe. Se me encogió el corazón. Oía una respiración, casi podía sentir los ojos que inspeccionaban la estancia. «Lo siento, mamá», pensé, anticipando su reproche por haber salido del ático. Me preparé para ser descubierta. ¿Serían más benévolos conmigo si salía y me entregaba voluntariamente? Las pisadas se alejaron cuando el alemán continuó por el pasillo, deteniéndose ante cada puerta para buscar.

La guerra había llegado a Cracovia un cálido día de otoño de hacía dos años y medio, cuando sonaron por primera vez las sirenas antiaéreas, que hicieron que los niños que jugaban en la calle salieran huyendo. La vida fue complicándose antes de empeorar. Desapareció la comida y teníamos que hacer largas colas para obtener los suministros más básicos. En una ocasión pasamos una semana entera sin pan.

Más tarde, hace cosa de un año, siguiendo órdenes del Gobierno General, llegaron miles de judíos a Cracovia, procedentes de pequeños pueblos y aldeas, desconcertados y cargando a la espalda con sus posesiones. Al principio me pregunté cómo encontrarían todos ellos un lugar donde quedarse en Kazimierz, el barrio judío de la ciudad, ya de por sí sobrepoblado. Pero los recién llegados se vieron obligados por decreto a vivir en la parte abarrotada del distrito industrial de Podgórze, al otro lado del río, que había sido aislado por un alto muro. Mi madre colaboraba con la *Gmina*, la organización de la comunidad judía local, para ayudarles a buscar un hogar, y con frecuencia teníamos a amigos de amigos comiendo en casa cuando llegaban a la ciudad, antes de marcharse al gueto para siempre. Contaban historias de sus pueblos, historias demasiado horribles para ser ciertas, y mi madre me echaba de la sala para que no las oyera.

Varios meses después de la creación del gueto, nos ordenaron trasladarnos a nosotros también. Cuando me lo dijo mi padre, no me lo podía creer. No éramos refugiados, sino residentes de Cracovia; llevábamos toda mi vida viviendo en nuestro apartamento de la calle Meiselsa, que era la ubicación perfecta: en la linde del Barrio Judío, pero se podía ir andando al centro de la ciudad y además estaba cerca de la oficina de mi padre, en la calle Stradomska, de modo que podía venir a casa a comer. Nuestro apartamento se hallaba sobre una cafetería adyacente donde un pianista tocaba todas las noches. A veces la música llegaba hasta casa y mi padre bailaba con mi madre en la cocina al compás de la melodía. Pero, según las órdenes, los judíos eran judíos. Un día. Una maleta cada uno. Y el mundo tal y como lo conocía desapareció para siempre.

Me asomé por la fina rendija del baúl, tratando de examinar la pequeña estancia que compartía con mis padres. Sabía que podíamos considerarnos afortunados de disponer de una habitación entera para nosotros, un privilegio que nos concedieron porque mi padre era capataz. A otros les obligaban a compartir apartamento, a veces había dos o tres familias juntas. Aun así, el espacio me parecía diminuto en comparación con nuestro verdadero hogar. No hacíamos más que chocarnos entre nosotros; las escenas, los sonidos y los olores de la vida diaria se magnificaban.

—*Kinder, raus!* —gritaba la policía una y otra vez mientras recorrían los pasillos. «Niños, fuera». No era la primera vez que los alemanes acudían en busca de niños durante el día, sabiendo que sus padres estarían trabajando.

Pero yo ya no era una niña. Tenía dieciocho años y podría haberme unido al servicio de trabajo como otros de mi edad e incluso varios años más jóvenes. Los veía colocarse en fila cada mañana cuando pasaban lista, antes de marcharse a una de las fábricas. Y yo quería trabajar, aunque sabía que era algo duro y horrible, porque veía que mi padre ahora caminaba despacio, con dolor, encorvado como un anciano, y a mi madre le sangraban las manos de tanto trabajar. Pero el trabajo suponía una oportunidad de salir y ver y hablar con gente. Mi ocultamiento era un tema de debate entre mis padres. Mi padre pensaba que yo debía trabajar. Las tarjetas de trabajo estaban muy cotizadas en el gueto. Los trabajadores estaban bien valorados y era menos probable que los deportaran a uno de los campos de prisioneros. Pero mi madre, que no solía llevarle la contraria a mi padre en nada, lo tenía prohibido. «No aparenta la edad que tiene. El trabajo es demasiado duro. Está más segura escondida». Escondida ahora en el baúl, a punto de ser descubierta en cualquier momento, me preguntaba si mi madre seguiría pensando que llevaba razón.

El edificio quedó al fin en silencio, se desvanecieron las horribles pisadas. Aun así, no me moví. Esa era una de las maneras en que atrapaban a los que se escondían, fingiendo marcharse, pero en realidad se quedaban a la espera. Permanecí inmóvil, sin atreverme a salir de mi escondite. Me dolían los brazos y las piernas, después se me entumecieron. No sabía cuánto tiempo había transcurrido. A través de una rendija, observé que la habitación estaba más oscura, como si el sol hubiera descendido un poco.

Algún tiempo más tarde, volví a oír pasos, pero esta vez era el arrastrar de pies de los obreros, que regresaban callados y exhaustos, después del día de trabajo. Traté de salir del baúl, pero tenía los músculos rígidos y doloridos y mis movimientos eran lentos. Antes de poder salir, se abrió de golpe la puerta de nuestro apartamento y alguien entró corriendo en la sala con pasos ligeros y nerviosos.

—¡Sadie! —Era mi madre, que parecía histérica.

—*Jestem tutaj* —respondí. «Estoy aquí». Ahora que ya estaba en casa, podría ayudarme a salir de allí, pero el baúl amortiguaba mi voz. Cuando intenté quitar el cerrojo, se atascó.

Mi madre volvió a salir corriendo al pasillo. La oí abrir la puerta del ático, subir después las escaleras, buscándome aún.

—¡Sadie! —gritó—. Mi niña, mi niña —exclamaba una y otra vez mientras buscaba sin encontrarme. Pensaba que me habían llevado.

—¡Mamá! —chillé. Sin embargo, estaba demasiado lejos para oírme, y sus propios gritos eran demasiado fuertes. Desesperada, me esforcé una vez más por salir del baúl, pero sin éxito. Mi madre regresó a la habitación, gritando aún. Oí el chirrido de una ventana al abrirse. Al fin me lancé contra la tapa del baúl, empujando con el hombro con tanta fuerza que me hice daño. El cerrojo se abrió de golpe.

Me liberé y me puse en pie de un brinco.

—¿Mamá? —La vi de pie en una postura muy extraña, con un pie en el alféizar de la ventana, la silueta de su cuerpo esbelto se dibujaba sobre el cielo frío del crepúsculo—. ¿Qué estás haciendo? —Por un segundo pensé que me estaba buscando allí fuera. Pero tenía el rostro descompuesto por el dolor y la pena. Supe entonces por qué estaba en el alféizar de la ventana. Había dado por hecho que me habían llevado junto con los demás niños. Y no quería vivir. Si no hubiera conseguido salir del baúl a tiempo, habría saltado. Yo era su única hija, su mundo. Ella estaba dispuesta a suicidarse antes que seguir viviendo sin mí.

Me recorrió un escalofrío mientras avanzaba hacia ella.

—Estoy aquí, estoy aquí. —Se tambaleó sobre el alféizar y la agarré del brazo para evitar que cayera. Me sentí arrepentida. Quería complacerla siempre, ver asomar a su hermoso rostro aquella sonrisa esquiva. Y ahora le había causado tanto dolor que había estado a punto de hacer lo impensable.

—Estaba muy preocupada —me dijo tras ayudarla a bajar del alféizar y cerrar la ventana. Como si eso fuese explicación suficiente—. No estabas en el ático.

—Pero, mamá, me he escondido donde tú me dijiste —le expliqué señalando el baúl—. El otro escondite, ¿recuerdas? ¿Por qué no me has buscado ahí?

Mi madre pareció desconcertada.

—Pensé que ya no cabrías ahí dentro. —Hizo una pausa y después ambas empezamos a reírnos; aquel sonido estridente parecía estar fuera de lugar en aquella mísera habitación. Durante unos segundos fue como si estuviéramos otra vez en nuestro viejo apartamento de la calle Meiselsa y nada de aquello hubiera ocurrido. Si aún podíamos reírnos, sin duda todo saldría bien. Me aferré a aquel último pensamiento improbable como si fuera un salvavidas en el mar.

Pero resonó entonces un grito por el edificio, después otro, y dejamos de reírnos. Eran las madres de los otros niños a quienes sí se había llevado la policía. Se oyó un golpe seco en el exterior. Quise dirigirme hacia la ventana, pero mi madre me cortó el paso.

—No mires —me ordenó, pero ya era demasiado tarde. Vi a Helga Kolberg, que vivía al final del pasillo, tendida inmóvil en la nieve manchada de carbón, sobre la acera, con los brazos y las piernas en una posición rara y la falda extendida a su alrededor como un abanico. Se había dado cuenta de que sus hijos no estaban y, al igual que mi madre, no quiso seguir viviendo sin ellos. Me pregunté si lo de saltar por la ventana sería un instinto que compartían o si lo tendrían ya hablado, como una especie de pacto de suicidio en caso de que su peor pesadilla se hiciera realidad.

Mi padre entró corriendo entonces en la habitación. Ni mi madre ni yo dijimos una palabra, pero por su semblante sombrío imaginé que ya sabría lo de la *aktion* y lo que les había ocurrido a las demás familias. Se limitó a acercarse y a rodearnos a ambas con sus enormes brazos, apretándonos con más fuerza de lo habitual.

Nos quedamos allí callados, muy quietos. Miré a mis padres. Mi madre era una auténtica belleza: grácil y elegante, con la melena de un rubio clarísimo, como el cabello de una princesa nórdica. No se parecía en nada a las demás mujeres judías y, en más de una ocasión, yo había oído rumores que aseguraban que no provenía de aquí. Podría haberse marchado del gueto y haber vivido como una no judía de no ser por nosotros. Pero yo me parecía a mi padre, con el pelo oscuro y rizado, y una piel bronceada que hacía innegable el hecho de que éramos judíos. Mi padre tenía el aspecto del obrero en el que los alemanes le habían convertido en el gueto, ancho de hombros y capaz de levantar grandes tuberías o planchas de hormigón. De hecho, era contable, o lo había sido hasta que su empresa lo despidió por ser ilegal tenerlo contratado. Yo quería siempre complacer a mi madre, pero mi aliado era mi padre, el que me guardaba los secretos y alimentaba mis sueños, el que se quedaba despierto hasta tarde susurrándome secretos en la oscuridad y había recorrido la ciudad conmigo en busca de tesoros. Me acerqué más, tratando de perderme en la seguridad de su abrazo.

Aun así, los brazos de mi padre ofrecían un cobijo exiguo frente al hecho de que todo estaba cambiando. El gueto, pese a sus horribles condiciones, antes nos parecía relativamente seguro. Vivíamos entre judíos y los alemanes incluso habían designado un consejo judío, el *Judenrat*, para encargarse de los asuntos del día a día. Tal vez si pasábamos inadvertidos y obedecíamos, decía mi padre en más de una ocasión, los alemanes nos dejarían en paz entre nuestras cuatro paredes hasta que terminara la guerra. Esa había sido nuestra esperanza. Sin embargo, después de lo de aquel día, ya no estaba tan segura. Contemplé el apartamento, embargada por el miedo y la repulsión a partes iguales. Al principio no había querido estar allí; ahora me aterrorizaba que nos obligaran a marcharnos.

—Tenemos que hacer algo —dijo de pronto mi madre con un tono más agudo de lo habitual, dando voz a aquello que yo misma estaba pensando.

—Mañana la llevaré y la registraré para solicitar un permiso de trabajo —respondió mi padre. Esta vez mi madre no le discutió. Antes de la guerra, ser una niña era algo bueno. Pero, ahora, ser útil y poder trabajar era lo único que tal vez pudiera salvarnos.

Sin embargo, mi madre no estaba hablando solo de un permiso de trabajo.

—Volverán a venir y, la próxima vez, quizá no tengamos tanta suerte. —No se molestó en medir sus palabras delante de mí.

22

Asentí sin decir nada. Una voz en mi cabeza me decía que las cosas estaban cambiando. No podíamos quedarnos allí para siempre.

—Todo saldrá bien, *kochana* —dijo mi padre con voz pausada. ¿Cómo podía decir algo así? Pero mi madre apoyó la cabeza en su hombro, parecía confiar en él como había hecho siempre. Yo también quise creerlo—. Ya se me ocurrirá algo —añadió mientras nos estrechaba entre sus brazos—. Por lo menos, seguimos juntos. —Sus palabras recorrieron la habitación como una promesa, pero también como una plegaria.

2

Ella

Cracovia, Polonia
Junio 1942

Era una cálida tarde de principios de verano cuando atravesé la plaza del mercado, abriéndome paso entre los puestos de olorosas flores que se hallaban a la sombra de la Lonja de los Paños, ofreciendo ramos vistosos y coloridos que pocos tenían el dinero o la inclinación de comprar. Las terrazas de las cafeterías, no tan abarrotadas como lo habrían estado en otro tiempo en una tarde tan agradable, seguían abiertas y hacían negocio sirviendo cerveza a los soldados alemanes y a los pocos imprudentes que se atrevieran a acompañarlos. Si una no prestaba atención, podría parecer que nada había cambiado en absoluto.

Sin embargo, por supuesto, había cambiado todo. Cracovia era una ciudad ocupada por los alemanes desde hacía casi tres años. Las banderas rojas con esvásticas negras en su centro ondeaban en el Sukiennice, la alargada Lonja de los Paños situada en medio de la plaza, así como en la torre de ladrillo del Ratusz, o ayuntamiento. El Rynek había pasado a llamarse Adolf-Hitler-Platz y los nombres polacos de las calles, con siglos de antigüedad, pasaron a ser Reichsstrasse, Wehrmachtstrasse y cosas así. Hitler había designado Cracovia como sede del Gobierno General y la ciudad estaba atestada de agentes de las SS y demás soldados alemanes, matones que recorrían las aceras en fila de tres o cuatro, obligando a los demás viandantes a apartarse de su camino y acosando a voluntad a los polacos. En la esquina había un chico en pantalones cortos que vendía el *Krakauer Zeitung*, el periódico de propaganda alemana que había sustituido a nuestro propio periódico. «Bajo el rabo», lo llamaban los ciudadanos entre susurros irreverentes, insinuando que solo servía para limpiarse el trasero.

Pese a lo horrible de aquellos cambios, seguía siendo agradable salir y sentir el calor del sol en la cara, estirar las piernas en una tarde tan hermosa. Había recorrido las calles de la Ciudad Vieja cada día de mis diecinueve años de vida, desde que tenía uso de razón, primero con mi padre, cuando era pequeña, y después yo sola. Sus atracciones eran la topografía de mi vida, desde la puerta y la fortaleza medievales barbacanas situadas al final de la calle Floriańska hasta el castillo Wawel, ubicado en lo alto de una colina con vistas al río Wisła. Me parecía que pasear era lo único que ni el tiempo ni la guerra podían arrebatarme.

Sin embargo, no me detenía en las cafeterías. En otra época tal vez me hubiera sentado con mis amigos, habría pasado el rato riendo y charlando mientras el sol se ponía y se encendían las luces por la noche, proyectando halos amarillos sobre las aceras. Pero ya no había luces brillantes al anochecer, todo permanecía a media luz por decreto alemán para camuflar la ciudad frente a un posible ataque aéreo. Y ninguno de mis conocidos tampoco hacía ya planes para quedar. La gente salía menos, me recordaba a mí misma con frecuencia al observar cómo las invitaciones que antes abundaban habían quedado reducidas a nada. Muy pocos podían comprar suficiente comida con las cartillas de racionamiento como para tener invitados en casa. Todos estábamos más centrados en nuestra propia supervivencia y tener invitados era un lujo que apenas podíamos permitirnos.

Aun así, sentí la punzada de la soledad. Mi vida era muy tranquila sin Krys, y me habría gustado poder sentarme a charlar con amigos de mi misma edad. Dejé a un lado aquel sentimiento y rodeé de nuevo la plaza, observando los escaparates, que mostraban prendas y otras mercancías que casi nadie podía permitirse ya. Cualquier cosa con tal de retrasar el momento de volver a la casa donde vivía con mi madrastra.

Pero era absurdo permanecer en la calle mucho más tiempo. De sobra era sabido que los alemanes paraban a la gente para interrogarla e inspeccionarla cada vez con más frecuencia al caer la noche, y el toque de queda se acercaba. Abandoné la plaza y comencé a recorrer la gran calzada de la calle Grodzka en dirección a la casa que se hallaba a pocos pasos del centro de la ciudad donde había vivido toda mi vida. Después me metí por la calle Kanonicza, un camino antiguo y serpenteante cuyos adoquines habían quedado desgastados por el paso del tiempo. Pese al hecho de que temía el encuentro con mi madrastra, Ana Lucia, me tranquilizó ver la amplia casa señorial que compartíamos. Con su fachada de color amarillo chillón y sus macetas de flores bien cuidadas en las ventanas, era más agradable que cualquier otra cosa que los alemanes considerasen apropiada para un polaco. En otras circunstancias, sin duda habría sido confiscada para algún oficial nazi.

De pie frente a la casa, los recuerdos de mi familia se agolparon ante mis ojos. Las imágenes de mi madre, que había muerto de gripe cuando yo era muy pequeña, eran las más borrosas. Yo era la pequeña de cuatro hijos y tenía celos de mis hermanos, que pudieron disfrutar muchos años de nuestra madre, a la que yo apenas había conocido. Mis hermanas estaban las dos casadas, una con un abogado en Varsovia y la otra con un capitán de barco en Gdansk.

Pero a quien más echaba de menos era a mi hermano, Maciej, que era casi de mi edad. Aunque me sacaba ocho años, siempre había encontrado tiempo para jugar y hablar conmigo. Era distinto a las demás. No le interesaba el matrimonio ni las opciones profesionales que mi padre quería para él. Así que a los diecisiete años huyó a París, donde vivía con un hombre llamado Phillipe. Por supuesto, Maciej no había escapado al largo brazo de los nazis. Ahora también controlaban París, oscureciendo lo que él antes llamaba la Ciudad de la Luz. Pese a todo, sus cartas seguían siendo optimistas y yo albergaba la esperanza de que allí las cosas estuvieran al menos un poco mejor.

Durante años, después de la marcha de mis hermanos, estuve sola con mi padre, a quien siempre había llamado Tata. Entonces comenzó a viajar cada vez con más frecuencia a Viena con motivo de su negocio de imprenta. Un día regresó con Ana Lucia, con quien se había casado sin decírmelo. Desde la primera vez que la vi supe que la odiaría. Llevaba un grueso abrigo de piel con la cabeza del animal todavía prendida alrededor del cuello. Los ojos de la pobre criatura me miraban de forma patética, llenos de recriminación. El olor de su fortísimo perfume de jazmín se me metió por la nariz cuando me besó en la mejilla sin llegar a tocarme, y su respiración me pareció casi un bufido. Me di cuenta, por su manera distante de tratarme, de que no me quería allí, de que yo era como un mueble que hubiera escogido otra persona, algo que le habían encasquetado porque venía con la casa.

Cuando estalló la guerra, Tata decidió renovar su puesto en el ejército. A su edad, desde luego no tenía que ir al frente. Sin embargo sirvió por su sentido del deber, no solo hacia el país, sino hacia los soldados jóvenes, que no eran más que muchachos, algunos de los cuales ni siquiera habían nacido la última vez que Polonia estuvo en guerra.

El telegrama había llegado de repente: *desaparecido, se le supone muerto en el frente oriental*. Me ardían los ojos al pensar en Tata, el dolor era tan intenso como el día en que nos enteramos de la noticia. A veces soñaba que había sido capturado y que regresaría junto a nosotras después de la guerra. Otras veces me sentía furiosa: ¿cómo podía haber acudido al frente y haberme dejado sola con Ana

Lucia? Ella era como la madrastra perversa de algún cuento infantil, solo que peor, porque era real.

Llegué hasta el portón de roble de medio punto de nuestra casa y me dispuse a girar el picaporte de latón, pero me detuve al oír bullicio en el interior. Ana Lucia tenía visita otra vez.

Las fiestas de mi madrastra siempre eran escandalosas. *«Soirees»*, las llamaba, haciendo que parecieran algo más elegante de lo que eran. Consistían en la poca comida decente que pudiera encontrarse en ese momento, junto con varias botellas de vino de la bodega de mi padre, cada vez más esquilmada, y algo de vodka del congelador, aguado generosamente para que durase más. Antes de la guerra, tal vez me hubiera sumado a sus fiestas, que estaban llenas de artistas, músicos e intelectuales. Me encantaba escuchar sus acalorados debates, se quedaban discutiendo ideas hasta bien entrada la madrugada. Pero esas personas ya no estaban, habían huido a Suiza o a Inglaterra en el mejor de los casos, los menos afortunados habían sido arrestados y enviados lejos de allí. Esos invitados habían sido sustituidos por otros de la peor calaña: alemanes, cuanto más alto el rango, mejor. Ana Lucia era sobre todo una mujer pragmática. Ya desde el comienzo de la guerra se había dado cuenta de la necesidad de convertir en amigos a nuestros captores. Ahora, cada fin de semana la mesa se llenaba de brutos de cuello ancho que apestaban nuestra casa con el humo de sus puros y ensuciaban nuestras alfombras con sus botas manchadas de barro, que no se molestaban en limpiarse al llegar.

Al principio, Ana Lucia aseguraba que estaba fraternizando con los alemanes para obtener información sobre mi padre. Eso era en los primeros días, cuando aún albergábamos la esperanza de que pudiera estar preso o desaparecido en combate. Pero después recibimos la noticia de que había muerto y ella siguió relacionándose con los alemanes más incluso que antes. Era como si, libre de la farsa del matrimonio, pudiera mostrarse tan horrible como deseaba ser.

Por supuesto, no me atrevía a recriminarle sus vergonzosas actividades. Dado que mi padre había sido declarado muerto y no había dejado testamento, la casa y todo su dinero pasarían a estar legalmente a su nombre. No dudaría en echarme si le causaba problemas, en sustituir el mueble que nunca había deseado tener allí. No me quedaría nada. De modo que yo iba con cuidado. A Ana Lucia le gustaba recordarme con frecuencia que, gracias a sus buenas relaciones con los alemanes, podíamos permanecer en nuestra bonita casa, con comida suficiente y los sellos adecuados en nuestras *Kennkarten* para permitirnos movernos con libertad por la ciudad.

Me aparté de la puerta de entrada. Desde la acera, miré tristemente a través de la ventana frontal de nuestra casa y vi la cristalería y la porcelana que me eran tan familiares. Sin embargo no vi a los terribles desconocidos que ahora disfrutaban de nuestras posesiones. En su lugar, recordé imágenes de mi familia: yo queriendo jugar a las muñecas con mis hermanas mayores, mi madre regañando a Maciej por romper cosas cuando me perseguía en torno a la mesa. Cuando eres joven, esperas que la familia en la que naces sea tuya para siempre. El tiempo y la guerra habían dejado claro que eso no era así.

Como los invitados de Ana Lucia me daban más miedo que el toque de queda, di la espalda a la casa y comencé a caminar de nuevo. No sabía bien hacia dónde me dirigía. Casi había oscurecido y los parques estaban prohibidos para los polacos comunes, al igual que casi todas las buenas cafeterías, los restaurantes y los cines. Mi indecisión en aquel momento parecía reflejar mi vida, atrapada en una especie de tierra de nadie. No tenía ningún sitio al que ir, y nadie con quien ir. Viviendo en la Cracovia ocupada, me sentía como un pájaro enjaulado, capaz de volar solo un poquito, pero siempre consciente de que está atrapado.

Tal vez no hubiera sido así si Krys siguiera aún allí, pensé mientras me encaminaba de vuelta hacia el Rynek. Me imaginé un mundo diferente en el que la guerra no le hubiera obligado a marcharse. Nosotros estaríamos planeando nuestra boda, tal vez incluso nos hubiéramos casado ya.

Krys y yo nos habíamos conocido por casualidad casi dos años antes de que estallara la guerra, cuando mis amigas y yo nos paramos a tomar un café en una terraza donde él estaba haciendo una entrega. Alto y ancho de hombros, lucía una figura imponente al atravesar el callejón cargando con una caja enorme. Tenía unos rasgos duros que parecían tallados en piedra, y una mirada leonina capaz de abarcar todo a su alrededor. Cuando pasó junto a nuestra mesa, se le cayó de la caja que llevaba una cebolla y esta rodó hasta mí. Se arrodilló a recogerla, levantó la mirada y me sonrió. «Estoy a tus pies». A veces me preguntaba si había dejado caer la cebolla deliberadamente o si fue el destino el que la hizo rodar hacia mí.

Me invitó a salir esa misma noche. Debería haberle dicho que no; aceptar una cita con tan poca antelación era inapropiado. Pese a todo me sentía intrigada y, pasadas unas horas, durante la cena, ya estaba enamorada. No era solo su belleza lo que me atraía de él. Krys era distinto al resto de las personas que había conocido. Poseía una energía que parecía inundarlo todo y hacer que todos los demás se desvanecieran. Aunque procedía de una familia de clase trabajadora y no había terminado el instituto, y mucho menos había ido a la universidad, era un chico autodidacta. Tenía ideas atrevidas sobre el futuro y sobre cómo debería ser el mundo que le hacían parecer mucho más grande que todo lo que nos rodeaba. Era la persona más lista que yo había conocido jamás. Y escuchaba mis opiniones como nunca nadie lo había hecho.

Empezamos a pasar juntos todo nuestro tiempo libre. Éramos una pareja extraña; yo era sociable y me gustaban las fiestas y salir con amigas. Él era un chico solitario que evitaba las multitudes y prefería las conversaciones profundas mientras daba largos paseos. Le encantaba la naturaleza y me mostró lugares de una belleza única fuera de la ciudad, bosques antiguos y castillos en ruinas escondidos entre las montañas cuya existencia yo desconocía.

Una tarde, pocas semanas después de conocernos, estábamos paseando por la cresta de la colina de San Bronisława, a las afueras de la ciudad, debatiendo acaloradamente sobre una idea de los filósofos franceses, cuando advertí que me miraba con intensidad.

—¿Qué sucede?

—Cuando nos conocimos, pensé que serías como las demás chicas —me dijo—. Que te interesarían cosas superficiales. —Aunque podría haberme sentido ofendida, supe a qué se refería. A mis amigas parecía que solo les interesaban las fiestas, las obras de teatro y la última moda—. En su lugar, descubrí que eras completamente distinta. —Pronto acabamos pasando juntos todo nuestro tiempo libre, haciendo planes para casarnos y viajar y ver el mundo.

Claro está, la guerra lo cambió todo. Krys no fue llamado a filas, pero, al igual que mi padre, se alistó para ir al frente y luchar desde el principio. Siempre le había importado todo mucho y la guerra no fue una excepción. Le dije que, si esperaba un poco, a lo mejor terminaba todo antes de que tuviera que irse, pero no se dejó convencer. Peor aún, puso fin a nuestra relación antes de marcharse.

—No sabemos cuánto tiempo estaré fuera —me dijo. «Ni si regresarás», pensé yo, aunque la idea era tan horrible que ninguno de los dos se atrevió a nombrarla—. Deberías ser libre de conocer a otro hombre. —Aquello me pareció una broma. Incluso aunque hubieran quedado hombres jóvenes en Cracovia, no me habrían interesado. Insistí con más energía de lo que mi orgullo quería admitir en que no deberíamos romper, sino prometernos o incluso casarnos antes de que se marchara, como habían hecho muchos otros. Deseaba al menos esa parte de él, haber compartido ese vínculo, si algo sucedía. Pero Krys quiso esperar y, cuando veía las cosas de una manera concreta, no había manera de convencerlo de lo contrario. Pasamos juntos la última noche, tuvimos más intimidad de la que deberíamos haber tenido porque tal vez no volviese a haber otra oportunidad en mucho tiempo, o quizá nunca. Me marché llorando antes del amanecer y entré en casa a hurtadillas antes de que mi madrastra pudiera darse cuenta de que me había ausentado.

Incluso aunque Krys y yo ya no estábamos realmente juntos, seguía amándolo. Había roto conmigo solo porque pensaba que era lo mejor para mí. Estaba convencida de que, cuando terminara la guerra y regresara sano y salvo, volveríamos a estar juntos y las cosas serían como antes. Pero después el ejército polaco fue derrotado enseguida, vencido por los tanques y la artillería alemanes. Muchos de los hombres que habían acudido al frente regresaron, heridos y pisoteados. Di por hecho que Krys haría lo mismo, pero no regresó. Sus cartas, que ya se habían vuelto menos frecuentes y más distantes en el tono, dejaron de llegar. ¿Dónde estaba? Me lo preguntaba a todas horas. Sin duda habría tenido noticias de sus padres si hubiera sido arrestado o algo peor. No, me decía a mí misma con terquedad que Krys seguía por ahí, en alguna parte. El correo se habría visto interrumpido por la guerra. En cuanto pudiera, regresaría junto a mí.

A lo lejos sonaron las campanas de la iglesia Mariacki, señalando las siete en punto. Por instinto aguardé a que el trompetero tocara el Hejnał, como había hecho cada hora durante casi toda mi vida. Pero el himno del trompetero, un grito de guerra medieval que recordaba cómo Polonia había expulsado en otra época a las hordas invasoras, había sido en gran medida silenciado por los alemanes, que ahora solo permitían que se tocara dos veces al día. Volví a cruzar la plaza del mercado, planteándome si merecía la pena pararme a tomar un café para pasar el tiempo. Según me acercaba a una de las cafeterías, un soldado alemán sentado con otros dos me miró con interés y con un propósito inconfundible. Nada bueno pasaría si me sentaba allí. Así que seguí mi camino con premura.

Al acercarme al Sukiennice, divisé dos figuras familiares que caminaban agarradas del brazo y contemplaban un escaparate. Me dirigí hacia ellas.

—Buenas tardes.

—Ah, hola. —Magda, la morena, levantó la mirada bajo un sombrero de paja que había pasado de moda hacía dos años. Antes de la guerra había sido una de mis amigas más cercanas, pero hacía meses que no la veía ni sabía nada de ella. Ella no me miró a los ojos.

A su lado iba Klara, una muchacha superficial que siempre me había dado un poco igual. Su melena rubia lucía un corte paje y llevaba las cejas depiladas demasiado arriba, lo que le otorgaba una expresión de sorpresa perpetua.

—Estábamos haciendo algunas compras y vamos a pararnos a comer algo —me informó con suficiencia.

Y ellas no me habían invitado.

—Me habría gustado —me atreví a decirle con cautela a Magda. Pese a no haber hablado desde hacía tiempo, una parte de mí aún esperaba que mi vieja amiga hubiera pensado en mí y me hubiera invitado a ir con ellas.

Magda no respondió. Sin embargo Klara, que siempre había sentido celos de mi relación con ella, no se mordió la lengua.

—No te llamamos. Pensamos que estarías ocupada con los nuevos amigos de tu madrastra. —Sentí un ardor en las mejillas, como si me hubiera abofeteado. Durante meses me había dicho a mí misma que mis amigas ya no quedaban. La verdad era que ya no quedaban conmigo. Supe entonces que la desaparición de mis amigas no tenía nada que ver con las adversidades de la guerra. Me rehuían porque Ana Lucia era una colaboracionista, y tal vez incluso creyeran que también yo lo era.

Me aclaré la garganta.

—Yo no me mezclo con las mismas personas que mi madrastra —respondí despacio, tratando de mantener la voz firme. Ni Klara ni Magda dijeron nada más y se hizo un silencio incómodo entre nosotras.

Levanté entonces la barbilla.

—Pero da igual —añadí, en un intento por restar importancia al rechazo—. He estado ocupada. Tengo mucho que hacer antes de que regrese Krys. —No les había dicho a mis amigas que Krys y yo habíamos puesto fin a nuestra relación. No era solo el hecho de que apenas nos viéramos o de que me sintiera avergonzada. Era más bien que decirlo en voz alta me obligaría a admitirlo, a hacerlo real—. Regresará pronto y entonces podremos planificar nuestra boda.

—Sí, claro que sí —me dijo Magda, y me sentí algo culpable al recordar a su prometido, Albert, que había sido capturado por los alemanes cuando asaltaron la universidad y arrestaron a todos los profesores. Jamás regresó.

—Bueno, debemos irnos —intervino Klara—. Tenemos reserva para las siete y media. —Por un segundo deseé que, pese a toda su descortesía, aun así me invitaran a ir con ellas. Mi parte más patética se habría tragado el orgullo y habría dicho que sí por unas pocas horas de compañía.

Pero no lo hicieron.

—Adiós, entonces —me dijo Klara con frialdad. Agarró a Magda del brazo y se la llevó. Sus risas me llegaron a través de la plaza arrastradas por el viento. Llevaban las cabezas muy juntas en actitud cómplice, y estuve segura de que hablaban de mí.

Me dije a mí misma que daba igual, tratando de ignorar el rechazo. Me puse el jersey para protegerme de la brisa veraniega, que ahora traía consigo un frío amenazante. Krys regresaría pronto y nos prometeríamos. Retomaríamos la relación justo donde la habíamos dejado y sería como si aquel horrible intervalo no hubiera sucedido jamás.

3

Sadie

Marzo 1943

Me despertó un fuerte ruido de arañazos procedente de abajo.

No era la primera vez que me molestaba el ruido del gueto por la noche. Las paredes de nuestro edificio de apartamentos, construidas a toda prisa para dividir las viviendas originales en unidades más pequeñas, eran tan finas como el papel y los sonidos normalmente amortiguados del día a día se colaban por ellas sin dificultad. Dentro de nuestro apartamento, los sonidos nocturnos eran constantes también, la respiración y los ronquidos de mi padre, los suaves gruñidos de mi madre al intentar encontrar una postura cómoda para acomodar su vientre, cada vez más hinchado. Con frecuencia les oía susurrarse el uno al otro en nuestra pequeña habitación cuando pensaban que ya me había quedado dormida.

Tampoco es que intentaran ocultarme ya muchas cosas. En el año transcurrido desde que estuvieran a punto de atraparme en la *aktion*, se había hecho imposible ignorar el horror de nuestra situación. Tras un invierno cruel sin calefacción y con muy poca comida, la enfermedad y la muerte estaban por todas partes. Jóvenes y ancianos morían de hambre y de enfermedad, o recibían un disparo por no obedecer las órdenes de la policía del gueto con la rapidez suficiente, o por cualquier otra supuesta infracción mientras formaban la fila cada mañana para ir al trabajo.

Nunca hablábamos del día en que estuvieron a punto de atraparme, pero las cosas habían cambiado después de aquello. Para empezar, ahora tenía un empleo, trabajaba junto a mi madre en una fábrica haciendo zapatos. Mi padre había utilizado todas sus influencias para mantenernos juntas y asegurarse de que no nos asignaran trabajos pesados. Aun así, yo tenía callos en las manos, que me sangraban por pasarme doce horas al día manipulando el cuero áspero, y además me dolían los huesos como si fuera una anciana por estar siempre encorvada mientras realizaba aquel trabajo repetitivo.

También había algo diferente en mi madre; a sus casi cuarenta años, estaba embarazada. Toda mi vida había sabido que mis padres deseaban tener otro hijo. De la manera más improbable, ahora que estaban en el peor de los momentos, sus plegarias habían sido escuchadas. «A finales de verano», dijo mi padre para indicarme cuándo nacería el bebé. A mi madre ya había empezado a notársele, su vientre sobresalía de su esbelta figura.

Quería alegrarme tanto como ellos por lo del bebé. En otra época había soñado con tener un hermano pequeño, más o menos de mi edad. Sin embargo, ahora tenía diecinueve años y casi podría haber formado mi propia familia. Un bebé me parecía algo inútil, otra boca que alimentar en aquellos tiempos tan difíciles. Hacía mucho tiempo que estábamos los tres solos. Y aun así el bebé iba a nacer, lo quisiera yo o no. Y no estaba nada segura de quererlo.

Volví a oír el ruido de arañazos, esta vez con más fuerza, alguien escarbando en el hormigón. Las antiguas tuberías debían de haberse atascado otra vez, imaginé. Tal vez por fin alguien estuviera arreglando el retrete de la planta baja, que se desbordaba a todas horas. Aun así, me resultó extraño que estuvieran trabajando en mitad de la noche.

Me incorporé, molesta por la intromisión. Había dormido mal. No se nos permitía tener las ventanas abiertas, e incluso en marzo, la habitación era sofocante, el aire estaba cargado y olía mal. Miré a mi alrededor en busca de mis padres y me sorprendió descubrir que no estaban. A veces, después de irme a la cama, mi padre desafiaba las normas del gueto e iba a sentarse en el escalón de la entrada para fumar con algunos de los hombres que vivían abajo, para poder escapar de los confines de nuestra habitación, pero ya debería haber vuelto; mi madre rara vez salía si no era para trabajar. Algo iba mal.

Estallaron los gritos abajo, en la calle, alemanes dando órdenes. Me puse nerviosa. Había pasado un año desde el día en que me escondí en el baúl y, aunque nos habíamos enterado de otras *aktions* a gran escala llevadas a cabo en otras zonas del gueto («liquidaciones», había oído a mi padre referirse a ellas), los alemanes no habían vuelto a entrar en nuestro edificio desde entonces. Sin embargo, a mí nunca me había abandonado el terror y el instinto me decía con absoluta certeza que ellos habían regresado.

Me levanté, me puse el camisón y las pantuflas, y salí corriendo del apartamento en busca de mis padres. Sin saber dónde ir, me dirigí hacia abajo. El pasillo estaba oscuro, salvo por la exigua luz procedente del cuarto de baño, así que me encaminé hacia allí. Al cruzar el umbral, parpadeé, no solo por la inesperada claridad, sino también por la sorpresa. El retrete había sido levantado por completo de sus anclajes y retirado a un lado, dejando al descubierto un agujero irregular en el suelo. No sabía que pudiera moverse. Mi padre estaba arrodillado en el suelo, arañando el agujero, arrancando literalmente los bordes del hormigón y agrandándolo con las manos.

—¿Papá?

—¡Vístete, deprisa! —me ordenó sin mirarme, con una brusquedad que jamás le había oído.

Pensé en hacerle muchas preguntas más que me rondaban por la cabeza. Pero me había criado siendo la única niña entre adultos y era lo suficientemente sabia como para saber cuándo obedecer sin más. Volví a subir a nuestra habitación y abrí el armario desvencijado donde guardábamos nuestra ropa. Entonces vacilé. No tenía idea de qué ponerme, pero no sabía dónde estaba mi madre y no me atrevía a molestar a mi padre otra vez para preguntarle. En cualquier caso, habíamos llegado al gueto con solo unas pocas maletas; tampoco tenía mucho donde elegir. Saqué de una percha una falda y una blusa y empecé a vestirme.

Mi madre apareció en la puerta y negó con la cabeza.

—Algo más abrigado —me ordenó.

—Pero, mamá, no hace tanto frío. —No me respondió. En su lugar, sacó el grueso jersey azul que mi abuela me había tejido el invierno anterior y mi único pantalón de lana. Me quedé sorprendida; prefería los pantalones a las faldas, pero mi madre los consideraba poco femeninos y, antes de la guerra, solo me permitía ponérmelos los fines de semana, cuando no íbamos a salir a ningún lado. Cuando terminé de cambiarme, me señaló los pies.

—Botas —me dijo con firmeza.

Mis botas eran de hacía dos inviernos y me quedaban demasiado apretadas.

—Son demasiado pequeñas. —Habíamos planeado comprar otras nuevas el otoño pasado, pero ya entonces habían comenzado las restricciones que impedían a los judíos entrar en las tiendas.

Mi madre fue a decir algo, y estuve segura de que iba a decirme que me las pusiera de todos modos. Entonces rebuscó en el cajón inferior del armario con esfuerzo y sacó sus propias botas.

—Pero ¿qué te vas a poner tú?

—Tú póntelas —insistió. Al oír la firmeza de su voz, obedecí sin hacer más preguntas. Los pies de mi madre eran como los de un pájaro, pequeños y estrechos, y sus botas eran solo un número mayor que las mías. Me di cuenta entonces de que, a pesar de estar vistiéndome a mí para el frío, ella llevaba puesta una falda; no tenía pantalones y, aun de haberlos tenido, no habría podido ponérselos en su estado, que parecía avanzar día tras día.

Mientras mi madre terminaba de guardar algunas pertenencias en una bolsa, miré por la ventana hacia la calle. A la escasa luz que precede al amanecer, distinguí a los hombres de uniforme, no solo la policía, sino también las SS, colocando mesas fuera. Ambos extremos de la calle estaban cortados. Los judíos eran obligados a reunirse en Plac Zgody como cada día. Salvo que no había rastro del orden que imperaba cuando pasaban lista cada mañana antes de que nos fuéramos a trabajar a las fábricas. La policía estaba sacando a la gente a rastras de los edificios, tratando de acorralar a la multitud, con cachiporras y fustas, para que formaran filas, arreándolos como a un rebaño hacia un buen número de camiones que aguardaban en la esquina. Parecía como si estuvieran llevándose a todo el mundo del gueto. Dejé caer las cortinas con una sensación de inquietud.

Una ráfaga de disparos retumbó más cerca de nuestro edificio de lo que había oído jamás. Mi madre me apartó de la ventana y me tiró al suelo, no supe si para protegerme de los disparos o de la imagen.

Cuando cesaron los disparos durante varios segundos, se puso en pie y me levantó a mí también, después me apartó de la ventana y me ayudó a ponerme el abrigo.

—¡Venga, date prisa! —Se dirigió hacia la puerta llevando una pequeña bolsa.

Miré por encima del hombro. Durante mucho tiempo había detestado vivir en aquel lugar pequeño y mugriento. Sin embargo, el apartamento que antes me parecía tan sombrío era ahora un refugio, el único lugar seguro que conocía. Habría dado cualquier cosa por quedarme allí.

Consideré la idea de negarme. Abandonar nuestro apartamento ahora, con tanta policía por la calle, me parecía absurdo y poco seguro. Entonces vi la mirada de mi madre, no solo furiosa, sino también asustada. No se trataba de un paseo al que pudiera renunciar. No había elección.

La seguí escaleras abajo, todavía sin entender lo que pasaba. Supuse que íbamos a salir y reunirnos con los demás para evitar el riesgo de llamar la atención o que los alemanes vinieran y nos ordenaran salir. Cuando llegamos a la planta baja, me dirigí hacia la entrada, pero mi madre me puso las manos en los hombros y me condujo por el pasillo.

—Vamos —me dijo.

—¿Dónde? —le pregunté. No me respondió y me llevó hasta el cuarto de baño, como si me estuviera diciendo que fuera por última vez antes de un largo viaje.

Al acercarnos una vez más al cuarto de baño, oí a mi padre discutiendo con un hombre cuya voz no reconocí.

—Las cosas no están listas —dijo mi padre.

—Tenemos que irnos ya —insistió el desconocido.

Al recordar la calle cortada, pensé que ir a cualquier parte sería casi imposible. Entré en el cuarto de baño. El inodoro seguía retirado y se veía el agujero en el suelo. Me asombró ver la cabeza de un hombre asomar por él. Parecía una cabeza flotante, como si fuera el espectáculo de una feria. Tenía la cara ancha y unas angelicales mejillas sonrojadas, irritadas por estar trabajando al aire libre en el frío invierno polaco. Al verme sonrió.

—*Dzień dobry* —dijo con educación, saludándome como si todo aquello fuera de lo más normal. Después miró a mi padre y se le ensombreció el semblante una vez más—. Tenéis que venir ya.

—¿Ir dónde? —pregunté. Las calles estaban atestadas de agentes de las SS y de la Gestapo, además de la policía del gueto judío, que era igual de mala. Contemplé el agujero del suelo sin entender nada—. No pretenderéis que...

Me volví hacia mi madre, esperando a que protestara. Mi madre, elegante y refinada, no se metería por un agujero por debajo del retrete. Pero vi la resolución en su rostro, estaba dispuesta a hacer lo que dijera mi padre.

Yo, sin embargo, no estaba preparada. Di un paso atrás.

—¿Qué pasa con Babcia? —pregunté. Mi abuela, que se hallaba en un asilo al otro lado de la ciudad, había logrado de algún modo evitar la deportación al gueto.

Mi madre vaciló, pero después negó con la cabeza.

—No hay tiempo. Su asilo no es judío —añadió—. No le pasará nada.

A través de la ventana que había sobre el lavabo, vi a la muchedumbre que era conducida desde los edificios hacia los camiones. Divisé a mi amiga Stefania entre la multitud. Me sorprendió verla tan lejos de su propio apartamento al otro lado del gueto. Había imaginado, además, que al ser su padre un agente de la policía del gueto, ella habría conseguido librarse y estaría a salvo. Pero ahora se la llevaban, igual que a los demás. Casi deseé poder ir con ella, pero tenía la cara blanca de miedo. «Ven con nosotros», me dieron ganas de gritarle. Contemplé impotente cómo la empujaban hasta que desapareció entre la gente.

—Iré yo primero —dijo mi madre pasando a mi lado.

Al ver que estaba embarazada, el hombre del agujero pareció sorprendido.

—No sabía que... —murmuró. Arrugó el rostro con expresión consternada. Imaginé que estaría calculando las dificultades extra que aportarían un parto y un recién nacido. Por un segundo me pregunté si iba a negarse a aceptar a mi madre. Contuve la respiración, a la espera de que dijera que no saldría bien y que tendríamos que encontrar otra manera.

Sin embargo, el hombre volvió a desaparecer por el agujero para dejar sitio y mi madre dio un paso al frente. Ella le dio su bolsa a mi padre, después se sentó en el suelo con esfuerzo y metió las piernas por el agujero. En otras circunstancias, habría cabido sin dificultad. «Pajarillo», la llamaba mi padre, y el nombre le pegaba, porque era delgada y juvenil incluso rozando los cuarenta. Sin embargo, ahora abultaba más y, con aquella tripa prominente, parecía que estuviese sujetando un melón. Se le bajó un poco la falda, dejando al descubierto una zona de su blanco vientre. Pensé, como me sucedía con frecuencia, que ella era demasiado mayor para tener otro hijo. Soltó un pequeño grito cuando mi padre la empujó a través del agujero, después desapareció en la oscuridad.

—Tu turno —me dijo. Miré a mi alrededor tratando de ganar tiempo. Cualquier cosa con tal de evitar meterme por las alcantarillas. Pero los alemanes ya estaban en la puerta del edificio, golpeando con fuerza. Pronto la echarían abajo y entonces sería demasiado tarde—. ¡Sadie, deprisa! —insistió mi padre, y percibí la súplica en su voz. Lo que fuera que estuviera pidiéndome que hiciera lo hacía para salvarnos la vida.

Me senté en el suelo como había hecho mi madre y contemplé el agujero, oscuro y siniestro. Noté un hedor inmundo que me produjo arcadas. Un sentimiento rebelde y testarudo se despertó en mi interior, eclipsando mi obediencia habitual.

—No puedo —dije. El agujero era oscuro y terrorífico, no se veía nada al otro lado. La situación me recordaba a aquella vez que intenté saltar desde la rama alta de un árbol hasta el lago, solo que mil veces peor. No me atrevía a hacerlo.

—Tienes que hacerlo. —No esperó a que me decidiera y me empujó sin más. El volumen de mi ropa hizo que me quedara atascada a medio camino, así que volvió a empujarme con más fuerza. Los bordes mugrientos del hormigón me arañaron las mejillas, me hicieron cortes, y noté que caía hacia la oscuridad.

Aterricé con fuerza sobre las rodillas. Me salpicó un agua fría y maloliente al golpear el suelo, empapándome las medias. Para evitar caer de cara contra el suelo, me agarré a una pared viscosa. Al ponerme en pie, traté de no pensar en lo que podría estar tocando.

Mi padre se dejó caer por el agujero y aterrizó a mi lado. Desde arriba, alguien volvió a tapar el suelo del baño. No había visto a nadie detrás de nosotros y me pregunté quién sería, algún vecino a quien mi padre hubiera pagado, tal vez, o alguien que quisiera hacer una buena acción, o al que le diera demasiado miedo meterse en las alcantarillas. Nuestro último resquicio de luz quedó eclipsado. Nos quedamos atrapados en la negra oscuridad de las alcantarillas.

Y no estábamos solos. En la oscuridad, oía a gente moverse a nuestro alrededor, aunque no sabía quiénes eran ni cuántos había.

Me sorprendió que hubiera más gente. ¿Habrían tenido que meterse también por el agujero de un retrete para llegar hasta allí? Parpadeé tratando sin éxito de acostumbrar mis ojos a la oscuridad.

—¿Qué está ocurriendo? —preguntó una voz de mujer en yidis. Nadie respondió.

Tomé aire por la nariz y me dio una arcada. El olor estaba por todas partes. Era la peste del agua llena de heces y orines, además de la basura y la putrefacción, lo que invadía el aire.

—Respira por la boca —me ordenó mi madre. Pero eso era peor, parecía como si estuviera comiéndome toda esa porquería—. Bocanadas cortas. —Aquel último consejo tampoco me ayudó mucho. El agua de la cloaca me llegaba hasta los tobillos y me calaba las botas y las medias. La humedad fría contra mi piel me provocaba escalofríos.

El desconocido encendió una lámpara de carburo y la luz recorrió las paredes curvas, iluminando a otra media docena de rostros asustados y desconocidos a mi alrededor. Junto a nosotros había dos hombres, uno debía de rondar la edad de mi padre y el otro parecía ser su hijo, de unos veinte años. Llevaban kipás y la ropa negra de los judíos religiosos. «Yids», los habría llamado mi padre antes de que llegara la guerra y nos metieran a todos en el mismo saco. No lo decía con mala intención, era solo una manera de referirse a los judíos religiosos. Siempre me habían parecido muy extraños, con sus propias costumbres y sus prácticas estrictas. Y, de algún modo, sentía que tenía más en común con los polacos gentiles que con esos otros judíos.

Tras ellos había otra familia, una pareja joven con un niño de dos o tres años que dormía en brazos de su padre, los tres con el pijama puesto debajo del abrigo. Había también una anciana encorvada, aunque se hallaba un poco apartada y yo no sabía a qué familia pertenecía. Tal vez a ninguna. No vi a ninguna otra chica de mi edad.

Cuando se me acostumbró la vista a la oscuridad, miré a mi alrededor. Había imaginado las alcantarillas, si acaso las había imaginado alguna vez, como una serie de tuberías que pasaban por debajo del suelo. Pero nos hallábamos en un pasadizo inmenso y cavernoso con un techo abovedado de al menos seis metros de ancho, como un túnel por el que pudiera pasar un tren de mercancías. Por mitad del túnel discurría una rápida corriente de agua negra, con la anchura y profundidad suficientes para ser un río. No me había imaginado que bajo nuestros pies discurriera una masa de agua tan grande. El sonido del agua al reverberar en los altos muros era casi ensordecedor.

Nos encontrábamos sobre un estrecho borde de hormigón de poco más de medio metro de ancho que recorría una de las orillas del río, y distinguí un segundo saliente que corría paralelo en el otro extremo. La corriente era fuerte y parecía arrastrarme, aferrada como estaba al estrecho camino. En una ocasión, en un libro de mitología griega, había leído sobre Hades, el dios del inframundo; ahora me parecía encontrarme en un lugar así, una especie de inframundo extraño cuya existencia hasta entonces desconocía. Contemplé con asombro el agua, cada vez más asustada. No sabía nadar. Por muchas veces que mi padre hubiera intentado enseñarme, no soportaba meter la cabeza debajo del agua, ni siquiera en un lago tranquilo en verano. Jamás sobreviviría si me caía allí.

—Vamos —dijo el hombre que había asomado la cabeza por el agujero del cuarto de baño. Era un hombre robusto y ancho de hombros, observé ahora que podía verlo de cuerpo entero. Llevaba un sencillo sombrero de paño y botas altas—. No podemos quedarnos aquí. —Su voz reverberaba con fuerza en la cámara abovedada.

Empezó a caminar por la plataforma, sujetando en alto frente a él la lámpara. Pese a su complexión robusta, se movía con facilidad por el estrecho camino, con la agilidad de alguien que trabajaba en las cloacas, que pasaba allí sus días.

—¿Quién es, papá? —susurré.

—Un trabajador de las cloacas —me respondió. Seguimos al trabajador en fila india, utilizando la pared curva y viscosa para no perder el equilibrio. El túnel se extendía sin fin hacia la oscuridad.

Me pregunté por qué habría elegido ayudarnos, dónde iríamos, cómo lograría sacarnos de aquel hediondo lugar. Salvo por el fluir del agua, reinaba un gran silencio. Los horribles ruidos de los alemanes sobre nuestras cabezas nos llegaban amortiguados, casi imperceptibles.

Llegamos a un lugar donde la pared del túnel parecía doblarse hacia fuera, alejándose del agua para formar un pequeño hueco. El trabajador de las alcantarillas nos indicó que entráramos allí.

—Descansad antes de continuar.

Contemplé con reticencia las pequeñas piedras negras que cubrían el suelo, preguntándome dónde se suponía que deberíamos descansar. Parecía que algo se movía por encima. Al acercarme, vi que se trataba de miles de gusanos diminutos y amarillos. Tuve que contener un grito.

Mi padre, a quien aquello no parecía importarle, se sentó sobre las piedras. Erguía la espalda con cada bocanada de aire que tomaba. Levantó la mirada un instante y advertí algo en su rostro, preocupación o tal vez miedo, algo que nunca antes había visto. Entonces, al verme, extendió los brazos.

—Ven aquí. —Me tumbé sobre su regazo, permitiendo que me protegiera del suelo asqueroso e infestado de gusanos.

—Volveré a por vosotros cuando sea seguro —nos dijo el trabajador. Seguro ¿para qué?, me dieron ganas de preguntar. Pero sabía que no debía cuestionar a la persona que estaba intentando salvarnos. Salió del hueco en la pared, llevándose consigo la lámpara y dejándonos a oscuras. Los demás se acomodaron en el suelo. Nadie decía nada. Me di cuenta de que seguíamos debajo del gueto al oír a los alemanes por encima una vez más. Las detenciones parecían haber concluido, pero seguían registrando los edificios, buscando a cualquiera que pudiera estar escondido, husmeando como buitres entre las escasas pertenencias que la gente había dejado atrás. Me los imaginé registrando nuestro pequeño apartamento. Hacia el final, ya apenas teníamos nada; lo habíamos vendido todo o lo habíamos dejado atrás al trasladarnos al gueto. Aun así, la idea de que alguien pudiera registrar nuestra propiedad, de que no tuviéramos derecho a poseer absolutamente nada, me hizo sentir violada, menos humana.

Noté que volvían a crecer en mí el miedo y la tristeza.

—Papá, no creo que pueda hacerlo —le confesé en un susurro.

Mi padre me envolvió entre sus brazos y la sensación fue tan cálida y reconfortante que sentí como si estuviéramos otra vez en casa. Hundí la cabeza contra su pecho y aspiré aquel aroma tan familiar a menta y a tabaco, tratando de ignorar la peste de las alcantarillas. Mi madre se acomodó a su lado y apoyó la cabeza en su hombro. Me empezaban a pesar los párpados.

Algún tiempo más tarde, mi padre se movió y me despertó. Abrí los ojos y contemplé en la penumbra a las demás familias, que estaban desperdigadas a nuestro alrededor, durmiendo. Sin embargo, el joven de la familia religiosa estaba despierto. Bajo su sombrero negro, advertí unos rasgos agradables y una pequeña barba bien recortada. Sus ojos marrones brillaban en la oscuridad. Me aparté con cuidado de mi padre y me arrastré con cautela por el suelo resbaladizo hacia él.

—Qué cosa tan rara, dormir entre completos desconocidos —comenté—. Me refiero a esto de acabar aquí, ¿quién lo habría imaginado? —No me respondió, pero me miró con desconfianza—. Soy Sadie, por cierto.

—Saul —respondió con frialdad. Esperé a que dijera algo más. Al no hacerlo, regresé por el suelo hacia mis padres. Saul era el único del grupo cercano a mi edad, pero no parecía tener interés en que fuésemos amigos.

Poco después, regresó el trabajador y volvió a iluminar la estancia con la lámpara, despertando a los demás. Nos indicó con un gesto que debíamos continuar, de manera que nos levantamos con rigidez y nos colocamos en fila india para seguir una vez más por el camino que circulaba pegado al río.

Pocos minutos más tarde, llegamos a una bifurcación. El trabajador nos sacó del canal principal y nos condujo hacia la derecha por un túnel más estrecho, alejándonos cada vez más del río de aguas residuales. Al cabo, aquel camino finalizó en un muro de hormigón. Era un callejón sin salida. ¿Nos habría llevado deliberadamente hacia una especie de trampa? Había oído historias de gentiles que traicionaban a sus vecinos judíos y los entregaban a la policía, pero aquella me parecía una manera extraña de hacerlo.

El trabajador se arrodilló con la lámpara y vi entonces que en la parte inferior de la pared había un pequeño círculo metálico, una especie de tapa o cubierta. Él la abrió y nos mostró una tubería horizontal, después se echó a un lado. La entrada a la tubería debía de tener solo unos cincuenta centímetros de diámetro. Probablemente, no era su intención que nos metiéramos por ahí. Sin embargo, se puso en pie y nos miró expectante.

—Es la única salida —nos dijo con cierto tono de disculpa que parecía ir dirigido sobre todo hacia mi madre—. Tiene que ir boca abajo. Si consigue meter la cabeza y los hombros, lo demás irá solo. —Le entregó algo a mi madre, después se metió en la tubería y me pareció imposible que su corpulenta figura pudiera caber allí. Pero ya había hecho eso antes. Entró y, al instante, desapareció.

La familia religiosa fue la primera en entrar, yo les oía quejarse y gruñir en su esfuerzo por meterse por la abertura. Después entró en el túnel la familia del niño pequeño. Solo quedábamos mi madre, mi padre y yo. Cuando llegó mi turno, me arrodillé frente a la tubería, que me recordó al polvoriento entretecho del ático donde Stefania y yo jugábamos en nuestro antiguo apartamento antes de la guerra. Podría entrar arrastrando la tripa. Pero ¿qué pasaría con mi madre?

—Te toca —me dijo. Vacilé, sin saber si ella podría seguirme—. Yo iré detrás de ti —me prometió, y supe que no me quedaba más remedio que creerla.

Mi padre me dio un empujón y empecé a deslizarme, tratando de ignorar el hilillo de agua de la base de la tubería, que me calaba la parte delantera de la ropa. Estaba rodeada por la tubería, atrapada en una tumba acuática. Me detuve, paralizada de pronto por el miedo, incapaz de moverme o de respirar.

—Vamos, vamos. —Oí que decía el desconocido desde el otro extremo, y supe que tenía que seguir o me moriría allí dentro. La tubería tenía unos diez metros de largo y, cuando alcancé el otro lado y salí sobre otra plataforma, me volví y escuché con atención. Mi padre era demasiado grande para caber por el agujero, y mi madre en su estado también. Me atenazó el miedo ante la idea de quedarme allí sola, al otro lado, sin ellos.

Pasaron cinco minutos y no salió nadie por la abertura. El trabajador de las cloacas levantó una cuerda del suelo y la metió por la boca de la tubería, arrastrándose un poco por ella para llevarla consigo. Después salió y comenzó a tirar de ella con suavidad, deteniéndose cada pocos segundos. A través de la tubería oía los quejidos de mi madre. Cuando al fin la vi aparecer por la tubería con la cuerda atada a la cintura, estaba cubierta de una especie de grasa, que el trabajador debía de haberle entregado para ayudarla a deslizarse mejor. Fue un truco efectivo, desde luego, pero también humillante. Con el vestido ennegrecido y el pelo revuelto, había perdido su elegancia habitual y mantuvo la mirada fija en el suelo mientras el trabajador la ayudaba a salir. Mi padre fue detrás, abriéndose paso por la alcantarilla por pura voluntad. Jamás en mi vida me había alegrado tanto de verlo.

Pero mi alivio duró poco. Justo en el punto donde habíamos salido de la tubería, había una boca de alcantarilla sobre nuestras cabezas. Seguíamos debajo del gueto, lo supe al oír las voces de los alemanes, iguales a las que nos habían despertado hacía unas horas, gritando órdenes una vez más. El haz de luz de una linterna recorrió la rejilla de la cloaca e iluminó el interior.

—Debemos continuar —susurró el trabajador.

Lo seguimos por ese túnel más pequeño al que habíamos accedido al salir de la tubería y llegamos de nuevo al túnel principal y a las aguas residuales y turbulentas. La plataforma de hormigón desapareció y nos vimos obligados a caminar por la orilla rocosa de la cloaca, con los pies sumergidos en el agua. Las piedras eran resbaladizas y estaban inclinadas, y a cada paso temía caerme en el río. Algo afilado que había bajo la superficie del agua me atravesó la bota y se me clavó en la piel. Me agarré el pie tratando de no gritar. Quería parar para ver qué me había hecho, pero el trabajador de las alcantarillas caminaba ahora más deprisa y me dio la impresión de que, si no le seguíamos el ritmo, nos quedaríamos allí para siempre.

Llegamos a una intersección en la que el río de aguas residuales que íbamos siguiendo se cruzaba con otro torrente de agua, igualmente turbulento. El rumor del agua de la cloaca se convertía allí en un rugido.

—Cuidado —nos dijo el trabajador—. Tenemos que cruzar por aquí. —Señaló hacia una serie de tablones unidos de forma precaria para formar un puente sobre la corriente de agua.

El miedo a cruzar el río me cortó la respiración. A mi espalda, mi padre me puso una mano en el hombro.

—Tranquila, Sadie. ¿Te acuerdas de cuando vadeamos el lago Kryspinów? ¿El camino de piedras? Esto es igual. —Quise decirle que las aguas de Kryspinów, donde solíamos hacer pícnic en verano, eran tranquilas y mansas, llenas de renacuajos y de peces, no de las porquerías de toda la ciudad.

Me dio un pequeño empujón y no me quedó más remedio que seguir a mi madre, quien pese a su abultado vientre había empezado a cruzar sobre los tablones con su elegancia habitual, como si estuviera jugando a la rayuela. Di un paso al frente. Se me resbaló el pie en uno de los tablones y mi padre extendió el brazo para estabilizarme.

—¡Papá, esto es una locura! —exclamé volviéndome hacia él—. Tiene que haber otra manera.

—Cariño, esta es la única forma. —Su voz sonaba tranquila y vi la certeza en su rostro. Mi padre, que siempre me había mantenido a salvo, creía que podía lograrlo.

Tomé aliento, me di la vuelta y volví a intentarlo. Crucé un tablón, después otro. Me hallaba ahora en la mitad del río, lejos de ambas orillas. No podía darme la vuelta. Di otro paso al frente. El tablón que pisé se movió y empezó a resbalar hacia un lado.

—¡Socorro! —grité, y mi voz reverberó por todo el túnel.

Mi padre se lanzó a ayudarme. Al hacerlo, se le escurrió la pequeña bolsa de mi madre, con la que había estado cargando. La bolsa, que contenía lo poco que nos quedaba en el mundo, pareció volar por el aire a cámara lenta sobre la superficie del agua. Antes de que pudiera caer, mi padre trató de alcanzarla. La agarró y me la lanzó, después intentó enderezarse, pero se había inclinado demasiado y perdió el equilibrio.

—¡Papá! —grité al verlo caer en las aguas negras, salpicando a su alrededor. El trabajador se dio la vuelta y recorrió de nuevo los tablones para ponerme a salvo. Después trató de alcanzar a mi padre. Pero, cuando acercó la mano a la suya, la fuerza de la corriente arrastró a mi padre y lo sumergió. Oí gritar a mi madre desde la otra orilla.

Mi padre reapareció en la superficie. Emergió como un fénix, elevando el torso y casi todo el largo de sus piernas por encima del agua, desafiando a la corriente. Albergué ciertas esperanzas. Iba a lograrlo. El agua pareció atraparlo entonces, como una mano gigante que tirase de él hacia abajo. Lo arrastró, cabeza y todo, con un movimiento rápido bajo la negrura helada. Contuve la respiración, a la espera de que volviera a salir, a contraatacar y emerger una vez más. Sin embargo, la superficie del río permaneció intacta. Las burbujas de aire que había dejado atrás desaparecieron en la corriente y ya no salió más.

4

Sadie

Perplejos, nos quedamos mirando la superficie intacta del río de aguas residuales.

—¡Papá! —volví a gritar. Mi madre emitió un sonido grave y gutural y trató de lanzarse al agua tras él, pero el trabajador de las alcantarillas la sujetó.

—Espere aquí —le ordenó, y salió corriendo por el camino, siguiendo el curso de la corriente. Le agarré la mano a mi madre para que no intentara saltar de nuevo.

—Es un hombre fuerte —dijo Saul. Aunque lo dijo para tranquilizarnos, me sentí furiosa. ¿Qué sabía él?

—Y nada muy bien —convino mi madre con desesperación—. Tal vez haya sobrevivido. —Deseaba aferrarme a la esperanza tanto como ella. Pero al recordar cómo le había zarandeado la corriente, como si fuera un muñeco de trapo, supe que ni siquiera las brazadas enérgicas de mi padre serían rivales para el río.

Mi madre y yo nos quedamos abrazadas en silencio varios minutos, paralizadas por la incredulidad. El trabajador de las alcantarillas regresó con semblante serio.

—Había quedado atrapado bajo unos escombros. He intentado liberarlo, pero era demasiado tarde. Lo siento, pero me temo que no hay nada que podamos hacer.

—¡No! —grité, y mi voz reverberó peligrosamente en el túnel cavernoso. Mi madre me tapó la boca con la mano antes de que pudiera volver a hablar. Su piel era una mezcla de pestilente agua residual y lágrimas saladas en mis labios. Sollocé contra la palma mugrienta y cálida de su mano. Mi padre estaba justo allí hacía solo unos minutos, evitando que yo cayera al agua. Si no hubiera intentado alcanzarme, seguiría vivo.

Segundos más tarde, mi madre me soltó.

—Se ha ido —dije. Me apoyé en ella, sintiéndome como una niña pequeña. Mi padre había sido un gigante amable, mi protector, mi confidente y amigo más cercano. Mi mundo. Pero la cloaca se lo había llevado como si fuera basura.

—Lo sé, lo sé —murmuró mi madre entre lágrimas—. Pero debemos guardar silencio o nosotras acabaremos así también. —Si hacíamos demasiado ruido nos descubriría la policía que recorría las calles sobre nuestras cabezas, y los demás no correrían ese riesgo. Mi madre se derrumbó contra el muro del túnel, con aspecto vulnerable e impotente. La idea de la huida había sido un plan de mi padre. ¿Cómo conseguiríamos apañarnos sin él?

Saul dio un paso hacia mí y me miró con solemnidad.

—Siento lo de tu padre. —Su voz sonaba más amable ahora que cuando había intentado hablar con él antes. Pero ya no importaba. Se tocó el ala del sombrero y después regresó junto a su padre.

—Debemos continuar —dijo el trabajador de las alcantarillas.

Me quedé plantada en el suelo, con testarudez, y me negué a moverme.

—No podemos dejarlo. —Sabía que a mi padre se lo había llevado la corriente, y sin embargo una parte de mí aún creía que, si me quedaba allí mismo, en el lugar donde había desaparecido, volvería a resurgir y sería como si nada hubiera ocurrido. Extendí la mano y quise que el tiempo se detuviera. Hacía pocos minutos mi padre había sido una presencia firme y real junto a mí. Y ahora ya no estaba, solo quedaba el silencio—. Papá ha muerto —dije, como si la realidad de aquel hecho me calara de pronto hasta los huesos.

—Pero yo estoy aquí. —Mi madre me rodeó la cara con las manos, obligándome a mirarla a los ojos—. Estoy aquí y nunca te abandonaré.

El trabajador de las alcantarillas se acercó y se arrodilló ante mí.

—Me llamo Pawel —dijo con ternura—. Conocía a tu padre y era un buen hombre. Me confió tu seguridad y habría querido que siguiéramos adelante. —Se levantó de nuevo, se volvió y continuó, guiando a los demás por el camino.

Mi madre se enderezó, aparentemente reconfortada por sus palabras. Su abultada barriga sobresalía aún más.

—Conseguiremos salir de esta —aseguró. Y yo la miré incrédula. ¿Cómo podía pensar eso, y mucho menos creerlo con certeza, ahora que lo habíamos perdido todo? Por un segundo me pregunté si se habría vuelto loca. Pero percibí en sus palabras cierta seguridad que me hacía falta escuchar—. Todo saldrá bien.

Comenzó entonces a tirar de mí.

—Vamos. —Siempre había sido engañosamente fuerte para su pequeño tamaño, y ahora tiraba de mí con tanta fuerza que temí resbalar si me resistía, caer al agua y ahogarme también—. Debemos darnos prisa. —Tenía razón. Los demás habían continuado sin nosotras y nos sacaban ya varios metros de distancia. Teníamos que seguirlos o nos perderíamos y nos quedaríamos solas en aquel túnel oscuro y desconocido.

Pero vacilé una vez más, contemplando con temor el río oscuro y turbulento que discurría paralelo al camino. Siempre me había aterrorizado el agua y ahora esos miedos parecían justificados. Si mi padre, buen nadador, no había logrado vencer a la corriente, ¿qué posibilidades tendría yo?

Observé el camino oscuro que teníamos por delante. No podría hacerlo de ninguna manera.

—Vamos —insistió mi madre, con más suavidad ahora—. Imagina que eres una princesa guerrera y yo, tu madre, la reina. Viajaremos desde los salones del castillo de Wawel hasta la mazmorra para acabar con el dragón Smok. —Se refería a un juego al que jugábamos cuando yo era pequeña. Ya era demasiado mayor para esas cosas tan infantiles, y el recuerdo de aquellos juegos, a los que casi siempre jugaba con mi padre, hizo que mi tristeza se desbordara de nuevo. Pero la capacidad de mi madre para poner su mejor cara en cualquier situación era una de las cosas que más me gustaban de ella, y su predisposición a la fantasía, incluso en aquellos momentos, me recordó que estábamos juntas en eso.

Alcanzamos a los demás y continuamos por el camino de la cloaca, que parecía extenderse hasta el infinito. Pawel caminaba delante, seguido de la pareja joven y después la familia religiosa con la anciana, quien pese a aparentar casi noventa años se movía con una velocidad sorprendente. Pensé que debíamos de estar aproximándonos a los límites de la ciudad. Tal vez hubiera algún camino hacia la libertad, quizá hacia el bosque de las afueras, donde había oído que se escondían los judíos. Estaba deseando volver a respirar el aire fresco. Pawel nos condujo hacia la derecha por una bifurcación en el camino principal y noté que empezábamos a ascender, como si nos acercáramos al exterior. Se me agitó el corazón al imaginar la luz de la mañana en la cara, poder dejar atrás para siempre aquella cloaca.

Pawel giró de nuevo, esta vez hacia la izquierda, y nos condujo hasta una estancia de hormigón, sin ventanas ni ninguna otra fuente de luz. Debía de tener unos dieciséis metros cuadrados, más pequeña que el apartamento que había compartido con mis padres en el gueto. Las aguas residuales lamían la entrada inclinada como las olas en una orilla. Alguien había colocado unos tablones estrechos sobre bloques de hormigón a modo de bancos, y había una estufa de madera en el rincón. Era casi como si esperasen nuestra llegada.

—Aquí es donde os esconderéis —confirmó Pawel. Abarcó la estancia con los brazos. Me di cuenta entonces de que no nos había estado guiando por las cloacas hacia otro lugar. Las cloacas eran el otro lugar.

—¿Aquí? —pregunté, olvidando la advertencia de mi madre de guardar silencio. Todas las cabezas se volvieron hacia mí y Pawel asintió—. ¿Durante cuánto tiempo? —No podía imaginar pasar una hora más en aquel lugar.

—No lo entiendo —respondió Pawel.

Mi madre se aclaró la garganta y dijo:

—Creo que lo que pregunta mi hija es dónde iremos después.

—Idiotas —dijo entonces la anciana. Era la primera vez que la oía hablar—. Aquí es donde nos quedamos.

—¿Tenemos que vivir aquí? —le pregunté a mi madre con incredulidad. La cabeza me daba vueltas. Podríamos sobrevivir allí unas horas, una noche tal vez. Cuando mi padre me había pedido que me metiera por el agujero del cuarto de baño para entrar en las cloacas, había dado por hecho que sería un tránsito, un camino hacia la seguridad. Y mientras nos abríamos paso entre la mugre y la desesperación, me había convencido a mí misma de que era necesario para escapar. En su lugar, aquel era el destino final. Ni en mis pesadillas más terribles habría podido imaginar que tendríamos que quedarnos en las cloacas—. ¿Para siempre?

—No, para siempre no, pero... —Pawel miró a mi madre con incertidumbre. A la gente que vivía la guerra solía costarle hablar del futuro. Después volvió a mirarme a los ojos—. Cuando elaboramos el plan, dimos por hecho que podríamos atravesar el túnel hasta donde desemboca en el río. —Al captar el temblor de su voz di por hecho que ese plural hacía referencia a mi padre—. Pero ahora los alemanes tienen vigilada esa salida. Si seguimos adelante, nos dispararán. —Y, si regresábamos al gueto, sucedería lo mismo, pensé. Estábamos atrapados, sin ningún sitio al que ir—. Esta es la opción más segura para todos. La única esperanza. —Advertí cierto tono de súplica en su voz—. No hay otra manera de salir de la cloaca y, aunque la hubiera, las calles son ahora demasiado peligrosas.

¿De acuerdo? —me preguntó, como si necesitara mi aquiescencia. Como si tuviera elección. No respondí. No podía imaginarme diciendo que sí a semejante idea. Aun así, mi padre no nos habría llevado hasta allí a no ser que creyera que era la única opción, nuestra mejor probabilidad de supervivencia. Por fin asentí con la cabeza.

—No podemos quedarnos aquí —dijo una voz a mi espalda. Me di la vuelta. Al otro lado de la estancia, la mujer joven con el niño pequeño estaba hablando con su marido, repitiendo de nuevo mis protestas—. Nos prometieron una salida. No podemos quedarnos aquí.

—Marcharse es imposible —dijo Pawel con paciencia, como si no acabara de explicarme a mí eso mismo—. Los alemanes tienen vigilado el extremo del túnel.

—No hay otra opción —convino el marido.

Pero la mujer se apartó de él con el niño y se dirigió hacia la entrada de la cámara.

—Hay una salida más adelante, lo sé —insistió con terquedad, pasó junto a Pawel y se dirigió en la dirección contraria a la que habíamos llegado.

—Por favor —dijo Pawel—. No debemos continuar. No es seguro. Piense en su hijo. —Pero la mujer no se detuvo y su marido la siguió. A lo lejos, seguía oyéndolos discutir—. ¡Esperen! —exclamó Pawel en voz baja desde la entrada de la sala. Pero no fue tras ellos. Tenía que protegernos a todos los demás, y a sí mismo.

—¿Qué será de ellos? —pregunté en voz alta. Nadie respondió. Las voces de la pareja se desvanecieron en la distancia. Me los imaginé caminando hacia el lugar donde la cloaca desembocaba en el río. Una parte de mí deseó haber huido con ellos.

Pocos minutos más tarde, se oyó un ruido como de petardos. Di un respingo. Aunque había oído disparos muchas veces en el gueto, nunca me había acostumbrado a ese sonido. Me volví hacia Pawel.

—¿Crees que...? —Se encogió de hombros, incapaz de decir si los disparos irían dirigidos a la familia que había huido o si procederían de la calle. Pero las voces del pasillo ya no se oían.

Me acerqué más a mi madre.

—Todo saldrá bien —me susurró para calmarme.

—¿Cómo puedes decir eso? —le pregunté. «Bien» era la última palabra que usaría para describir el infierno en el que nos habíamos metido.

—Pasaremos aquí unos días, una semana como mucho. —Quise creerla.

Una rata pasó por delante de la entrada de la estancia y nos miró no con miedo, sino con desprecio. Solté un grito ahogado y los demás me miraron con odio por hacer demasiado ruido.

—Habla en susurros —me reprendió mi madre con ternura. ¿Cómo podía estar tan tranquila cuando mi padre había muerto y las ratas nos intimidaban con la mirada?

—Mamá, hay ratas. ¡No podemos quedarnos aquí! —La idea de quedarnos allí con ellas era algo que no podía soportar—. ¡Tenemos que marcharnos ahora! —Estaba a punto de volverme histérica.

—No hay marcha atrás —me dijo Pawel al acercarse—. No hay salida. Ahora este es tu mundo. Debes aceptarlo para ti y para tu madre, y para el niño que lleva dentro. —Me miró a los ojos—. ¿Lo entiendes? —Su voz sonaba amable pero firme. Dije que sí con la cabeza—. Esta es la única forma.

Tras él, la rata seguía plantada en mitad del túnel, frente a la entrada, mirándonos desafiante, como si supiera que había ganado. Nunca me habían gustado los gatos, pero en aquel momento deseé que aquel viejo gato atigrado que merodeaba por el callejón de detrás de nuestro apartamento se lanzara sobre aquella criatura.

—Necesitaremos mucho carburo —le dijo mi madre a Pawel—, y cerillas, por supuesto. —Hablaba con calma, como si hubiera aceptado nuestro destino y estuviera intentando afrontarlo del mejor modo posible. Me pareció que ella debería preguntar las cosas y decir «por favor». Pero hablaba con ese tono firme tan especial que utilizaba a veces y que siempre lograba que la gente hiciera lo que deseaba.

—Los tendrán. Y hay una tubería que gotea más adelante que podemos usar como grifo para obtener agua fresca. —Pawel hablaba de nuevo con amabilidad, como si intentara tranquilizarnos. Entonces hizo un gesto de incomodidad—. ¿Tiene el dinero?

Mi madre se quedó sin palabras. No tenía ni idea de que mi padre hubiera acordado pagarle, ni cuánto sería. Y además casi todo el dinero que llevábamos se habría hundido hasta el fondo del río de aguas residuales con mi padre. Mi madre se buscó en el vestido y le ofreció un billete arrugado. Vi la expresión del rostro de Pawel y me di cuenta de que no era tanto como le habían prometido. ¿Qué ocurriría si no podíamos permitirnos pagarle?

—Sé que no es mucho. —Mi madre le rogó con la mirada para que aquello fuera suficiente. Por fin aceptó el dinero. El hombre religioso, que estaba en el rincón con su familia, le entregó a Pawel algo de dinero también.

—Les traeré comida siempre que pueda —prometió Pawel.

—Gracias. —Mi madre miró por encima del hombro de Pawel hacia la otra familia—. Creo que no nos hemos presentado oficialmente —dijo atravesando la estancia—. Soy Danuta Gault —se presentó tendiéndole la mano al padre.

Este no se la estrechó, pero asintió formalmente, como si se hubieran conocido en la calle.

—Meyer Rosenberg. —Lucía una barba canosa que amarilleaba en torno a la boca con manchas de tabaco, pero sus ojos eran amables y su voz melódica y cálida—. Esta es mi madre, Esther, y este mi hijo, Saul. —Miré a Saul y me sonrió.

—Todos me llaman Bubbe —intervino la anciana con la voz rasgada. Me parecía extraño usar un nombre tan familiar para aquella mujer a la que acababa de conocer.

—Encantada de conocerte, Bubbe —dijo mi madre, respetando los deseos de la anciana—. Y a usted, Pan Rosenberg —añadió, dirigiéndose a él con el término polaco más educado para decir «señor». Después se volvió hacia mí—. Yo estoy aquí con mi marido... Quiero decir... —Pareció olvidarse por un instante de que mi padre ya no estaba con nosotras—. Quiero decir que estaba. Esta es mi hija, Sadie.

—Esa otra familia —dije sin poder evitarlo—, la del niño pequeño, ¿qué les ha ocurrido? —Una parte de mí deseó no haberlo preguntado. Quería imaginar que habían logrado salir a la calle y encontrar algún lugar donde esconderse. Pero nunca se me había dado bien fingir o mirar para otro lado. Tenía que saberlo.

Pawel miró con incertidumbre a mi madre por encima de mi cabeza antes de responder, como si estuviera preguntándole si debía mentirme.

—No lo sé con certeza, pero lo más probable es que los mataran a la entrada del río —dijo al fin. A tiros, pensé al recordar los disparos. Lo mismo nos pasaría a nosotros si seguíamos por ese camino—. Ahora entenderás por qué es tan importante que os quedéis aquí, escondidos y en silencio.

—Pero ¿cómo vamos a quedarnos aquí? —preguntó Bubbe Rosenberg—. Seguro que, ahora que han atrapado a los otros, los alemanes sabrán que hay gente aquí abajo y vendrán a buscarnos. —Saul se acercó más a su abuela y le puso una mano en el hombro como para ofrecerle consuelo.

—Tal vez —reconoció Pawel, que no parecía dispuesto a mentir para consolarnos—. Antes he visto a unos alemanes en una de las alcantarillas, cuando les he dejado aquí y he subido a la calle. Les he dicho que había ratas para que no vinieran. Querían enviar a la policía polaca para buscar en su lugar, pero les he dicho que es imposible que alguien pueda sobrevivir aquí abajo. —Me pregunté si tal vez llevaría razón.

—Aun así, acabarán por patrullar las cloacas en algún momento —dijo Saul con solemnidad, hablando por primera vez. Tenía el ceño fruncido por la preocupación.

Pawel asintió con gravedad.

—Y, cuando lo hagan, tendré que guiarlos. —Se oyó un grito ahogado que recorrió nuestro grupo. ¿Nos traicionaría después de todo?—. Les llevaré por otros túneles para que no les vean. Si insisten en venir por aquí, haré girar mi linterna en un círculo amplio frente a mí para que les dé tiempo a esconderse. —Observé aquella estancia vacía y me pareció imposible que hubiera un lugar donde ocultarse—. Ahora tengo que irme. Si no me presento al trabajo, mi capataz empezará a preguntar. —Me di cuenta de que debía de ser por la mañana, aunque la luz no llegaba hasta allí. Rebuscó en su bolsillo y sacó un paquete envuelto en papel. Lo abrió y nos mostró una carne de algún tipo, que partió en dos mitades. Le entregó una mitad a mi madre y la otra a Pan Rosenberg, dividiendo las exiguas raciones por igual entre nuestras dos familias.

—Es *golonka* —susurró mi madre—. Codillo de cerdo. Cómetelo. —Aunque nunca antes lo había probado, me sonaban las tripas.

Pero Pan Rosenberg contempló la carne que Pawel le ofrecía y arrugó la nariz con cara de asco.

—Es *trayf* —dijo con desdén ante la idea de comer algo que no fuera *kosher*—. No podemos comernos eso.

—Lo siento. Es lo único que he podido conseguir con tan poca antelación —se excusó Pawel, que parecía realmente arrepentido. Se la ofreció de nuevo, pero Pan Rosenberg la rechazó—. ¿Al menos para su madre y su hijo? —insistió Pawel—. Me temo que no habrá nada más durante un día o dos.

—Desde luego que no.

Pawel se encogió de hombros y le llevó la carne extra a mi madre. Ella vaciló, debatiéndose entre su deseo de alimentarnos y no querer quedarse con más de lo que le correspondía.

—Si está seguro...

—No debería echarse a perder —le aseguró él. Mi madre agarró un pequeño pedazo de cerdo para ella y el resto me lo dio a mí. Me lo comí deprisa antes de que Pan Rosenberg pudiera cambiar de opinión, tratando de ignorar la mirada torva de su hijo. La anciana se hallaba detrás de su familia, sin quejarse, pero me pregunté con cierto sentimiento de culpa si habría querido un poco. Observé a los Rosenberg, con sus extrañas vestimentas oscuras. ¿Qué habrían hecho ellos para ganarse los favores del trabajador de las alcantarillas? No se parecían en nada a nosotras. Y sin embargo tendríamos que vivir allí juntos. Nos habíamos librado de la indignidad de compartir un apartamento en el gueto. Pero ahora nuestra única esperanza era permanecer escondidas en aquel pequeño lugar con aquellos desconocidos.

Y entonces Pawel se marchó y nos dejó solos en la cámara.

—Ahí —dijo mi madre, apuntando a uno de los bancos. Señaló un punto tan sucio y húmedo que tan solo un día antes me habría regañado por sentarme ahí.

Me palpitaba el pie al sentarme, recordándome mi herida de antes.

—Me he hecho un corte en el pie —le dije, aunque me parecía absurdo mencionarlo a la luz de lo que había sucedido desde entonces. Mi madre se arrodilló a mi lado, y el dobladillo ya mugriento de su falda se mojó con el agua sucia. Me levantó el pie derecho, me lo sacó del zapato empapado y me lo frotó con un trozo seco de su vestido.

—Debemos mantener los pies secos. —No entendía cómo podía pensar en esas cosas en un momento así.

Alcanzó la bolsa que llevaba, la que mi padre me había lanzado justo antes de caer al agua. ¿Qué había en esa bolsa por la que mi padre había pagado con su vida? Mi madre la abrió. Medicinas y vendas, una manta de bebé blanca y azul y un par de calcetines limpios para mí. Me hice un ovillo, invadida de nuevo por la pena.

—Calcetines —dije despacio, con incredulidad—. Papá ha muerto por un par de calcetines.

—No —me respondió mi madre—. Ha muerto para salvarte. —Me atrajo hacia sí—. Sé que es difícil —susurró con el brillo de las lágrimas en los ojos—, pero debemos hacer lo que sea necesario para sobrevivir. Es lo que él habría querido. ¿Lo comprendes? —Observé en su rostro una expresión decidida y firme que nunca antes había visto. Apoyó la cabeza contra la mía y percibí en los rizos sedosos de su melena alrededor de su oreja el aroma del agua de canela que se había rociado después del baño el día anterior. Me pregunté cuánto tiempo pasaríamos allí abajo antes de que aquel delicioso aroma se desvaneciera.

—Lo comprendo. —Permití que me untara pomada en el pie y después me puse los calcetines limpios que me había dado. Al extender el brazo hacia abajo, vi en la manga el brazalete con la estrella azul que los alemanes nos obligaban a llevar para identificarnos como judíos—. Al menos ya no necesitaremos esto. —Tiré del brazalete y la tela se rasgó con un ruido satisfactorio.

—Esa es mi chica —dijo mi madre con una sonrisa—, siempre viendo el lado positivo. —Hizo lo mismo y se arrancó su brazalete, después soltó una carcajada de satisfacción.

Cuando fue a cerrar la bolsa, algo pequeño y metálico cayó de dentro y rebotó en el suelo de la cloaca. Me apresuré a recogerlo. Era la cadena de oro que mi padre llevaba siempre debajo de la camisa, con el colgante donde se leía la palabra hebrea *chai*, o «vida». No era común entre los hombres llevar joyas, pero la cadena era un regalo que le habían hecho a mi padre sus padres en su *bar mitzvah*. Yo había dado por hecho que lo llevaba puesto al caer al agua, que se habría perdido también en las aguas residuales, pero debió de quitárselo antes de huir. Ahora lo teníamos nosotras.

Se lo acerqué a mi madre, pero ella negó con la cabeza.

—Él querría que lo tuvieras tú. —Me enganchó el cierre alrededor del cuello y la palabra *chai* quedó sobre mi pecho, junto al corazón.

Se oyeron ruidos frente a la cámara. Nos pusimos en pie, alarmadas. ¿Ya habían llegado los alemanes? Pero era Pawel otra vez.

—La luz —nos dijo señalando la lámpara de carburo que colgaba de un gancho—. Desprende un humo que sube hasta la calle. Tienen que apagarla. —Con reticencia, renunciamos a la única fuente de luz que teníamos y la cloaca quedó de nuevo fría y a oscuras.

5

Ella

Abril 1943

La primavera siempre había tardado en llegar a Cracovia, como un niño perezoso que no quiere salir de la cama una mañana de colegio. Aquel año, parecía que no iba a llegar nunca. La nieve sucia aún cubría la base del puente mientras recorría el trayecto desde el centro de la ciudad hacia Dębniki, el barrio de clase obrera situado en la orilla meridional del Wisła. El aire era gélido, el viento cortante. Era como si la madre naturaleza estuviera protestando personalmente contra la ocupación nazi, que se extendía por cuarto año.

No había esperado encontrarme haciendo un recado en aquella parte tan remota de la ciudad un sábado por la mañana. Una hora antes, me hallaba en mi habitación, redactando una carta para mi hermano, Maciej. Llevaba viviendo en París casi una década y, aunque no había tenido ocasión de visitarlo, la ciudad cobraba vida mediante las descripciones visuales y detalladas y el perverso sentido del humor de sus cartas. Yo le contestaba de manera bastante general, sabiendo siempre que nuestras cartas podrían ser leídas por otros. *El halcón ha estado de caza*, le escribí en un momento dado. Era nuestro nombre en clave para referirnos a Ana Lucia y su predilección por llevar pieles de animales a modo

63

de ropa, «de caza» hacía referencia a las ocasiones en las que se comportaba de manera especialmente retorcida. *Ven a París*, me había dicho mi hermano en su última carta, y sonreí al advertir que su adquirida afectación francesa saltaba desde el papel en sus palabras. *A Phillipe y a mí nos deleitaría recibirte*. Como si fuera tan simple. Era imposible viajar ahora, aunque tal vez cuando acabara la guerra enviaría a alguien a por mí. A mi madrastra le daría igual que me fuera, siempre y cuando el viaje no le costara nada.

Acababa de sellar la carta con un poco de cera cuando oí un escándalo abajo, en la cocina. Ana Lucia estaba gritándole a nuestra doncella, Hanna. La pobre Hanna era con frecuencia el blanco de la ira de mi madrastra. En otro tiempo habíamos contado con cuatro empleados internos en casa. Pero la guerra había supuesto sacrificios para todos, y en el mundo de mi madrastra eso significaba apañárselas con una sirvienta. Hanna era nuestra doncella, una muchacha escuálida del campo, sin familia; ella fue la única dispuesta a hacerse cargo del trabajo de llevar toda la casa, así que fue la que se quedó, pasando a ejercer las tareas del ama de llaves, del mayordomo, del jardinero y del cocinero, ya que no tenía ningún otro sitio al que ir.

Me pregunté cuál sería aquel día el motivo de la ira de mi madrastra. Las cerezas, según supe cuando bajé a la cocina.

—Le he prometido al Hauptsturmführer Kraus el mejor pastel de cerezas ácidas de Cracovia como postre esta noche. ¡Pero no tenemos cerezas! —Ana Lucia tenía las mejillas encendidas por la rabia, como si acabara de salir de darse un baño.

—Lo siento, señora —se disculpó Hanna. En su rostro picado de viruelas advertí la expresión azorada—. No es temporada.

—¿Y qué? —La coyuntura de la situación era algo que se le escapaba a Ana Lucia, que quería lo que quería.

—A lo mejor cerezas deshidratadas —sugerí, tratando de ser de utilidad—. O en conserva.

Ana Lucia se volvió hacia mí y aguardé a que rechazara mi sugerencia, como hacía siempre.

—Sí, eso es —dijo despacio, como si le sorprendiera que hubiera tenido una buena idea.

—Ya lo he intentado —intervino Hanna negando con la cabeza—, pero en el mercado no hay.

—¡Pues entonces ve a otros mercados! —explotó Ana Lucia. Temí que mi sugerencia, aunque bienintencionada, hubiera empeorado la situación de la pobre chica.

—Pero tengo que asar la carne y... —se justificó Hanna, impotente, espantada.

—Iré yo —me ofrecí. Ambas me miraron sorprendidas. No es que quisiera ayudar a mi madrastra a saciar el apetito de un cerdo nazi. Al contrario, habría preferido meterle las cerezas por la garganta, con huesos y todo. Pero estaba aburrida. Y quería ir a la oficina de correos para enviarle mi carta a Maciej, de modo que podría hacer ambas cosas en un solo trayecto.

Imaginé que mi madrastra protestaría, pero no lo hizo. En su lugar, me entregó un puñado de monedas, asquerosos marcos imperiales que habían sustituido al *zloty* polaco.

—He oído que podrían tener cerezas en Dębniki —explicó Hanna con gratitud.

—¿Al otro lado del río? —pregunté. Me dijo que sí con la cabeza, rogándome con la mirada que no cambiara de opinión. Dębniki, un distrito al otro lado del Wisła, estaba al menos a treinta minutos en tranvía, más tiempo a pie. No había planeado ir tan lejos, pero había dicho que iría y no podía abandonar a Hanna ante la ira de mi madrastra por segunda vez.

—El pastel tiene que estar en el horno a las tres —declaró Ana Lucia con arrogancia, en vez de darme las gracias.

Me puse el abrigo y, antes de salir de casa, agarré la pequeña cesta que solía usar para la compra. Podría haber tomado el tranvía, pero agradecía el aire frío y con olor a carbón y la oportunidad de estirar las piernas. Seguí la calle Grodzka hacia el sur hasta que llegué al Planty y atravesé la franja de parque, ahora marchito, que rodeaba el centro de la ciudad.

Mi ruta más allá del Planty hacia el sur en dirección al río me llevó por el lindero de Kazimierz, el barrio situado al sureste del centro de la ciudad que en otro tiempo había sido el barrio judío. Rara vez había tenido motivos para visitar Kazimierz, pero siempre me había resultado exótico y desconocido, con sus hombres ataviados con sombreros altos y oscuros, y palabras hebreas escritas en los escaparates de las tiendas. Pasé frente a lo que fue una panadería y casi pude oler la *jalá* que solían hornear allí. Había desaparecido ya todo, desde que los alemanes obligaran a los judíos a trasladarse al gueto de Podgórze. Las tiendas estaban abandonadas, los escaparates rotos o cerrados. Las sinagogas, que durante siglos se habían llenado de fieles los sábados por la mañana, estaban ahora vacías y en silencio.

Había cruzado apresurada e inquieta la ciudad fantasma y ahora me hallaba en la base del puente que atravesaba el Wisła. El río separaba el centro de la ciudad y Kazimierz de los barrios de Dębniki y Podgórze, más al sur. Miré por encima del hombro hacia el imponente castillo de Wawel. En otro tiempo sede de la monarquía polaca, había presidido la ciudad durante casi mil años. Como todo lo demás, ahora formaba parte del Gobierno General, ocupado por los alemanes como sede de su administración.

Contemplando el castillo, me asaltó el recuerdo de una noche, poco después de la invasión, cuando había salido a dar un paseo. Al llegar a lo alto del dique que había sobre el río, vi los barcos agrupados en torno al castillo. Estaban sacando enormes cajas de su interior y las embarcaban por una rampa, las más pesadas las transportaban sobre ruedas. Un robo, pensé, dejándome llevar por mi imaginación infantil desbocada. Pensé en llamar a la policía, en ser declarada una heroína por haber frustrado la trama. Sin embargo, las personas que estaban llevándose las cosas no parecían delincuentes. Eran trabajadores del museo, que sacaban con sigilo tesoros nacionales del castillo para salvarlos. Pero ¿de qué? ¿De los saqueos? ¿De los ataques aéreos? Estaban rescatando los cuadros, y sin embargo a nosotros nos dejaban atrás, enfrentados a un destino incierto a manos de los alemanes. Supe entonces que nada volvería a ser lo mismo.

Al otro lado del puente estaba Dębniki, el barrio donde Hanna pensaba que podrían comprarse cerezas. Su silueta era una mezcla de fábricas y almacenes, un mundo muy distinto de las iglesias elegantes y los chapiteles del centro de la ciudad. Me detuve en Zamkowa, una calle cercana a la ribera del río, para orientarme. Nunca antes había estado sola en Dębniki y hasta entonces no se me había ocurrido pensar que podría perderme. Vacilé, mirando unos edificios bajos que había en la esquina y que parecían un lugar para cargar cajas en una barcaza que había amarrada en el río. No era el tipo de sitio donde me sentiría cómoda pidiendo indicaciones. Pero no había ningún peatón a quien poder preguntar, de manera que me pareció la mejor opción si quería llegar al mercado a tiempo para comprar las cerezas y salvar a Hanna. Me armé de valor y me acerqué a un grupo de hombres que fumaban junto a un muelle de carga.

—Disculpen —les dije, y vi en sus caras lo fuera de lugar que me encontraba.

—¿Ella? —Me sorprendió oír mi propio nombre. Me volví y me topé con un rostro familiar: el padre de Krys. Su frente ancha y sus ojos hundidos eran un calco de los de su hijo. Krys se había criado en el barrio obrero de Dębniki. Su padre era estibador y su familia no encajaba en absoluto con la nuestra, según me había recordado Ana Lucia en más de una ocasión. Solo había ido a casa de Krys unas pocas veces para ver a sus padres. Aunque jamás admitiría que esa clase de cosas le importaban, sospechaba que una parte de él se había sentido avergonzada de mostrarme la pequeña casa en una calle sencilla donde se había criado. Sin embargo a mí me encandiló el cariño de su familia, y cómo su madre adoraba a su «bebé» pese a ser un muchacho de veinte años que le sacaba casi una cabeza. Me había gustado mucho pasar tiempo en su casa, que era tan acogedora como fría era la mía ahora.

Por supuesto, en su casa reinaba ahora también el silencio. Los padres de Krys habían enviado a tres hijos a la guerra, los dos mayores habían muerto y el pequeño seguía fuera. Su padre parecía mayor de lo que recordaba, tenía las arrugas más marcadas y los hombros caídos, el pelo se le había quedado casi todo gris. Me sentí culpable. Pese a no haber estado unida a los padres de Krys, debería haber ido a verlos desde que este se marchó.

Pero su padre no mostró señal alguna de recriminación cuando se me acercó con mirada cariñosa, aunque confusa.

—Ella, ¿qué estás haciendo aquí? —Me dispuse a decirle que necesitaba indicaciones—. Si estás buscando a Krys, volverá pronto —añadió.

—¿Volverá? —pregunté, convencida de haberlo oído mal. ¿Había sabido algo de Krys? El corazón me dio un vuelco—. ¿De la guerra?

—No, de comer. Estará de vuelta dentro de menos de una hora.

—Lo siento, no lo entiendo. Krys sigue en la guerra. —Me pregunté si el hombre estaría confuso, si el dolor y la pérdida le habrían hecho perder el juicio.

Pero su mirada era lúcida.

—No, volvió hace dos semanas. Ha estado trabajando aquí conmigo. —Su voz sonaba convencida y no dejaba lugar a dudas. Me quedé petrificada, sin decir nada. Krys había vuelto—. Lo siento. Pensé que lo sabías.

No, no lo sabía.

—Por favor, ¿sabe dónde puedo encontrarlo?

—Dijo que tenía que hacer un recado. Creo que era en la cafetería de Barska, donde solía ir antes de la guerra. —Señaló calle arriba, en dirección opuesta al río—. La segunda calle a la derecha. Quizá lo encuentres allí.

—Gracias. —Partí en dirección a la cafetería, dándole vueltas a la cabeza. Krys había vuelto. Una parte de mí se alegraba. Estaba a poca distancia y, en cuestión de minutos, podría verlo. Ahora bien, el hombre con quien se suponía que iba a casarme había regresado de la guerra y no se había molestado en decírmelo. Supuse que tenía sentido; al fin y al cabo, había roto conmigo antes de marcharse. No era más que una chica de su pasado, un recuerdo. Aun así, no decirme siquiera que había vuelto sano y salvo, dejarme preocupada y con la duda, me parecía algo escandaloso. Sin duda me debía algo más que eso. Me planteé mis opciones: ir tras él o no hacer nada. Si no había acudido a verme, no debería rebajarme a ir detrás de él. Sin embargo necesitaba saber qué había ocurrido, por qué no había ido a verme. Al diablo con los buenos modales. Me dirigí hacia la cafetería.

La calle Barska, donde me había enviado el padre de Krys, se ubicaba cerca del centro de Dębniki. Mientras atravesaba el vecindario, observé que los edificios allí estaban muy juntos y tenían las fachadas tiznadas de hollín y con surcos. Enseguida llegué a la cafetería. No se trataba de un restaurante elegante en la plaza del mercado, sino de una cafetería sencilla donde la gente tomaba tazas de café solo, o rollitos de queso o de semillas de amapola antes de volver al trabajo. Escudriñé a los clientes que había de pie en torno a las pocas mesas altas situadas en la parte más alejada de la cristalera. Había perdido la cuenta de las veces que había creído ver a Krys a lo largo de los últimos años. En alguna ocasión me había parecido verlo subido a un tranvía o entre la multitud. Pero, claro, nunca era él. En aquel momento tampoco lo vi, y me pregunté si su padre se habría equivocado. O quizá sí que hubiera estado allí y ya se hubiera marchado.

Entré en la cafetería y aspiré el fuerte olor del café y del humo de los cigarrillos. Me abrí paso entre las mesas apretadas. Al fin divisé a alguien que me era familiar sentado en la parte de atrás, mirando hacia otro lado. Era Krys. El corazón se me aceleró y después me dio un vuelco. Sentada frente a él había una mujer despampanante de melena oscura, algunos años mayor que yo, mirándolo cautivada mientras hablaba.

Me quedé contemplándolo, como si se tratase de una aparición. ¿Cómo era posible? Había soñado y pensado en él muchas veces. Al principio me lo imaginaba luchando en el frente. Cuando sus cartas empezaron a escasear, me lo imaginé muerto o herido. Pero allí estaba, sentado en una cafetería, con una taza de café delante y otra mujer a su lado, como si nada hubiera ocurrido. Como si lo nuestro no hubiera tenido lugar.

Por un segundo me sentí aliviada, incluso me alegré de ver que estaba a salvo. Pero, en cuanto fui consciente de la realidad de la situación, me invadió la rabia. Atravesé el establecimiento con decisión. Entonces me detuve y vacilé un instante, sin saber bien qué decir. La mujer que iba con Krys me vio acercarme y mostró una expresión de desconcierto. Krys se volvió y nuestras miradas se encontraron. La sala entera pareció quedarse quieta. Le susurró algo a la mujer, después se puso en pie y se acercó a mí. Empecé a retroceder y volví a salir a la calle, sintiendo que me faltaba el aire. Seguí caminando.

—¡Ella, espera! —gritó Krys, siguiéndome. Quise correr, pero me alcanzó enseguida con sus zancadas largas y me agarró antes de que pudiera esquivarlo. Me rodeó el antebrazo con los dedos y me detuvo de un modo firme pero amable. Aquel contacto me llenó el corazón y volvió a rompérmelo, todo al mismo tiempo. Levanté la mirada, invadida por la rabia, el dolor y la felicidad. De pie, tan cerca de él, me entraron ganas de abrazarlo, de apoyar la cabeza en su pecho y dejar que el mundo se desvaneciese como sucedía antes. Entonces, por encima de su hombro, vi a la mujer con la que estaba sentado, mirándonos de manera inquisitiva a través de la cristalera de la cafetería. Se esfumaron mis ensoñaciones—. Ella —repitió.

Se inclinó hacia mí. Pero el beso que quiso darme iba dirigido a mi mejilla y distaba mucho del abrazo apasionado que habíamos compartido la última vez que lo vi. Me aparté. Me llegó una brizna de su olor, tan familiar, y me asaltaron los recuerdos dolorosos. Hacía una hora, el hombre al que amaba seguía siendo mío en mis recuerdos. Sin embargo, ahora se hallaba frente a mí, allí mismo, y sin embargo era un desconocido.

—¿Cuándo has vuelto? —le pregunté.

—Hace solo unos días. —Me pregunté si sería cierto. Su padre había dicho dos semanas. Mentir era impropio de él, pero tampoco pensé que pudiera ocultarme su regreso—. Iba a ir a verte —añadió.

—¿Después de tu cita en la cafetería? —le espeté a modo de respuesta.

—No es eso. Quiero explicártelo, pero no puedo hacerlo aquí. ¿Quieres que nos veamos más tarde?

—¿Para qué? Lo nuestro se ha acabado, ¿no es así?

Volvió a mirarme a los ojos, incapaz de mentir.

—Sí. No es lo que piensas, pero es cierto. Ya no podemos seguir juntos. Lo siento. Te lo dije antes de la guerra.

Hube de admitir, aunque solo para mis adentros, que así era. Recordaba nuestra última conversación antes de que se fuera, yo más convencida que nunca de que deberíamos estar juntos, y él apartándose. Pero no había querido oírlo.

—Debes creer que jamás haría nada que pudiera hacerte daño. —Me miraba suplicante—. Que esto es lo mejor.

¿Cómo podía decir aquello? Me planteé la posibilidad de discutírselo. Quería recordarle todo lo que habíamos sido el uno para el otro y lo que aún podría haber entre nosotros. Pero me pudo el orgullo, que me lo impidió. No le rogaría a alguien que ya no me deseaba.

—Adiós, entonces —le dije, y logré que no me temblara la voz.

Sin decir nada más, me di la vuelta con intención de marcharme y estuve a punto de chocarme con un hombre que descargaba cajas de un carro tirado por caballos.

—¡Ella, espera! —me gritó Krys, pero seguí corriendo, tratando de alejarme del dolor que me había producido volver a verlo y darme cuenta de que no podíamos estar juntos.

Cuando me hallaba a varias manzanas de distancia, me volví, con la media esperanza de que me hubiera seguido. No lo había hecho. Seguí mi camino, más despacio ahora, dejando que brotaran las lágrimas. Mi relación se había terminado, no tenía futuro. No lo entendía. Cuando miré a Krys a los ojos, sentí lo mismo de siempre. ¿Cómo era posible que él no lo recordara? Aunque pensaba en él con rabia, me invadían recuerdos cariñosos. Habíamos experimentado una especie de desesperación cuando estalló la guerra, la sensación de que cada vez que nos veíamos podría ser la última. Eso hacía que me sintiera emocionada, viva. Pero la situación me obligó a hacer cosas que de otro modo no habría hecho. Me había acostado con Krys solo una vez antes de que se marchara, en vez de esperar al matrimonio, o incluso a estar prometidos oficialmente, en un intento desesperado por aferrarme a lo que teníamos durante un poco más. Había dado por hecho que para él significó tanto como para mí. Sin embargo, ahora me había dejado para siempre.

Pocos minutos más tarde, levanté la mirada y vi mi reflejo en el escaparate de una carnicería. Tenía los ojos rojos e hinchados del llanto, hinchada también la cara. Me dije a mí misma que era patética mientras me secaba las lágrimas. Aun así, no podía dejar de pensar en Krys. Me lo imaginé regresando junto a la mujer de la cafetería para continuar su conversación con ella como si nada hubiese ocurrido. ¿Quién sería ella? ¿La habría conocido mientras estaba fuera? Pese a todo, sabía que Krys era un hombre honrado y no me imaginaba que aquella mujer pudiera estar ya en su vida cuando estábamos juntos. Pero me parecía un desconocido, y lo que hubiese ocurrido desde que se fue a la guerra hasta ahora era algo que yo no podía saber, se hallaba opacado por un cristal empañado y oscuro.

Decidí que no podía quedarme en Cracovia. Allí ya no había futuro para mí. Mis amigas y yo antes bromeábamos diciendo que

Cracovia era la ciudad pequeña más grande de todas. No parábamos de encontrarnos las unas con las otras. Tendría que ver a Krys, e incluso aunque no lo viera, la ciudad estaría cargada de recuerdos dolorosos. París, pensé de pronto, cuando la cara de mi hermano surgió en mi mente. Maciej me había animado más de una vez en sus cartas a ir a verlo. Reescribiría mi última carta, le pediría que enviara a alguien a buscarme lo antes posible. Con la guerra tal vez fuese difícil, incluso imposible, pero sabía que Maciej lo intentaría. Saqué de la cesta la carta que tenía pensado enviarle y la tiré en un cubo de basura cercano, con la intención de escribirle otra después de haber hecho el recado.

Miré hacia el cielo. El sol ya estaba alto, lo que indicaba que era casi mediodía y todavía no había hecho nada para conseguir las cerezas que necesitaba Hanna. Me encaminé hacia el Rynek Dębniki, la plaza del mercado principal del barrio, donde los comerciantes llevaban sus mercancías para vender los sábados en unos sencillos puestos de madera. Al aproximarme al mercado, me asombró que siguiera abierto; ya casi no quedaba nada que vender después de años de racionamiento y carencias. No había carne que vender y apenas pan, y las pocas hortalizas que había ya habían empezado a pudrirse. Aislada en mi mundo de privilegios y protección, no solía ver las dificultades a las que se enfrentaba la gente corriente durante la guerra. Ahora, mientras observaba a los vecinos recorrer los puestos en busca de cualquier cosa disponible, para ver después si podían permitírselo, noté que nuestras diferencias eran amplias. Los compradores allí eran delgados y tenían las mejillas hundidas. No parecía sorprenderles la falta de comida disponible para comprar, más bien aceptaban lo que pudieran obtener y se marchaban con sus cestas y sus bolsas casi vacías.

Caminé hacia el puesto de verduras más cercano y estudié los escasos productos disponibles, en su mayoría patatas y algún repollo podrido.

—¿Cerezas deshidratadas o en conserva? —pregunté, aunque ya sabía la respuesta. Las cerezas crecían a montones en los árboles de las afueras de la ciudad a principios de verano. Si se hubieran conservado adecuadamente el año anterior, no deberían haber escaseado. Pero los alemanes habían arrebatado a Polonia gran parte de su abundancia natural, desde las cosechas hasta los rebaños de vacas y de ovejas. Sin duda se habrían llevado también las cerezas. Aun así, le pregunté al hombre por si acaso tenía algunas que no estuvieran expuestas y que pudiera venderme. Por un lado, deseaba que el vendedor me dijera que no le quedaban cerezas para que Ana Lucia no pudiera prepararle su pastel especial al alemán. Pero eso le daría a mi madrastra otra oportunidad de criticar mis fracasos.

El hombre negó con la cabeza, agitando la gorra sobre su rostro surcado de arrugas.

—Desde hace meses nada —respondió entre dientes manchados de tabaco. Me molestó haber ido hasta allí para nada y que Hanna se hubiera equivocado. El vendedor pareció arrepentido de haber perdido una venta. Por impulso señalé un ramo de crisantemos que vendía. Se le iluminó la cara—. Puede intentarlo en el *czarny rynek* a la vuelta de la esquina, en la calle Pułaskiego —añadió mientras agarraba las flores rojas y brillantes y las envolvía en papel de estraza. Me entregó el ramo y le puse una moneda en la palma cuarteada de la mano.

Me sorprendió que hubiera dos mercados tan cerca. Pero, al doblar la esquina, descubrí que la dirección a la que me había enviado no constituía en absoluto un mercado oficial, sino más bien un callejón estrecho en la parte trasera de una iglesia donde se habían juntado un buen número de personas. Entonces lo entendí. *Czarny rynek* significaba «mercado negro», un lugar sin licencia donde la gente vendía productos prohibidos o que escaseaban por un precio superior. Yo había oído hablar de esos lugares, pero hasta aquel momento no sabía que existieran de verdad. Los pocos vendedores que había allí no tenían puestos, sino que mostraban su mercancía sobre mantas o trapos viejos extendidos en el suelo, algo que pudiera recogerse deprisa en caso de tener que huir de la policía. Había una mezcla de todo, desde alimentos difíciles de conseguir como chocolate y queso hasta una radio de contrabando y una pistola tan antigua que me pregunté si funcionaría de verdad.

Me planteé darme la vuelta. El mercado negro era ilegal y a uno podían arrestarlo por comprar o vender en él. Pero vi a un vendedor de fruta en mitad del callejón con bastantes más productos que en el mercado de verdad. Encaminé mis pasos hacia allí. Encontré cerezas deshidratadas, al menos algunas, expuestas sobre un trapo sucio en el suelo. Me llevé todas las que había y pagué al vendedor desdentado, utilizando casi todas las monedas que me quedaban de las que me había dado mi madrastra. Me metí una de las cerezas en la boca para probarla, tratando de no pensar en las uñas sucias del tendero que acababa de vendérmelas. La acidez me hizo cosquillas en la mandíbula. Fui succionando el hueso mientras caminaba, después lo escupí en una alcantarilla cercana.

Pasé sobre la alcantarilla, con cuidado de que no se me quedara atascado el tacón del zapato. Procedente de abajo me llegó un murmullo que me sobresaltó y di un respingo. Me dije a mí misma que sería una rata, como las que salían por las noches para darse un festín con lo que pudieran encontrar. Pero ahora era de día y no creía que aquellos asquerosos roedores se atrevieran a salir de allí.

Volví a oír el ruido que salía de la alcantarilla, demasiado fuerte para ser una rata, y miré hacia abajo. Dos ojos me devolvieron la mirada. No eran los ojos pequeños y brillantes de un animal, sino unos círculos oscuros rodeados de blanco. Unos ojos humanos. Había una persona en la alcantarilla. No una persona sin más, sino una chica. Al principio creí haberlo imaginado. Parpadeé para aclararme la vista, dando por hecho que la imagen se habría desvanecido como una especie de espejismo. Pero, al volver a mirar, la chica seguía allí. Estaba muy delgada, sucia y mojada, y me miraba. Había retrocedido un poco, como si le diese miedo que la vieran, pero aún distinguía sus ojos en la oscuridad, observándome.

Estuve a punto de hacer un comentario en voz alta sobre su presencia. Sin embargo algo me detuvo, como si un puño me hubiera agarrado del cuello, dejándome sin aire para que no me saliera la voz. Lo que fuera que la hubiera obligado a meterse en ese horrible lugar significaba que no quería que la encontraran. Así que yo no debía ni podía decir nada. Traté de tomar aire, intenté recuperar la calma. Después miré a mi alrededor para ver si alguien más se había fijado, si había visto lo que yo acababa de ver. Los demás transeúntes seguían su camino sin prestar atención. Volví a darme la vuelta, preguntándome quién sería esa chica y cómo habría llegado hasta allí abajo.

Al volver a mirar hacia la rejilla de la cloaca, ya se había ido.

6

Sadie

Estábamos otra vez en nuestro apartamento de la calle Meiselsa, mi padre bailando con mi madre por la cocina al ritmo de la música de piano que se filtraba a través del suelo como si fuera uno de los grandes salones de baile de Viena. Al terminar de bailar, mi madre, sin aliento, me llamó a la mesa, donde me esperaba un delicioso *babka* recién hecho. Agarré un cuchillo y lo introduje en el bizcocho húmedo. De pronto, noté un tumulto bajo mis pies y el suelo comenzó a agrietarse. Mi padre extendió el brazo por encima de la mesa para alcanzarme, pero su mano resbaló al agarrarme. Grité al notar que el suelo cedía y caíamos hacia las cloacas que había debajo.

—Sadele. —Una voz me despertó—. Debes guardar silencio. —Era mi madre, que me recordaba con cariño pero con firmeza que no podíamos gritar en sueños, que debíamos guardar silencio allí.

Abrí los ojos y contemplé la estancia húmeda y apestosa. La pesadilla en la que caía a las cloacas era real. Pero mi padre no estaba por ningún lado.

Papá. Su rostro apareció en mi mente como había sucedido en el sueño. Me había parecido que estaba muy cerca, pero ahora que estaba despierta veía que no habría manera de alcanzarlo. Incluso después de un mes, su muerte seguía siendo un dolor constante. Mi corazón se desgarraba cada vez que me despertaba y me daba cuenta de que había muerto.

Cerré los ojos una vez más, intentando volver a dormirme para soñar otra vez con mi casa y con mi padre. Pero ya no podía regresar. En su lugar, fingí que mi padre estaba tendido junto a mi madre y a mí, que todavía podía oír los ronquidos de los que tanto me quejaba.

Mi madre me dio un abrazo para calmarme, después se incorporó y atravesó la estancia hasta la cocina improvisada situada en un rincón para ayudar a Bubbe Rosenberg, que estaba desvainando judías. Aunque la penumbra de la sala seguía siendo la misma, por los ruidos de la calle supe que debía de estar a punto de amanecer.

«Solo unos días», había dicho mi madre. «Una semana como mucho». De eso hacía más de un mes. Antes no habría podido imaginarme pasando tanto tiempo en las alcantarillas. Pero simplemente no había otro sitio al que ir. Habían vaciado el gueto, todos los judíos que vivían allí habían sido asesinados o trasladados a los campos de prisioneros. Si salíamos a la calle, nos dispararían nada más vernos o nos arrestarían. Las cloacas, que recorrían la ciudad por el subsuelo, desembocaban en el río Wisła, pero la entrada estaba vigilada por alemanes armados. Estaba segura de que la intención de mi padre no era que nos quedáramos a vivir en la cloaca, pero se había llevado a su tumba acuática cualquier plan que pudiera tener para escapar. Estábamos literalmente atrapadas.

Contemplé la estancia desde el rincón donde dormíamos. Habíamos ocupado un lado de la sala como zona para dormir y la familia Rosenberg se había quedado con el otro lado, dejando la zona central como una especie de cocina. Pan Rosenberg estaba sentado en el otro extremo, leyendo. Busqué a Saul con la mirada, pero no lo encontré.

Me incorporé sobre los tablones de madera que, elevados unos centímetros sobre el suelo, conformaban mi cama. Noté un dolor en los huesos que me recordó a los dolores de los que solía quejarse mi abuela. Recordé con añoranza el edredón de plumas que cubría mi cama en nuestro apartamento, que no podía compararse con aquel fino trozo de arpillera que mi madre había encontrado para mí allí. Alcancé mis zapatos, situados al pie de la cama. Como el día en que llegamos, mi madre seguía insistiendo en que mantuviéramos los pies secos, obligándome a alternar cada día entre los dos pares de calcetines que tenía. Llegué a entender por qué: los demás, que tenían menos cuidado, desarrollaron infecciones, llagas y dolores causados por el agua sucia que se les filtraba a todas horas por los zapatos.

Me lavé los dientes, utilizando un poco de agua limpia del cubo, y eché de menos un poco de bicarbonato para que me quedaran más limpios. Después me acerqué a mi madre, que estaba preparando el desayuno. El día después de que Pawel nos dejara, los demás se quedaron allí sentados, como si estuvieran esperando a que regresara para sacarnos de allí. Sin embargo, mi madre enseguida se puso a acomodar la sala para que fuese lo más habitable posible. Era como si, pese a haberme prometido que serían solo unos días, supiera que íbamos a pasar allí mucho más tiempo.

Me dio un beso en la coronilla. Nos habíamos acercado más en las semanas que llevábamos viviendo en las cloacas. Yo siempre había sido la niña de papá, la «pequeña Michal», como bromeaba mi madre, en referencia a lo mucho que me parecía a él. Pero ahora estábamos las dos solas. Me atusó el pelo. Nos cepillaba el pelo a las dos todas las noches desde que llegamos. «Debemos cuidar las apariencias», decía con decisión, y el brillo de su mirada revelaba la esperanza en la vida que llevaríamos después de aquello. De niña, siempre había sido poco femenina, me resistía a acicalarme y a cuidar mi aspecto. Pero en las cloacas no me quejaba. Pese a sus esfuerzos, mantenerme limpia era una batalla constante. La suciedad de las alcantarillas me manchaba la ropa y el cabello continuamente, hasta un punto que ni yo misma podía soportar. Me alegraba no tener espejo.

Al apartarse de mí, su vientre, mucho más abultado ahora, me rozó el brazo. Me imaginé al bebé (al que todavía consideraba demasiado irreal para llamarlo hermano o hermana) que nacería sin padre, que jamás sabría lo maravilloso que había sido mi padre.

—Leeremos un rato después del desayuno —me dijo mi madre con determinación, en referencia a las lecciones escolares que insistía en darme cada mañana. Trataba de mantener cierto orden en nuestras vidas allí abajo: desayuno, después limpieza y clases en una pequeña pizarra que Pawel le había dado, como si, en vez de tener diecinueve años, fuese una niña en el colegio. Por las tardes, sin embargo, echábamos largas siestas, tratando de que pasara el día.

El desayuno de aquel día consistía en cereales secos, menos de lo normal porque estábamos esperando a que Pawel nos trajera más comida, como hacía dos veces por semana. Mi madre lo había dividido en cinco porciones iguales, tres para los Rosenberg y dos para nosotras. Bubbe se acercó a por sus cuencos sin decir palabra y se retiró a su rincón de la estancia. Los Rosenberg tenían también su propia rutina, que parecía girar en torno a la oración diaria.

Cada viernes por la noche, nos invitaban a celebrar con ellos el *sabbat*. Bubbe encendía dos velas y pasaba un poco de vino en un vaso de *kidush* que habían conseguido llevar consigo. Al principio sus tradiciones me parecían tercas, quizá incluso absurdas. Pero después me di cuenta de que aquellos rituales les proporcionaban una estructura y un objetivo, como los horarios que establecía mi madre, solo que con más significado. A veces deseaba tener más tradiciones para señalar los días. Incluso habían confeccionado una *mezuzá* en el marco de la puerta a la sala para declararla hogar judío. Al principio Pawel se había resistido: «Si alguien lo ve, sabrán que estáis aquí». Pero lo cierto era que, si alguien se acercaba lo suficiente como para descubrir la puerta a la sala, estaríamos perdidos de igual modo, pues no había lugar donde esconderse. Ya estábamos en abril y, en solo unos días, sería la Pascua Judía. Me pregunté cómo conseguirían los Rosenberg cumplir con la exigencia de no comer pan ni productos fermentados cuando, a veces, eso era lo único que Pawel conseguía ofrecernos.

Alcancé la repisa que había sobre la cocina en busca del trozo de pan extra que había reservado de las raciones del día anterior y almacenado para añadirlo a nuestro exiguo desayuno. Al principio había intentado almacenar la comida debajo de la cama, pero, al tratar de recuperarla, algo me había rozado la mano. Me aparté y miré debajo. Aparecieron dos ojos pequeños y brillantes. Era una rata, que me miraba con actitud desafiante y la barriga llena. No volví a dejar comida en un lugar bajo.

Le ofrecí el pan a mi madre.

—No tengo hambre —mentí. Aunque me rugía el estómago, sabía que mi madre, delgadísima salvo por la tripa, debía comer por dos y necesitaba las calorías. La miré a la cara, convencida de que jamás me creería. Pero aceptó el pan y dio un mordisco, después me devolvió el resto. Últimamente parecía haber perdido el interés por comer—. Por el bebé —insistí acercándoselo a los labios para obligarla a comer un poco más. Ahora que mi padre ya no estaba, debía hacerme cargo y cuidar de mi madre. Era la única familia que me quedaba.

Le entró una arcada y escupió en la mano el trozo de pan que había logrado meterse en la boca. Negó con la cabeza. No estaba teniendo un embarazo fácil, ni siquiera antes de la cloaca.

—¿Te arrepientes? —pregunté de pronto—. Me refiero a lo de tener otro bebé así... —La pregunta me salió de un modo extraño y me pregunté si se enfadaría.

Sin embargo, sonrió.

—Jamás. ¿Desearía que naciera en otras circunstancias? Por supuesto. Pero este bebé será una parte de tu padre, igual que tú, una parte de él que seguirá viviendo.

—No durará para siempre —le dije, con intención de asegurarle que el embarazo y todas las incomodidades que le provocaba terminarían en pocos meses. Pero mi madre se puso más seria al oír eso. Me había imaginado que querría quitarse de encima cuanto antes aquella enorme barriga, que parecía muy incómoda—. ¿Qué sucede?

—En la tripa —me explicó— puedo proteger al bebé. —Pero una vez fuera no podría. Me estremecí, y una parte de mí deseó estar allí dentro también—. Algún día lo entenderás, cuando tengas hijos.

Aunque supe que no pretendía hacerme daño, sus palabras me hirieron un poco.

—Si no fuera por la guerra, tal vez ahora mismo estaría formando una familia —le dije. No es que tuviera prisa por casarme. Más bien al contrario, siempre había soñado con ir a la universidad y estudiar Medicina. Con un marido e hijos, eso habría sido imposible. Pero la guerra me había dejado atrapada, primero en el gueto y después allí, en una especie de tierra de nadie entre la infancia y la vida adulta. Estaba ansiosa por tener mi propia vida.

—Oh, Sadele, ya llegará tu momento —dijo mi madre—. No quieras adelantar el tiempo, ni siquiera aquí.

Se oyeron ruidos frente a la entrada de la estancia, seguidos de salpicaduras, el sonido de unas botas moviéndose por el agua. Todos dimos un respingo instintivo, preparándonos para lo peor. Nos relajamos una vez más cuando Pawel entró por la puerta con una bolsa de comida.

—¡Hola! —nos saludó alegremente, como si nos hubiera visto por la calle. Nos visitaba dos veces a la semana los días de mercado, martes y sábados.

—*Dzień dobry* —respondí, contenta de verlo. Hacía no tanto, no estábamos seguros de si Pawel regresaría, porque mi madre se había quedado sin dinero.

Cada semana le pagaba por la comida que nos traería la próxima vez. Pero, hacía unas pocas semanas, la encontré rebuscando en la bolsa con tristeza.

—¿Qué sucede? —le pregunté entonces.

—El dinero, no hay. No nos queda nada para pagar a Pawel. —Me sorprendió su franqueza. Normalmente me ocultaba los problemas, protegiéndome como si fuera una niña y no una joven de diecinueve años. Pronto entendí por qué me lo había dicho—. Tenemos que darle el collar —me explicó—. Para que pueda cambiarlo por dinero o fundir el oro.

—¡Jamás! —Me llevé la mano instintivamente al cuello. El collar era lo último que me quedaba de mi padre, mi último vínculo con él. Preferiría morirme de hambre.

Enseguida me di cuenta de que aquella actitud era infantil. Mi padre habría renunciado al collar sin pensarlo para darnos de comer. Me llevé la mano a la nuca, desenganché el cierre y le puse el collar a mi madre en la mano.

Cuando Pawel acudió aquel día, ella se lo ofreció.

—Toma esto para la comida.

Pero él se negó.

—Era de tu marido.

—No tengo nada más —admitió ella al fin. Pawel se quedó mirándola durante varios segundos, debatiéndose con la noticia. Después se dio la vuelta y se marchó.

—¿Por qué le has dicho eso? —preguntó Bubbe. Según parecía, los Rosenberg también se habían quedado sin dinero.

—Porque no hay manera de ocultar que no tenemos dinero —respondió mi madre con brusquedad mientras me devolvía el collar. Volví a ponérmelo al cuello. Cada noche, permanecía despierta con el estómago vacío, preocupada porque nos hubiera abandonado para siempre.

El sábado después de que mi madre le dijera a Pawel que no teníamos dinero, no había aparecido a su hora habitual. Pasó una hora, después otra, los Rosenberg terminaron sus oraciones del *sabbat*.

—No va a venir —declaró Bubbe. No era mala, solo una anciana gruñona que no se molestaba en disimular sus opiniones, o en tolerar las de los demás cuando pensaba que eran absurdas—. Nos moriremos todos de hambre. —La idea me aterrorizaba.

Pero Pawel había venido, aunque tarde, con comida. Nadie había vuelto a mencionar el tema del dinero desde entonces. Éramos su responsabilidad y no nos había abandonado, sino que, de algún modo, había seguido encontrando comida. Le entregó la bolsa a mi madre y ella la vació, y colocó el pan y los demás artículos en un contenedor que había logrado colgar del techo de la estancia para que se mantuviera seco y lejos de las ratas.

—Siento llegar tarde —se disculpó él, arrepentido, como si fuera un repartidor de alguna tienda—. He tenido que ir a otro mercado para obtener lo suficiente. —Darnos de comer a todos con el limitado suministro de comida que había en la calle y sin suficientes cartillas de racionamiento suponía un desafío constante para él. Tenía que ir de mercado en mercado por toda la ciudad comprando pequeñas cantidades en cada uno para no llamar la atención—. Siento que no haya más.

—Es maravilloso —se apresuró a responder mi madre—. Te lo agradecemos mucho. —Antes de la guerra, Pawel habría sido un simple obrero callejero, casi imperceptible. Allí, en cambio, era nuestro salvador. Pero, mientras mi madre sacaba una barra de pan y unas cuantas patatas de la bolsa, la vi calculando cómo estirar la comida para alimentarnos a todos hasta que Pawel regresara con más.

A veces Pawel se quedaba un rato a charlar con nosotros y nos contaba cosas del mundo exterior. Sin embargo, aquel día se marchó deprisa, diciendo que había estado fuera comprando demasiado tiempo y lo necesitaban en casa. Sus visitas siempre suponían algo de luz en nuestros días oscuros y aburridos, y lamenté verlo marchar.

—Necesitamos agua —anunció mi madre cuando Pawel se hubo marchado de nuevo.

—Iré yo —me ofrecí, aunque no era mi turno. Estaba ansiosa por salir de aquella sala tan pequeña, aunque fuera por unos minutos. Antes de la guerra, siempre andaba de aquí para allá. «Shpilkes», decía mi abuela en yidis, y el tono cariñoso de su voz hacía que mi inquietud pareciera un cumplido, cuando en otras circunstancias no habría sido así. Cuando era pequeña, me encantaba jugar en la calle con mis amigos, persiguiendo perros callejeros. Cuando me hice mayor, canalicé mi energía paseando por la ciudad en busca de nuevos rincones que explorar. Allí, en cambio, me veía obligada a no hacer nada. A veces me dolían las piernas por la falta de movimiento.

Pensé que mi madre diría que no. Me prohibía salir de la habitación salvo que fuera absolutamente necesario, por miedo a que los estrechos caminos que se extendían más allá de aquellas paredes pudieran suponer mi perdición, como le había sucedido a mi padre.

—Puedo hacerlo —insistí. Necesitaba espacio e intimidad, unos minutos alejada de las miradas atentas de los otros.

—Llévate la basura también —me contestó mi madre distraídamente, lo cual me sorprendió. Levantó una bolsa pequeña, que debía hundirse hasta el fondo del río con ayuda de piedras. Siempre me parecía extraño que uno no pudiera dejar basura en una cloaca. Pero no podía quedar rastro de nuestra presencia allí.

Al salir de la estancia, contemplé anhelante el túnel, en la dirección del agua, de espaldas a nuestro escondite. Deseaba con todas mis fuerzas escapar de la cloaca, todos los días fantaseaba con huir. Por supuesto, no abandonaría a mi madre. Y la verdad era que, por muy horrible que fuera todo allí abajo, arriba sería un millón de veces peor. En muchas ocasiones había escuchado horrorizada los gritos en las calles, y después los disparos, a los que seguía el silencio. La muerte pendía como una espada sobre nuestras cabezas, esperándonos a todos si nos capturaban. No queríamos estar atrapados bajo tierra, y sin embargo todo dependía de aquello.

Más adelante, en el túnel, oí un ruido. Retrocedí instintivamente de un salto. En el tiempo que llevábamos allí, no había entrado ningún agente de policía o de las SS en la cloaca, pero la amenaza de ser descubiertos estaba siempre presente. Agucé el oído por si oía pisadas que se acercaban y, al no oír nada, me aventuré a salir una vez más. Al doblar la esquina donde el túnel giraba, divisé a Saul, acuclillado en el suelo.

Me acerqué. Cuando llegamos a la cloaca, había sentido curiosidad por él. Era el único allí cercano a mi edad y esperaba que pudiéramos hacernos amigos. Al principio se había mostrado distante. Aunque de voz suave y amable, no hablaba mucho y solía tener la nariz metida en un libro. No podía reprochárselo, tenía tan pocas ganas como yo de estar allí metido. «Es su religión», me había dicho mi madre en voz baja en una ocasión, tras presenciar mi fallido intento de hablar con él. «Los chicos y las chicas permanecen separados entre los judíos más practicantes». Pero, a medida que transcurrían las semanas en las alcantarillas, se había vuelto más amistoso y me dedicaba unas palabras si se presentaba el momento. En más de una ocasión, me había mirado desde el otro lado de la estancia con sus ojos amables y me había sonreído, como si se compadeciera del horror y de la ridiculez de nuestra situación.

Con frecuencia Saul desaparecía de la estancia y a veces yo me despertaba en mitad de la noche y veía que no estaba. Pocas semanas atrás, al verlo salir a hurtadillas, lo había seguido.

—¿Qué estás haciendo? —le pregunté. Y temí que pudiera molestarle la pregunta.

—Explorar, sin más —me respondió—. Ven conmigo si quieres. —Me sorprendió la invitación. Comenzó a caminar por el túnel sin esperar a ver si yo aceptaba. Caminaba delante de mí con paso rápido y me costaba seguirle el ritmo mientras giraba por un lado y otro, por un camino sinuoso a través de unos túneles que yo nunca había explorado. Yo no habría sabido encontrar el camino de vuelta de haber querido. Las aguas allí se reducían a un hilillo y había una especie de silencio tenebroso mientras recorríamos las tuberías.

Por fin, llegamos a un hueco elevado, mucho más pequeño que la habitación en la que vivíamos. Saul me aupó con delicadeza para entrar en el hueco, donde solo cabíamos nosotros dos. La luz de la luna entraba a través de la rejilla de la cloaca, iluminando el espacio, que estaba elevado, cerca de la calle. Acudir allí a plena luz del día habría sido muy peligroso. Saul metió la mano en una rendija que había en la pared, buscando algo, y me pregunté qué habría escondido allí. Sacó un libro.

—Has estado aquí antes —comenté.

—Sí —admitió avergonzado, como si hubiera descubierto un oscuro secreto—. A veces no puedo dormir, así que vengo aquí y leo cuando hay suficiente luz de luna. —Sacó un segundo libro, *With Fire and Sword*, y me lo entregó. Era una novela histórica polaca, un libro que yo no habría elegido para mí. Sin embargo, allí era como tener oro entre las manos. Nos sentamos en el suelo, hombro con hombro, y estuvimos leyendo en silencio.

Después de aquello, acompañé a Saul hasta aquel hueco muchas otras noches. No sabía si quería mi compañía, pero, si le molestaba, desde luego no se quejó. Lo primero que hacíamos siempre era leer, pero cuando estaba nublado o la luna se hallaba demasiado baja para iluminar la estancia, hablábamos. Supe entonces que su familia era de Będzin, un pequeño pueblo cerca de Katowice, al oeste. Saul y su padre habían decidido huir a Cracovia después de la ocupación, pensando que las cosas estarían mejor allí. Pero el hermano mayor de Saul, un rabino llamado Micah, se había quedado allí para estar con los judíos que permanecieron en el pueblo y se había visto obligado a trasladarse al pequeño gueto que los alemanes habían creado en Będzin.

Saul tenía una prometida.

—Se llama Shifra. Nos casaremos después de la guerra. Cuando mi padre y yo tuvimos la oportunidad de huir, le rogué que viniera conmigo. Pero su madre estaba demasiado enferma para viajar y se negó a abandonar a su familia. Supe a través de una carta de Micah, después de marcharnos, que se vio obligada a trasladarse al gueto también. Hace tiempo que no sé nada de ella, pero me queda la esperanza... —Dejó la frase inacabada. Al oír el cariño con el que hablaba de Shifra, noté una inesperada punzada de celos. Me imaginé a una mujer hermosa de cabello largo y oscuro. Una de las suyas. Saul y yo éramos amigos; no tenía derecho a esperar más de él. Entonces me di cuenta de que sentía afecto por él y de que mis sentimientos no eran correspondidos.

En su pueblo, Saul se había formado para ser sastre, pero deseaba ser escritor. Él me contaba historias que había escrito y se sabía de memoria, con los ojos chispeantes bajo su sombrero negro. Me encantaba oír todas sus ideas sobre los libros que deseaba publicar después de la guerra. Aunque yo había planeado estudiar Medicina, hacía tiempo que había aparcado esa idea. No sabía que fuese posible para gente como nosotros tener sueños tan grandes, sobre todo en aquel momento.

Saul se había convertido en lo más parecido a un amigo que había encontrado en las cloacas. Pero ahora, al encontrarlo acuclillado contra la pared del túnel, no sonrió. Estaba serio, con mirada triste.

—Hola —me atreví a decir mientras me acercaba. Me sorprendió encontrarlo allí; su familia y él no solían abandonar la estancia en el *sabbat*. No me respondió—. ¿Qué sucede?

Levantó una pierna y, al acercarme, vi por debajo de la pernera remangada un corte profundo del que brotaba sangre.

—Iba caminando y me he cortado con algo afilado que sobresalía de la pared del túnel —me explicó.

—Lo mismo me pasó a mí cuando llegamos. —Solo que lo mío no había sido tan grave—. Espera aquí —le ordené. Corrí hasta la estancia, agarré la bolsa de ungüentos de mi madre y volví a marcharme antes de que me viera. Cuando llegué donde Saul estaba sentado, destapé uno de los tubos y apreté hasta que salió un poco de pomada. Me arrodillé y extendí la mano hacia su pierna, pero él se echó hacia atrás—. No querrás que se te infecte.

—Puedo hacerlo yo —insistió, pero tenía la herida en la parte trasera de la pantorrilla y le costaba verla. Entendí su reticencia. Siendo judío religioso, no se le permitía tocar a mujeres que no fueran de su familia.

—No puedes verte la herida ni alcanzarla correctamente —le aseguré.

—Podré apañarme —insistió.

—Al menos deja que te indique para que te la vendes correctamente. —Extendió la mano torpemente detrás de su pantorrilla con la pomada—. Un poco a la derecha —le dije—. Frota un poco más. —Intentó ponerse la venda sobre la herida, pero se le resbaló uno de los extremos. Antes de que pudiera protestar, me acerqué para colocársela bien y después aparté la mano deprisa.

—Gracias —me dijo dando un paso atrás, claramente azorado. Observó el vendaje antes de volver a bajarse la pernera del pantalón—. Has hecho un buen trabajo.

—Quiero estudiar Medicina —le respondí, y me sentí avergonzada al instante. La idea parecía demasiado grandilocuente, absurda.

Sin embargo, Saul sonrió.

—Se te dará bien. —La certeza de su voz me recordó a mi padre, que jamás había esperado de mí algo que no fuera el cumplimiento de mis sueños. Sentí algo reconfortante en mi interior—. No deberías llevar eso —me dijo señalando el collar *chai* de mi padre, que se balanceó al ponerme en pie.

—¡Ja! Mira quién fue a hablar. —¿Cómo era posible que alguien que llevaba una kipá y *tzistzis*, alguien cuya familia colocaba una *mezuzá* en la puerta de la habitación, me dijera que no era seguro llevar un simple collar que me identificaba como judía? La verdad era que, si nos atrapaban, tendríamos problemas mucho peores que la ropa que llevábamos puesta.

—Lo mío es exigencia de la fe —me respondió negando con la cabeza—. Lo tuyo es joyería.

—¿Cómo puedes decir eso? —le pregunté, dolida—. Pertenecía a mi padre. —El collar de mi padre era mucho más que eso, era una conexión con él y mi último atisbo de esperanza. Me di la vuelta.

—Sadie, lo siento. No pretendía decir eso. No quería hacerte daño. Es que me preocupo por ti. —Apartó la mirada y percibí cierta vergüenza en su voz.

—Puedo cuidar de mí misma. No soy una niña.

—Ya lo sé. —Nos aguantamos la mirada durante varios segundos y sentí un estremecimiento. Me di cuenta de pronto de que me gustaba. No había pensado mucho en chicos antes de la guerra y me pilló desprevenida, la idea me resultaba extraña, sobre todo dadas las circunstancias. Por supuesto, no era más que un encaprichamiento. Saul tenía a Shifra esperándolo y cualquier otra cosa era solo producto de mi imaginación. Me aparté de él bruscamente.

Recogí la bolsa de basura y la jarra del agua, y eché a andar por el túnel para cumplir el recado de mi madre. El agua y la basura eran tareas que siempre recaían en Saul o en mí, sobre todo la basura, porque suponía atravesar una de las tuberías de un metro de diámetro, demasiado estrechas e incómodas para un adulto. Teníamos que depositar la basura en un punto concreto donde la bolsa se hundiría sin ser vista, según nos había explicado Pawel al principio, y no sería arrastrada por la corriente hasta la entrada de la cloaca, sin delatar nuestra presencia. Agarré la bolsa mugrienta y sujeté la jarra del agua entre los dientes antes de empezar a arrastrarme por la tubería, empujando la bolsa y la jarra frente a mí.

Cuando salí de la tubería, continué por el túnel, palpando la pared en la semioscuridad, agachada para no golpearme la cabeza. Llegué al punto donde se juntaba con la tubería más grande y metí la bolsa de basura en el agua, tratando de no pensar en el río de abajo, que podría llevarme con la misma facilidad con que se había llevado a mi padre. Veía ese momento repetido en mi cabeza una y otra vez. Si hubiera logrado alcanzarlo. ¿Qué habría sido de su cuerpo? Debería haber tenido un entierro digno.

Me aparté del río, comencé a caminar en dirección contraria y volví a arrastrarme por la tubería. Pasé frente a la entrada de la estancia y me dirigí hacia el lugar situado al otro lado donde sacábamos el agua de la tubería que goteaba. A pocos metros de la estancia, me detuve una vez más debajo de la rejilla de una alcantarilla. Nuestro escondite no estaba lejos de la plaza del mercado principal de Dębniki, un barrio de clase obrera situado en la orilla sur del río, a pocos kilómetros hacia el oeste desde Podgórze, donde se ubicaba el gueto. Aquel día era sábado, día de mercado, y oía los ruidos de los vendedores anunciando sus mercancías. Me quedé escuchando a los clientes mientras hacían sus pedidos, olía las carnes asadas y el pescado salado, y recordé la época en la que yo formaba parte de todo aquello.

Seguí un poco más y me detuve debajo de la tubería que goteaba, que pasaba justo por encima de mi cabeza en paralelo a la pared de la cloaca. Coloqué un trapo como me había enseñado mi madre, para que el agua goteara en la jarra. Mientras se llenaba, estuve escuchando los sonidos del mercado. Había llegado a reconocer el ritmo de la ciudad por sus sonidos, de un modo que jamás habría creído posible viviendo fuera: el ruido de los carros arrastrándose antes del amanecer, los pasos de los peatones a medida que la mañana daba paso al mediodía. Por las noches las calles quedaban en silencio cuando todos regresaban a sus casas antes del toque de queda. Nuestra estancia se hallaba justo debajo de la iglesia de san Estanislao Kostka y los domingos oíamos los cantos de los feligreses, el sonido del coro filtrándose a través de la rejilla.

Le puse la tapa a la jarra y comencé el camino de vuelta. Un poco más adelante, llegué de nuevo a la rejilla de la cloaca. Los rayos de sol se filtraban entre los listones metálicos y generaban haces de luz en el suelo húmedo de la cloaca. Me recordaban a los días junto al arroyo con mi padre, hacía no tantos años. Siempre subíamos el monte Krakus, la colina situada a las afueras de la ciudad, los domingos al atardecer. Al principio me llevaba a hombros, pero después, cuando ya fui mayor y mis piernas lo suficientemente fuertes, íbamos caminando de la mano. Los tejados rojos de la ciudad parecían brillar entre las cúpulas y los chapiteles de un gris claro. En otoño, las hojas caídas otorgaban a la colina un tono cobrizo y nosotros intentábamos apilarlas para saltar en ellas antes de que las lluvias o los barrenderos se las llevaran.

Había intentado en más de una ocasión desde que llegamos a la cloaca compartir mis recuerdos con mi madre, pero ella me detenía. «Ahora somos la única familia que tenemos», decía, acercándome a su vientre. «Hemos de concentrarnos en sobrevivir y en permanecer unidas, no en el pasado». Era como si los pensamientos le resultasen demasiado dolorosos.

Noté que los recuerdos podrían ahogarme con la misma facilidad que las aguas residuales y me obligué a no pensar en eso. Miré hacia la rejilla, imaginándome la calle. Con frecuencia fingía que, cuando habíamos huido a las alcantarillas, el tiempo en el mundo exterior se había detenido. Pero ahora lo percibía, la gente seguía cocinando y comiendo, los niños seguían yendo al colegio, jugando. Toda la ciudad había seguido sin nosotros, sin percatarse de que nos habíamos ido. La gente de arriba pasaba a mi lado sin prestarme atención. No podían imaginar que, bajo sus pies, respirábamos, comíamos y dormíamos. No podía culparles; yo tampoco me había parado nunca a pensar en el subsuelo cuando vivía en la superficie. Ahora me preguntaba si habría otros mundos invisibles, en la tierra, o en las paredes, o en el cielo, mundos que antes no hubiese contemplado.

Sabía que debía mantenerme oculta. Aun así, me puse de puntillas, queriendo ver más del mundo exterior. La rejilla daba a una calle lateral o a un callejón. Más allá, distinguí el alto muro de piedra de una iglesia. Aunque la parte que estaba justo encima de la alcantarilla no era el mercado principal, desde allí oía a las personas de arriba, regateando y comprando.

Un hilillo de agua caía a través de la rejilla. Me acerqué, curiosa. No se parecía al agua que sacábamos de la tubería, estaba más caliente y olía a jabón. Me asomé por la rejilla. Supuse que allí cerca habría una lavandería y que el agua se colaría por la alcantarilla. En todos aquellos meses, yo había soñado con bañarme. Pero en mi sueño el agua siempre se volvía marrón y amenazaba con arrastrarme. Sin embargo, aquel agua cálida y jabonosa me llamaba. En un impulso, me quité la camisa y me acerqué hasta situarme bajo el chorro de agua. Era muy agradable poder quitarme la mugre de la piel.

Me sobresaltó un ruido sobre mi cabeza. Alguien se acercaba. Volví a ponerme la camisa muy deprisa, porque no quería que me vieran medio desnuda. Oí de nuevo el ruido, el golpecito de algo pequeño al caer por la rejilla y golpear el suelo de la cloaca. Llevada por la curiosidad, me acerqué más a la rejilla, aunque sabía que no debía. Vi a una joven, más o menos de mi edad, un año mayor, quizá, caminando sola. Se me aceleró el corazón por la emoción. La chica parecía tan elegante y limpia que no podía ser real. Bajo su boina, me fijé en su melena, de un color que no había visto nunca, de un rojo brillante, muy limpio, recogido con un sencillo lazo, con unos bucles perfectos que se mezclaban en una coleta. Incliné ligeramente la cabeza y noté los nudos de mi pelo, pese a las atenciones de mi madre, y me acordé de cuando no lo tenía sucio ni enredado. La chica llevaba un abrigo azul claro. Lo que más me gustó fue el cinturón del abrigo, blanco como la nieve. No imaginaba que pudiera seguir existiendo tanta pureza.

Me fijé en que la chica llevaba algo en la mano derecha. Flores. Había ido a comprar flores al mercado, crisantemos rojos, de esos que siempre parecían tener los tenderos aunque no estuvieran de temporada. Sentí que la envidia me corroía. Allí abajo apenas teníamos para comer y seguir con vida. Sin embargo seguía existiendo en el mundo un lugar donde había cosas hermosas como flores y otras chicas que podían tenerlas. ¿Qué tenía yo de malo para no merecer lo mismo?

Por un segundo creí que la chica me resultaba familiar. Me recordaba un poco a mi amiga Stefania, pensé con una punzada de dolor, salvo que Stefania era morena, no pelirroja. A aquella chica, en cambio, no la había visto jamás en la vida. No era más que una chica. Y aun así, deseaba por todos los medios conocerla.

Una mano me tocó en el hombro. Di un respingo, sobresaltada. Me volví, esperando ver de nuevo a Saul. Pero esta vez era mi madre.

—¿Qué estás haciendo aquí? —le pregunté. Ya casi nunca salía de la cámara.

—Tardabas mucho en volver. Estaba preocupada. —Se había levantado con esfuerzo de su lugar de descanso y ahora se sujetaba la espalda con una mano, mientras extendía la otra hacia mí. Supuse que me regañaría por quedarme a la vista debajo de la alcantarilla, arriesgándome a que me vieran. Pero se quedó a mi lado, escondida en las sombras, sin moverse. Se fijó también en la chica de arriba—. Algún día —me susurró— habrá flores.

Quise preguntarle cómo podía decir aquello. La idea de tener una vida fuera de la cloaca, con cosas bonitas y normales, a veces me parecía un sueño casi olvidado. Pero mi madre ya había comenzado su regreso lento hacia la estancia. Me dispuse a seguirla. Se detuvo y me dio la vuelta agarrándome por los hombros con firmeza.

—Tú quédate ahí para que te dé el sol en la cara —me ordenó, como si supiera mejor que yo lo que necesitaba—. Pero que no te vea nadie. —Después desapareció por la entrada de la cámara.

Regresé a la rejilla, pero me quedé más apartada, siguiendo el consejo de mi madre. De pronto me di cuenta de lo vulnerable que era, de la facilidad con que podrían atraparme. Sería una temeridad acercarme más. Me recordé a mí misma que la chica no era judía. Pese a que hubiéramos vivido entre polacos durante siglos, muchos de ellos se alegraban de poder librarse de los judíos y los entregaban a los alemanes. Incluso circulaban historias de niños polacos que les decían a los alemanes dónde se escondían los judíos a cambio de un caramelo o de una simple palabra de agradecimiento. No, ni siquiera podía fiarme de una chica guapa de mi edad. Sin embargo, aún podía verla, y sentí curiosidad por ella.

La chica miró hacia abajo. Al principio no pareció verme en la oscuridad bajo la rejilla. Era como si el negro de la cloaca me hubiera hecho invisible a sus ojos. Pero entonces, cuando se le acostumbró la vista a la oscuridad de abajo, me descubrió. Traté de apartarme de la luz, pero era demasiado tarde; advertí la sorpresa en su cara cuando nuestras miradas se cruzaron. Abrió la boca, a punto de decir algo sobre mi presencia. Me dispuse a ocultarme entre las sombras. Entonces me detuve. Había pasado mucho tiempo correteando en la oscuridad, como si fuera una especie de rata de alcantarilla. No iba a volver a hacerlo. En su lugar, cerré los ojos, preparándome para ser descubierta e imaginando todo lo que vendría después. Cuando volví a abrirlos, la chica había apartado la mirada. No había dicho nada sobre mí.

Dejé escapar el aliento, pero aun así me quedé petrificada. Pocos segundos después, la chica volvió a mirarme y sonrió. Era la primera sonrisa sincera que veía desde que llegué a la cloaca.

Nuestras miradas se encontraron y, aunque no hablamos, la chica pareció captar toda mi pena y mi pérdida. Mientras la miraba, me invadió el anhelo. Me recordaba a mis amigas, a la luz del sol, a todo lo que una vez tuve y había perdido. Quise salir y juntarme con ella. Extendí la mano. Ella no se acercó, pero me miró con una mezcla extraña de compasión y tristeza.

Se produjo un sonido detrás de ella, pasos de botas que se acercaban. Tal vez la chica no le dijese nada a nadie sobre mi presencia, pero sin duda otros sí lo harían. Aterrorizada, volví a esconderme en la oscuridad y me alejé corriendo de la alcantarilla hacia la seguridad de la estancia.

7

Ella

Tanto mejor, pensé cuando la chica de la alcantarilla desapareció y continué mi camino con las cerezas. Si había alguien escondido en las cloacas, no sería por una buena razón. Lo último que necesitaba era involucrarme en los problemas de otra persona.

Pero, mientras cruzaba el puente de vuelta al centro de la ciudad, me acordé de Miriam, una chica de pelo oscuro a quien había conocido en el Liceo, el instituto al que acudía antes de que estallara la guerra. Miriam era callada y estudiosa, siempre llevaba la falda plisada del uniforme bien planchada y unos calcetines tobilleros de un blanco impoluto. Antes del instituto no conocía a Miriam, que era de un barrio distinto y no formaba parte del círculo de chicas a quienes llamaba «amigas». Sin embargo, a veces me prestaba su goma de borrar, y me ayudaba con las matemáticas durante el recreo, así que nos hicimos amigas durante los cuatro años que pasamos juntas estudiando. Muchos días me sentaba con ella durante la comida, y su talante tranquilo y amable suponía un contraste agradable frente al ruido y los chismorreos de las demás chicas.

Un día, poco después de que comenzara la guerra, el profesor llamó a Miriam al estrado y le ordenó acudir al despacho del director. Miriam puso cara de miedo y me miró con preocupación. Un murmullo recorrió la clase. Ir al despacho del director significaba que te habías metido en un lío. No podía imaginarme lo que habría hecho la callada y solemne Miriam.

Después de que Miriam saliera de clase, pedí permiso para ir al baño. En el pasillo, vi a varios alumnos que abandonaban sus clases, otros estudiantes que eran convocados al despacho. Eran todos judíos. Vi a Miriam caminando por el pasillo con la cabeza gacha, sola y asustada. Quise decirle algo, acercarme, protestar por la injusticia hacia aquellos estudiantes que solo querían aprender como cualquier otro, pero regresé a clase en silencio.

Los alumnos judíos no regresaron al instituto después de aquel día. Cuando le conté a Krys lo que había ocurrido, apretó los puños con furia, pero no pareció sorprendido. «Les están quitando a los judíos sus derechos y privilegios», me dijo. «Si no los detenemos, ¿quién sabe lo que harán después?». Sin embargo, para mí aquello no era una cuestión de política, sino de la amiga que había perdido. La marcha de Miriam de la escuela dejó un vacío mucho mayor de lo que podría haber imaginado. Desde entonces había pensado en ella muchas veces, preguntándome qué habría sido de ella. A veces reproducía aquel día una y otra vez en mi cabeza. ¿Qué habría ocurrido si yo hubiera dicho algo a modo de protesta, si hubiera tratado de ayudarla? No habría cambiado nada. Me habría metido en un lío y habrían expulsado a los estudiantes judíos igualmente. Pero Miriam habría sabido que alguien se preocupaba lo suficiente para defenderla. En su lugar, no había hecho nada.

Me di cuenta de que la chica de la cloaca era judía, como Miriam. Debía de estar escondiéndose de los alemanes. Me pregunté si habría algo que debería haber hecho para ayudarla y, de ser así, si habría sido capaz de hacerlo.

La verdad es que no era una persona valiente. Jamás ayudaría a los alemanes, de eso estaba convencida. Pero no había sido lo suficientemente valiente para impedirles expulsar a Miriam, y ahora había recelado de ayudar a aquella chica desconocida. «Mantén la cabeza gacha», esa era la lección que yo había aprendido de la guerra. Tata había luchado por su país y había muerto. «Mantente alejada de todos los demás y tal vez tengas la oportunidad de salir con vida».

Aun así, según me acercaba a casa de Ana Lucia (hacía tiempo que había dejado de considerarla mi hogar), seguía pensando en la chica de la alcantarilla. Ana Lucia había salido cuando regresé, de modo que le entregué las cerezas a Hanna.

—No son suficientes —me dijo, no con actitud desagradecida, sino temerosa de la ira de Ana Lucia.

—Seguiré buscando más —le prometí. Claro, para cuando pudiera encontrar más cerezas, sería demasiado tarde para preparar el postre de esa noche.

Hanna me dio las gracias, que era más de lo que habría hecho mi madrastra, y se fue a preparar su pastel. Me planteé qué hacer con el resto de mi día. Era sábado y podría haber ido de compras, o incluso a ver una película al único cine que seguía admitiendo a polacos. No quería, sin embargo, encontrarme con ninguna de mis antiguas amigas, o peor aún, con Krys. Así que subí las escaleras hasta el pequeño desván de la cuarta planta de la casa, que antes pertenecía a Maciej. Era un espacio estrecho y abuhardillado que me obligaba a andar agachada para no golpearme la cabeza. Pero era la parte más tranquila de la casa y la habitación más alejada de la de Ana Lucia, con vistas a los chapiteles de la catedral de la Ciudad Vieja, más allá de los tejados envejecidos de nuestra calle. Lo establecí como mi dormitorio después de que mi hermano se marchara y pasaba mucho tiempo allí pintando. Las pinturas al óleo eran mis favoritas y mi maestro, Pan Łysiński, comentaba en más de una ocasión que podría estudiar en la Academia de Bellas Artes. Por supuesto, aquello me parecía un sueño olvidado desde hacía mucho tiempo.

Aquel día estaba demasiado distraída para pintar. Miré más allá del río, en dirección a Dębniki, y pensé de nuevo en la chica de la cloaca. Me pregunté cuánto tiempo llevaría allí abajo y si estaría sola. Más tarde aquella noche, mientras me llegaban los sonidos de la fiesta de Ana Lucia, me acurruqué en el viejo diván que ocupaba casi todo el espacio del desván y me envolví con una vieja colcha que había dejado allí mi hermano. Estaba cansada del largo paseo hasta el otro lado del río y el trayecto de vuelta, y me pesaban los párpados. Mientras me quedaba dormida, visualicé a la chica. ¿Cómo dormiría en la cloaca? ¿Pasaría frío? Mi casa, algo que siempre había dado por descontado, de pronto me pareció un palacio. Dormía en una cama cálida, tenía suficiente para comer. Esas cosas básicas ahora me parecían tesoros. Supe en ese preciso instante que, pese a mis miedos y a mi reticencia a implicarme, volvería a ver a esa chica.

O al menos lo intentaría, decidí a la mañana siguiente, después de despertarme, mientras me estiraba agarrotada sobre el diván, donde había pasado la noche entera. Regresaría a la alcantarilla, pero no tenía garantía de que estuviera allí. Me vestí y bajé a desayunar, planificando mi regreso secreto al lugar donde había visto a la chica. Se me ocurrieron un montón de excusas que podría ofrecerle a Ana Lucia si me preguntaba dónde iba. Pero su fiesta se había prolongado hasta bien entrada la madrugada y no bajó a desayunar.

Me puse el abrigo y el gorro y me dispuse a salir, pero entonces me detuve de nuevo. Debería llevarle algo a la chica. Comida, decidí, al acordarme de lo pálida y delgada que estaba. Fui a la cocina. Al recordar el olor del delicioso pastel de cerezas de Hanna, deseé que hubiera quedado un poco de la cena de la noche anterior. Sin embargo, Hanna mantenía la cocina impoluta por insistencia de mi madrastra y no quedaban restos de comida por ningún lado. Metí la mano en la cesta del pan y desenvolví una barra, arranqué un trozo grande y me lo metí en el bolsillo. Después salí de casa.

Fuera, había un cielo plomizo, cargado de nubes, el aire de abril parecía más de invierno que de primavera. Esta vez tomé el tranvía, dado que no tenía excusa para pasar fuera de casa tanto tiempo como el día anterior, cuando fui a buscar las cerezas, y no quería que Ana Lucia descubriera que me había ido y empezara a hacer preguntas. Mientras el tranvía repiqueteaba por el puente sobre el Wisła, contemplé el barrio industrial y desconocido de la otra orilla. Resurgieron mis dudas: ¿por qué regresar a ver a la chica? No la conocía y hacerlo significaba arriesgarlo todo. Me arrestarían o algo peor si me descubrían. Sin embargo, por alguna razón, no podía darme la vuelta.

Llegué al mercado de Dębniki poco antes de las diez. Los pocos ciudadanos que aún se atrevían iban de camino a la iglesia. El día anterior, después de mi encuentro con Krys, había acudido al mercado más de una hora después. Pensé entonces que tal vez debería haber esperado un poco más. Sin duda tendría más probabilidades de volver a ver a la chica si regresaba a la alcantarilla a la misma hora. Recorrí la plaza del mercado, curioseando por los puestos para hacer tiempo, pero era domingo y casi todos estaban cerrados. No podía ausentarme de casa durante demasiado tiempo, así que, quince minutos más tarde, doblé la esquina y me dirigí hacia la rejilla de la cloaca.

Me asomé y no vi nada salvo oscuridad. Aguardé sin saber qué hacer, con la esperanza de que la chica apareciera pronto. Noté que algunos feligreses se asomaban al callejón al pasar y verme allí. Aumentó mi nerviosismo. No me atrevía a situarme sobre la rejilla y mirar hacia abajo durante demasiado tiempo por si acaso alguien se fijaba en mi extraño comportamiento y empezaba a hacer preguntas, o informaba de mí a la policía, que parecía estar en todas las esquinas.

Pasaron varios minutos y empezaron a repicar las campanas de la iglesia, señalando el comienzo de la misa del domingo. El espacio bajo la rejilla seguía vacío. Desmoralizada, me dispuse a marcharme. Pero, un instante después, un círculo brillante apareció en la oscuridad del otro lado de la rejilla. La chica estaba allí. Me sentí emocionada. La visión de mi cabeza, que había imaginado desde el día anterior, de pronto era real.

La chica me miró durante varios segundos, dos ojos oscuros que parpadeaban como un animal asustado y paralizado por la luz. Ahora podía verla con más detenimiento. Tenía muchas pecas en la nariz y uno de los dientes delanteros partido. Su piel estaba tan pálida que casi era traslúcida, y sus venas parecían dibujar un mapa bajo la piel. Era como una muñeca de porcelana que podría romperse en cualquier momento.

—¿Qué estás haciendo ahí abajo? —le pregunté. La chica abrió la boca, como para responder. Sin embargo, después pareció pensarlo mejor y apartó la mirada. Volví a intentarlo—. ¿Necesitas ayuda?

No sabía muy bien qué más decir. No parecía querer hablar, pero permaneció allí, mirándome. «Dale el pan y vete», pensé. Me metí la mano en el bolsillo y lo saqué, después me arrodillé junto a la rejilla.

Empecé a extender el brazo y entonces vacilé. Recordé una vez, algunos años atrás, cuando me encontré un perro abandonado en la calle. Lo había llevado a casa con orgullo, pero Ana Lucia frunció el ceño. Mi madrastra odiaba los animales y el desorden, y estaba segura de que me obligaría a devolverlo. Para mi sorpresa, no fue así. «Te has quedado con él y ahora tendrás que cuidarlo». Por muy horrible que fuera mi madrastra, se sentía obligada por el deber y me hizo darle de comer y pasearlo hasta que, meses después, murió.

Era horrible comparar a aquella pobre chica de la cloaca con un animal. Pero sabía que, si la ayudaba ahora, de algún modo se volvería mi responsabilidad y eso me aterrorizaba.

Aun así, metí el pan a través de la rejilla.

—¡Toma! —La chica estaba a algunos metros de distancia y, al ver que el pan caía demasiado hacia su izquierda, temí que pudiera escapársele. Pero se movió con una rapidez sorprendente y logró atraparlo en la mano. Al darse cuenta de que era comida, se le iluminaron los ojos con alegría.

—*Dziękuję bardzo.* —«Muchas gracias». Su gran sonrisa y la alegría que le proporcionó aquel pequeño pedazo de pan me rompió el corazón.

Imaginé que lo devoraría allí mismo, pero no lo hizo.

—Tengo que compartirlo —explicó mientras se lo guardaba en el bolsillo.

Hasta entonces no se me había ocurrido que pudiera haber otras personas bajo tierra con ella.

—¿Cuántos sois?

Vaciló un instante, como si no supiera si responder o no.

—Cinco. Mi madre y yo, y otra familia.

Me fijé entonces en el roto de la manga de su camisa, una línea que recorría de forma regular una circunferencia, donde habían arrancado las puntadas de la tela. Me quedé sin aliento. Ella había llevado un brazalete con la estrella azul, igual que mi compañera de clase Miriam.

—Sois judíos —le dije.

Agachó la barbilla a modo de confirmación. Claro, una parte de mí ya lo sabía. ¿Por qué si no iban a esconderse en las alcantarillas?

—¿Sois del gueto? —le pregunté.

—¡No! —respondió, ofendida—. El gueto era un lugar donde pasamos unos cuantos meses horribles; no era mi hogar. Soy de Cracovia, igual que tú. Vivíamos en un apartamento en la calle Maiselsa antes de la guerra.

—Por supuesto —respondí deprisa, avergonzada—. Quería decir si antes de estar ahí abajo estabais en el gueto.

—Sí —me dijo con más suavidad. Miré hacia el este por encima del callejón. Los alemanes habían construido un gueto de muros altos en Podgórze, un barrio a pocos kilómetros hacia el este por la ribera del río, hacía unos años y habían obligado a todos los judíos de Cracovia y de los pueblos de alrededor a trasladarse allí.

Después, de manera inesperada, habían vaciado el gueto y arrestado a todos los judíos—. Cuando los alemanes liquidaron el gueto, pudimos escapar a través de las alcantarillas.

—Pero eso ocurrió hace más de un mes. —Recordé haber oído la noticia de que los alemanes se habían llevado a los últimos judíos del gueto de Podgórze. No sabía dónde los habían enviado, pero ahora entendía que esa era la razón por la que aquella chica estaba escondida—. ¿Habéis estado en las cloacas desde entonces? —La chica asintió. Me recorrió un escalofrío. Vivir ahí abajo me parecía horrendo. Sin embargo, debía de ser peor el lugar al que llevaban a los judíos. Escapar al subsuelo sin duda le había librado de aquel destino—. ¿Cuánto tiempo os quedaréis ahí?

—Hasta que termine la guerra.

—¡Pero eso podrían ser años! —le dije.

—No tenemos ningún sitio al que ir. —Su voz sonaba tranquila, como si aceptara su situación. Admiré su valentía; no creía que yo pudiera pasar una hora en la cloaca si la situación hubiese sido la contraria. Sentí pena. Quería hacer algo más para ayudarla, pero no sabía qué. Me saqué una moneda del bolsillo y la metí por la rejilla. Cayó al suelo y ella se agachó para recogerla del barro.

—Eres muy amable, pero aquí abajo no puedo usarla —me dijo.

—No, claro que no —respondí, y me sentí una idiota—. Lo siento, no tengo más comida.

—¿Puedes ver el cielo desde tu ventana? —me preguntó de pronto.

—Sí, por supuesto. —La pregunta me resultó extraña.

—¿Y todas las estrellas? —Asentí—. ¡Cuánto las echo de menos! Desde aquí abajo solo distingo una pequeña rendija de cielo.

—¿Y? —No pretendía parecer grosera, pero, dada su situación, no me parecía que aquello fuese motivo de preocupación—. ¿No son todas iguales?

—¡Qué va! Cada una tiene su propio dibujo. Está Casiopea y la Osa Mayor...

Me di cuenta de que era lista, y me recordó de nuevo a mi amiga Miriam.

—¿Cómo sabes tanto sobre estrellas?

—Me encantan todas las ciencias, y la astronomía es de mis favoritas. Mi padre y yo solíamos subirnos al tejado del edificio de nuestro apartamento para verlas. —Advertí una mirada de tristeza en sus ojos. Tenía una vida entera antes de la cloaca, pero la había perdido.

—¿Tu padre no está con vosotros en la cloaca?

Negó con la cabeza.

—Murió justo después de escapar del gueto. Se ahogó en las aguas residuales poco después de huir.

—¡Oh! —No había imaginado que el agua pudiera ser tan profunda allí abajo como para ahogarse—. Qué horror. Mi padre también murió durante la guerra. Lo siento por el tuyo.

—Gracias, y yo por el tuyo.

—¿Ella? —me llamó una voz a mi espalda.

Me volví y perdí el equilibrio al tratar de incorporarme deprisa. No había esperado oír mi nombre en aquel lugar tan apartado de la ciudad. Me quedé helada, rezando para que la chica se hubiera escondido.

Al darme la vuelta me encontré con Krys.

—Krys. —Aquel encuentro inesperado me pilló desprevenida y un sinfín de emociones me abordaron al mismo tiempo. La felicidad y el cariño que siempre había sentido al verlo. La rabia y la tristeza al recordar que había roto conmigo, todo aquello que ya no había entre nosotros. Y la sorpresa: ¿cómo me había encontrado allí?

Me ayudó a ponerme en pie. Estaba más guapo que nunca, con una barba incipiente que le cubría la mandíbula, y el brillo en sus ojos azules por debajo de su gorra de visera baja. Mantuvo la mano sobre la mía durante unos instantes y una corriente eléctrica me recorrió el cuerpo. Pero entonces me acordé de que ya no estábamos juntos. Me embargó de nuevo el rechazo. Di un paso atrás. Había salido de casa apresuradamente para cumplir con mi recado. No llevaba el pelo como debería llevarlo, me había manchado el dobladillo del vestido al arrodillarme. Giré la cabeza, no quería mirarlo a los ojos.

—Qué raro encontrarte en esta parte de la ciudad —observó—. ¿Qué diablos estás haciendo aquí?

—Yo podría preguntarte lo mismo —le dije, tratando de ganar tiempo. Entonces me acordé de mi recado del día anterior—. He venido a buscar unas cerezas que necesitaba mi madrastra. —La excusa era poco plausible, ya que era domingo, pero fue lo mejor que se me ocurrió.

—¿Haces lo que te manda Ana Lucia? —preguntó con una sonrisa—. Eso sí que es raro. —Habíamos bromeado muchas veces sobre el desprecio que sentía hacia mi madrastra. Pero ahora me parecía que era un comentario demasiado personal, ya no le concernía.

—Solo intentaba ayudar —le respondí con frialdad, sin querer ya reírme con él.

—Puedo ayudarte a encontrar algunas —me sugirió.

—No es necesario. Yo me apaño —le dije, aferrándome a mi orgullo—. Gracias. —En otra época habría podido aceptar su ayuda, pero eso ahora me parecía otro mundo.

Miró al suelo y arrastró los pies.

—Ella, sobre lo de ayer... Ojalá me dejaras explicarme.

—No pasa nada —me apresuré a decirle, interrumpiéndole—. Prefiero que no lo hagas. —Lo último que deseaba era una larga lista de excusas sobre por qué su nueva vida ya no me incluía a mí. Krys no había cambiado de opinión. Solo estaba intentando justificar su decisión de no estar conmigo. Seguir hablando de eso me causaría un dolor que no necesitaba.

Nos quedamos mirándonos varios segundos, los dos callados. Se fijó en mi hombro. Seguí el curso de su mirada y vi que había un policía polaco en la esquina, mirándonos.

—Has de ir con cuidado, Ella —me aconsejó Krys—. Las cosas son peligrosas en la calle y la situación empeora. —Seguía preocupado por mí, eso estaba claro, pero no lo suficiente para querer que estuviéramos juntos.

—Deberíamos irnos —le dije.

—Ella... —empezó a decirme. Pero ¿qué más quedaba por decir?

—Adiós, Krys. —Le di la espalda, porque no quería ver cómo me abandonaba una vez más.

8

Sadie

Cuando el hombre apareció sobre la rejilla y empezó a hablar con la chica de la calle, retrocedí de un salto hacia las sombras. «Ella», la había llamado. Aquel nombre me salió de la garganta como una nota musical. No logré oír el resto de su conversación, pero supe por su expresión y por su cercanía que lo conocía bien y le gustaba..., o al menos le había gustado en otro tiempo.

Mientras los observaba, me fijé en la cruz que llevaba Ella colgada del cuello, que la identificaba como polaca católica y aumentaba las diferencias entre ambas. Recordé el momento exacto en que, siendo una niña, me di cuenta de que no éramos como todos los demás. Tenía cinco años y estaba de compras con mi madre en Plac Nowy, el mercado al aire libre que daba servicio a los residentes judíos y no judíos de Kazimierz. Estábamos a finales de abril, era el tercer día de la Pascua Judía. Habíamos sacado de nuestra cocina el *jametz*, el pan y los demás alimentos fermentados prohibidos durante los ocho días de Pascua. Sin embargo, al pasar por delante de la panadería, había *bułeczki* recién hechos en el escaparate.

—Pero si es Pésaj —le había dicho yo, confusa, mientras contemplaba los rollitos.

Mi madre me explicó entonces que solo un pequeño porcentaje de la población polaca era judía.

—Los demás tienen sus propias costumbres y festividades. Y eso está bien —añadió—. Imagina lo aburrido que sería el mundo si fuéramos todos iguales.

Pese a todo, yo deseaba poder ser como los demás niños de mi edad y comer dulces cuando quisiera, incluso durante la Pascua Judía. Fue entonces cuando entendí por primera vez lo distintos que éramos los judíos del resto del mundo, un adelanto de la lección que aprendería demasiado bien cuando llegaran los alemanes. Ahora, allí abajo en la cloaca, mientras contemplaba a la hermosa Ella con su cruz, sentí esa diferencia más acentuada que nunca, incluso durante la persecución y el sufrimiento de la guerra.

Por fin el hombre se alejó. Pocos minutos más tarde, tras mirar con cautela a su alrededor, Ella volvió a mirar hacia abajo, buscándome. Me acerqué a la rejilla para que pudiera verme.

—Ahí estás —dijo con una sonrisa—. Pensé que te habías ido.
—Me di cuenta de que ella también podría haberse ido tras terminar su conversación con el hombre en la calle. Habría sido más seguro para ella marcharse y fingir que no me había visto, pero no se marchó.

—Soy Sadie —le dije. Una parte de mí sabía que era mejor no darle mi nombre, pero no pude evitarlo.

—Ella. —Su tono de voz era expresivo y me recordó al canto de un gorrión. Su pronunciación era distinta a la mía, terminaba cada palabra de un modo más refinado. Pero era algo más que eso; su acento me sugería buenos colegios, una gran casa, tal vez vacaciones en el extranjero y otras maravillas que no podía ni imaginarme. Más que el bonito vestido o la cruz, aquello me confirmaba que no era como yo y me distanciaba de ella.

—Lo sé. He oído a ese hombre decir tu nombre. ¿Quién era?
—Me reprendí a mí misma por la pregunta, que era demasiado entrometida y personal para alguien a quien apenas conocía.

Tragó saliva.

—Un chico al que conocía —me dijo. Percibí un tono de dolor en su voz. Era evidente que, para ella, había sido algo más—. ¿Cómo es la vida ahí abajo? —preguntó, cambiando de tema.

¿Cómo podría explicarle el mundo subterráneo, extraño y oscuro, el único mundo que ahora conocía? Traté de hallar las palabras para describirlo, pero no pude.

—Es horrible —dije al fin.

—¿Cómo podéis sobrevivir ahí abajo? ¿Hay comida? —Sus preguntas eran rápidas y me recordó a mí misma.

Hice una pausa, de nuevo tratando de encontrar una respuesta. De ninguna manera podría mencionar a Pawel sin poner en riesgo su seguridad. Se enfrentaría a muchos problemas si los alemanes descubrían que estaba ocultando a judíos.

—Nos apañamos.

—Pero ¿cómo podéis soportarlo? —quiso saber, alterada, y por primera vez observé las fisuras en su elegante actitud.

Nunca me había parado a pensar en eso.

—Porque no tenemos elección —dije despacio—. Al principio no pensé que pudiera soportarlo ni un minuto. Después pasé un minuto y no creí que pudiera aguantar una hora. Y pasó un día, y una semana, y así sucesivamente. Es asombroso a qué cosas llegas a acostumbrarte. Y no estoy sola. Tengo a mi madre y pronto tendré un hermano o una hermana. —Por un segundo me planteé hablarle también de Saul, pero me pareció una tontería.

—¿Tu madre está embarazada?

—Sí, saldrá de cuentas en unos meses.

—¿Cómo podrá tener un bebé en las cloacas? —me preguntó, y en su cara vi el gesto de incredulidad.

—Cualquier cosa puede hacerse si estás con tus seres queridos —respondí, tratando de convencerme a mí misma tanto como a ella. Ella hizo un gesto de tristeza—. ¿Qué sucede? —le pregunté, con la esperanza de no haber dicho nada que pudiera ofenderla.

—Nada —se apresuró a responder.

—¿Dónde vives? —le pregunté para cambiar de tema.

—En la calle Kanonicza —me dijo, y pareció algo avergonzada al darme su imponente dirección—. Está al lado de Grodzka.

—Sé dónde está —respondí, un poco molesta porque pensara que no estaría familiarizada con las calles antiguas del centro de la ciudad. Había recorrido el barrio elegante muchas veces. Incluso antes de la guerra, aquella calle tan exclusiva, con sus hileras de casas bien cuidadas, cerca de la plaza del mercado, era como un país extranjero, muy alejado de mi propia infancia modesta. Ahora que me encontraba en la cloaca, un lugar así me parecía cosa de cuento, algo casi inimaginable. Me vino a la cabeza la imagen de un estudio con baldas llenas de libros, una cocina radiante con comida de la mejor calidad—. Debe de ser precioso. —No pude disimular el anhelo de mi voz.

—En realidad no —respondió Ella, para mi sorpresa—. Mis padres murieron y mi hermano y mis hermanas se fueron. Solo me queda mi madrastra, Ana Lucia, que es verdaderamente horrible. Y luego está mi exprometido, Krys.

—¿El hombre al que acabas de ver en la calle? —le pregunté.

—Sí —me dijo con un gesto afirmativo—. Mi exnovio, en realidad, dado que nunca llegamos a prometernos formalmente. Rompió conmigo antes de marcharse a la guerra. Estaba segura de que volveríamos a estar juntos, pero entonces regresó y no me lo dijo. Y ya tampoco tengo amigas. —Comprendí entonces su mirada dolida de hacía unos minutos, cuando le había hablado de la capacidad para sobrevivir a cualquier cosa junto a tus seres queridos. Pese al lugar donde vivía, Ella estaba completamente sola.

—Podría ser peor. Podrías estar viviendo en una cloaca. —Por un segundo temí que mi broma fuese de mal gusto. Pero entonces sonrió y después nos reímos.

—Lo siento —me dijo—. Ha sido mezquino por mi parte quejarme con todo lo que estás viviendo tú. No tengo a nadie con quien hablar.

110

—No pasa nada. —La cloaca era mugrienta y horrible, pero al menos tenía a mi madre, que me quería, y a Saul, que me hacía compañía. Ella no tenía a nadie. Me di cuenta de que estaba atrapada en una especie de cárcel propia—. Siempre puedes venir a hablar conmigo —le sugerí—. Sé que no es gran cosa visitar a una chica sucia en una cloaca.

—Es bastante. —Extendió la mano entre la rejilla de la cloaca. Me puse de puntillas tratando de tocar sus dedos, pero el espacio que nos separaba era demasiado amplio; los centímetros parecían un océano y nuestras manos quedaron suspendidas en el aire sin alcanzarse—. Puedo ayudarte —me dijo, y por un segundo se me aceleró el corazón—. A lo mejor puedo intentar encontrar una manera de sacaros de ahí, preguntar a alguien que...

—¡No! —exclamé, aterrorizada por la idea de que pudiera revelar nuestro paradero—. No debes hablar de mí —añadí con firmeza, tratando de aparentar más edad y más autoridad de las que tenía—. O nunca volverás a verme. —La amenaza me pareció vacía. Sin duda no le importaría.

—Lo juro —me dijo con solemnidad, y me di cuenta de que deseaba volver a la cloaca para verme de nuevo—. Pero ¿no quieres escapar?

—No... Quiero decir, sí. —Intenté hallar la manera de explicarme—. Es horrible estar aquí abajo, pero la cloaca es el lugar más seguro para nosotros ahora mismo. En realidad, no tenemos otro sitio al que ir. —Aunque a veces me preguntaba si eso era cierto, pero tenía que confiar en Pawel, que nos protegía, y en mi padre, que nos había llevado hasta allí en un primer momento.

—Hoy solo puedo quedarme un minuto más —añadió Ella—. Mi madrastra se preguntará dónde estoy.

—Lo entiendo —dije, tratando de disimular mi decepción. Por supuesto, sabía que en algún momento tendría que marcharse. Hablar con Ella era como reencontrarme con una vieja amiga, aunque acabáramos de conocernos.

—Espera aquí —me dijo, se incorporó y desapareció de mi vista. Un minuto más tarde, se arrodilló de nuevo y metió algo por la rejilla. Di un brinco para atraparlo antes de que cayera al agua de la cloaca que tenía a mis pies. Era un *obwarzanek*, uno de los *pretzel* cubiertos de semillas de amapola que vendían los polacos en la calle—. Un poco más de comida.

—Gracias. —Me lo guardé en el bolsillo para compartirlo con mi madre.

—Tengo que irme —repitió Ella segundos más tarde.

No pude evitar quedarme decepcionada porque se tuviera que ir.

—¿Volverás a verme?

—Así es, si puedo escaparme. Intentaré venir el próximo sábado y traerte más comida. —Quise decirle que no hacía falta que me llevara nada, solo deseaba sus visitas. Sin embargo, fui incapaz de hablar, y después ya fue demasiado tarde. Ella se había ido.

Me quedé sola en la oscuridad una vez más. Me pareció haber imaginado a aquella chica; sin embargo, yo llevaba el trozo de pan y el *pretzel* en el bolsillo y la moneda en la mano, lo que me confirmaba que era real. Recé para que tuviera ocasión de volver a verme.

—¡Sadie! —susurró con urgencia una voz a mi espalda en la oscuridad. Era Saul, que debía de haber salido a pasear. O quizás había ido a buscarme. En circunstancias normales me habría alegrado de verlo, pero en cambio me sobresalté. Miró hacia la rejilla y después volvió a mirarme. ¿Habría visto a Ella?—. ¡Sadie, no! —Me agarró del brazo y tiró de mí hacia las sombras con el rostro preocupado—. No puedes dejar que nadie te vea. Sé que te sientes sola, pero no podemos confiar en los polacos —añadió con firmeza.

—No en todos los polacos.

—Sí, en todos. —Su semblante adquirió un gesto pétreo y en la determinación de su voz percibí el horror de las historias que había vivido, pero que no había compartido conmigo.

—¿Qué pasa con Pawel? —le dije—. Es polaco y nos ha ayudado. No respondió a eso.

—Prométeme que no volverás a irte. —Capté una nota de ternura en su voz.

—Lo prometo. —Supe nada más decirlo que aquello era mentira. Regresaría a la alcantarilla para ver a Ella. Algo en ella me decía que podía confiar, aunque Saul no se diera cuenta.

Agarró la jarra de agua y emprendimos nuestro camino por el túnel. Según nos acercábamos a la estancia, vimos a Bubbe de pie, cortándonos el paso.

—¿Qué es eso? —preguntó señalando mi bolsillo, por donde asomaba el borde del *pretzel*. Nuestra relación con los Rosenberg se había vuelto más estrecha en las semanas que llevábamos en la cloaca y, pese a la dificultad de vivir juntos en un espacio tan pequeño, los momentos de acritud entre nuestras familias eran pocos. Pero la anciana Bubbe parecía volverse más gruñona e irracional con el tiempo, como si el peso de vivir allí estuviera pasándole factura.

—Es mío —dije, tratando de rodearla para poder pasar.

Bubbe se movió en esa misma dirección, decidida a no dejarme entrar.

—¡Ladrona! —gritó, pues debía de pensar que había sacado el *pretzel* de nuestras reservas de comida. Abrí la boca para decirle que eso era imposible. Allí abajo ni siquiera teníamos *obwarzanki*. No estaban entre la comida que nos llevaba Pawel, así que ¿cómo iba a haberlo robado?

Antes de poder hablar, mi madre apareció tras ella en la entrada de la cámara.

—¿Cómo te atreves? —le espetó a Bubbe, habiendo oído nuestra conversación. Mi madre se había vuelto taciturna y tenía un aspecto demacrado en las últimas semanas, a medida que se prolongaba su embarazo y nuestra estancia en la cloaca. Sin embargo, ahora pareció hallar la fuerza necesaria para defenderme.

—Tiene comida extra —me acusó Bubbe, señalándome la cara con su dedo nudoso—. O está robando o ha subido a la superficie sin que lo sepamos.

—¡Eso es ridículo! —respondió mi madre. Aunque normalmente se mostraba respetuosa con la anciana, no toleraría su acusación. Pero desvió la mirada hacia mi bolsillo y, al ver el *pretzel* asomar, se quedó con los ojos muy abiertos. Supe entonces que se acordaba de haberme visto mirando a la chica de la calle y se dio cuenta de que así era como había conseguido la comida. Vi en su rostro la preocupación, y después la rabia.

Aun así, me defendió.

—Deja en paz a mi hija. —Se acercó y se interpuso entre nosotras. Apartó el dedo condenatorio de la anciana. Bubbe se enfadó más aún y agarró a mi madre por la muñeca.

—¡Basta ya! —protesté a voz en grito, sin importarme que pudieran oírme. ¿Cómo se atrevía a ponerle las manos encima a mi madre embarazada? Extendí el brazo y traté de liberar la muñeca de mi madre, pero Bubbe apretaba con una fuerza sorprendente. Mi madre se zafó y se tambaleó hacia atrás. Le resbaló el pie y cayó al suelo con un grito como de animal herido. Me apresuré a ayudarla a ponerse en pie—. Mamá, ¿estás bien? —No respondió, pero asintió con la cara pálida.

Saul se interpuso entre su abuela y yo.

—Sadie no ha robado nada. Vuelve a la cámara, Bubbe —dijo con voz amable, aunque firme. La anciana murmuró algo y comenzó a retirarse—. Lo siento mucho —dijo Saul en voz baja mientras seguíamos a su abuela hacia la estancia—. No pretende hacer daño, pero tiene casi noventa años y se confunde a veces. Es duro ver envejecer a la gente que quieres.

—También es duro no verlo —respondí pensando en mi padre y preguntándome cómo habría sido de viejo si hubiera tenido tiempo de hacerse mayor. Jamás llegaría a saberlo.

Empecé a seguir a Saul hacia la cámara, pero mi madre, que caminaba detrás de nosotros, me detuvo junto a la entrada.

—Prométeme una cosa —me dijo. Noté en su voz una fuerza que jamás había oído—. Que nunca volverás a ir. —Me volví hacia ella, sorprendida. No me había parecido enfadada cuando me encontró en la rejilla. Pero ahora había erguido su pequeña figura. Se alzaba ante mí, tan cerca que su abultado vientre casi tocaba el mío—. Prométeme que no volverás a ir a verla, que no permitirás que te vean ni hablarás con ella. —Sus palabras eran el eco de las de Saul—. Sé que aquí abajo te sientes sola, pero es demasiado peligroso.

Pensé en Ella y en el sentimiento de esperanza que me proporcionaba. Sin embargo, mi madre tenía razón; era irresponsable por mi parte poner en riesgo nuestra seguridad.

—De acuerdo —le dije al fin, avergonzada. Una cosa era romper la promesa que le había hecho a Saul, pero con mi madre era distinto. Vi cómo la imagen de mi nueva amiga se difuminaba hasta desaparecer.

Pawel apareció entonces en el túnel.

—Hola —le dije, sorprendida de verlo. El domingo no era uno de sus días de visita habituales, y además nos había visitado ayer. Pero entonces no nos había llevado mucha comida y, al ver ahora su bolsa, esperé que hubiera encontrado más.

Asintió sin responder a mi saludo. Su rostro, habitualmente alegre, se veía tenso y alicaído, no había en sus ojos ningún rastro de cariño. Me pregunté si habría oído nuestra pelea y estaría enfadado. Nos siguió en silencio hasta la estancia y nos entregó la bolsa de comida.

—¿Qué sucede? —preguntó mi madre, que debía de saber instintivamente que eran malas noticias.

Pawel se volvió hacia Pan Rosenberg.

—Me temo que tengo noticias de Będzin y no son buenas —anunció. Al oír el nombre de su pueblo, Pan Rosenberg se puso tenso—. La pequeña sinagoga del gueto..., los alemanes la han quemado.

Noté un nudo de pánico en la boca del estómago. Recordé que Saul me había contado con orgullo que su hermano, que se había quedado allí, había creado una sinagoga improvisada en una pequeña tienda del gueto, para que aquellos que se veían obligados a vivir en aquel lugar tuvieran un lugar de culto. En su momento, tomarse tanta molestia solo para rezar me había parecido una tontería. Imaginaba que Dios podría oírte desde cualquier parte.

Miré a Pan Rosenberg, que se había quedado pálido como una sábana bajo su barba descuidada.

—La Torá —dijo, horrorizado.

Me invadió un sentimiento de inquietud. La destrucción de una sinagoga era, por supuesto, un acto horrible. Pero la oscuridad de los ojos de Pawel indicaba algo mucho peor que unos pergaminos de oración. Junto a mí, noté que Saul se ponía rígido, como si lo hubiese entendido. Le alcancé la mano. Por un instante pareció dudar y trató de apartarse, dividido entre las restricciones de su fe y la necesidad de consuelo. Dejó la mano floja y no protestó cuando entrelacé los dedos con los suyos, preparándose para lo que vendría después.

—Me temo que es más que eso —continuó Pawel—. Verá, un joven rabino intentó detener a los alemanes y golpeó a uno de ellos. A modo de represalia, los alemanes encerraron al resto de judíos dentro de la sinagoga y después le prendieron fuego.

—Micah —exclamó Pan Rosenberg, tambaleándose. Bubbe soltó un grito agudo. Saul se apartó de mí para agarrar a su abuela antes de que cayera al suelo. La condujo junto a su padre y los tres se abrazaron. Yo me quedé observándolos con tristeza, incapaz de ayudarles.

—Mi prometida... —dijo Saul al mirarme—. Ella también estaba en el gueto, y con frecuencia en la sinagoga de mi hermano.

Pawel agachó la cabeza.

—Lo siento, pero tengo entendido que todos los que estaban en la sinagoga en ese momento han muerto. —A Saul se le doblaron las rodillas y pensé que iba a caerse, como le había pasado a su abuela, pero se obligó a mantenerse en pie.

—Venid —nos dijo mi madre a Pawel y a mí—. Necesitan estar a solas con su dolor.

Vacilé, quería quedarme y consolar a Saul. Después seguí a mi madre hasta el túnel.

—No sabía si decírselo —comentó Pawel, apesadumbrado.

—Has hecho lo correcto —le tranquilizó mi madre. Yo asentí. Incluso estando en la cloaca, la verdad no podía mantenerse enterrada para siempre.

—Pawel... —le dije, vacilante. En aquellos días era mejor no preguntar demasiado. Pero había una pregunta que llevaba días rondándome por la cabeza, muchas respuestas perdidas ahora que no tenía a mi padre para preguntarle. Sentía que, en breve, tal vez ya no quedase tiempo—. ¿Cómo llegaste a ayudarnos? Quiero decir, ¿cómo te encontró mi padre?

Pawel sonrió, la primera luz que había visto en sus ojos en sus últimas visitas.

—Era un hombre muy amable. Con frecuencia me lo cruzaba por la calle y siempre me saludaba, no como los otros caballeros, que ignoraban a un simple fontanero. —Yo sonreí también, sabiendo a qué se refería. Mi padre había sido amable con todos, fuera cual fuera su estatus—. A veces hablábamos de esto y de lo otro. Una vez me habló de una obra donde necesitaban trabajadores y me dio una referencia. En otra ocasión me dio algo de dinero para hacer un recado. Me ayudaba, sin más motivo que el hecho de que yo fuera un semejante. Pero siempre lo hacía de un modo que parecía como si yo le estuviese ayudando a él. No quería herir mi orgullo.

Continuó hablando.

—Entonces, un día, me di cuenta de que llevaba el brazalete y parecía preocupado. Me puse a hablar con él y estuvo preguntándome, de manera indirecta, sobre almacenes y lugares así, sitios donde una familia pudiera esconderse. Yo sabía que esos lugares nunca serían efectivos. Así que le hablé de la cloaca y más tarde, cuando ya todos os habíais ido al gueto, empezamos a construir la entrada.

—¿Y los Rosenberg?

—Cuando estaban vaciando el gueto y yo corría para encontrarme con tu padre, los vi en la calle. Era un mal día y otros que iban vestidos como ellos estaban siendo apaleados, afeitados o cosas peores. —Se detuvo, como si aquellos hechos fueran demasiado horribles para mis jóvenes oídos—. Les dije que vinieran conmigo y así lo hicieron. —Casualidades que nos habían salvado la vida mientras otros sufrían y morían—. Y entonces, justo antes de llegar a la cloaca, vimos al niño pequeño con la pareja, huyendo. Pensé que podría salvarlos también. —Advertí un inconfundible tono de tristeza en su voz.

—¿Siempre fuiste trabajador de las alcantarillas? —le pregunté.

—¡Sadie, no hagas tantas preguntas! —me reprendió mi madre.

—No me importa —respondió Pawel con una sonrisa—. Antes de la guerra, era ladrón. —Eso me sorprendió. Parecía muy buena persona, pero en realidad era un simple delincuente—. Sé que es horrible, pero durante mucho tiempo escasearon los trabajos para fontaneros y tenía que alimentar a mi mujer y a mi hija. Y entonces llegasteis todos vosotros y supe, con toda la amabilidad de tu padre, lo que se suponía que debía hacer. Salvaros es el trabajo de mi vida. —Me di cuenta entonces. Rescatarnos se había convertido en su misión, en su oportunidad de salvación.

Poco después, Pawel se marchó y mi madre y yo regresamos a la cámara. Quería acercarme a Saul y ver cómo estaba, tratar de ofrecerle algo de consuelo. Pero se quedó junto a su abuela, que lloraba desconsoladamente, y a su padre, que se limitaba a rezar. Más tarde, esa noche, Saul se tumbó junto a su padre, con una mano sobre su espalda. Estaba segura de que esa noche no iría a caminar. Pero, cuando la respiración de su padre se hubo calmado, se puso en pie y se dirigió hacia la puerta. Yo fui tras él.

—¿Te importa que vaya contigo? —le pregunté, aunque no sabía si preferiría estar solo. Negó con la cabeza. Caminamos juntos, y el silencio entre nosotros me pareció más molesto de lo habitual—. Siento lo de tu hermano —le dije varios minutos después—.

Y lo de Shifra. —Quería consolarlo también en su dolor por ella, pero me parecía que yo era la persona equivocada para hacerlo.

Siguió caminando, sin hablar. Volví a intentarlo.

—Lo entiendo. Cuando mi padre... —Entonces me quedé callada. Deseé que mi propia pérdida y mi dolor me hubieran aportado algo de sabiduría, algo que pudiera transmitirle a él. Sin embargo, cada persona era una isla en su dolor, aislada y sola. Mi pena no podría ayudar a Saul, al igual que la pena de mi madre no pudo ayudarme a mí cuando murió mi padre.

Llegamos al hueco. Saul no alcanzó un libro, sino que se quedó mirando a la nada.

—Cuéntame una historia —le dije—. Sobre tu hermano.

Me miró entonces, desconcertado.

—¿Por qué?

—Creo que hablar ayuda. Con frecuencia, desde que murió mi padre, he querido compartir recuerdos suyos. Pero mi madre nunca habla de él. Creo que le ayudaría si lo hiciera. —No había sido capaz de compartir esa parte de mí después de morir mi padre, pero podría hacer eso ahora por Saul.

Al principio no dijo nada y me pregunté si no podría o no querría hablar de su hermano. Tal vez fuese demasiado pronto.

—De nosotros, era el que menos probabilidades tenía de convertirse en rabino —dijo al fin—. Siempre andaba metiéndose en líos. Una vez, cuando éramos pequeños, decidió que debía limpiar piedras con lejía. Por toda la casa. A nuestra madre casi le dio un ataque. —Sonrió pese a todo—. Podría haberse marchado, haber venido con nosotros. Sin embargo se quedó en el pueblo para ayudar a quienes no podían marcharse, para estar con las mujeres y los niños y ofrecerles consuelo religioso. Y ahora ha muerto. —Sus lágrimas, las que no había podido derramar mientras consolaba a su padre y a su abuela, comenzaron a caer. Le rodeé con un brazo, con la esperanza de que no le importara. Se tensó por un segundo, como si fuera a apartarse, pero no lo hizo. Lo acerqué a mí, como intentando protegerlo del dolor y de la pena que le embargaban, o al menos compartir la carga y que no tuviera que llevarla él solo. No podía, desde luego, llorar por él. Lo único que yo podía hacer era estar a su lado.

Saul siguió hablando un buen rato entre lágrimas, contándome historias de su hermano, como si estuviera colocando los recuerdos entre las páginas de un libro para conservarlos como flores secas. Yo le escuchaba en silencio, le hacía alguna pregunta cuando se detenía y le apretaba la mano cuando llegaban las partes más tristes. Normalmente, pasado un rato, cuando la luna descendía demasiado para iluminar el hueco, dejábamos de leer y regresábamos a la cámara.

—Deberíamos volver —le dije pasado el tiempo.

Me dijo que sí con la cabeza. Nuestras familias podrían despertarse y se preocuparían si no nos veían. Ninguno de los dos nos movimos, no queríamos abandonar aquel lugar tranquilo donde podíamos estar alejados del mundo.

—Y luego está la vez que mi hermano se cayó al arroyo —me dijo Saul, dando comienzo a otra historia. Continuó, con la voz cada vez más ronca y rota, compartiendo sus recuerdos en la oscuridad. Cuando al fin no quedó nada que decir, inclinó la cabeza hacia la mía, cerramos los ojos y nos dormimos.

9

Ella

Dos semanas después de haber hablado con Sadie por primera vez, salí de nuestra casa un domingo por la mañana para ir a verla. Salí a la calle y respiré agradecida el aire fresco. Ya estábamos casi en mayo y la brisa era cálida y notaba en el aire la fragancia de los árboles cargados de flores mientras atravesaba el Planty. Aquel día me pareció ver más gente fuera que desde el comienzo de la guerra, haciendo recados o yendo a visitar a amigos o familiares. Aun así, caminaban deprisa y mirando al suelo, no se saludaban ni se paraban a charlar, como habrían hecho antes. Pero percibía cierta actitud desafiante en sus pasos, en el ángulo de sus barbillas levantadas, aunque solo un instante, para admirar el castillo de Wawel bañado por los rayos de sol. Era como si quisieran decirles a los alemanes: «No nos arrebataréis este precioso día en nuestra ciudad».

Había ido a ver a Sadie la semana anterior, el sábado a la misma hora, como le prometí, con un poco de queso de oveja que había logrado sacar de la cocina. Pero llegó tarde y parecía nerviosa.

—Solo puedo quedarme unos minutos —me dijo entonces—. Se supone que no puedo venir a verte. Prometí que no lo haría. —Ella también tenía a gente que podría darse cuenta de que se había marchado.

—Si no puedes venir más, lo entiendo —le dije, y me sorprendió sentir cierta decepción. La primera vez había regresado a la alcantarilla porque sentía curiosidad por la chica, la segunda fue porque me sentía mal por ella y parecía necesitar mi ayuda. Si no podía volver a verme, no debería importarme en realidad. Y sin embargo me importaba. Me gustaba ayudar a Sadie, y lo poquito que había hecho por ella me hacía sentir que estaba haciendo algo importante.

—Claro que volveré —me dijo rápidamente—. El domingo sería el mejor día —añadió—. La otra familia, los Rosenberg, se queda los sábados enteros en la cámara donde vivimos para celebrar el *sabbat*, así que es más evidente si me marcho.

—El domingo, entonces —le dije—. Intentaré venir todas las semanas, incluso mañana, si quieres.

—Sí que quiero —me respondió con una sonrisa—. Vernos, aunque sea un poco, hace que el resto del tiempo aquí abajo sea un poco más fácil de llevar. ¿Te parece una tontería?

—En absoluto. A mí también me gusta venir. Volveré mañana. Pero ahora será mejor que regreses. —No quería que se metiera en líos y que no pudiera volver nunca más.

Pero, a la mañana siguiente, Ana Lucia decidió que era hora de hacer la limpieza de primavera en casa. Además de dejar exhausta a Hanna, mi madrastra me reclutó a mí también, encargándome mil tareas que hicieron que me resultara imposible escaparme. Era como si supiera mis planes y hubiera inventado aquel impedimento a propósito. Así que no había podido acudir a ver a Sadie aquel día. Me la imaginaba, de pie bajo la alcantarilla, decepcionada, preguntándose por qué no había ido a verla.

Aquel día, en cambio, una semana más tarde, estaba decidida a regresar a Dębniki para verla. Había salido temprano y bajé las escaleras sin hacer ruido, porque no quería despertar a Ana Lucia. Llegué a la orilla del río y me dirigí hacia el puente. El sendero estaba abarrotado de peatones e intenté abrirme paso entre *babcias* que avanzaban despacio y madres cargadas de paquetes, seguidas de sus hijos chillones. Ahora el cielo se había oscurecido por el oeste y un denso manto de nubes eclipsó el sol inesperadamente. No se me había ocurrido llevar paraguas en una mañana tan agradable.

Cuando me aproximaba a la mitad del puente, el flujo de personas que caminaban se detuvo de pronto. El hombre que tenía delante frenó en seco y me choqué con él.

—*Przepraszam* —dije a modo de disculpa. No me respondió ni se movió, siguió mordiendo la punta de su puro. Me di cuenta entonces de que el puente no estaba abarrotado sin más, estaba cortado. La policía había levantado una barricada justo en su centro, que impedía que la gente entrara o saliera de Dębniki—. ¿Qué está pasando? —le pregunté al hombre con quien me había chocado. Me planteé si la policía habría levantado un puesto de control improvisado, como solía hacer, para inspeccionar *Kennkarten*. La mía no la pondrían en entredicho, con los sellos especiales que Ana Lucia había conseguido a través de sus amigos alemanes, lo que nos permitía transitar libremente por la ciudad. Pero atravesar los puestos de control podía llevar horas, y no quería llegar tarde a ver a Sadie. El cielo había adquirido un tono gris oscuro, parecía más el crepúsculo que el mediodía. A lo lejos oí el rugir de un trueno.

—Una *aktion* —respondió el hombre sin mirarme.

—¿Aquí? —pregunté con miedo. Había dado por hecho que las detenciones en masa a las que se refería ocurrían solo en los barrios judíos.

—Sí —me dijo tras sacarse el puro de la boca—. El gueto estaba en Podgórze, el siguiente barrio.

—Lo sé, pero el gueto lo vaciaron.

—Exacto. —Parecía molesto, como si la cuestión fuera evidente—. Están buscando a los que podrían haberse escapado. Judíos escondidos.

Al oír aquello, me preocupé por Sadie. La policía había acordonado el vecindario en torno a la cloaca, en busca de judíos que hubieran escapado de la detención cuando vaciaron el gueto. Me abrí paso entre la multitud. Al final de la calle, vi vehículos del ejército y de la policía alemana situados en los cuatro lados del Rynek Dębniki. Había también un camión, que en circunstancias normales podría haber transportado ganado al mercado. Curiosamente ahora tenía bancos para que se sentaran personas en la parte de atrás. La policía estaba peinando el barrio, yendo de casa en casa y de tienda en tienda con sus horribles perros, que trataban de olfatear a quienes estuvieran escondidos. Un sudor frío me cubrió la piel. Sin duda registrarían también la cloaca y encontrarían a Sadie y a los demás.

Miré a mi alrededor con desesperación, preguntándome si habría otra manera de cruzar el río para poder llegar hasta Sadie y advertirle. Pero estaba atrapada por la multitud a los lados y también por detrás.

De pronto me llegó un grito desde el otro lado del puente, un grito que se oyó por encima de las órdenes de los alemanes y de los ladridos de sus perros. En la calle, en la base del puente, la policía sacaba a rastras de un edificio a una mujer de veintitantos años, que vestía una falda acampanada con el dobladillo roto y una blusa blanca llena de manchas. En la manga de la blusa llevaba un brazalete blanco con una estrella azul de seis puntas. Supe por su ropa y por su melena apelmazada que había estado escondida en algún lugar sucio. Por un segundo me pregunté si sería una de las personas que estaban con Sadie. Pero no estaba mojada, no estaba tan sucia como lo habría estado de haber salido de la cloaca.

La mujer sujetaba a dos niños: un bebé en un brazo y un niño un poco más mayor en el otro. No se resistía a la policía mientras la arrastraban hacia la parte trasera del camión. Pero, al acercarse, uno de los alemanes que esperaban allí intentó arrebatarle a los niños. La mujer retrocedió, negándose a soltarlos. El alemán le habló en voz baja y no pude oírlo, pero me lo imaginé diciéndole por qué los niños tenían que ir por separado, una explicación que ninguna persona sensata se creería ya. Trató de alcanzar a los niños una vez más, pero la mujer negó con la cabeza y se apartó. El alemán alzó la voz y le ordenó que obedeciera.

—¡No, por favor, no! —le rogó la mujer, aferrándose a sus hijos con desesperación. Se zafó de él y empezó a correr hacia el puente.

Pero el puente estaba cortado por la policía y abarrotado de gente. La mujer no podría ir a ninguna parte. Uno de los alemanes sacó una pistola y le apuntó con ella.

—¡Alto!

A mi alrededor, la gente que miraba soltó un grito ahogado.

—¡No! —grité. Una bala no solo podría matar a la mujer, sino a sus hijos. Recé para que se detuviera y obedeciera las órdenes del alemán.

—Shh —me reprendió el hombre que había estado delante de mí. Había tirado el puro, que ahora estaba aplastado y humeante sobre el puente—. No puedes hacer nada. Harás que nos maten a todos. —Al hombre no le preocupaba mi seguridad, sino la suya. Las represalias alemanas contra la comunidad polaca local eran rápidas y severas, y podían matar a muchas personas por un simple gesto de protesta o resistencia.

La mujer siguió corriendo hacia el puente, pero caminaba con dificultad por el peso de los niños, como un animal ya herido que aun así intentara huir. Se oyó un disparo y varias personas a mi alrededor se agacharon, como si les hubieran apuntado a ellas. La bala no alcanzó a la mujer. ¿El alemán había lanzado un disparo de advertencia o de verdad habría errado el tiro? A mi alrededor, la multitud se quedó callada, como hipnotizada por aquel macabro espectáculo. La mujer empezó a cruzar el puente. Entonces, al ver que el camino estaba cortado más adelante por las barricadas y la gente, se volvió hacia la pared del puente y empezó a trepar. El alemán apuntó de nuevo y supe por la intensidad de su expresión que esta vez no tenía intención de fallar.

La mujer no miró atrás y se lanzó sin dudar por el borde del puente con sus hijos. Se oyó el grito colectivo de la multitud y un golpe seco cuando la mujer y sus hijos impactaron contra el agua, varios metros más abajo.

Durante un minuto me pregunté si los alemanes o la policía irían tras ellos. Aparentemente convencidos de que la mujer y sus hijos no podrían haber sobrevivido al salto, los agentes se dieron la vuelta y la multitud comenzó a dispersarse. Sin embargo, las barricadas permanecieron, con varios agentes de policía en el puesto de control, impidiéndonos cruzar el puente. Supe que aquel día no podría ver a Sadie. Incluso aunque pudiera atravesar el puente, no sería seguro acercarme ahora a la alcantarilla. Apesadumbrada, emprendí el camino de vuelta a casa.

Empezaron a caer goterones de lluvia mientras atravesaba el centro de la ciudad, bombardeando los adoquines, que desprendían un olor terroso y rancio. Los peatones y los clientes corrían hacia sus casas protegidos, ahora sí, con paraguas, como un mar de champiñones negros. Yo tenía el pelo y el vestido empapados, pero estaba tan aturdida por lo que acababa de contemplar que apenas me daba cuenta. Veía a la mujer y a sus hijos saltando del puente. ¿Habrían muerto por el impacto o se habrían ahogado? Una parte de mí los imaginaba nadando hasta un lugar seguro, alcanzando la libertad en la orilla, río abajo. Pero la verdad era que, a plena luz del día en una mañana de primavera, una mujer acababa de suicidarse con sus hijos delante de mis narices, antes que permitir que los nazis se los llevaran y los separasen. Y yo, junto a otras muchas personas, había presenciado la escena ahí parada.

Había estado fuera más tiempo del esperado en mi frustrado viaje para ver a Sadie y era casi mediodía cuando regresé a casa. Ana Lucia tenía invitados de nuevo, esta vez un grupo más pequeño para la comida del domingo. Me había saltado el desayuno aquella mañana, con las prisas de ir a ver a Sadie, y se me hizo la boca agua al imaginarme el despliegue de carnes y quesos del bufé. Sin embargo, prefería comer tierra antes que juntarme con ellos.

Intenté cruzar el recibidor y subir a mi habitación sin ser vista para quitarme la ropa mojada. Pero, al acercarme a las escaleras, un agente alemán salió del cuarto de baño del pasillo y me cortó el paso.

—*Dzień dobry, fräulein* —me dijo con una mezcla torpe de polaco y alemán. Lo reconocí, era el Oberführer Maust. Un coronel de alto rango de las SS que había sido transferido recientemente a Cracovia, según había oído contar a Ana Lucia a una de sus amigas hacía unas semanas. Atraída por su poder y su influencia, no había tardado en ganarse su simpatía y el alemán se había convertido en uno de sus habituales.

Y no solo en las comidas y en las cenas; la noche anterior, al volver yo a casa, la cena de Ana Lucia había terminado, pero se había quedado uno de los invitados. Le oí mientras la seguía escaleras arriba hacia su dormitorio. Le dijo algo en voz baja y melosa, y mi madrastra soltó una risa nerviosa, un sonido demasiado juvenil e inapropiado para alguien de su edad. Sentí asco. Una cosa era invitar a los alemanes a cenar y otra muy distinta tener a uno de ellos durmiendo en la cama que había compartido con mi padre. Nunca la había odiado tanto. Esa mañana, al pasar por delante de su dormitorio, oí desde el pasillo dos ronquidos diferentes, el de ella más espeso y burbujeante, y luego otro más profundo y regular.

Su nuevo amigo. Estudié a la bestia. Se parecía a todos los demás, con el cuello grueso y las mejillas rojas, salvo que él era más alto, barrigón y con unas manos como zarpas de oso. Me miró como una serpiente a punto de devorar a un ratón.

Antes de que pudiera responderle, Ana Lucia apareció en la puerta del comedor.

—Fritz, me preguntaba dónde... —Al verle hablando conmigo, se detuvo y frunció el ceño—. Ella, ¿qué estás haciendo aquí? —me preguntó como si hubiera entrado desde la calle a una casa que no era la mía. El vestido, la última moda llegada desde Milán, era demasiado ceñido para su cuerpo orondo. El collar de perlas, que en otro tiempo había pertenecido a mi madre, adornaba, forzado, su cuello.

—Tu hija es encantadora —dijo el alemán—. No me lo habías dicho.

—Hijastra —le corrigió Ana Lucia, que quería distanciarse de mí todo lo posible—. Hija de mi difunto marido. Y está empapada.

—Debería comer con nosotros —sugirió él.

Percibí el conflicto en los ojos de Ana Lucia: por un lado, quería satisfacer los deseos de su invitado nazi y, al mismo tiempo, deseaba tenerme bien lejos. Pero el tono del coronel Maust dejó claro que su sugerencia era más bien una orden.

—De acuerdo —dijo ella al fin, dejando que la obediencia ganara a su desprecio.

—Lo siento, pero no puedo —intervine yo, tratando de pensar en una excusa.

—Ella —dijo mi madrastra entre dientes—. Si el Oberführer Maust tiene el detalle de invitarte a comer con nosotros, eso es lo que vas a hacer. —Supe por sus ojos que, si me negaba y la avergonzaba, las consecuencias serían severas—. Cámbiate de ropa y vuelve a bajar.

Diez minutos más tarde, entré reticente en el comedor, con un vestido azul y el pelo todavía mojado. Había otros cuatro invitados: dos hombres con uniformes militares alemanes y otro con traje, además de una mujer que rondaría la edad de Ana Lucia y a quien no reconocí. No dejaron de hablar para saludarme o reparar en mi presencia cuando entré. Sentí náuseas al ver a aquellos desconocidos sentados a la que había sido la mesa de mi familia, utilizando la porcelana china y la cristalería de boda de mi madre. Ocupé el único asiento disponible, junto al coronel Maust y cerca de mi madrastra. Hanna sirvió un plato de *szarlotka*, un pastel caliente de manzana más grande de lo que había visto desde que comenzara la guerra; la masa se me hizo una bola en la garganta.

Dejé el tenedor.

—Hoy he visto a una mujer saltar desde el puente de Dębniki —comenté de pronto. Si iba a tener que estar allí sentada, por lo menos intentaría que fuera interesante. El resto de las conversaciones cesaron y todos se volvieron hacia mí—. La policía estaba intentando arrestarla y ha saltado con sus hijos. —La mujer que estaba junto a Ana Lucia se tapó la boca con la servilleta y puso cara de horror.

—Debía de ser judía —dijo el coronel Maust con desdén—. Han llevado a cabo una *aktion* para intentar encontrar a los pocos que quedan escondidos. —De modo que estaba al corriente de las detenciones que se estaban produciendo mientras él se hallaba sentado en nuestro comedor, comiendo tarta.

—¿Escondidos? —preguntó la otra mujer sentada a la mesa.

—Sí —confirmó el coronel Maust—. Algunos judíos lograron escapar cuando liquidamos el gueto, casi todos se escondieron en los barrios que recorren el río.

—¡Yo vivo ahí cerca! —exclamó la mujer. Comprendí entonces que su mirada horrorizada no era fruto de la preocupación por los detenidos, sino por su propio bienestar—. ¡Qué peligroso! —A juzgar por su tono de voz, cualquiera habría pensado que se refería a criminales reincidentes.

«Una mujer con dos hijos», me dieron ganas de decir con ironía. «Un peligro para la existencia de nuestra ciudad». Por supuesto, no lo hice.

—¿Qué será de ellos? —pregunté en su lugar.

—¿De la mujer que ha saltado? Supongo que sus hijos y ella servirán de comida para los peces —dijo el coronel, que se carcajeó de su propio chiste cruel y los demás le imitaron. Me dieron ganas de extender el brazo y abofetearle aquella cara fofa.

Me tragué la rabia.

—Me refiero a los judíos a los que han arrestado. El gueto está cerrado. ¿Dónde irán entonces?

Ana Lucia me fulminó con la mirada por seguir sacando el tema. Pero uno de los alemanes sentado al otro extremo de la mesa respondió.

—Los que estén en buenas condiciones físicas irán a Płaszów durante un tiempo —comentó mientras comía pastel de manzana.

Era un hombre delgado y nervudo, con los ojos oscuros y brillantes, y cara de hurón—. Es un campo de trabajo a las afueras de la ciudad.

—¿Y los otros?

—Los enviarán a Auschwitz —respondió tras una breve pausa.

—¿Qué es eso? —Estaba familiarizada con la ciudad de Oświęcim, a una hora de la ciudad hacia el oeste. Había oído hablar de un campo que había allí al que llamaban por el nombre germánico de la ciudad, referencias entre susurros sobre un lugar para judíos que era más horrible que el resto. Pero nadie podía confirmar los rumores, según decía la gente, porque nadie volvía jamás de allí. Miré al alemán a los ojos, desafiándole a reconocer la verdad delante de todos.

—Digamos que no volverán a ensuciar tu barrio nunca más —respondió sin vacilar.

—¿Incluso las mujeres y los niños? —le pregunté.

—Para nosotros son todos judíos —me dijo encogiéndose de hombros, como si no tuviera importancia.

Me miró a los ojos sin parpadear y, al ver la oscuridad de su mirada, adiviné todo aquello que no había dicho, el encarcelamiento y la muerte que aguardaban a los judíos. La mujer del puente había preferido saltar a entregarse con sus hijos a ese destino tan cruel.

—Basta de preguntas —me dijo Ana Lucia con fuego en la mirada. Le puso la mano al coronel Maust en el brazo—. Querido, no hablemos de esas cosas en tan buena compañía, o echaremos a perder nuestra comida. Mi hijastra ya se iba.

—Yo también debo irme —anunció el coronel Maust doblando su servilleta.

—¿Debes irte? —preguntó Ana Lucia, aparentemente desanimada.

—Disculpen. —Como no quería presenciar su despedida, me puse en pie de repente y aparté la silla con tanta fuerza que las tazas de café tintinearon. Salí apresurada del comedor y subí las escaleras hacia el desván. Notaba un zumbido en los oídos mientras procesaba todo lo que había dicho el alemán. Estaban llevándose a los judíos a los campos; a todos los judíos. ¿En qué estaba pensando? Sabía que habían vaciado el gueto. Aun así, me había resultado más fácil contarme a mí misma que habían «reubicado» a los ocupantes judíos para que vivieran en otra parte, o incluso no pensar en ello para nada. Ahora la verdad me era imposible de ignorar. Estaban encarcelando a los judíos para usarlos como esclavos o algo peor.

Me vino Sadie a la cabeza. Había huido del gueto, como sin duda habría hecho la mujer que se había tirado del puente. Y a ella le esperarían los mismos horrores que había descrito el alemán si la atrapaban. Aunque la había conocido hacía solo unas semanas, sentía que era mi amiga y no quería que le sucediera nada malo. Ya había pasado muchas penurias y no soportaba la idea de que pudieran capturarla y llevársela.

Algún tiempo más tarde, oí que la comida se acababa y que los malditos invitados que quedaban abandonaban la casa. Pero me quedé arriba el resto del día, porque quería evitar la ira de Ana Lucia. Miré por encima de los tejados hacia la otra orilla del río, me imaginé a Sadie y recé para que estuviera a salvo. Pasaría una semana hasta que pudiera ir a verla de nuevo y saberlo con certeza.

A la mañana siguiente, cuando bajé a desayunar, Ana Lucia ya estaba sentada a la mesa. Era raro que coincidiéramos por la mañana; normalmente me proponía levantarme temprano y marcharme antes de que ella bajara las escaleras, lo cual no era difícil, dado que rara vez se despertaba antes del mediodía. No nos dimos los buenos días cuando me senté al otro extremo de la mesa.

—Ella —dijo Ana Lucia cuando Hanna me hubo servido el café y las tostadas. Supe por su tono de voz, más despectivo que de costumbre, que el asunto no sería algo bueno. ¿Sería por haber abandonado su comida de manera apresurada el día anterior o por haber hecho demasiadas preguntas? Quizá se tratara de otra cosa. Me preparé para su diatriba.

—¿Qué estabas haciendo en el mercado de Dębniki? —me preguntó de pronto.

Se me hizo un nudo en la garganta.

—Fui a por las cerezas para tu postre, ¿te acuerdas?

—No. Me refiero a la segunda vez. —Me puse nerviosa. Ana Lucia sabía que había ido a Dębniki más de una vez—. Mi cena con el pastel de cerezas fue hace semanas, un sábado. Pero alguien te vio allí después. —Con frecuencia Ana Lucia parecía despistada, pero tenía muy buena memoria. Me di cuenta de que la había subestimado. Me miraba fijamente, exigiendo respuestas. Nuestra pobre doncella, Hanna, salió de la habitación con cara de terror.

—Bueno, quizá recuerdes que no conseguí cerezas suficientes para la cena —le dije, tratando de que no me temblara la voz. Ana Lucia sonrió al verme dudar, había caído en su trampa—. Pero el vendedor me dijo que pronto volvería a tener cerezas, así que decidí volver, por si querías que Hanna volviese a preparar el pastel. —Me salía la voz débil, la excusa era poco plausible.

—Tienes que cuidar tus modales —me dijo con un inconfundible tono amenazante en la voz—. No sé lo que te propones. —Respiré aliviada—. Pero no toleraré nada que ponga en peligro nuestra posición. —Me miraba con furia en los ojos y el temperamento desatado—. Ayer interrumpiste mi fiesta sin haber sido invitada. —Quise corregirla y decirle que su amigo alemán me había invitado, pero no me atreví—. Y luego lo echaste a perder hablando de los judíos.

—¿Cómo puedes soportarlo? —le espeté—. Lo que le están haciendo a esa pobre gente inocente.

—La ciudad está mejor sin ellos. —Me miró sin parpadear. Recordé entonces que Austria, el país de origen de Ana Lucia, había aceptado de buena gana el *Anschluss*, la ancxión a Alemania. Ana Lucia no solo se relacionaba con los alemanes para tener vida social o para ganarse sus favores. En realidad, estaba de acuerdo con ellos.

Asqueada, me levanté de la mesa. Salí de la habitación dándole mil vueltas a la cabeza. Ana Lucia sabía que había vuelto a cruzar el río. Por suerte, no parecía saber el motivo, al menos de momento.

Una vez arriba, contemplé el perfil lluvioso del vecindario triste y gris del otro lado del puente. No debería volver a la cloaca. Ahora que sospechaba algo, Ana Lucia me tendría más vigilada que nunca. No conocía a Sadie lo suficiente. Había hablado con ella muy pocas veces y no tenía sentido arriesgarlo todo por alguien que prácticamente era una desconocida. Aun así, mientras pensaba aquello, supe que volvería a la alcantarilla. No podía hacer nada por esa mujer del puente, me había quedado mirando mientras se quitaba la vida y la de sus hijos, igual que no había hecho nada cuando Miriam y los demás estudiantes judíos habían sido expulsados de la escuela. Pero Sadie seguía a salvo y, aunque fuera poco, podría ayudarla. Me juré a mí misma en ese instante que, al contrario que con los demás, a ella no la decepcionaría.

10

Sadie

Una mañana de domingo escuché desde la cloaca las oraciones procedentes de la iglesia Kostka, al cura entonando la misa, que ya me resultaba familiar, y a los parroquianos, que debían de ser menos cada semana, dando el responso. Aunque no tenía reloj, supe por la parte de la misa que estaban cantando que eran las diez y cuarto, casi la hora de ir a encontrarme con Ella. Estaba cada vez más emocionada e intentaba contenerme para no hacerme demasiadas ilusiones. Ella había prometido acudir todos los domingos y, en general, así lo hacía, aunque algunos domingos en las seis semanas que hacía que nos conocíamos no había aparecido.

—Voy a por agua —anuncié cuando calculé que debían de ser cerca de las once.

Mi madre me señaló la jarra llena.

—Ya ha ido Saul. Tenemos de sobra.

Miré a mi alrededor con la esperanza de encontrar algo de basura que hubiera que tirar. No vi nada.

—Entonces voy a dar un paseo —dije pensando que mi madre se opondría. No respondió. Observé su cara, preguntándome si sospecharía algo. Las primeras semanas tras prometerle que no iría a ver a Ella, me había vigilado como un halcón. Pero ahora parecía distraída, cansada por el avanzado estado del embarazo y las dificultades de mantenernos en la cloaca. No protestó cuando me dirigí hacia la salida de la sala. Mi conversación con ella me había retrasado unos minutos y, según me acercaba a la rejilla de la cloaca, recé para que Ella me hubiera esperado.

—¡Idiota! —murmuró una voz a mis espaldas, según me aproximaba a la rejilla. Me di la vuelta y vi a Bubbe Rosenberg, que debía de haberme visto salir y me había seguido. O tal vez estuviera deambulando sin rumbo por los túneles. Últimamente parecía cada vez más confundida y tenía tendencia a deambular. En más de una ocasión, Saul la había seguido cuando salía de la cámara por las noches y la había llevado de vuelta. Con frecuencia se tumbaba junto a ella y la abrazaba mientras dormía, para que no se perdiera o se cayera en las aguas residuales y se ahogara como mi padre—. Vas a conseguir que nos maten a todos —me dijo ahora. Me pregunté si me habría visto hablando con Ella o si Saul se lo habría contado—. Si vuelves a acercarte a la rejilla, haré que te echen. —No estaba segura de que pudiera hacer eso, o a qué se refería exactamente. Pero tampoco quería averiguarlo.

—Ya basta —le dije con brusquedad. Mi madre, de haberme oído, se habría sentido avergonzada por mi grosería. Pero no podía aguantarlo más.

Bubbe murmuró algo ininteligible. Esperaba que regresara a la estancia. Sin embargo, se quedó por el túnel y siguió hablando consigo misma. Así que permanecí entre las sombras, cerca de la rejilla, sin atreverme a incumplir su orden. No quería que montase una escena y alertase a los demás de lo que estaba haciendo. Me imaginaba a Ella en la calle, esperándome.

Cuando la anciana se marchó al fin, corrí a la rejilla.

—¿Hola? —dije con suavidad. No vi a Ella. Me pregunté si habría estado allí y se habría marchado ya porque yo había tardado demasiado, o si no había aparecido. A lo mejor se había olvidado de mí. Eso me parecía improbable; siempre se mostraba amable y servicial. Sin embargo, la calle parecía extrañamente tranquila y tampoco vi a nadie más. A lo lejos oí el gemido de una sirena de la policía, grave y prolongado. Algo iba mal, pensé con cierta inquietud. No era seguro seguir esperando allí por más tiempo.

Entonces empezó a llover, unos goterones que se colaban por la rejilla e iban formando un charco en el suelo de la cloaca, ya de por sí mojado. Entristecida, emprendí el camino de vuelta.

Al acercarme a la cámara, apareció mi madre en la entrada.

—Oh, gracias a Dios —me dijo en voz baja. Su expresión era más sombría que de costumbre. Me pregunté si Bubbe le habría contado que había vuelto a la rejilla—. Estaba a punto de enviar a Saul a buscarte. Tienes que volver ya.

—¿Qué sucede? —No respondió y me condujo al interior de la estancia. Levantó la barbilla. Los parroquianos se habían quedado callados, pero ahora se oía otro ruido, más fuerte, más amenazante, puertas que se abrían y se cerraban de golpe, voces de hombre hablando en alemán.

—Están buscando judíos —susurró Pan Rosenberg desde el otro lado de la sala.

Por supuesto, no era la primera vez que oía esas cosas. Aun así, me entró el pánico al darme cuenta de que estaban buscando judíos tan cerca de nuestro escondite.

—¿Vienen a por nosotros? —pregunté.

Mi madre negó con la cabeza.

—Están buscando judíos escondidos en las calles y en las casas. No saben lo de la cloaca, al menos de momento. —Me acercó más a ella y nos sentamos en nuestra cama. Desde el otro lado de la estancia, Saul me miró con una expresión mezcla de cariño y preocupación. Nos habíamos acercado más en las semanas transcurridas desde que se enterara de la muerte de su hermano y de Shifra y yo estuve consolándolo. Vivir juntos en un espacio tan pequeño hacía que todo fuese más familiar e íntimo. Sabía cómo comía y dormía, y por su expresión me daba cuenta de si estaba enfadado, triste o preocupado.

Mi madre me abrazó y juntas intentamos quedarnos lo más calladas posible. Pero de nada serviría. Si los alemanes registraban los túneles y descubrían la cámara, no tendríamos dónde escondernos. «Deberíamos irnos», pensé, y no era la primera vez. Mejor marcharse que dejar que nos descubrieran allí como animales atrapados. Pero, sin Pawel para guiarnos, no teníamos manera de salir.

Nos quedamos sentadas en silencio durante lo que me parecieron horas, atentas a los sonidos de arriba, a la espera de unas pisadas en el túnel que anticiparan nuestra perdición. En un momento dado, oí el grito de una mujer y me pregunté si habrían atrapado a alguien. La lluvia comenzó a caer con más fuerza, amortiguando los sonidos de la policía mientras cazaba a su presa.

Al final las voces se extinguieron, aunque no sabía si los alemanes se habrían visto frenados por la lluvia o habrían renunciado a seguir buscando. Los sonidos de la búsqueda fueron sustituidos por el estruendo rítmico de los truenos, como pasos en un desfile, con la lluvia cayendo cada vez más intensamente. Frente a nuestra cámara, el agua comenzó a acumularse y a formar un gran arroyo.

—Inundaciones de primavera —murmuró Bubbe con tono de mal agüero.

Levanté la mirada y vi una sombra en el rostro de mi madre. La idea daba casi tanto miedo como que los alemanes estuvieran buscándonos. Siempre habíamos sabido que las fuertes lluvias de primavera, cuando finalmente se produjeran, supondrían problemas. Había llovido con frecuencia en las últimas semanas y el río había crecido, los diques estaban llenos. Cada vez que llovía en la calle, las aguas residuales del túnel subían y se colaban por las tuberías más estrechas, provocando unas pequeñas olas que lamían la entrada a nuestra estancia. Normalmente la lluvia cesaba pasado un rato y las aguas volvían a bajar.

Pero aquel día no cesó. En la calle diluviaba. Me imaginé un torrente de agua colándose por la rejilla de la cloaca donde había ido a buscar a Ella esa mañana e inundando las tuberías. Ahora que los alemanes habían dejado de buscar por las calles, nos levantamos del rincón donde estábamos agazapadas. Intentamos seguir con nuestro día, mi madre preparó una comida a base de sopa de patata recalentada. Siguió lloviendo todo el día y, al caer la noche, el agua comenzó a formar remolinos a la entrada de la cámara. Me quedé dormida junto a mi madre y soñé que las aguas subían y se llevaban nuestra cama como si fuera un barco de juguete.

A la mañana siguiente descubrí que no había sido del todo un sueño.

—Sadie, despierta —me dijo mi madre. El agua en la habitación nos llegaba ya a la altura de los tobillos. Nos pusimos los zapatos empapados, después recogimos apresuradamente nuestras pertenencias y las trasladamos a zonas más elevadas. Mi madre vadeó la estancia para salvar nuestras reservas de comida. Al otro lado, vi que Saul hacía lo mismo. Quise llamar su atención, pero no podía. El agua del túnel entraba en la cámara y comenzaba a llenarla. Poco después, el agua que nos rodeaba los tobillos se convirtió en un torrente y me llegó hasta las rodillas. A medida que el nivel subía, todo a nuestro alrededor empezó a flotar, jarros, botellas y platos, como si fuera una extraña fiesta del té subacuática.

—¿Qué haremos si no para? —pregunté.

—Parará —dijo mi madre, sin responder a mi pregunta. Me condujo hasta la parte más elevada de la cámara en un intento por mantenernos lo más secas posible. Pero fue inútil. La lluvia siguió cayendo y el agua inundó nuestra vivienda y la convirtió en una bañera gigante. El nivel del agua pronto rebasó nuestra cintura y se nos quedó la ropa empapada. Era como si estuviéramos nadando en una piscina o en un lago frío y mugriento del que nunca podríamos salir.

Miré hacia el otro lado de la habitación y vi a Saul, que estaba ayudando a su abuela a alcanzar un punto más elevado sin resbalar. Nuestras miradas se cruzaron. Por un segundo, pareció que deseaba acercarse a mí tanto como yo a él. Entonces se dio la vuelta para seguir ayudando a su familia. Me pregunté si deberíamos haber abandonado la estancia en busca de un terreno más elevado. Claro, eso ahora era imposible. Al crecer el río de aguas residuales, sin duda habría dejado sumergida la plataforma que siempre usábamos para recorrer sus orillas. Si nos atrevíamos a salir, seguramente nos arrastraría la corriente. Y la misma crecida que nos impedía marcharnos impediría que Pawel acudiese a rescatarnos.

El nivel del agua se acercaba peligrosamente a mi boca. Levanté más la cabeza, tratando de respirar. Me entró el pánico. En pocos minutos el agua estaría demasiado profunda para hacer pie. Siempre había sido como un animal asustado en el agua; se me paralizaban los brazos y las piernas cuando intentaba nadar. ¿Cómo lograría sobrevivir si teníamos que nadar?

Extendí el brazo hacia arriba por la pared y encontré la estantería improvisada en la que normalmente dejábamos el pan. Me agarré al borde y me impulsé con los brazos para elevarme más o menos un metro, mi cabeza quedó cerca del techo de la estancia. Aquello me garantizaba unos pocos minutos y algo de aire extra, pero no resolvería el problema si el agua seguía subiendo.

Extendí la mano hacia mi madre, que nadaba junto a mí, para intentar ayudarla. Sin embargo, siempre había sido una excelente nadadora e, incluso con el peso adicional de la tripa, parecía flotar sin esfuerzo en la superficie. Al otro lado de la estancia, vi a Saul sujetando a su abuela con un brazo y a su padre con el otro, tratando de mantenerse a flote.

La inundación parecía no terminar nunca. Empezaron a quemarme los brazos de tanto agarrarme a la repisa. No podría aguantar eternamente y no tendría ninguna posibilidad si me veía obligada a nadar. Al fin me solté, preparada para ahogarme y dejar que el agua me llevara como a mi padre. Mi madre me agarró del cuello de la camisa y me mantuvo a flote, pero yo pesaba demasiado y ambas comenzamos a hundirnos. Intenté apartarla de mí, pero me agarró con fuerza y no me soltaba. Su melena rubia se extendía a su alrededor por el agua como un halo. Conforme el agua subía, tomé aire con intención de aguantar la respiración todo lo que pudiera cuando mi cabeza quedara sumergida.

De pronto se oyó un fuerte chirrido a lo lejos y, aunque la lluvia seguía cayendo con fuerza en la calle, el agua de la estancia empezó a dejar de subir lentamente.

—Un dique —dijo alguien—. Deben de haber abierto otro camino para que fluya el agua. —Me encontraba demasiado agotada para procesar aquella buena noticia o para preocuparme de si la explicación sería cierta. Sin duda el agua tardaría días, si no semanas, en retroceder y no podría sujetarme durante tanto tiempo.

—Aguanta —le oí decir a mi madre, pero su voz sonaba lejana porque había comenzado a hundirme. Me resistí, traté de tomar aire y volví a sumergirme. Se me llenaron la boca y la nariz de agua, lo que me produjo arcadas y tos. Me pesaban los párpados, como si fuera a dormirme por la noche. La estancia quedó a oscuras a mi alrededor y ya no fui consciente de nada.

Me desperté tiempo después en el suelo, a escasa distancia de la pared donde había estado aferrada.

—¿Qué ha ocurrido? —El agua había desaparecido; había retrocedido aún más rápido de como había llegado, dejando el suelo negro cubierto de cieno, con nuestras pertenencias empapadas y esparcidas por ahí. Pero lo último que recordaba era la habitación llena de agua y yo intentando tomar aire.

—¡Sadele! —exclamó mi madre, sentada en el suelo junto a mí—. Gracias al cielo que estás bien. Cuando el agua subió demasiado, te desmayaste. Intenté mantenerte a flote, pero no podía aguantar. Saul te sostuvo hasta que el agua retrocedió.

Saul. Miré hacia el otro lado de la sala y vi a su padre y a su abuela sentados, tratando de recuperarse de la inundación. Pero a él no lo vi.

—Estoy aquí. —Me volví y lo encontré acuclillado a pocos centímetros de donde me hallaba tumbada. Nuestras miradas se cruzaron. Saber que me había salvado pareció unirnos más.

—Gracias —le dije.

—Me alegra que estés bien. —Extendió la mano hacia la mía y me pregunté por un segundo si iba a tocarme. Pero, con los demás allí presentes, no podía. Él se puso en pie y comenzó a atravesar la estancia en dirección a su familia.

—No se ha apartado de tu lado hasta saber que estabas a salvo —me dijo mi madre en voz baja. Noté un calor que me recorría por dentro—. Ahora vamos a ver cómo podemos secarnos. —Intenté levantarme, pero la ropa, pesada y empapada con el agua helada de la cloaca, me lo impedía—. Vamos. —Se puso en pie frente a mí pese al gran tamaño de su vientre. Me tendió una mano para ayudarme. Percibí una férrea mirada de determinación en sus ojos. No iba a permitir que aquello pudiera con nosotras. Poco a poco empezamos a recolocar la estancia.

Mientras trabajábamos, pensé en todo lo que había sucedido la noche anterior. La inundación había llegado de pronto, sin previo aviso. Si el agua no hubiera retrocedido, nos habríamos ahogado todos. Y ese no era el único peligro; mientras permaneciésemos en la cámara, sin ningún otro escondite ni salida, seríamos vulnerables, estaríamos atrapados. Me acordé de la noche en que llegamos a la cloaca, del laberinto de túneles por el que nos condujo Pawel. Tenía que haber otros lugares donde poder escondernos si las cosas empeoraban, o quizá incluso una salida.

Miré a Saul, quería compartir con él mis pensamientos. Él había recorrido los túneles más que yo y tal vez hubiera visto otros lugares que pudieran sernos útiles. Pero apenas teníamos ocasión de estar juntos durante el día con nuestras familias siempre presentes.

Esa noche, mientras los demás se preparaban para dormir en sus camas todavía húmedas, Saul me hizo un gesto y señaló hacia el túnel con la cabeza. Cuando mi madre se quedó dormida, salí de la estancia y lo encontré allí esperándome. Comenzamos a caminar por el túnel en silencio.

—Saul, quería hablar contigo de una cosa. —Vacilé un momento, sin saber cómo sacar el tema—. La inundación... estuvo a punto de matarnos.

—Fue terrorífico —convino él.

—Es más que eso. Tenemos que encontrar una manera de salir de la cloaca por si acaso tenemos que escapar.

—¿Salir? —Me miró como si hubiera perdido el juicio—. Pero si aquí en la cloaca estamos a salvo. —Observé que apretaba la mandíbula con decisión. Había quedado tan traumatizado por la pérdida de su hermano y de su prometida que no se creía capaz de sobrevivir en ninguna otra parte.

—Por ahora sí. Pero ¿qué pasa si vuelven las lluvias? La próxima vez a lo mejor no cesan. Y, si los alemanes registran los túneles... —No respondió—. Estamos atrapados aquí abajo, somos presa fácil. Las cosas no hacen más que empeorar. No podremos quedarnos aquí para siempre.

—¿Quieres que nos marchemos?

—No —admití. En realidad, tampoco estaba lista para abandonar la cloaca, sobre todo porque no imaginaba ningún otro lugar donde pudiéramos ir—. No exactamente. Ahora mismo no. Pero tenemos que saber cómo salir, dónde ir si ocurre algo peor. —Estábamos librando una guerra contra el hambre y las inundaciones, una batalla contra el tiempo y la posibilidad de ser descubiertos, y la cloaca iba ganando—. Tiene que haber una salida. Deberíamos saberlo para que, si alguna vez tenemos que huir, podamos encontrar el camino.

—Quizá si le preguntamos a Pawel... —sugirió Saul.

—Pawel ya está haciendo suficiente por nosotros —respondí negando con la cabeza—. No va a ayudarnos a marcharnos. —Pawel lo había dado casi todo por llevarnos hasta allí y mantenernos escondidos. Creía que la cloaca era la única forma de mantenernos a salvo, que si intentábamos marcharnos lo echaríamos a perder y nos atraparían como a esa familia que había huido la primera noche. No iba a empezar a enseñarnos maneras de escapar y arriesgar nuestra vida... y la suya—. ¿Y si además Pawel no puede llegar hasta nosotros, como ocurrió ayer en la inundación? Hemos de saber cuáles son nuestras opciones por si acaso, y tenemos que averiguarlo por nosotros mismos.

—¿Dónde iríamos si lográramos salir?

—No lo sé —admití al fin tras meditarlo unos instantes—. Al menos deberíamos mirar. Para que sepamos el camino si llega el caso. Si ocurre lo peor... —Traté de imaginar qué podría ser lo peor, pero descubrí que no podía—. Saul, podemos hacerlo, pero necesito tu ayuda.

Esperaba que siguiera poniendo trabas, pero no lo hizo.

—De acuerdo —accedió.

—¿Vas a ayudarme?

Asintió con reticencia, sin mirarme a los ojos.

—Iré contigo mañana por la noche y veremos si hay una salida. —Marcharse de allí iba en contra de todo lo que Saul deseaba y creía, pero estaba dispuesto a buscar una salida por mí—. Pero solo para ver, en caso de que necesitemos un lugar al que ir si hay una emergencia. No vamos a marcharnos. —Su voz sonó firme.

La noche siguiente se reunió conmigo en el túnel.

—¿Qué me dices de la rejilla que hay sobre el hueco donde leemos? —le pregunté.

—Está soldada —me respondió negando con la cabeza.

—¿Has intentado abrirla? Me sorprende.

—Hay muchas cosas de mí que podrían sorprenderte, Sadie Gault —me dijo con una sonrisa. Pero después volvió a ponerse serio—. Pero una vez pasé frente a otro túnel, cuando fui más allá del hueco. —Comenzó a andar en esa dirección y yo lo seguí; nuestros brazos se chocaban de vez en cuando mientras recorríamos el estrecho túnel uno junto al otro—. Creo que podría haber un camino por aquí. —Me condujo por una tubería, pero no tenía salida, había una pared al final.

—Tenemos que seguir el curso del agua —le dije.

Nos metimos por un túnel diferente, pero era una ruta circular que nos devolvió otra vez a la cámara. Otro fracaso. Al fin, seguimos por el túnel hasta donde se ensanchaba y el agua fluía con más fuerza. Vi por primera vez desde nuestra llegada los tablones colocados sobre el agua donde mi padre se había caído y ahogado. Me detuve y los ojos se me llenaron de lágrimas.

Saul se me acercó y me puso una mano en el hombro, como si sintiera mi dolor.

—Tu padre habría estado muy orgulloso de ti —me dijo—. Por cómo has logrado adaptarte a la cloaca y has cuidado de tu madre. —No respondí. Nos quedamos parados varios segundos, sin hablar—. Vamos —me dijo al fin—. Creo que el río está por aquí. —Pensé por un momento que se refería al río de aguas residuales, lo cual no tenía sentido, dado que ya nos hallábamos en su orilla. Pero, cuando me condujo en una dirección desconocida y el agua comenzó a correr con más fuerza y rapidez, me di cuenta de que se refería al río Wisła y al mundo exterior.

Según avanzaba, el camino se fue volviendo más familiar. Estábamos recorriendo los pasos que habíamos dado la noche que Pawel nos condujo hasta allí, solo que a la inversa. Vi la tubería baja y con tapa que habíamos tenido que atravesar a rastras y esperé que no tuviéramos que volver a hacerlo ahora. Por suerte, Saul me alejó de aquella tubería estrecha.

—Mira, hay otro camino por ahí. —Señaló un camino casi demasiado estrecho para poder entrar, más bien una grieta en la pared que un túnel propiamente dicho. Teníamos que pasar en fila india y yo entré primero, haciendo un esfuerzo por introducirme en aquel espacio angosto, que se inclinaba hacia arriba, en dirección a la calle. Por fin vimos una abertura donde la tubería de la cloaca desembocaba en un ramal del río, y más allá el amplio cielo. La imagen de aquel espacio abierto, más de lo que había visto desde que llegamos a la cloaca, me resultó tentadora. Di un paso al frente, ansiosa por ver las estrellas que salpicaban el cielo despejado. Me di cuenta de que podíamos salir. Saul y yo podríamos seguir andando y alcanzar la libertad.

De pronto oímos un fuerte estrépito más adelante. Saul me estrechó entre sus brazos y me apartó de la abertura. Oímos el ladrido de los pastores alemanes en la orilla del río, seguido de unas voces que les daban órdenes de búsqueda. Me quedé helada. ¿Los alemanes nos habrían detectado? Saul me arrastró hasta una grieta que había en la pared del túnel y me pegó tanto a él que podía sentir su corazón acelerado a través de nuestra ropa. No nos movimos, apenas respirábamos.

Pocos minutos más tarde, los ladridos cesaron. Aun así, Saul siguió abrazándome. Me invadió una oleada de calor. Me di cuenta entonces de que me gustaba, de un modo en que nunca me había gustado ningún chico. Por un segundo, notando sus latidos contra los míos, me pregunté si él sentiría lo mismo. Incluso mientras lo pensaba, estaba convencida de que eso era imposible. De ningún modo podría sentirse atraído por mí de esa forma, entre tanta porquería y tanto miedo. Sin embargo, no pude evitar sentir que algo había cambiado entre nosotros, con la inundación y ahora esto, algo que nos acercaba más. Me soltó y emprendimos en silencio el camino de vuelta a la cámara.

—Ya lo ves —me dijo cuando estuvimos bien lejos de la abertura—. No hay otra manera de salir salvo el río, y no podemos...

Levanté la mano para que dejase de hablar. Oí un eco más adelante, procedente de un pequeño túnel que salía a la derecha y en el que no me había fijado antes.

—Por aquí —le dije haciéndole un gesto para que me siguiera. El túnel conducía hasta una cámara profunda, que en realidad era más una hondonada de hormigón de unos dos metros de profundidad. La hondonada estaba vacía, pero imaginé por la humedad que se trataba de un tanque que se llenaría cuando el agua de las tuberías se desbordase. En la pared de enfrente había una abertura en lo alto que daba a otra tubería—. Vamos —le dije, y empecé a descender por la hondonada.

—Sadie, espera. ¿Qué haces? No podrás volver a subir.

Pero yo seguí mi camino sin hacerle caso.

—Tengo que intentarlo.

—Claro que sí. —Percibí un tono de cariño en su voz mientras me seguía.

—Necesito que me empujes hasta esa tubería que hay en la otra pared para ver si hay algún lugar donde escondernos o por donde escapar. —Me miró como si hubiese perdido la cabeza y pensé que iba a protestar, pero me siguió a través del tanque—. Ayúdame —le dije, pero vaciló. Después, con cierta reticencia, me puso las manos en la cintura lo justo para alzarme hasta la tubería situada en lo alto. Enseguida se apartó, pero el calor que habían dejado sus manos permaneció en mi piel.

Me asomé por la tubería. Había allí una cámara pequeña y estrecha y un túnel que conducía hacia arriba. Al final de este distinguí la luz del día. No se veían edificios ni personas, solo el cielo abierto y un trozo del castillo, que se alzaba sobre el río.

—Hay otro camino al exterior —dije casi sin aliento—. Es una pendiente inclinada, pero tal vez podríamos lograrlo si tuviéramos que hacerlo. —Aunque seguía estando peligrosamente a la vista, la salida allí no estaría tan concurrida como la que había junto al mercado, donde me encontraba con Ella.

—Esperemos no tener que llegar a eso. —Saul se aferraba con terquedad a la idea de que, si nos quedábamos donde estábamos, todo saldría bien. Sin embargo, yo lo había presenciado demasiadas veces, cómo la guerra nos arrebataba las cosas que conocíamos, destruía la tierra que pisábamos hasta que dejaba de existir.

Saul me ayudó a bajarme de la plataforma de la tubería y nos quedamos de pie en el tanque, demasiado cerca, durante un segundo, él con sus manos en mi cintura. Después se apartó de repente.

—Lo siento —me dijo—. Tocarnos así no...

—No está permitido. Lo entiendo.

—No es solo eso. Verás, Shifra...

—Por supuesto. —Intenté ignorar mi dolor. Todavía sentía algo por su prometida, fallecida hacía poco más de un mes. No tenía derecho a molestarme por eso—. Es demasiado pronto.

—No, debes entenderlo. A Shifra y a mí nos prometieron nuestros padres, quiero decir que era un matrimonio concertado desde que éramos muy jóvenes.

—Ah. —Había oído que existían esas tradiciones, pero no sabía que siguieran vigentes.

—Así que en realidad no nos conocíamos tan bien. Era una persona adorable y me imaginaba que llegaríamos a conocernos mejor, a sentir un cariño cada vez más profundo con el paso de los años. Cuando me marché, éramos casi desconocidos. Y ahora, estar aquí contigo... Me gustas, Sadie, y no deberías. Lo que siento por ti, lo unidos que estamos, todo eso no está permitido, ni siquiera aquí —titubeó—. Shifra era mi prometida, y sufrió y murió. Debería haberme quedado en el exterior para protegerla en vez de esconderme como un cobarde.

—No, dejaste tu pueblo para proteger a tu padre. Pensabas que Shifra estaría a salvo. Nadie podría haber imaginado que esas cosas les ocurrirían a las mujeres y a los niños.

—¿Acaso importa? —Negó moviendo la cabeza con un gesto de obstinación—. No, a fin de cuentas, está muerta y yo estoy aquí contigo. Pero no me merezco la felicidad, no después de todo lo que ha pasado. Así que entiende que no podamos estar juntos.

Asentí, abrumada por dos sentimientos al mismo tiempo: la alegría de saber que Saul sentía lo mismo que yo y la tristeza de que no pudiera ir a más.

—Lo entiendo —dije al fin. Empezamos a caminar de nuevo.

Llegamos a la entrada de la cámara.

—Al menos ahora conocemos un lugar al que podemos ir si es necesario —añadí.

—Con suerte, no habrá que llegar a eso. Sadie, prométeme que no intentarás escapar —me pidió con preocupación—. Aquí, juntos, estamos a salvo. —Para él, la cloaca era nuestra única esperanza.

—Por ahora —respondí. En el fondo de mi corazón, sabía que la cloaca no nos protegería eternamente.

—Entonces, por ahora, dejémoslo así. —Pese a lo que había dicho antes, me estrechó la mano, entrelazó los dedos con los míos. Caminamos en silencio hasta la cámara que era, una vez más, nuestra cárcel y nuestra salvación.

11

Ella

Un domingo por la mañana de finales de junio me desperté temprano, ansiosa por ir a ver a Sadie y asegurarme de que estaba bien. Ana Lucia no estaba en casa, deduje por el silencio que reinaba en la segunda planta cuando bajé las escaleras después de lavarme y vestirme. Había salido a un cóctel la noche anterior con el coronel Maust y di por hecho que se habría quedado en su apartamento, aunque no lo sabía con certeza.

Comí deprisa, después agarré mi cesta y entré en la cocina para buscar algo que poder ofrecerle a Sadie. Llevarle trozos de comida cada semana me parecía un gesto insuficiente; yo sentía que debería estar haciendo más. Pero necesitaba comida y parecía alegrarse de tenerla. Y, en realidad, era lo único que podía hacer por ella.

Me asomé a la nevera. Había una fuente con salami y queso partidos y bien colocados. No habría manera de llevarme nada de eso sin que se notara. En la balda de abajo quedaban los restos de una quiche de la comida que había dado Ana Lucia el día anterior, plato típico de la pretenciosa comida francesa que le gustaba servir. Me imaginé la alegría de Sadie al poder disfrutar de aquella delicia especial. Decidí que me llevaría solo un trozo del borde. Extendí la mano y levanté el envoltorio, que hizo ruido al arrugarse. Corté un trozo de la quiche y la envolví en papel manteca, después lo metí en la cesta. Al volver a dejar el plato, oí pasos detrás de mí. Cerré la nevera y me di la vuelta. Allí estaba Hanna.

—Hanna, no te había oído. Estaba... —Me quedé callada en busca de una explicación, pero no hallé ninguna—. Seguía teniendo hambre —concluí con patetismo. Hanna se fijó en la cesta donde había guardado la comida. El corazón me dio un vuelco. Trabajaba para Ana Lucia y, pese a la horrible actitud de mi madrastra, era ella la que le pagaba el sueldo. Sin duda, Hanna se lo contaría.

Pero pasó junto a mí sin decir palabra y metió la mano en el frigorífico. Sacó la bandeja del queso, agarró varios pedazos y los envolvió en papel manteca. Recolocó los quesos de la bandeja para que no fuera tan evidente que faltaban algunos y volvió a guardarlos en el frigorífico. Después me entregó el paquete envuelto.

Vacilé antes de aceptarlo.

—Hanna, no. —No estaba segura de si sabía lo que estaba haciendo y deseaba ayudar o simplemente pensaba que quería comida. Si Ana Lucia se enteraba, la despediría y la dejaría en la calle.

Pero, al pensar en Sadie, accedí.

—Gracias. Me llevaré esto y lo tomaré en el almuerzo. —Hanna siguió mirándome como si no me creyera. Luego se dio la vuelta y salió de la cocina.

Fuera, en la acera, me detuve como hacía siempre antes de irme a ver a Sadie. Aunque habían pasado unas semanas desde que Ana Lucia expresara sus sospechas sobre mis visitas a Dębniki, seguía dándome miedo que pudiera estar vigilándome. Pero no estaba en casa y, aunque lo estuviera, no me seguiría ella misma hasta aquel barrio obrero y alejado. Le prometí a Sadie que regresaría y quería llevarle comida y asegurarme de que estuviese bien.

Cuarenta minutos más tarde, me bajé del tranvía en la esquina del Rynek Dębniki. Doblé la esquina de la plaza en dirección a la rejilla de la cloaca. Al llegar al comienzo del callejón donde estaba ubicada la rejilla, me detuve en seco.

De pie sobre la alcantarilla donde Sadie y yo nos veíamos había dos soldados alemanes.

La habían encontrado.

Me quedé helada, bloqueada por el pánico. Ya me lo había imaginado antes, había visualizado la rejilla retirada y a los soldados sacando a Sadie y a los demás con las manos en alto, arrestándolos como habían intentado arrestar a la mujer con los dos niños a la que había visto saltar desde el puente. Con frecuencia me preguntaba qué haría si atraparan a Sadie. ¿Intervendría y trataría de salvarla, o me quedaría parada como había hecho con Miriam en clase, y de nuevo con la mujer y sus hijos?

«Tranquila», pensé, con el corazón desbocado. Al fijarme bien, me di cuenta de que los dos alemanes solo estaban parados en el callejón, charlando. La rejilla seguía intacta. Todavía no habían descubierto que había gente en la cloaca. Sin embargo, uno de los soldados estaba golpeando la rejilla con el pie mientras hablaban, levantando el borde con el dedo por la parte donde se abría. Miró hacia abajo, le dijo algo a su compañero. No logré oírlo, pero me imaginé que estaría comentando el hecho de que la rejilla estaba suelta.

Seguramente Sadie estaría de camino a reunirse conmigo y en cualquier momento aparecería allí abajo. Los soldados estaban justo encima de la rejilla y ella no tenía ni idea. Si no iba con cuidado, podría dejarse ver sin darse cuenta. Tenía que distraerlos.

Me preparé, entré en el callejón y me dirigí hacia los alemanes con una sonrisa forzada. El más joven de los dos, con sombrero y el pelo rubio muy corto, se dio cuenta y se acercó a mí.

—*Dzień dobry, pani* —me dijo, destrozando el idioma polaco en su saludo. Me miró de arriba abajo y sonrió, dejando ver un amplio hueco entre los dos dientes delanteros. Me convertí en Ana Lucia, batí las pestañas y me dio asco tener que hacerlo.

—*Dzień dobry* —dije, y sonreí al otro alemán con la esperanza de que también se acercara.

Pero permaneció plantado encima de la alcantarilla.

—*Ja*, ¿qué quieres? —preguntó con brusquedad. Era evidente que no estaba de humor para cumplidos. Supe por las medallas y los galones de su uniforme que era el de mayor rango de los dos.

—Hace un día precioso —comenté pensando en algo que decirles a esos dos bestias, tratando de ganar tiempo. A los hombres les gustaban la comida y las peleas, le había oído decir a Ana Lucia a una de sus amigas en una ocasión—. Estoy buscando una buena cafetería para tomar un café y un dulce.

—No encontrarás ninguna en esta parte de la ciudad —respondió el soldado más joven.

—¿No? —pregunté, fingiendo desconocimiento sobre la ciudad en la que había pasado toda mi vida.

—Tienes que ir a la plaza del mercado principal, en la Ciudad Vieja. El restaurante Wierzynek sirve una *sachertorte* casi tan deliciosa como la que preparan en Heidelberg.

—Me encantaría probarla. —Sadie debía de estar ya cerca de la rejilla, así que hablé un poco más alto de lo normal, para que me oyera y se mantuviese escondida—. Quizá puedan llevarme a tomar un café. —No quería irme con él, desde luego, ni dejar sola a Sadie, pero necesitaba apartar a esos dos hombres de su escondite.

El soldado más joven sonrió, aparentemente halagado por mi sugerencia, pero el otro puso mala cara.

—No tenemos tiempo para esto, Kurt.

—Quizá más tarde, entonces —insistí. Miré con disimulo hacia la rejilla. Sadie no había aparecido. Recé para que hubiera oído la conversación y se hubiese quedado oculta—. Debería irme. —Me aparté ligeramente de los alemanes. Todavía deseaba ver a Sadie, pero, mientras los soldados siguieran ahí, me resultaría imposible.

El mayor de los dos se fijó en mi cesta.

—¿Qué llevas ahí?

—Algo de comida para mi familia. La he comprado en las tiendas. —Enseguida me di cuenta de mi error. Era domingo, las tiendas estaban cerradas.

—Déjame ver —exigió. Cuando echó mano a la cesta, me entró el pánico.

—¡Cariño! —gritó alguien a mi espalda. Incluso antes de darme la vuelta, reconocí la voz de Krys. Se acercó y, con un gesto rápido, me quitó la cesta. Después sacó una tarjeta identificativa y una cartilla de racionamiento y se la entregó al agente—. Estábamos empezando a preocuparnos. La madre de mi prometida está enferma y ella ha tenido que ir a por comida para todos mientras yo me quedaba cuidándola —les dijo a los alemanes, mintiendo sin problemas. Pese a mi estado de pánico, que Krys me llamase su prometida me tocó el corazón. Por un instante fue como si las cosas volvieran a ser como antes. Pero, claro, no era más que un truco para engañar a los alemanes.

—Mi madre, Ana Lucia Stepanek, es buena amiga del Oberführer Maust —añadí con la esperanza de que el nombre del amante de mi madrastra pudiera ayudarme.

Estaba en lo cierto, sus expresiones cambiaron al instante.

—Por supuesto, *fräulein* —dijo el mayor, ahora arrepentido. Le devolvió la cartilla a Krys—. Lo siento mucho. —Ambos se apartaron para dejarnos pasar. Pero, cuando me dispuse a rodearlos para marcharnos, divisé un rostro conocido en la cloaca. Era Sadie. Había ido a buscarme y, sin darse cuenta, se había dejado ver. Quise que volviese a esconderse, pero se quedó quieta, con el rostro gélido por el terror. La verían en cualquier momento.

—Vamos —me instó Krys, sin entender por qué no me movía con él. Me había quedado paralizada, sin saber qué hacer. Oí entonces unos ruidos procedentes del subsuelo, el eco de las pisadas de Sadie en la cloaca al esconderse. Tosí con fuerza para tratar de enmascarar el sonido.

Uno de los alemanes miró por encima del hombro.

—¿Qué ha sido eso?

—Disculpe —dije—. Alergias de primavera. —Me dejé guiar por Krys, rezando para que los alemanes no hicieran más preguntas.

—¡Espera! —gritó el alemán mayor. Me quedé helada. ¿Sospecharía algo? Me volví y vi que miraba a Krys de forma extraña—. Me resultas familiar.

—Hago repartos —respondió Krys con voz neutra—. Probablemente me haya visto por la ciudad. —Se volvió entonces hacia mí—. Vamos, tu madre está esperando. —Mientras me alejaba, me obligué a no mirar hacia la alcantarilla.

El corazón me latía con fuerza mientras caminábamos. Aún sentía las miradas de los alemanes al alejarnos, y temí que fueran a seguirnos para detenernos e interrogarnos, o algo peor.

Sin embargo, no lo hicieron.

—Otra vez tú —le dije a Krys cuando ya estuvimos lejos del callejón. Intenté parecer molesta—. ¿Me estás siguiendo?

—Nada de eso —respondió—. Trabajo en este barrio, en el muelle, con mi padre, y también un poco en la cafetería a cambio del piso que tienen encima, que es donde vivo. Pero esta no es tu parte de la ciudad. ¿Cerezas otra vez?

Intentaba ser gracioso, pero no sonreí.

—Algo así. A veces vengo al mercado a hacer recados.

—No deberías —respondió secamente—. Deambular por la ciudad es peligroso. Has de llevar más cuidado —me reprendió, como si hablara con una niña.

Dejé de caminar y me volví hacia él.

—¿Por qué debería importarte? —le espeté. Retrocedió como si le sorprendiera de verdad mi actitud—. Me dejaste. Ni siquiera me dijiste que habías vuelto. —No era mi intención enfrentarme a él, pero, ahora que me habían salido las palabras, quería respuestas—. ¿Por qué?

—Shh. Aquí no. —Me agarró del brazo y me guio por la calle concurrida, lejos de las tiendas y de las casas, hacia los almacenes y edificios industriales situados junto al río—. Quería venir a verte —me dijo al fin cuando estuvimos a solas a orillas del Wisła y nadie nos oía—. Intenté explicártelo hace unas semanas cuando te vi por aquí, pero saliste corriendo.

Me giré hacia él y puse los brazos en jarras.

—Pues ahora estoy aquí. Así que dime.

Miró por encima de su hombro antes de hablar, como si incluso allí en la orilla del río, que estaba desierta salvo por algunos patos inofensivos, alguien pudiera estar escuchando.

—Ella, no estuve fuera todo ese tiempo por el Ejército. Al menos no por el Ejército que tú conoces.

—No lo entiendo. —¿Había mentido en todo?

—Sí que me alisté y me fui a luchar. —En mi cabeza lo vi en la estación de tren de Cracovia Główny el día que se marchó, tan orgulloso y esperanzado con su uniforme nuevo, guiñándome un ojo antes de subir al tren—. Pero entonces Polonia fue derrotada y sucedió otra cosa. ¿Has oído hablar del Ejército Nacional? —Dije que sí con la cabeza. Al principio de la guerra se rumoreaba que un grupo de hombres polacos se había organizado para luchar contra los alemanes y, desde entonces, había oído que participaban en actos de sabotaje. Pero, a medida que avanzaba la ocupación, cualquier tipo de resistencia me pareció irreal, material de leyenda o de cuento de hadas—. Verás, cuando quedó claro que Polonia iba a perder en el combate, otro soldado me habló de un ejército clandestino que se estaba formando —continuó Krys—. Me contó qué clase de trabajo iban a hacer y supe que tenía que formar parte de aquello. En el campo de batalla no había nada más que pudiera hacerse; las operaciones secretas eran nuestra única esperanza. Así que empecé a trabajar con un pequeño grupo para luchar contra los alemanes. Después unimos nuestras fuerzas a otras organizaciones similares para formar el Ejército Nacional polaco.

Seguía sin entender bien qué significaba todo aquello, en qué sentido le habría impedido eso regresar junto a mí.

—¿Qué hacéis exactamente?

—No puedo decírtelo —respondió negando con la cabeza—. Pero es un trabajo terriblemente peligroso, luchamos contra los alemanes de maneras muy diferentes. Por eso tuve que mantenerme alejado de ti, incluso después de haber vuelto. Verás, la mayoría de las personas que forman parte de esto no vive mucho tiempo.

—No... —dije, angustiada por la idea de que pudiera sucederle algo. Me acerqué a él y me rodeó con un brazo.

—No quería causarte dolor. Y no quería ponerte en peligro. No estoy preocupado por mí. Pero, si me pillaran, irían a por cualquiera de mis seres queridos. No volví junto a ti porque necesitaba protegerte. Aún me importas más que nada. Pero no puedo permitir que te hagan daño. Ahora entenderás por qué no podíamos volver a estar juntos.

—Y por qué seguimos sin poder. —Me enderecé y me aparté de él.

Asintió con pesar.

—Es la única manera.

—¿Crees que podéis vencer a los alemanes? —le pregunté, incrédula.

—No —respondió con franqueza—. No podemos competir con sus armas, y además son muchos.

—Entonces, ¿por qué hacerlo? —Estaba echando a perder su futuro, y el nuestro en común, por una utopía. ¿Cómo podía alguien entregar su vida a una causa que, a fin de cuentas, no cambiaría nada?

—Porque, cuando la gente contemple la historia pasado el tiempo y vea lo que ocurrió, debería saber que intentamos hacer algo —respondió con determinación. Traté de imaginarme aquella época horrible como un momento del pasado, cuando el mundo hubiera restaurado el orden, pero descubrí que no podía—. No podemos quedarnos parados y esperar a que el mundo haga algo mientras mueren miles de personas. —Su mirada se tornó profunda y atormentada—. Es mucho peor de lo que se piensa, Ella. Miles y miles de personas han sido arrestadas y encarceladas en campos de trabajos forzados.

—Estás hablando de los judíos. —Me imaginé la cara de Sadie.

—En su mayor parte, sí. Pero no son solo ellos. Han arrestado a curas, profesores, gitanos y homosexuales. —Sentí que se me encogía el corazón al pensar en Maciej. Las cosas no podían estar tan mal en París. Pero en otro tiempo había pensado lo mismo de Cracovia y, después de todas las cosas horribles de las que había sido testigo en los últimos meses, sabía que no había ningún lugar seguro—. No los envían sin más a los campos de trabajos forzados, como dicen los alemanes. Les disparan en las canteras y en los bosques, o los envían a campos de concentración aquí en Polonia, donde los matan masivamente con gas. —Tomé aliento. Había visto la crueldad con mis propios ojos al presenciar como la mujer saltaba del puente con sus hijos, había oído hablar de esos campos a uno de los alemanes en la comida de Ana Lucia. Sin embargo, aquello no me había preparado para los horrores que Krys me relataba ahora.

—Pero sin duda los Aliados los detendrán. —Llevábamos mucho tiempo oyendo hablar de los ejércitos del este y del sur, que se acercaban, que corrían a ayudarnos. «Hay que aguantar», ese había sido el mensaje.

—Lo están intentando —contestó Krys—. Pero necesitamos ayuda aquí antes de que lleguen. Mucha gente muere mientras esperamos. Y, además, ¿qué pasa si no lo logran? —La idea, que se me había pasado por la cabeza en más de una ocasión durante las horas más negras de la noche, se me antojaba insoportable. No podía imaginarme viviendo así para siempre—. Tenemos que hacer algo —concluyó. Advertí una mirada férrea en sus ojos azules y me di cuenta de que había encontrado su causa real, una fuerza renovada. No soportaba que aquello le hubiese alejado de mí, pero sabía que estaba desempeñando el trabajo que debía llevar a cabo. Lo miré con admiración. Él no habría permitido que Miriam y los demás estudiantes judíos fueran expulsados de clase. Habría hecho algo para ayudar a la mujer del puente. Y ayudaría a Sadie ahora. Quise hablarle de ella, pero se me hizo un nudo en la garganta.

Cambió entonces de tema sin previo aviso.

—Ahora, ¿quieres decirme qué estabas haciendo en este barrio otra vez? —me preguntó.

Vacilé. Me había confesado muchas cosas. Debería ser sincera como lo había sido él conmigo, pero no me correspondía a mí contar el secreto de Sadie.

—Solo estaba haciendo un recado —insistí. Me miró con escepticismo y sentí que se agrandaba la distancia que nos separaba.

—Ahora que ya sabes lo de mi trabajo, podrías ayudarnos —me dijo.

—¿Yo? —Me quedé perpleja.

—Sí. Las mujeres son muy útiles para el Ejército Nacional porque pueden hacer de mensajeras e ir a más sitios sin levantar sospechas. Se trata de hacer recados en la ciudad y más allá. O a lo mejor podríamos utilizar la cercanía de Ana Lucia con los alemanes para obtener información para el Ejército Nacional. Podrías marcar la diferencia, Ella. —Me halagó que pudiera pensar en mí de esa forma.

—Has dicho que era demasiado peligroso.

—Es peligroso —admitió—. Por eso he intentado mantenerme alejado de ti y no te he hablado de mi trabajo. Pero ahora ya lo sabes. Y el Ejército Nacional necesita ayuda más que nunca. Quizá podríamos trabajar juntos —añadió—. ¿Qué te parece?

Deseaba decirle que sí, estar en su vida una vez más, pero algo me retenía. No era valiente, como él. Una parte de mí tenía miedo. Una cosa era pasar algo de comida para ayudar a alguien escondido, pero arriesgar mi vida por el Ejército Nacional era otra cosa bien distinta. No quería arriesgarme a tener que enfrentarme a la ira de mi madrastra, más de lo que estaba arriesgándome ya al ir a ver a Sadie.

—No puedo —le dije al fin—. Ojalá pudiera. Lo siento.

—Yo también —respondió Krys con el rostro apesadumbrado—. Entiendo que todo esto debe de sonar terrorífico. Aun así, pensaba que dirías que sí. Pensaba que eras diferente. —Me dieron ganas de decirle que sí que era diferente ahora, tenía mis secretos, pero no podía explicárselo sin delatar a Sadie. Noté que la distancia crecía y se hacía patente entre nosotros de nuevo, como un iceberg. Lejos quedaba ya ese momento de cercanía—. Todo es peligroso, Ella. —Me hablaba sin rodeos y me pregunté si sabría lo de Sadie—. Tenemos que rebelarnos y hacernos oír. —No respondí—. Debería irme —añadió.

—Adiós, Krys —le dije. Deseé no tener que separarnos de nuevo de mala manera, pero él tenía sus razones para hacer lo que hacía y yo las mías. Me di la vuelta y empecé a caminar por la ribera del río antes de que pudiera hacerlo él, deseaba ser yo quien se marchara.

Sin embargo, no me fui a casa. Fingí dirigirme hacia el puente, pero cuando miré hacia atrás y vi que Krys ya no estaba, cambié de ruta y volví a meterme en Dębniki. Mientras caminaba hacia la plaza, pensé en todo lo que me había dicho. Él había encontrado una causa por la que luchar, pero en un mundo que no nos permitiría estar juntos. Di un largo rodeo por el vecindario y después me metí por el callejón, asegurándome de que Krys no me hubiera seguido y de que los alemanes se hubieran marchado. Después, pese a todo lo que había pasado, volví a acercarme a la alcantarilla.

Había pasado más de una hora desde el momento en que Sadie y yo solíamos vernos. Aun así, milagrosamente, estaba allí, esperándome.

—Hola —le dije con alegría. Pese a todo lo sucedido aquel día, me alegraba de verla. Pero, al ver su rostro serio, me preocupé—. ¿Te encuentras bien?

—Sí. Estoy bien. Pero no puedes volver aquí —me dijo, y supe que habría visto a los alemanes y oído nuestra conversación—. Es demasiado peligroso que te acerques a la alcantarilla a plena luz del día, con tanta gente alrededor. Alguien te verá.

—Sí —convine. Tenía razón. Plantarme encima de la alcantarilla y hablar con ella en pleno día era demasiado arriesgado para ambas. Incluso aunque no me hubiera encontrado con los alemanes, la gente podría verme mirando al suelo e incluso fijarse en Sadie si pasaban demasiado cerca. Recordé lo que había dicho Krys sobre las cosas terribles que estaban haciéndoles a los judíos. La vida de Sadie dependía de que siguiera escondida.

—Tus visitas son un rayo de luz —me dijo, y vi un atisbo de tristeza en su rostro.

—Lo sé. A mí también me gusta venir, pero no merece la pena si te busco problemas. —Puso cara de querer rebatirme, pero no podía. No, yo no podía seguir yendo allí, aunque tampoco podía abandonarla. Tenía que haber otra manera. Pensé en la cloaca, que Sadie me había descrito en una ocasión como un laberinto de túneles situado por debajo de los barrios que bordeaban la orilla meridional del río. Sin duda habría otro lugar donde ella pudiera salir a la superficie para que nos viésemos—. Hemos de encontrar otro lugar, cerca del río, quizá.

A Sadie se le iluminó entonces la cara y un destello de luz brilló en sus ojos.

—Lo hay —me dijo—. Lo encontré cuando estaba dando un paseo con Saul. —No había mencionado nunca a ese tal Saul y me pregunté quién sería. Me di cuenta, por su manera de decir su nombre, de que le tenía cariño—. Hay una plataforma a la que puedo trepar y desde ahí salir a la orilla del río. No estoy segura de su ubicación específica, pero está en Podgórze, cerca de donde estaba ubicado el gueto.

—Lo encontraré —le prometí—. Probemos a vernos allí la próxima vez. —Me animé al pensar en un lugar alternativo para encontrarnos, y no tener así que dejar de verla. Ya no era solo una pobre chica a la que intentaba ayudar. En algún momento nos habíamos hecho amigas.

—Puede que tampoco sea seguro para ti —me dijo, asustada.

—¿Para mí? A mí me preocupa que no sea seguro para ti. —Nos reímos de la ironía en voz baja—. ¿No tienes miedo? —le pregunté, ya en serio. Que la policía hubiera estado a punto de descubrir la rejilla hacía que el peligro de su situación fuese más real—. Me refiero no solo a venir a la alcantarilla, sino a todo en general, a vivir en la cloaca...

—¿Y temer que, en cualquier momento, puedan atraparme? —me preguntó, concluyendo la frase que yo no podía decir. Asentí—. Sí, por supuesto. Pero ¿qué otra opción tengo? Vivir con miedo o con pena o con cualquier emoción constantemente me paralizaría. Así que pongo un pie delante del otro, respiro y vivo día a día. No es suficiente —continuó, y sus palabras cobraron fuerza—. Quiero más cosas en mi vida, pero esta es la realidad. —Se entristeció de nuevo.

—Por ahora —añadí, admirando su valentía. Me arrepentí de mi pregunta, que parecía haberle hecho sentir peor, así que me apresuré a cambiar de tema—. La próxima vez probaremos con la otra rejilla.

—No sé si es buena idea —insistió Sadie con el ceño fruncido, como si estuviera dudando de su propia sugerencia—. Cuando Saul y yo encontramos la otra rejilla, había alemanes con perros cerca del río. Pero es un lugar más tranquilo y, si puedes esperar allí hasta que no haya nadie cerca, podría ser una posibilidad.

—Me las arreglaré —le aseguré, aunque no sabía cómo. La ribera del río era un lugar abierto, expuesto. No podríamos vernos allí durante el día, porque podrían ver mis movimientos con facilidad—. ¿Por qué no intentamos quedar por la noche, mejor?

—¿Crees que será más seguro? —me preguntó sin mucha convicción.

—Quizá. —No sabía si sería cierto. Tendría que escabullirme e incumplir el toque de queda, pero tenía que intentar hacer algo—. Tendré que esperar hasta el próximo sábado —dije pensando en Ana

Lucia. Salir de casa de noche no sería fácil y tenía que intentarlo cuando Ana Lucia hubiera salido o tuviera visita, y fuese a quedarse profundamente dormida a causa del alcohol—. ¿A las diez en punto? —sugerí.

Sadie asintió con gesto sombrío.

—Debería funcionar —me dijo.

—Allí estaré, confía en mí.

—Confío —dijo solemnemente—. Espera veinte minutos —agregó—. Si no me ves, significa que no era seguro acudir. —Me di cuenta de que nada de aquello era seguro, ni para ella ni para mí. Sentí entonces el miedo crecer en mi interior. Quise decirle que era una mala idea, que no lo lograríamos.

Pero era demasiado tarde.

—Te veré allí —me dijo con un brillo de esperanza en la mirada.

—Ten cuidado —añadí, más preocupada por ella que antes. Poco después desapareció en la oscuridad de la cloaca. Emprendí el camino de vuelta a casa, abrumada. Ahora para ver a Sadie tendría que salir a hurtadillas por la noche y saltarme el toque de queda, por no mencionar el hecho de que aquel día habían estado a punto de pillarme. ¿Cómo había ocurrido todo aquello? Antes mantenía la cabeza agachada y planeaba pasar la guerra sin llamar la atención. Ahora la vida se hacía más peligrosa a cada día que pasaba y no había vuelta atrás. No podía abandonarla.

12

Sadie

Tras dejar a Ella, emprendí el camino de vuelta hacia la cámara. Antes, cuando los alemanes habían aparecido en la calle, pensé que ya no podría seguir viniendo a verme. Sin embargo, estaba dispuesta a probar con una ubicación nueva. No me había abandonado, y me sentía agradecida por ello.

Al doblar la esquina, me llegó un ruido inesperado. Había alguien en el túnel y retrocedí. Entonces reconocí la voz de Pawel. Me relajé un poco. Era domingo, un día inhabitual de visita, pero a veces aparecía sin avisar y nos llevaba manzanas o queso que había encontrado. Me pregunté con quién estaría hablando. Oía una voz desconocida que exigía respuestas, seguida de la voz de Pawel tratando de explicarse.

Me asomé por la esquina. Pawel estaba rodeado de tres policías polacos. El corazón me dio un vuelco. Lo habían descubierto entrando en la cloaca para ayudarnos.

—¿Dónde vas con esa comida? —le preguntó uno de los agentes.

—Es mi almuerzo —insistió Pawel, aunque el tamaño de la bolsa que llevaba hacía que eso fuese imposible. Los policías seguían haciéndole preguntas, pero Pawel se negaba a responder. Yo quería ir a ayudarle, pero eso solo empeoraría las cosas. Me vio por encima de los hombros de la policía y abrió mucho los ojos antes de hacerme un gesto en silencio para que me fuera.

Volví a doblar la esquina. Tenía que correr hacia la cámara para advertir a los demás, pero no podía pasar junto a la policía, y no me atrevía a arriesgarme a que me vieran. En su lugar, me introduje en una grieta de la pared y recé para poder volverme invisible.

La policía siguió interrogando a Pawel y oí un ruido horrible cuando uno de ellos le pegó. Me di cuenta de que no iba a delatarnos. Me entraron ganas de correr hacia él, de protegerlo como hacía él con nosotros. Se oyó una escaramuza y después los gritos de protesta de Pawel mientras la policía lo sacaba a rastras del túnel. Supe en aquel momento que jamás volveríamos a verlo. Me mordí el labio, intentando no gritar.

Mientras la policía obligaba a Pawel a ir con ellos, la bolsa de comida que llevaba se le cayó de las manos al río y salpicó al caer al agua. No sabía si la policía se la había quitado o si Pawel, en su desesperación por ayudarnos, la habría lanzado con la esperanza de que aterrizase cerca de mí. De cualquier manera, ahora estaba en el agua, flotando en la corriente, y su contenido empezaba a desperdigarse. Quise alcanzarla, pero, aunque me atreviese a salir de mi escondite, estaba demasiado lejos para alcanzarla. Vi con pesar como la última patata desaparecía al doblar la esquina.

Cuando el túnel quedó en silencio, me quedé inmóvil en mi escondite, sobrecogida por la tristeza. Tenía ganas de gritar, como la noche en la que se ahogó mi padre. Pawel, nuestro salvador, había sido arrestado. Creció en mí el pánico, que se mezclaba con la pena. Pawel no solo nos había ofrecido un refugio, sino que nos había llevado comida para mantenernos. No podríamos sobrevivir sin él.

Devastada, regresé a la cámara. Me planteé no contarles a los demás la terrible noticia para evitar que mi madre siguiera perdiendo la esperanza. Sin embargo, no podía ocultar el hecho de que Pawel no volvería a llevarnos comida.

—¡Han arrestado a Pawel! —grité. Bubbe, que estaba dormitando en un rincón de la estancia, se agitó.

—¿Estás segura? —me preguntó mi madre, horrorizada.

Asentí con la cabeza.

—En el túnel, ahora mismo. Lo he visto con mis propios ojos.

Pan Rosenberg se levantó del lugar donde estaba sentado.

—¿Hay alemanes en el túnel? —Palideció.

—Era la policía polaca, no los alemanes.

Mi aclaración no suponía mucho consuelo.

—Han venido a por nosotros. Pawel nos advirtió de que esto podría pasar.

—Se han marchado —le dije, tratando de calmarle pese a mi propia preocupación—. No saben que estamos aquí.

—Pero puede que lo averigüen —contestó con pánico, mirando de un lado a otro—. Tenemos que irnos, ya, antes de que vuelvan. —Se le fue agudizando la voz, hasta casi romperse.

—Pawel no le hablará a nadie de nosotros, papá —dijo Saul, aunque también en su voz se adivinaban las dudas. En sus ojos noté un miedo que no había visto antes.

—Estoy segura de que no lo hará —convino enseguida mi madre.

—Pawel no nos ha delatado —confirmé—. Estamos a salvo aquí. —El cuerpo de Pan Rosenberg pareció relajarse, aliviado. Pero, por encima de su hombro, Saul me miró a los ojos, como si quisiera preguntarme si eso era realmente cierto. Pawel era fuerte y fiel a nosotros. Pero a saber lo que le harían los nazis, a saber si acabaría confesando.

—No tendremos comida. —Bubbe, quien yo no sabía que había estado escuchándonos, se incorporó de golpe sobre su cama. Aunque su voz no sonaba tan asustada como la de su hijo, percibí la preocupación en sus ojos—. Sin Pawel, ¿cómo vamos a sobrevivir? —Su pregunta quedó sin respuesta, suspendida en el aire.

La policía no regresó. Pero, según fueron pasando los siguientes días, aumentó también nuestra inquietud. Incluso aunque estuviéramos a salvo allí, nuestra única fuente de comida había desaparecido.

Comíamos aún menos de lo normal. Compartíamos las migajas como si fueran un festín, siempre con cuidado de no comer más de lo que nos correspondía a cada uno.

Pero, pese a nuestros esfuerzos por racionar, tres días después del arresto de Pawel, ya se nos había acabado la comida.

—¿Qué vamos a hacer? —pregunté.

—Tendremos que pensar en algo —dijo mi madre, tratando de no parecer preocupada—. Tendremos que encontrar otra manera de conseguir comida.

—Pero ¿cómo? —insistí.

Pan Rosenberg se frotó la barba con los dedos mientras pensaba.

—Cuando estábamos en el gueto, corrían rumores de que había un hombre en nuestro edificio que guardaba patatas detrás de una pared.

—Si me dice exactamente dónde, puedo ir a buscar —me ofrecí sin pensar.

—¿Salir a la calle? —preguntó mi madre con incredulidad y expresión de horror.

—Necesitamos comida, mamá. Puedo hacerlo.

—Jamás —respondió mi madre con toda la fuerza de que fue capaz—. Nadie, y menos mi hija, va a salir de la cloaca para buscar comida. Tendremos que pensar en otra cosa.

Pasó aquel día, y al siguiente teníamos más hambre. Bebíamos pequeños sorbos de agua para calmar el dolor de estómago. Me imaginé al pequeño bebé que crecía en el vientre de mi madre, llorando en silencio mientras esperaba en vano el alimento que no llegaba.

Cayó otra noche sin comida. Saul y yo salimos de la cámara, aunque me encontraba demasiado débil por el hambre como para leer.

—Mi padre tiene razón —me dijo cuando nos acercábamos al hueco—. Hay comida escondida en el sótano del gueto. No solo patatas, también carnes curadas. ¿Te acuerdas de que en el gueto a veces nos daban cerdo deshidratado? —Asentí al recordarlo. Para los alemanes era una broma cruel, dar a los judíos comida que no era *kosher*—. No podíamos comerla, pero la almacenaba, por si acaso había una emergencia. También hay algunos sacos de patatas, eso todavía podría estar en buen estado. Está en el edificio de apartamentos donde vivíamos en la calle Lwowska, número doce, detrás de la pared del sótano. Si hubiera una forma de llegar hasta allí…

—Tal vez mi amiga Ella pueda ayudarnos a encontrarlo —dije, sin pensarlo demasiado y sin poder contenerme.

—¿La chica de la calle? ¿Has seguido hablando con ella? —Parecía horrorizado. No respondí—. Pero, Sadie, me lo prometiste.

—Lo sé. —Traté de encontrar justificación a lo que había hecho, pero no pude—. Lo siento. Si se lo pido, tal vez pueda conseguir la comida.

—No me gusta. No podemos confiar en ella.

—Creo que sí podemos. Me conoce desde hace semanas y no se lo ha dicho a nadie. ¿Por qué iba a traicionarnos ahora? —No me respondió. Sabía que estaría de acuerdo, o que vería a Ella como una amiga, igual que yo—. El caso es que no tenemos otra opción.

—De acuerdo —aceptó al fin—. Si te digo exactamente dónde está escondida la comida, puedes enviarla a ella.

Pensé en aquella idea. Traté de imaginarme a Ella, que había pasado casi toda su vida en la zona noble del centro de la ciudad, recorriendo las ruinas de un gueto clausurado. Jamás lo lograría.

—Llamaría la atención —dije—. Y no sabría por dónde moverse. Si pudiera salir a la calle, iría yo misma.

—Sadie, no puedes hablar en serio —me dijo Saul con los ojos muy abiertos. La cloaca era nuestra única esperanza de permanecer con vida. Pensar en salir a la calle suponía arriesgarme a que me capturasen y morir.

—Es la única manera —insistí.

—Podría ir yo —se ofreció. Aun así, según lo dijo, ambos supimos que sería imposible. Con su kipá y su barba, lo detectarían de inmediato. Lo quise por ofrecerse, pero no podía ir él. Yo era la única esperanza.

Aun así, Saul no quería ni oír hablar del tema.

—Prométeme que no irás —me dijo con un tono entre la orden y el ruego. Me pregunté por qué confiaría en mi palabra después de haber roto mi promesa al hablar con Ella. Frunció más el ceño, producto de la preocupación—. No puedo permitir que te suceda algo. —Extendió la mano y me tocó la mejilla. Vi entonces que sus sentimientos hacia mí habían crecido, observé en sus ojos la profundidad de su cariño. Nos conocíamos desde hacía muy poco tiempo; costaba creer que nos hubiéramos acercado tanto. Pero durante la guerra la vida parecía avanzar a una velocidad distinta, sobre todo en aquel lugar, cuando cualquier momento podría ser el último. Todo se intensificaba allí.

Dije que sí con la cabeza. Saul se inclinó hacia atrás, aparentemente satisfecho por mi promesa, pero yo seguía dándole vueltas a la cabeza. Sabía lo peligroso que sería aventurarme a salir a la calle. Sin embargo, si no lo hacía, moriríamos todos: mi madre, mi hermano nonato, los Rosenberg y yo. No había otra opción.

La noche siguiente, esperé ansiosa, planeando cómo salir de la cámara. No le dije a Saul, ni a nadie, que iba a acudir a ver a Ella. Yo había visto antes, más allá de la rejilla, que el cielo estaba gris, así que esperaba que estuviese nublado y no hubiese luz suficiente para que Saul fuera a leer al hueco y me invitara a ir con él. Pero, cuando los demás estaban preparándose para irse a la cama, se me acercó.

—¿Quieres venir conmigo? —Últimamente me buscaba con más frecuencia para que le hiciera compañía, a veces me contaba historias de su juventud mientras recorríamos los túneles, otras noches solo caminaba junto a mí en silencio.

La invitación, que en otras circunstancias habría recibido con alegría, me produjo ahora miedo.

—Me encantaría, pero estoy agotada —le dije, aunque no me gustaba tener que mentirle. Pero no era del todo incierto; todos teníamos menos energía por la falta de comida.

Vi en su rostro la sorpresa, seguida de la decepción.

—Entonces yo tampoco iré.

Respiré aliviada.

—¿Mañana por la noche? —le sugerí.

—Perfecto. —Se tocó el ala del sombrero y se retiró a su lado de la estancia. Al verlo marchar, noté una punzada de arrepentimiento. Me gustaban nuestros paseos y me dolía decirle que no y tener que rechazarlo.

Esperé a que los demás se quedaran dormidos. Mi madre daba vueltas en la cama, incómoda por el embarazo, y temí que, para cuando se quedara dormida, ya fuera demasiado tarde. Por fin, cuando sus movimientos cesaron y su respiración se volvió regular y pesada, incluso con algún ronquido, salí de la habitación.

Caminé por el túnel, buscando el camino a tientas en la oscuridad. El camino hasta la salida que habíamos encontrado Saul y yo era lo más que me había alejado por las tuberías desde la noche de nuestra llegada. Mientras recorría sola aquella cripta subterránea, en silencio salvo por el fluir de las aguas residuales, me parecía que podrían atraparme en cualquier momento. Notaba un cosquilleo en la piel. Veía el fantasma de mi padre, después el de Pawel. Sin embargo, no me atormentaban, al contrario, parecían guiarme, creando una luz tenue más adelante, en el túnel.

Por fin llegué a la hondonada que había descubierto con Saul. La tubería que conducía hacia la calle estaba muy arriba, al otro lado. No podría impulsarme hasta allí. La última vez me había ayudado Saul, pero no me había parado a pensar en cómo lograría trepar por la pared hasta la tubería sin que él me empujara desde abajo. Bajé la hondonada, ya se me había acostumbrado la vista y, en la semioscuridad, distinguí unos tablones en el suelo. Los recogí y los amontoné contra la pared por la que tenía que trepar, con la esperanza de que fuesen suficientes. Extendí los brazos hacia arriba para tratar de alcanzar la tubería. No lo logré y me caí, haciendo que los tablones se esparcieran de nuevo. Miré hacia arriba. Me sería imposible alcanzar la tubería yo sola. Pero, si no lograba subir, no vería a Ella, no podría conseguir la comida que necesitábamos. Volví a apilar los tablones y traté de alzarme por la pared con pura determinación y fuerza. Tenía los brazos y las piernas débiles por el hambre y me parecía imposible. Respiré profundamente, traté de reunir la poca fuerza que me quedaba y salté hacia arriba. Me agarré con las manos al borde de la tubería y me impulsé, rasguñándome las rodillas con el borde metálico.

Me arrastré por la tubería y, pocos segundos más tarde, llegué hasta el final. Me asomé por la rejilla que había allí, rectangular y más grande que la que había en la calle en Dębniki. No vi a Ella. Me pregunté si no habría podido escaparse. Tal vez no apareciera. Aumentó mi ansiedad. Cuando habíamos planeado encontrarnos allí, simplemente había esperado verla. Pero ahora, sin Pawel y sin comida, necesitaba su ayuda. No podía salir de la tubería sin ella. Sin las provisiones de comida que Saul había mencionado, moriríamos todos de hambre.

Por fin, oí pasos sobre la rejilla, cada vez más cercanos. Retrocedí hacia la oscuridad, por si acaso era otra persona, pero, un minuto más tarde, apareció Ella.

A través de la rejilla vi su cara, su expresión expectante y grave mientras me buscaba.

—Estoy aquí —susurré.

—¡Lo has conseguido! —me dijo con una sonrisa mientras se acercaba. El espacio de debajo de la rejilla era poco profundo y tenía que estar medio sentada, medio tumbada para poder caber.

—Ha funcionado —le dije.

Mi satisfacción se desvaneció al mirarle las manos para ver si llevaba algo de comida y no ver nada.

—He tenido que salir deprisa —me dijo, leyéndome el pensamiento—. Así que no he podido ir a la cocina, lo siento.

—No importa —respondí, aunque notaba los rugidos de mi estómago vacío.

—¿Cómo estás? —me preguntó.

Hice una pausa, dudando. A veces me preocupaba que, si le contaba a Ella mis problemas, pudiera parecerle aburrida y no quisiera volver a verme. Pero tenía tanta hambre que no podía ignorarlo.

—La verdad es que no estoy bien. No nos queda nada de comer. El trabajador de la cloaca que había estado ayudándonos ha sido detenido. —Vi la preocupación en su rostro, como si se diese cuenta por primera vez de los peligros a los que podría enfrentarse como consecuencia por haberme ayudado—. Necesito encontrar más comida. —No soportaba la idea de pedírselo. Ya había hecho mucho por nosotros.

—Veré lo que puedo hacer para conseguir más —respondió deprisa.

—No, no. No me refería a eso. Ya me has dado mucho y no pretendo parecer desagradecida. Pero aquí abajo somos cinco. Tenemos que encontrar un suministro de comida para aguantar hasta que... —me detuve, sin saber bien hasta cuándo tendríamos que aguantar: ¿hasta que Pawel regresara a por nosotros? ¿Hasta el final de la guerra? Ninguna de esas cosas parecía muy probable en aquel momento—. Hasta que las cosas cambien —concluí.

—No tengo nada —me dijo—. Si me das unos días, probaré suerte en alguno de los mercados de las afueras.

En mi cabeza vi a mi madre, que estaba tan débil por el hambre que había estado a punto de desmayarse antes.

—Lo siento, pero no tenemos tanto tiempo —respondí con franqueza—. Quiero decir que agradezco todo lo que has hecho, pero, si esperamos más tiempo a encontrar comida, quizá ya sea demasiado tarde. No nos queda tiempo.

—¿Y qué es lo que quieres que haga?

—Sé que queda algo de comida en el gueto. Necesito conseguirla.

—Si me dices dónde, iré a mirar —me dijo sin dudar. Pese al peligro de lo que le estaba proponiendo, estaba dispuesta a intentarlo.

—No puedo decírtelo sin más. Será difícil de encontrar y peligroso si vas sola. —Tomé aliento y me preparé para la temeridad de lo que estaba a punto de decir—. Tengo que ir yo y necesito tu ayuda para salir de aquí y poder hacerlo.

—¿Cuándo?

—Ahora —respondí tras tragar saliva.

—Cuando nos conocimos, me dijiste que era demasiado peligroso salir a la calle.

—Así es —confirmé—. Aun así, necesitamos comida y, si existe la posibilidad de conseguirla, debo intentarlo. No hay otra opción. —El riesgo de que me arrestaran era real. Pero la amenaza del hambre me parecía mucho peor en aquellos momentos—. Por favor, ayúdame a salir para poder hacerlo.

Esperé que dijera que no, pero asintió con solemnidad, dispuesta a hacer lo que le pedía. Un segundo más tarde comenzó a tirar de la rejilla de la cloaca. Estaba atascada, aparentemente por el óxido. El alma se me cayó a los pies. No podría salir así. Empecé a empujar mientras ella tiraba. Por fin la rejilla se soltó. Ella la levantó con esfuerzo y la retiró. Después extendió el brazo hacia mí y agitó la mano en el espacio oscuro que nos separaba. Nuestros dedos se encontraron, se tocaron por primera vez, y tiró de mí con más fuerza de la que habría imaginado que tuviese. Me estiré y salí de mi escondite.

Así, sin más, había salido de la cloaca.

Respiré profundamente, aspiré el aire a bocanadas y me resultó tan frío que me quemó los pulmones al bajar. Estábamos de pie en una suave pendiente de hierba que bajaba hasta el dique junto al río. Me fijé de inmediato en el cielo nocturno, en el manto de estrellas sobre la catedral Wawel. Era la primera vez en meses que veía la estampa que había compartido muchas veces con mi padre cuando era pequeña y salíamos a pasear, cosa que nos permitía ver mucho más que aquello que se divisaba desde las estrechas ventanas de nuestro apartamento. Antes daba por hecho que las estrellas siempre estarían ahí. Pero después me las robaron, igual que me robaron a mi padre. Levanté la mirada y absorbí aquella imagen mágica, más brillante aún de lo que recordaba.

Había salido de la cloaca. Quería bailar, correr, gritar, pero, claro, no lo hice. Nos hallábamos en una zona de la ribera cercana al dique de hormigón que ascendía hasta la calle. Aunque desierta, la ribera estaba a la vista de cualquiera. Los alemanes o la policía podrían vernos en cualquier momento.

—No podemos quedarnos aquí —dije.

—No —convino Ella.

Me quedé de pie junto a ella y me di cuenta por primera vez de que era mucho más alta que yo. Mientras me miraba, me pregunté si sería por mi apariencia desaliñada.

—¿Qué sucede?

—Es que me resulta raro verte cara a cara —respondió, y ambas nos reímos en voz baja—. Deberías limpiarte la porquería de la cara —añadió, ya seria. Buscó a su alrededor algo que pudiera usar y, al no encontrar nada, se quitó el pañuelo de seda que llevaba y me lo entregó. Noté que mi propia mugre ensuciaba aquel tejido delicado, pero no se quejó. Se lo devolví y deseé tener la manera de lavarlo antes. Ella utilizó el borde para limpiarme un punto de la mejilla que había pasado por alto. Después me colocó el pañuelo alrededor de la cabeza a modo de chal—. Ya está. —Sonrió alegremente, como si aquello lo solucionara todo.

—Gracias. —Me invadió un torrente de gratitud y, de manera impulsiva, la abracé. Pensé que se apartaría, asqueada por mi olor. Pero no lo hizo. En su lugar, me devolvió el abrazo. Nos quedamos así, quietas y abrazadas, durante varios segundos.

Cuando nos apartamos, la cadena de mi medalla se enganchó en el primer botón de su vestido. La desenredé con cuidado.

—¿Qué es eso? —me preguntó, señalando el colgante.

—Era de mi padre.

—Es precioso. Pero ¿qué significa?

Pasé el dedo por las letras hebreas, doradas y brillantes a la luz de la luna. Mi padre solía hacerlo cuando yo era pequeña y me explicaba el significado, y ahora casi podía notar su mano sobre la mía, guiándome.

—*Chai*. Significa «vida».

—Es precioso. Pero tendrás que quitártelo. —Recordé que Saul me había advertido también sobre el collar. En la cloaca, su preocupación era infundada. Sin embargo, llevarlo en la calle y revelar que era judía podría suponer que me descubrieran y me mataran. Me lo desenganché y lo guardé en el bolsillo—. Venga, vamos.

Partimos hacia el este por la ribera, en dirección a Podgórze, el barrio donde había estado ubicado el gueto. Las calles parecían más grandes de lo que recordaba y todo tenía un aspecto amenazante. Como yo no debería estar allí, me invadió el deseo de volver a meterme bajo tierra.

Nos encaminamos hacia el gueto, utilizando los callejones y sin apartarnos de las sombras de los edificios. Me estremecía al oír el ruido de nuestros zapatos contra el suelo de adoquines. Estar en la calle a esas horas era un delito y, si nos veían, nos detendrían para interrogarnos. No volvería a ver a mi madre. Caminaba con cautela, temiendo que cada paso pudiera ser el último. Ella, sin embargo, caminaba por las calles con una seguridad que se me antojaba envidiable. Noté de pronto un resentimiento inesperado. Aquella ciudad era tan mía como suya, o al menos lo había sido. Pero ahora yo era una forastera y solo podía visitarla gracias a su buena voluntad. Traté de ignorar ese sentimiento. Lo único que importaba ahora era encontrar la comida. Pensaba en los demás en la cloaca, dependían de mí, y me pregunté qué sería de ellos si no lograba encontrar la comida o regresar.

Enseguida llegamos al Rynek Podgórski, la plaza del mercado principal del barrio, que se ubicaba justo frente a las paredes del gueto. Ahora estaba desierta salvo por algunas ratas que buscaban comida en los cubos de basura. Bordeamos St. Joseph's, la inmensa iglesia neogótica situada a la entrada de la plaza, y llegamos a la pared del gueto. Aunque ya no quedaba nadie dentro a quien custodiar, las verjas seguían cerradas. Seguimos el perímetro del alto muro de ladrillo hasta encontrar una sección que había sido derribada, entonces pasamos con cuidado por encima de las piedras y los escombros para poder entrar. La devastación era mucho peor de lo que había oído bajo tierra, con todos los edificios quemados, las ventanas destrozadas, solo quedaba el armazón de los lugares donde antes vivía la gente. Miré a Ella, que había dejado de andar. Yo conocía el gueto demasiado bien, pero aquella era la primera vez que ella lo veía y su rostro había adquirido una expresión de horror al ver las terribles condiciones en que habíamos vivido... y cómo había terminado todo.

—Vamos —le dije, instándola a seguir andando. Ahora tenía que guiarla yo, recorriendo las calles del gueto hacia la casa de la calle Lwowska de la que Saul me había hablado. El aire olía a carbón y a algo acre, tal vez el olor de la basura al quemarse. En la esquina de la calle Józefińska, me detuve y miré hacia el edificio en el que vivíamos antes. El gueto no había sido mi hogar, nos habían obligado a vivir allí y, antes de conocer la cloaca, era el peor lugar que había visto en mi vida. Aun así, aquel era el último sitio en el que mis padres y yo habíamos estado realmente juntos, y me inundaron los recuerdos y una especie de nostalgia que no me esperaba. Una parte de mí deseaba ir a ver nuestro apartamento una vez más.

Pero no había tiempo. Seguimos avanzando. Entre toda esa destrucción, había varias casas que habían sido reformadas, con cristal nuevo en las ventanas o, en algunos casos, papel de periódico sujeto con alquitrán para tapar los huecos. Sorprendida, me di cuenta de que el gueto estaba habitado. Ya no por judíos, sino probablemente por polacos de clase baja a quienes el Gobierno General les habría asignado la vivienda o tal vez hubieran ocupado las residencias vacías por voluntad propia. Una parte de mí deseaba enfadarse con ellos. Sin embargo, no se trataba de polacos adinerados que pretendieran saquear la propiedad de los judíos en su propio beneficio, sino de gente de la zona que había visto la oportunidad y había hecho lo que fuera necesario para poder mantener a sus familias. Nadie que pudiera elegir habría acudido a vivir allí.

Aun así, si nos veían, sin duda se lo dirían a la policía. Me planteé darnos la vuelta. Habíamos esperado que el gueto estuviera vacío. No era seguro estar allí. Pero necesitábamos la comida. La dirección que Saul me había dado podría estar también ocupada, pensé mientras nos metíamos por la calle Lwowska. No sabía cómo buscaríamos la comida de ser ese el caso.

Al acercarnos al número doce, vi que las ventanas seguían rotas y los muros chamuscados por un incendio que esperaba que no hubiese destruido las provisiones de comida del sótano. Aunque Saul me había contado que su padre y él habían ido a vivir al gueto poco después de dejar su pueblo, hasta ahora no me lo había imaginado viviendo allí, a tan pocas manzanas de mí. Me fijé en la casa, que era mucho más pequeña y estaba más ruinosa que el edificio que habíamos ocupado mis padres y yo, y me imaginé cómo se las habrían apañado viviendo con otra media docena de familias, todos apiñados en habitaciones compartidas.

Probé suerte con la puerta de la entrada. Pese al mal estado de la casa, estaba cerrada con llave. Temía que tendríamos que atravesar los cristales rotos y colarnos por el hueco de alguna de las ventanas.

—Vamos a la parte de atrás por si hay una puerta que da al sótano —sugirió Ella. Nos metimos por un callejón entre las casas, agachadas para que nadie nos viera. En la parte de atrás, encontramos la puerta del sótano y la abrimos. Bajé con cuidado la escalera de mano hasta el sótano, rezando para que los peldaños podridos no se rompieran. Ella me siguió. Me detuve, desconcertada por el olor sucio e intenso del gueto que había llenado mis pulmones durante los meses que pasamos allí, y que ahora seguía presente en el aire. Después de pasarme tanto tiempo respirando la peste de la cloaca, en comparación resultaba casi agradable.

Deprisa, nos acercamos a la pared del sótano de la que Saul me había hablado en busca del compartimento secreto. Allí había un panel deslizante, como me había prometido, que daba a un espacio vacío y cavernoso, destinado a esconder cosas. Solo que el lugar que me había descrito estaba vacío.

La comida que me había prometido no estaba.

13

Ella

De pie junto a Sadie, mientras contemplaba el espacio vacío donde debería haber estado la comida, el alma se me cayó a los pies.

—Lo siento —le dije, notando como nos envolvía el peso de su decepción. Sadie no respondió. Se quedó quieta, con la mirada triste y vacía—. Deberíamos irnos —añadí transcurridos unos minutos. No era seguro quedarnos mucho tiempo en el edificio del gueto.

—Tiene que estar aquí —respondió Sadie, negando con la cabeza—. No puedo volver sin la comida.

¿Y ahora qué? Yo comencé a darle vueltas a la cabeza.

—Podemos echar un vistazo por algún sitio —sugerí, aunque en realidad no sabía por dónde. Pese a la guerra, Ana Lucia no guardaba más reservas de comida en la casa porque temía atraer a los ratones. En su lugar, confiaba en que su dinero y sus contactos nos permitieran siempre tener suficiente para comer. Así que no podría robarle a ella lo que Sadie necesitaba. Krys apareció en mi cabeza. No nos habíamos separado en buenos términos y no sabía si querría ayudarme, pero era mi única opción y, en el fondo, sabía que no me negaría ayuda si había algo que pudiera hacer—. Tengo un amigo que a lo mejor podría ayudarnos. —Al instante me arrepentí de mi oferta. No tenía motivos para pensar que Krys pudiera encontrar comida en tan poco tiempo. Sin embargo, tenía que intentarlo.

Recordaba que me había dicho que se alojaba en un piso encima de la cafetería.

—Ven conmigo. —Salimos del sótano del edificio de apartamentos abriéndonos paso entre los escombros chamuscados. Mientras recorríamos las ruinas de lo que antes había sido el gueto, yo caminaba más deprisa, porque quería alejar a Sadie de los dolorosos recuerdos que le traería aquel lugar.

La conduje por la ribera del río, lejos de Podgórze, en dirección a Dębniki. Aunque no estaba familiarizada con los barrios, que se mezclaban unos con otros sin una frontera definida, sabía que Dębniki se hallaba a pocos kilómetros al oeste de Podgórze, junto a la orilla meridional industrial del Wisła. Según nos acercamos a Dębniki, nos apartamos de la ribera y subimos por la carretera hasta la calle Barska, donde estaba ubicada la cafetería. Contemplé los apartamentos situados encima y me pregunté cómo lograría distinguir cuál era el de Krys. Eran más de las once y se suponía que la cafetería debería estar ya cerrada desde hacía rato debido al toque de queda. Pero, tras la cristalera borrosa, distinguí que quedaban dentro algunos clientes. No vi a Krys, pero quizá, si preguntaba por él, alguien podría saber dónde encontrarlo.

Me dirigí hacia la puerta, pero, al mirar a Sadie, me detuve de nuevo. Ella no podía entrar en la cafetería. Su ropa sucia y su rostro pálido y demacrado sin duda llamarían la atención. Había un pasadizo abovedado entre la cafetería y el edificio contiguo que conducía hasta el callejón de atrás. La llevé allí y la escondí detrás de unos cubos de basura.

—Tienes que esperar aquí.

—¿Vas a dejarme sola? —me preguntó, aterrorizada.

—Tardaré solo unos minutos —le aseguré con una palmadita en la mano. Antes de que pudiera protestar, salí del callejón y entré en la cafetería, que estaba vacía excepto por una mesa de señores mayores que jugaban a las cartas en la parte de atrás. Cuando se me acostumbró la vista a la exigua iluminación, reconocí una cara familiar detrás de la barra. Me detuve en seco. Era la mujer que estaba con Krys el día que lo encontré allí. Me dio un vuelco el estómago y me invadió la necesidad de darme la vuelta y marcharme. Sin embargo, debía encontrar a Krys.

Caminé decidida hacia ella.

—Hola, estoy buscando a Krys Lewakowski —le dije sin rodeos, y esperé ver en su rostro alguna señal que indicara que me reconocía, pero su expresión permaneció impávida—. Os vi juntos —añadí—. Sé que lo conoces. Me dijo que se aloja aquí.

—No está aquí —me respondió con frialdad.

—Tengo que encontrarlo. Es importante. —Se quedó mirándome unos instantes, después se dio la vuelta y desapareció en la trastienda. Decepcionada, me di cuenta de que Krys no estaba allí. Me pregunté qué hacer después, si probar suerte en casa de sus padres siendo tan tarde.

—¿Ella? —Krys apareció de pronto por la puerta de detrás de la barra. La mujer me había mentido, sí que estaba allí. Corrió hacia mí—. ¿Qué sucede? ¿Va todo bien? —Me preocupaba que pudiera seguir enfadado después de nuestro último encuentro, pero su expresión era una mezcla de sorpresa y preocupación.

—Sí... Quiero decir, no. —Hice una pausa, tratando de decidir cuál sería la mejor forma de contarle el secreto que había estado ocultándole. Bajé la voz—. Cuando clausuraron el gueto, algunos de los judíos lograron escapar y esconderse.

—He oído los rumores —me confirmó con un gesto afirmativo.

—Algunos escaparon a las cloacas.

—¿Las cloacas? Aunque eso fuera posible, ¿dónde irían?

—No fueron a ninguna parte. Quiero decir que siguen en la cloaca, cerca del mercado de Dębniki. He estado ayudando a uno de ellos, una chica.

—¿Por eso no paraba de encontrarte por allí? —me preguntó con los ojos muy abiertos.

—Sí. Pero ahora han perdido su principal fuente de alimento. Tengo que ayudarla a encontrar más comida para llevársela a los demás.

Al recordar que me había negado a ayudarle con su trabajo para el Ejército Nacional, pensé que iba a decirme que no.

—¿Cuánta gente está con ella?

—Creo que cuatro personas. —Le observé mientras asimilaba la información—. Siento no habértelo dicho antes. —Pensé que se enfadaría conmigo. Se pasó una mano por la nuca mientras pensaba.

—¿Cuándo lo necesitas?

—Esta noche. ¿Puedes ayudarnos?

—No lo sé. Ahora hay muy poca comida en la ciudad, Ella.

Asentí con la cabeza, sabía que lo que decía era verdad. Las caras de la gente en el mercado parecían más demacradas cada día, cuando se marchaban con sus cestas casi vacías.

—Pero seguro que, con tus contactos en el ejército, podrás encontrar algo.

—Lo intentaré, pero es muy difícil. El Ejército Nacional es complicado. Es grande y tiene muchas personas con objetivos diferentes. Hay un contrabandista, Korsarz, que a veces ayuda al ejército polaco a conseguir lo que necesita.

—Korsarz —repetí el nombre en clave, que en polaco significaba «pirata»—. ¿Crees que podrá ayudarnos?

—No lo sé —respondió negando con la cabeza—, pero prefiero no averiguarlo. Es un personaje sin escrúpulos, capaz de hacer tratos con cualquiera, incluidos los alemanes, a cambio de un precio.

—Si es cuestión de dinero... —empecé a decir, imaginando las valiosas pertenencias de Ana Lucia y preguntándome cuál podría robar y empeñar fácilmente por dinero en efectivo.

—No es eso. Korsarz ha hecho algunas cosas horribles y no quiero tratar con él, al menos si puedo evitarlo. Trataré de encontrar otra manera. Tengo que recurrir a mis contactos y encontrar una forma de conseguir más comida sin llamar la atención. Tardaremos algunos días, una semana a lo sumo.

Dejé caer los hombros.

—No tenemos tanto tiempo. Necesitan la comida ahora y tengo que acompañar a Sadie de vuelta a la cloaca. —Era la primera vez que decía su nombre y de pronto me sentí vulnerable.

—¿Ha salido? —me preguntó, y le dije que sí con la cabeza—. ¿Dónde está? —Parecía alarmado.

—La he escondido en el callejón.

—¿Quieres que la saque de Cracovia?

Me planteé la idea. Sadie había conseguido salir de la cloaca y aquella podría ser su única oportunidad de alcanzar la libertad. La oferta era tentadora, lo sabía. Sacar a un judío de Cracovia ahora no sería fácil y le agradecía a Krys la sugerencia, pero sabía que Sadie nunca aceptaría.

—Se lo preguntaré, aunque dudo que acceda. Su madre está en la cloaca. Tiene que volver. En cualquier caso, no dejará que los demás se mueran de hambre. Simplemente tengo que conseguirle la comida.

—¿Simplemente? Ojalá fuera tan fácil.

—Si no puedes hacerlo, lo entiendo —le dije, tratando de ocultar la desilusión. Krys ya no me debía nada—. Gracias de todos modos. —Me dispuse a marcharme, pensando en cómo le diría a Sadie que le había fallado.

—Espera —me dijo. Me volví—. Déjame ver qué puedo hacer.

—¿En serio?

—No prometo nada, pero haré lo posible. —Me invadió un torrente de esperanza y gratitud. Pese a nuestras disputas y a la dificultad de encontrar comida, estaba dispuesto a intentarlo. Ya podía imaginarme su mente dando vueltas, tratando de lograr que sucediera lo imposible—. Dame unas pocas horas.

Miré hacia el cielo nocturno y traté de calcular cuánto tiempo teníamos.

—Tiene que volver a la cloaca antes de que amanezca.

—¿Por dónde se mete en el subsuelo?

—Hay unos escalones de hormigón que bajan al río cerca de Podgórze. A unos seis metros de allí, verás la rejilla de la cloaca. ¿Quieres que vaya contigo a por la comida?

—Sí —me dijo sin rodeos y con un inconfundible tono de cariño en la voz. La mujer que había ido a buscarlo estaba otra vez detrás de la barra y, aunque estábamos demasiado lejos como para que pudiera oír nuestra conversación, sentí que nos observaba—. Pero no creo que ese sea nuestro mejor plan. Tú vete con tu amiga y escóndela en un lugar seguro. Te veré a las cinco en punto junto a la rejilla con lo que haya podido encontrar, si es que encuentro algo.

Antes de poder darle las gracias, se dio la vuelta y atravesó la puerta situada detrás de la barra. Yo salí por la puerta delantera para ir a buscar a Sadie.

Cuando ella me vio salir de la cafetería y entrar en el callejón, se incorporó detrás de los cubos de basura.

—¿Ha habido suerte? —Vi que me miraba los brazos en busca de la comida que tanto necesitaba—. No tienes nada —añadió, desesperanzada.

—Está de camino —le prometí, y se le iluminó el rostro—. O al menos mi amigo Krys lo va a intentar —me corregí, porque no quería darle demasiadas esperanzas en caso de que no lo lograra.

—¿Le has hablado de mí? Pero, Ella, me lo prometiste.

—Lo sé. Lo siento. Era la única manera. Podemos confiar en él.

Sin embargo, su terror no disminuyó con mis palabras.

—Podría decírselo a alguien. Tengo que volver y advertir a los demás.

—Sadie, para —le dije agarrándole ambas manos—. Confías en mí, ¿verdad?

—Sí, por supuesto —respondió sin vacilar.

—Entonces, créeme. Krys no va a decir nada. Forma parte del Ejército Nacional polaco —añadí, revelando también su secreto en mi intento de tranquilizarla—. Lucha contra los alemanes. Te juro que no dirá nada. Y puede conseguir lo que necesitas. —O al menos esperaba que pudiera.

—¿Cuánto tiempo? —me preguntó, aparentemente más tranquila con mi explicación.

—Necesita unas horas. Te voy a acompañar a la cloaca y te llevaré la comida en cuanto la tenga.

—De acuerdo —me dijo, resignada. Nos dispusimos a salir del callejón—. Espera. —Se detuvo de nuevo—. Si solo van a ser unas pocas horas, ¿por qué no puedo quedarme fuera de la cloaca mientras esperamos la comida?

—Oh, Sadie, no sé... —Su pregunta me había pillado por sorpresa—. Sería muy peligroso.

—Sé que no es buena idea, pero hace meses que no salgo. Solo quiero estar aquí un rato más, respirar el aire fresco. Tendré cuidado, me mantendré escondida.

Vacilé, sin responderle de inmediato. Me daba cuenta de que disfrutaba de su libertad y deseaba quedarse allí.

—Es muy peligroso —repetí—. Y Krys podría tardar más de unas pocas horas.

—Volveré antes de que amanezca —me aseguró, casi como una súplica—. Tenga comida o no.

Observó mi cara mientras lo reflexionaba. Quedarse en la calle era algo absurdo. Podrían atraparla en cualquier momento. Sin embargo, me daba cuenta de lo mucho que lo necesitaba. Yo también me alegraba de contar con su compañía y no quería que se fuera tan rápido.

—De acuerdo —accedí—, pero aquí no. —El barrio de Dębniki donde estaba ubicada la cafetería no quedaba lejos del antiguo gueto y por allí abundaban las patrullas policiales.

Abandonamos el callejón y nos dirigimos hacia el río. Las calles estaban vacías y el eco de nuestros pasos rebotaba en la acera.

Al acercarnos al puente, vi un coche de policía aparcado en la base.

—¡Escóndete! —susurré, y arrastré a Sadie a esconderse detrás del muro bajo de contención que circundaba en paralelo la ribera. Nos acurrucamos juntas y nos quedamos quietas. Estábamos tan cerca que notaba su corazón contra el mío. Confié en que la policía no estuviese instalando un puesto de control en el puente, lo que nos obligaría a buscar otra manera de cruzar el río. Junto a mí, notaba a Sadie rígida por el miedo. No llevaba papeles que mostrar si la paraban; la arrestarían de inmediato. Me pregunté entonces si habría cometido un error al acceder a su petición, si debería haber insistido en que regresara a la cloaca de inmediato. Pero ya era demasiado tarde. Entrelacé los dedos con los suyos, decidida a protegerla durante la noche.

Varios minutos más tarde, el coche de policía se marchó. Al salir de nuestro escondite, Sadie me agarró del brazo.

—¿Dónde vamos?

—A mi casa —le dije, y de inmediato me replanteé mi decisión. Ir allí suponía un largo camino por las calles de la ciudad tras el toque de queda, arriesgarnos a ser descubiertas o algo peor. Pero recordé que Ana Lucia no estaba en casa esa noche. Había ido a cenar con el coronel Maust a un restaurante situado al otro extremo de la ciudad, más cerca del apartamento de él, y no regresaría hasta la mañana siguiente. Mi casa era la mejor opción para esconder a Sadie. No había ningún otro lugar.

Se quedó mirándome angustiada.

—¿Cómo podemos hacer algo así?

—Es seguro —le dije, tratando de parecer convencida—. Te lo prometo.

Sadie pareció a punto de objetar algo más. Pero, si quería seguir en el exterior mientras Krys iba a buscar comida, no había ninguna otra opción.

Mientras cruzábamos el puente hacia el centro de la ciudad y hacia mi casa, Sadie miró hacia arriba y se quedó contemplando el cielo con tanta intensidad que se olvidó de dónde ponía el pie y estuvo a punto de tropezar. La agarré del brazo para que no se cayera y seguí el curso de su mirada. Al principio pensé que estaba intentando ver el castillo de Wawel, que se hallaba en lo alto de su colina, parcialmente tapado por el lecho del río. Pero tenía el cuello más inclinado hacia atrás y contemplaba el cielo nocturno.

—Esta noche parecen casi azules —dijo con voz maravillada.

Recordé que, el día que nos conocimos, una de las primeras cosas que me preguntó fue por las estrellas.

—¿Qué constelaciones ves?

—Ahí —dijo con ilusión señalando al norte—. Esa es la Osa Mayor. Mi padre decía que, siempre que pudieras localizarla, no te perderías jamás. —Empezó entonces a hablar sin parar. Dio una vuelta sobre sí misma—. Y esa de allí, aquel triángulo alargado con la cola se llama Camaleón. —Intenté seguir la dirección de su dedo mientras dibujaba líneas en el aire, conectando las estrellas, pero no veía las imágenes que me decía.

Salimos apresuradamente del puente y nos dirigimos hacia la Ciudad Vieja. Sadie iba callada, pero, al acercarnos al centro, vi que se fijaba en todas esas calles familiares, que llevaba meses sin poder ver.

Varios minutos más tarde, giramos por la calle Kanonicza.

—¿Vives aquí? —me preguntó, incrédula, mientras la conducía a la parte trasera de la casa.

—Sí. —Vi nuestra casa con los ojos de Sadie y me di cuenta de que debía de parecerle un palacio después de los lugares horribles en los que había vivido. Por un segundo me pregunté si me rechazaría por ello. Pero no había tiempo para preocuparse. Me llevé un dedo a los labios para indicar que debíamos guardar silencio para que los vecinos no nos oyeran. En la parte trasera, abrí la puerta y entré.

Comencé a subir por la escalera de servicio, pero, a mi espalda, Sadie se detuvo.

—Ella, no es seguro para mí estar aquí —susurró con demasiada fuerza.

—Mi madrastra ha salido esta noche —le aseguré, animándola a subir un tramo de escaleras y después dos más hasta llegar al desván—. Toma asiento —le dije. Sadie vaciló, mirando mi habitación con incomodidad, y me di cuenta de que no quería manchar nada con su ropa sucia. Extendí una manta sobre el sillón donde me gustaba sentarme a pintar y a leer—. Ya está. —Percibí entonces lo pálida y cansada que estaba—. ¿Cuándo fue la última vez que comiste algo? —No respondió, y me pregunté si no se acordaría o si no querría decírmelo—. Enseguida vuelvo. —Bajé de nuevo las escaleras hasta la cocina y saqué una fuente de carne y queso de la nevera, demasiado apurada ahora como para preocuparme por si Hanna se daba cuenta de que faltaba comida, después volví a subir.

Sadie había acercado el sillón a la ventana y estaba contemplando el cielo de nuevo.

—Tienes una habitación preciosa —comentó—. La vista es lo que más me gusta. ¿Pintas? —me preguntó al ver mis utensilios de pintura en el rincón. Había un lienzo apoyado en la pared, un cuadro del perfil de la ciudad que había empezado a pintar hacía algún tiempo, pero que no había terminado.

—Un poco —respondí encogiéndome de hombros. Avergonzada, traté de ocultar el lienzo, pero se acercó para verlo.

—Es precioso, Ella. Tienes mucho talento.

—Cuesta pensar en el arte ahora, con la guerra. Digamos que lo he dejado.

—¡Oh, no deberías! Deberías pintar ahora más que nunca. No debes permitir que la guerra te robe tus sueños. —Atisbé la tristeza en su rostro—. Pero ¿quién soy yo para hablar?

—¿Qué quieres ser tú?

—Doctora.

—¿No quieres ser astrónoma? —bromeé al recordar lo mucho que le cautivaban las estrellas.

—Me gusta la astronomía, todas las ciencias, en realidad —respondió con seriedad—. Pero curar a la gente es lo que más me interesa, y por eso quería ser doctora. Y todavía quiero. —Me miró sin parpadear—. Si consigo encontrar algún lugar donde estudiar después de la guerra. —Me sorprendió el alcance de su sueño, inalterado por todo lo que había ocurrido.

—Lo encontrarás —le dije, quería animarla a cumplir sus metas como había hecho ella conmigo. Dejé la fuente de comida sobre la mesa baja que había junto al sillón—. Para ti.

No se movió, se quedó mirando el plato.

—Es una porcelana china muy bonita.

Me fijé por primera vez en el plato con el borde floreado. Era uno de nuestros platos de diario y jamás había reparado en él. Al verlo ahora con los ojos de Sadie, recordé que formaba parte de un juego que a mi madre le habían regalado sus padres el día de su boda, una conexión con un mundo ya perdido.

—Deberías comer —le dije.

Pero Sadie siguió sin tomar nada del plato.

—Los demás... Debería llevármelo a la cloaca y compartirlo con ellos —dijo, sintiéndose culpable.

—Habrá más para ellos. Vas a necesitar toda tu fuerza para transportar la comida. Come —insistí.

Con reticencia agarró un pedazo de queso y se lo metió en la boca.

—Gracias —dijo mientras yo le ofrecía más comida. Se volvió hacia el retrato que tenía en mi escritorio: mis padres, mis hermanos y yo a la orilla del mar—. ¿Es tu familia?

Asentí y señalé el bebé que tenía mi madre en brazos.

—Esa soy yo. Y ese —añadí señalando a Maciej— es mi hermano, que vive en París. Espero poder irme a vivir con él.

—¿Te marchas? —Su voz sonó impregnada por cierta tristeza y sorpresa.

—Ahora no —me apresuré a responder—. Quizá después de la guerra.

Sadie extendió el brazo y sacó otra foto de detrás del retrato familiar.

—Ese es Krys, ¿verdad? —Le dije que sí con la cabeza. Yo tenía intención de guardar la foto de Krys uniformado que se hizo poco antes de marcharse a la guerra.

—Antes de la guerra estuvimos a punto de prometernos. Se marchó a luchar y, cuando regresó, ya no quería estar conmigo. —Aunque me había contado la verdadera razón de su distanciamiento, el rechazo aún me dolía.

—Lo siento —me dijo Sadie, colocando una mano sobre la mía. Me sentí idiota, incluso patética, por permitir que me consolara cuando era ella la que sufría. Pero era la primera vez que de verdad podía confiarle mis sentimientos a alguien desde que ocurriera todo—. Estoy segura de que no puede ser verdad —añadió.

—Él dice que no lo es —respondí sorbiéndome la nariz, algo más tranquila—. Me dijo que está trabajando para luchar contra los alemanes y que debe mantenerse alejado porque es peligroso.

—¿Lo ves? Solo intenta protegerte. Le oí en la calle aquel día y parecía muy preocupado. Cuando acabe la guerra y pase el peligro, regresará junto a ti y podréis estar juntos. —Ambas sabíamos que las promesas de la vida después de la guerra eran demasiado inciertas para significar gran cosa, pero estaba intentando consolarme como podía—. Yo nunca he tenido novio —admitió.

—¿No?

—La verdad, siempre me he sentido incómoda, estaba más a gusto con mis libros que con los chicos.

—Seguro que hay alguien que...

—¡Nada de eso! —protestó, aunque por la entonación de su voz me di cuenta de que era más bien al contrario.

—¿Saul? —sugerí al recordar el nombre que había mencionado.

—Sí —admitió—. Pero no es eso.

189

—Es justo eso. Se te nota en la cara —bromeé, y las dos nos reímos.

—No, de verdad —me aseguró con rubor en las mejillas—. Su familia es muy religiosa y me saca algunos años, y no piensa en mí de esa forma. Él no me corresponde. Iba a casarse antes de la guerra y su prometida murió, así que está haciendo el duelo. Para él solo soy una amiga. Nunca podrá llegar a nada.

—Nunca digas nunca.

—Estoy segura de que no me ve de ese modo.

—Debes verte a ti misma como quieres que te vean los demás —le dije recordando las palabras que me dijo Ana Lucia cuando era más joven. Era una de las pocas cosas útiles que me había dicho en la vida. Me acerqué al armario y saqué un vestido recién planchado—. Toma, pruébate esto.

—¿Ahora? ¡Oh, Ella, no podría! No quiero ensuciarlo.

—Entonces lávate. —Pareció sorprendida por la sugerencia—. ¿Por qué no? Tenemos tiempo. Venga, refréscate. —La llevé al cuarto de baño de la tercera planta—. Puedes lavarte ahí. —Sadie miró anhelante la bañera con patas de garras—. Venga. Yo esperaré aquí. Te da tiempo a darte un baño si no tardas mucho. —Cerré la puerta para darle intimidad. Un segundo más tarde oí el agua del grifo correr.

De pie frente a la puerta del baño, volví a pensar en Krys. Me pregunté cómo conseguiría la comida, recé para que pudiera hacerlo. También sentía curiosidad por saber por qué pasaba tanto tiempo en la cafetería. ¿Tendría algo que ver con su trabajo, o sería solo porque tenía una habitación arriba? Quizá fuese allí tan a menudo por la mujer de los rizos oscuros.

Pocos minutos más tarde, Sadie salió del cuarto de baño ya limpia y con el vestido que le había dado. Le quedaba grande y parecía un poco incómoda, como si llevase una especie de disfraz.

—Estás preciosa —le dije. Era verdad. Sin toda esa suciedad, tenía una piel clara y luminiscente. Sus ojos marrones brillaban de felicidad.

Sonrió mientras pasaba las manos por la tela.

—Me siento de maravilla. Gracias.

La llevé de vuelta a mi habitación.

—Deja que te cepille el pelo —le ofrecí, y se sentó en la silla de buena gana. Se quedó muy quieta mientras la peinaba y le recogía el pelo en un moño alto. Después le empolvé la nariz—. Ya está. Lista para una noche en la ópera. —Nos reímos—. Pareces una persona diferente. —Las palabras me parecieron inapropiadas nada más decirlas—. No me refería a eso.

—Lo entiendo —respondió con una sonrisa alegre—. Es muy agradable sentirme limpia. Claro, no durará mucho una vez que regrese.

—No te preocupes por ensuciar el vestido —le dije—. Quédatelo. Es tuyo.

—Gracias, pero no hablo solo del vestido. Todo lo de esta noche es como un sueño. Un sueño que tiene que acabar. —Sus horas allí no eran más que un respiro momentáneo frente a la tristeza y el sufrimiento. Extendió el brazo y me apretó la mano.

—Estoy encantada de hacerlo. Es muy agradable tenerte aquí. —Era cierto, aunque en poco tiempo se habría marchado—. Aún necesitas unos zapatos. —Las botas que llevaba antes estaban casi desintegradas por la humedad constante.

—Las llevo desde que salimos del gueto. Son demasiado pequeñas —comentó—, pero me las apaño.

Busqué en mi armario una vez más y de pronto fui consciente de la gran cantidad de zapatos que había tirado allí dentro con el paso de los años sin pararme a pensarlo. Saqué un par de zapatos negros de charol.

—Quizá te queden un poco grandes —le dije.

—Son perfectos —respondió después de ponérselos, y no supe si lo decía porque era verdad o porque quería ser educada. Pero al menos estaban secos, y Sadie los miraba como si nunca hubiera tenido nada tan elegante—. Gracias —repitió.

Justo entonces oí ruidos en la planta de abajo, el sonido de una puerta al abrirse. El corazón me dio un vuelco.

—¿Qué sucede? —preguntó Sadie al ver mi expresión.

Negué con la cabeza, casi sin poder hablar debido al nudo que se me había formado en la garganta.

—Ana Lucia está en casa.

14

Ella

—Mi madrastra —le expliqué con un susurro acelerado—. Ha vuelto. —Debía de haber cambiado sus planes. Y no iba sola, imaginé al oír otros pasos más pesados cuando comenzaron a subir las escaleras. No mencioné esa parte, no quería asustar a Sadie.

Pero no sirvió de nada; su rostro palideció de terror.

—Dijiste que no había nadie en casa, que estaría fuera toda la noche.

—Eso pensé. Tienes que esconderte.

—Pero ¿dónde?

Abrí la puerta de mi habitación solo un poco y escuché. Al oír la voz del coronel Maust además de la de Ana Lucia, volví a cerrarla deprisa.

—No hagas nada de ruido. Mi madrastra tiene compañía. —No había manera de seguir evitando la verdad.

—Ella, ¿es el invitado alemán de tu madre? —susurró Sadie.

Quise mentirle, pero el acento del coronel Maust era inconfundible.

—Sí. —El corazón me dio un vuelco—. Debes entender que yo no soy así en absoluto. No soporto que se relacione con los alemanes, en la casa de mi padre, nada menos. Desde luego no esperaba que estuvieran aquí esta noche. Y no tenía otro sitio donde esconderte.

Pero mi explicación apenas le sirvió de consuelo.

—No deberías haberme traído aquí. —Percibí un tono de acusación en su voz.

—Lo siento. Ha sido un error por mi parte. Solo intentaba ayudar. No pretendía ponerte en peligro. —Busqué desesperadamente un lugar donde esconderla—. Aquí —le dije señalando el armario. Se quedó helada—. Es la única manera. Solo hasta que se queden dormidos. Entonces podré sacarte de la casa. —Se metió en el armario y la cubrí con algo de ropa.

Justo entonces llamaron a la puerta.

—Ella, ¿eres tú? —dijo desde el pasillo una voz que arrastraba las palabras. Me invadió el pánico. Ana Lucia nunca se aventuraba a subir a la cuarta planta.

—Sí, Ana Lucia —respondí, tratando de que mi voz sonara normal.

—Me había parecido oír voces.

—Estaba con el gramófono puesto. Ya paro.

Sin darme las buenas noches, Ana Lucia se dio la vuelta y bajó dando tumbos por los dos tramos de escaleras, estuvo a punto de caerse. Oí que se cerraba la puerta de su dormitorio. Aun así, no me atreví a abrir la puerta del armario. A través de las tuberías me llegaban los horribles sonidos de Ana Lucia y del coronel en la cama. Avergonzada, recé para que Sadie no pudiera oírlos desde el armario cerrado.

Pasado un rato, el dormitorio de abajo quedó en silencio. Esperé hasta asegurarme de que estaban dormidos. Entonces abrí la puerta del armario y ayudé a Sadie a salir. Parecía enfadada y asustada. Abrió la boca como para decir algo, pero yo se la tapé con la mano para que no despertara a Ana Lucia o a su repugnante invitado.

—Shh —le dije—. Ahora no. —La saqué deprisa de mi habitación y bajamos las escaleras. Los tablones del suelo crujieron, amenazando con delatarnos a cada paso.

Por fin llegamos a la planta de abajo.

—¿Es hora de regresar? —preguntó Sadie cuando salimos del callejón de detrás de mi casa y entramos en la calle Kanonicza.

—Aún nos quedan otras dos horas como mínimo —respondí negando con la cabeza. Estábamos en mitad de la noche y no conocía ningún otro lugar donde poder esperar o escondernos.

—¿Podemos pasear un poco? —me preguntó—. Me gustaría ver la ciudad una vez más.

Quise decirle que no. Debíamos irnos directas al río y encontrar un lugar donde escondernos cerca de la rejilla de la cloaca. Ir de paseo por ahí no era seguro; estábamos incumpliendo el toque de queda y nos arrestarían si nos descubrían. Pero eso ella ya lo sabía.

—Por favor, Ella. Solo estaré libre unas horas más. Quién sabe cuándo volveré a tener la oportunidad de hacer esto.

Lo vi entonces desde su punto de vista. Para ella, aquellos eran unos momentos muy valiosos de libertad, quizá los últimos que tendría. Me dirigí hacia las calles oscuras que había por debajo del Rynek, dando por hecho que querría ver la Ciudad Vieja, con intención de guiarla como había hecho siempre. Pero Sadie me agarró del brazo, tiró de mí en una dirección diferente y me guio hacia el sur, hacia Kazimierz, el vecindario que antes había sido el barrio judío de Cracovia, y su hogar.

Aunque había pasado por las afueras de Kazimierz varias veces de camino al puente, no había atravesado el vecindario desde que comenzó la guerra, un puñado de calles estrechas, con más de una docena de sinagogas. Antes estaba lleno de tiendas y de comerciantes judíos, en las calles se hablaba más yidis que polaco. Ahora ya no quedaba ningún judío, los edificios estaban quemados y las ventanas rotas. Pero los restos seguían allí, letras judías grabadas en un trozo roto de cristal, la débil silueta que había dejado una *mezuzá* que antes colgaba de una puerta.

Recorrimos las calles desiertas sin hablar, roto solo el silencio por las esquirlas de cristal que crujían bajo nuestros pies. Miraba a Sadie por el rabillo del ojo. Su expresión se iba entristeciendo a cada manzana que pasábamos. Era la primera vez que veía en qué se había convertido su barrio y me pregunté si se arrepentiría de haber venido.

—Podemos dar la vuelta —le sugerí—. Ir por otra parte. —Contemplar lo que ya no existía sin duda solo le provocaría más dolor. Pero, sombría y decidida, siguió avanzando.

Se metió por una calle más pequeña y se detuvo frente a una hilera de casas adosadas. No parecían tan destrozadas como algunas de las que habíamos visto a nuestro paso. Daba la impresión de que hubiese gente viviendo allí. Sadie no dijo nada, se quedó mirando el edificio, perdida en sus recuerdos.

—¿Era el tuyo? —le pregunté.

Dijo que sí con la cabeza.

—Nuestro apartamento estaba en la tercera planta. —Me di cuenta de que habían ocupado solo una parte del edificio, no la casa entera, como nosotros. El hogar de Sadie era sencillo, pero por los recuerdos que veía en sus ojos me di cuenta de que había sido un sitio lleno de amor y de cariño.

—Volverás aquí —le dije. Le estreché la mano y entrelacé nuestros dedos—. Después de la guerra. —Aunque lo dije con buena intención, ambas sabíamos que era mentira. La guerra había hecho pedazos su vida, pedazos que después sería imposible recomponer. La vida que pudiera llevar después de la guerra no sería en aquel lugar.

Se quedó quieta durante tanto tiempo que temí que no fuese a moverse más. Me dispuse a insistirle, pero entonces echó un último vistazo a la casa y se volvió hacia mí.

—Estoy preparada —dijo al fin. Juntas regresamos caminando despacio hacia el río en dirección a Podgórze.

Conforme nos acercábamos al puente, escudriñé con la mirada la otra orilla en busca de Krys. No estaba allí, por supuesto. Era demasiado pronto, faltaba más de una hora hasta el momento en el que debíamos encontrarnos. Aun así, me preocupaban todas las cosas malas que podrían haber sucedido: que no hubiera sido capaz de conseguir comida, que le hubieran arrestado.

—Krys no ha llegado aún —le dije a Sadie.

—Aún te gusta —me respondió—. Lo noto en la manera en que dices su nombre.

—Puede ser —admití encogiéndome de hombros—. Pero nunca podremos estar juntos, así que ¿qué importa?

—Nunca digas nunca —me dijo, devolviéndome mis propias palabras de antes. Nos reímos durante unos segundos y nuestras voces se las llevó el viento—. El amor siempre importa —añadió, ya con seriedad.

Doblamos la esquina junto al puente. Justo en ese momento oímos el motor de un coche más adelante. Era un coche de policía como el que habíamos visto antes, que ahora patrullaba la ribera del río. Volvimos a meternos de un salto detrás de la esquina y nos pegamos a uno de los edificios para que no nos vieran. Noté que Sadie temblaba junto a mí. Me preparé para que nos descubrieran, intenté pensar en una excusa para explicar qué hacíamos allí a esas horas. El coche de policía siguió avanzando despacio por la carretera que circundaba el río.

—No podemos esperar aquí —dije cuando el vehículo hubo pasado.

—¿Qué deberíamos hacer? —me preguntó Sadie, temblando todavía de miedo. Me planteé su pregunta. No podíamos volver a mi casa, pero tampoco era seguro quedarse en la calle—. Tenemos que encontrar algún lugar escondido.

—¿Dónde?

No respondí, pero me quedé observando la hilera de casas que bordeaban el río, en busca de algún escondite. Detuve la mirada en una casa que parecía abandonada, con un tramo de escalones que conducía a la puerta de entrada.

—Ahí —le dije señalando el hueco situado bajo los escalones, que estaba vacío salvo por un puñado de cajas.

Sadie me siguió hasta la casa de los escalones. Al quitar las cajas de en medio, salió un olor rancio de debajo de los escalones. Respiré poco profundamente y traté de contener las arcadas, pero Sadie se metió en aquel hueco estrecho sin vacilar, como si no fuese consciente del olor. No sabía si había gente viviendo en las casas de al lado, si nos verían allí debajo, escondidas, o si les importaría. Pero era lo único que teníamos y tendría que valer.

Me arrastré con cuidado y Sadie bloqueó la entrada con las cajas, para protegernos, aunque no impedirían entrar a cualquiera que lo intentara. Nos quedamos acurrucadas y en silencio.

—Hoy es mi cumpleaños —dije, al darme cuenta de pronto. Con todo lo que había ocurrido, con esa manera en que se mezclaban los días, casi se me había olvidado.

Sadie se incorporó en aquel pequeño espacio.

—¡Oh, Ella, feliz cumpleaños!

Me costaba creer que se me hubiese olvidado mi cumpleaños. Era la hija pequeña de la familia y mis padres siempre habían montado mucho alboroto, con fiestas, regalos y globos, y una visita al zoo si el tiempo acompañaba. Ahora ya no quedaba nadie que se acordara.

—¿Cuándo es tu cumpleaños? —le pregunté a Sadie.

—El 8 de septiembre. A lo mejor esto ya ha terminado para entonces y podemos celebrarlo juntas.

—Claro que sí —le dije, deseando con todas mis fuerzas aferrarme a la visión improbable del futuro que ella dibujaba. Aparentemente exhausta, Sadie apoyó la cabeza en mi hombro. Empezó a temblar, y no supe si era por el frío, por el miedo o por otra cosa. Me acerqué más para darle calor, después me quité el jersey y la envolví con él, acercándola a mí. Entonces entré en calor y allí, en el lugar más improbable de todos, nos quedamos dormidas.

Algún tiempo después, me desperté. Sadie me había dado la espalda y estaba acurrucada, hecha un pequeño ovillo.

198

—¡Sadie, despierta! —Me reprendí a mí misma por ser tan tonta como para quedarme dormida. A lo lejos, una campana dio las cinco de la mañana—. ¡Llegamos tarde! ¡Tenemos que irnos!

Salimos a toda prisa del hueco de debajo de las escaleras y corrimos hacia el río. El cielo estaba empezando a clarear mientras cruzábamos el puente, unos tenues rayos de luz atravesaban las nubes oscuras. Escudriñé la orilla de enfrente en busca de Krys en nuestro punto de encuentro. No estaba allí. Me pregunté si habría acudido ya y no le habíamos visto. Ya era casi de día. Pronto aparecerían los trabajadores en la ribera del río y perderíamos la oportunidad de que Sadie volviese al subsuelo sin ser vista. Me preparé para decirle que tendría que volver a la cloaca sin la comida. Podría llevársela yo más tarde, pero no sería lo mismo. La necesitaba ya.

Por fin vi a Krys, que corría hacia nosotras, atravesando la ribera del río a grandes zancadas.

—Deprisa —le dije a Sadie, y corrí a saludarlo. Llevaba un saco en los brazos, mucho más grande de lo que había imaginado.

—Son solo patatas —me dijo, casi sin aliento por la carrera—. Es lo único que he podido encontrar. —Advertí una nota de disculpa en su voz.

—Es maravilloso. —Sadie me había dicho que las patatas eran como el oro por lo mucho que duraban sin estropearse.

—Esto es lo único que puedo conseguir por ahora. Intentaré encontrar más.

—Gracias —le dije. Nos quedamos mirándonos el uno al otro durante varios segundos, sintiendo de nuevo la conexión que antes compartíamos.

Me volví hacia Sadie, que aguardaba varios metros más atrás.

—No pasa nada —le dije—. Este es mi amigo.

—Soy Krys —dijo él, y se le acercó tendiéndole la mano. Sadie no la aceptó—. Encantado de conocerte —añadió. Supe por sus ojos que le desconcertaba su aspecto, lo delgada y pálida que estaba.

Yo ya me había acostumbrado, pero verla por primera vez debía de ser muy impactante para él.

—Sadie —dijo ella, y me di cuenta de lo mucho que le costaba confiar en él lo suficiente para decirle su nombre—. Gracias por la comida.

—Tengo que irme —respondió Krys, y no supe si era cierto o si solo quería concedernos un último minuto a solas. Me entregó el saco de patatas y nuestros dedos se rozaron. Me miró a los ojos.

—Gracias —le dije.

—Ella, quería decirte que... —se quedó callado.

Justo entonces oí ruidos debajo del puente. Me giré hacia allá, temiendo que pudiera ser otra vez la policía, pero solo era un estibador que estaba descargando cosas de su camión.

—Tengo que ayudar a Sadie a volver a entrar —le dije a modo de disculpa.

—Por supuesto. —Vi la decepción en su rostro—. ¿Quieres quedar conmigo más tarde? Tengo una habitación encima de la cafetería de Barska, ahí me alojo, en la planta de arriba.

Sabía que debía decirle que no. No era apropiado reunirme con él en su apartamento. No sabía si quería hablar o algo más. Nuestra relación se había enfriado demasiado para eso.

Sin embargo, algo me impidió negarme.

—Lo intentaré —le dije, sin querer prometerle más.

Aparentemente satisfecho, empezó a alejarse.

—¡Krys! —le llamé y se volvió—. Todo lo que has hecho... por mí..., por Sadie... Te lo agradezco mucho. —Quería decirle muchas cosas más, pero aquel no era el momento. Se tocó el sombrero y se fue.

Le pasé el saco de patatas a Sadie.

—No le gustas en absoluto —me dijo ella con sarcasmo evidente.

Decidí ignorar la broma.

—¿Tienes todo lo que necesitas?

—Sí. —Pasó la mano por el saco de patatas. Eran una solución temporal, Sadie y los demás podrían subsistir con ellas unas pocas semanas a lo sumo, pero eso no les impediría morir de hambre. Aun así, parecía esperanzada—. Gracias a ti.

—Y a Krys —añadí.

—Sí, por supuesto —respondió—. Agradezco mucho lo que ha hecho. Es que ahora me cuesta mucho confiar en los demás.

—Lo comprendo. —Llegamos hasta la rejilla de la cloaca—. Espera —le dije, y me miró expectante—. Verás, si no quieres regresar, hay otras maneras.

—Los demás me necesitan —respondió negando con la cabeza—. Jamás los abandonaría.

—Lo sé —le dije, y admiré su lealtad—. Supongo que no estoy preparada para que te vayas aún. —Intenté restar importancia a mis palabras, pero sin lograrlo. Sadie se había convertido en mi amiga y no me gustaba que volviera a la cloaca.

—No pasa nada —me dijo, consolándome a mí cuando debería haber sido al revés—. Te veré la semana que viene.

—Sí, por supuesto. —Sin embargo, parecía que algo estaba cambiando irrevocablemente—. Pero mejor el domingo por la mañana, si no te importa, para no tener que saltarme el toque de queda.

—Aquí estaré —respondió. A lo lejos, vi a más trabajadores en la ribera del río. No era seguro que Sadie permaneciese allí por más tiempo. Abrí la rejilla de la cloaca.

—Tienes que irte ya.

—Gracias —repitió, y entonces vaciló—. En realidad, no quiero volver a meterme bajo tierra.

—Volveré a sacarte, te lo juro —le dije.

Se detuvo y entonces se sacó el collar de *chai* del bolsillo.

—Deberías esperar a estar bajo tierra para volver a ponerte eso —le dije. En su lugar, me lo ofreció—. No te entiendo.

—Pertenecía a mi padre. Es la única pieza de mi familia que queda y, si yo no lo consigo...

—No digas eso —la interrumpí. Sabía, por supuesto, que la vida de Sadie en la cloaca era peligrosa y que en cualquier momento podrían descubrirla. Ahora nos habíamos hecho amigas y no soportaba la idea de que pudiera ocurrirle algo.

Negó con la cabeza, incapaz de ignorar esa probabilidad.

—Si no lo consigo, esto tiene que estar a salvo.

—Lo conseguirás —le prometí, aunque no pudiera saberlo con certeza—. Lo guardaré yo hasta que puedas hacerlo tú. —Acepté el collar con reticencia y me pareció más pesado de lo que debería haber sido. Los objetos de valor judíos eran contrabando y había que entregarlos obligatoriamente a las autoridades. Si me descubrían, pagaría con mi vida. Pero lo acepté de igual modo—. Te prometo que estará a salvo.

Aparentemente satisfecha, empezó a bajar hacia su cárcel subterránea, aferrada al saco de patatas.

—Ten cuidado —le dije. La mantuve agarrada todo el tiempo que pude y estuve a punto de verme arrastrada con ella al subsuelo. Después, cuando ya no pude sujetarla más, la solté y la dejé caer hacia la tierra. Levantó la cara una última vez para mirarme.

—Gracias, Ella —me dijo. Y después se fue.

15

Sadie

Descendí con tristeza hacia la cloaca, con Ella mirándome desde arriba. Volvió a colocar la rejilla en su lugar y de nuevo se hizo un muro entre nosotras. Mientras caía hacia la oscuridad de la tierra, me pareció estar reviviendo la primera noche, cuando llegamos a la cloaca. Solo que esta vez mi padre no estaba allí para alcanzarme.

Atravesé la hondonada. El agua sucia me salpicaba los pies, ensuciando el dobladillo del vestido que Ella me había regalado. Empecé a recorrer el túnel, cargando con el saco de patatas. Mientras caminaba, me imaginaba a Ella volviendo a su casa, que era lo más impresionante que había visto nunca. Un día, cuando ya había empezado la ocupación, mi padre y yo habíamos pasado frente a un elegante edificio de apartamentos (no tan bonito como la casa de Ella) que daba al Planty, el anillo ajardinado que separaba Kazimierz del centro de la ciudad. Me sorprendió ver a una mujer bien vestida salir de un elegante coche negro y entrar en el edificio cargando con varias bolsas de compras. «¿Cómo pueden seguir viviendo así?», pregunté, maravillada. Y mi padre me explicó después que los únicos que seguían viviendo así eran aquellos que colaboraban con los alemanes. La familia de Ella era de esas personas. Su madrastra salía con un nazi. Su familia se había quedado de brazos cruzados mientras a nosotros nos llevaban, quizá incluso se habían aprovechado de la situación. Debería odiarla, pensé con rabia.

Pero también me sentía confusa: Ella era la misma chica que había acudido fielmente a la cloaca casi todos los domingos, llevándome comida y regalos y, lo más importante, hablando conmigo. Había arriesgado su propia seguridad para esconderme y ayudarme, para ayudar a mi madre y a los Rosenberg. Sin ella, habríamos muerto todos de hambre. Pese a su familia y a las diferencias entre ambas, era una buena persona, y una amiga.

Conforme me acercaba a la cámara, empecé a caminar más deprisa, el saco de patatas me golpeaba la pierna y resultaba incómodo. No solo estaba ansiosa por compartir con los demás los frutos de mi misión. Ya había amanecido y, en pocos minutos, mi madre se despertaría y vería que no estaba.

Al acercarme a la entrada de la cámara, apareció Saul.

—¡Sadie! —gritó con demasiada fuerza. El corazón me dio un vuelco. Lo había echado de menos durante mi breve ausencia y esperaba que él hubiera sentido lo mismo. Pero, cuando corrió hacia mí, observé su expresión de alarma—. ¡Me alegro de verte! Al descubrir que no estabas, fui a buscarte, pero no te encontré. Estaba muy preocupado. —Aliviado como estaba, las palabras le salían atropelladas—. Tengo que decirte que... —Dejó de hablar sin más y se fijó en mi ropa nueva—. ¿Qué estabas haciendo?

—Conseguir esto —respondí levantando con orgullo el saco de patatas. Se lo entregué y él lo dejó en el suelo, junto a sus pies.

—Gracias a Dios que estás bien —me dijo, aliviado—. Y es maravilloso que hayas encontrado comida. Pero, Sadie, debes venir de inmediato. Ha ocurrido algo.

—¿Qué? —pregunté con miedo.

—¡Estás aquí! —restalló una voz, interrumpiéndonos antes de que Saul pudiera responder. Nos volvimos y encontramos a su abuela detrás de nosotros con los brazos en jarras. Esperé a que me regañara por haber salido.

—Tu madre —dijo Bubbe en su lugar— está de parto.

—¿Qué? —Fue como si se me formara una piedra en la boca del estómago—. Pero si aún le queda otro mes.

—Estaba a punto de decírtelo —dijo Saul—. Resbaló y se cayó.

—Cuando había salido a buscarte —añadió Bubbe, sin morderse la lengua—. Se cayó en el túnel y se puso de parto. El bebé está en camino.

«El bebé está en camino».

Recé para haber oído mal a Bubbe. Al bebé le quedaba un mes para nacer. No habíamos hecho nada para preparar su llegada, aunque tampoco sabía si había algo que pudiéramos hacer para prepararnos en aquel horrible lugar.

Me sentí invadida por la angustia y la culpa al entrar corriendo en la cámara. Mi madre estaba en el suelo junto a la cama, como si se hubiera caído. Me arrodillé deprisa junto a ella y traté de ayudarla a levantarse, pero siguió hecha un ovillo.

—Mamá, ¿estás bien? —No respondió. La abracé una vez más y traté de levantarla para ponerla en la cama. Pero el embarazo la había vuelto más pesada y no podía moverla—. Mamá, por favor. No puedes quedarte aquí. Tienes que levantarte. —Pareció alzarse ligeramente y le pasé un brazo por la cintura para ayudarla a ponerse en pie.

Me miró y pareció reparar por primera vez en mi presencia.

—¿Sadele?

—Estoy aquí. —Estaba pálida y tenía la cara cubierta por un velo de sudor. Le costaba respirar.

Ella estaba desencajada y pensé que estaba teniendo una contracción.

—Has ido a ver a esa chica otra vez, ¿verdad? —preguntó entre jadeos, con una mezcla de rabia y dolor.

Vacilé, porque no quería responder y causarle más molestias.

—He encontrado comida, mamá. Siento haber roto mi promesa. Ya te enfadarás más tarde, pero ahora deja que te ayude.

Pareció que iba a seguir regañándome, pero descompuso de nuevo el rostro a causa del dolor y cayó de lado sobre mí.

—El bebé ya viene.

La ayudé a sentarse en la cama. Vi que tenía las piernas mojadas, pero no por el agua de la cloaca, sino con otra cosa, oscura y espesa. Sangre. Yo había oído hablar del nacimiento de los bebés muchas veces en el gueto y estaba bastante segura de que no debería haber sangre, o al menos no tanta cantidad. Miré a mi alrededor con desesperación en busca de Bubbe, pero había desaparecido. Antes de la guerra, había un hospital cerca de nuestro apartamento al que podría haber ido mi madre a dar a luz. En el gueto, los vecinos que eran médicos o matronas acudían a ayudar a las parturientas. Allí, en cambio, no teníamos ni siquiera toallas o una sábana limpia. Deseé que mi padre, o al menos Pawel, estuviera allí para decirme qué hacer. Miré a Saul y a Pan Rosenberg, pero no me servirían de nada.

Por fin Bubbe apareció en la estancia. Aunque era una mujer gruñona y solía estar molesta conmigo, era mi única esperanza. Sin que se lo pidiera, se acercó y se remangó.

—Hay sangre —dije con la voz casi quebrada.

Bubbe asintió secamente, pero no explicó qué podía significar aquello.

—Túmbala —ordenó—. ¡Deprisa! —me ladró al ver que no obedecía—. Tenemos que levantarle las piernas, ponérselas por encima del corazón para que disminuya la hemorragia. ¿Quieres perderla o no? —Un escalofrío recorrió mi cuerpo. Había oído hablar de mujeres que morían durante el parto, y aun así no se me había ocurrido hasta ese momento que tener al bebé pudiera matar a mi madre.

Le toqué entonces el hombro.

—Mamá, recuéstate, por favor.

Aún doblada hacia delante, me apartó con un manotazo.

—El bebé. Es demasiado pronto.

La anciana echó a su hijo y a su nieto de la habitación para tener intimidad, después regresó con nuestra jarra de agua y una toalla que no estaba tan limpia como debería haberlo estado.

—Ayudé a la matrona en nuestro barrio algunas veces —comentó mientras ayudaba a mi madre a tumbarse—. Puedo hacerlo. Tú quédate junto a su cabeza y apriétale la mano. —No sabía si su experiencia sería suficiente. Pero no había otra opción.

Mi madre soltó un alarido que retumbó en las paredes de la estancia.

—¡Shh! —la reprendió la anciana. Yo sabía que el parto era doloroso. Lo había oído a través de las finas paredes del gueto, los gritos y los chillidos que acompañaban al nacimiento de un bebé. Allí, sin embargo, mi madre no podía gritar sin que los alemanes de arriba descubrieran nuestro escondite. La anciana encontró un trozo de madera y se lo puso a mi madre entre los dientes. Lo mordió con fuerza y su rostro enrojeció, después palideció.

Pasados unos segundos, se recostó, aparentemente agotada.

—¿Te encuentras bien? —le pregunté mientras me inclinaba hacia ella y le secaba la frente con un paño.

—Deja que descanse —me ordenó la anciana—. Tiene que recuperar la fuerza entre contracciones, antes de que empeore de verdad. —Me quedé mirándola con incredulidad. Había dado por hecho que aquella sería la parte mala. No podía imaginarme que empeorase más.

Pero sí que empeoró. Aquel patrón continuó, cada sacudida de dolor y los empujones, parecía durar más que el anterior y aumentar en intensidad. Entre medias, mi madre se quedaba tumbada, descansando, apenas consciente. Pasó una hora, después otra. Las contracciones se espaciaban cada vez menos y su agonía crecía.

Tras un episodio particularmente horrible, Bubbe la examinó y después se irguió con expresión sombría.

—Deberías irte —dijo, tratando de ahuyentarme de pronto.

—¿Por qué? ¿Qué sucede?

—Ha perdido mucha sangre —respondió negando con la cabeza—. Si el bebé no sale pronto... —No terminó aquella frase.

El terror me atravesó como un cuchillo.

—¡No! —Mi madre estaba muy quieta, con los ojos cerrados. Le puse la mano debajo de la nariz para asegurarme de que aún respiraba. Luego coloqué la cabeza pegada a la suya y le estreché la mano—. Puedes hacerlo, mamá. Por favor. Te necesito. —Hablaba por mí y por mi hermano o hermana, que aún no había nacido.

Mi madre pareció reunir fuerzas con mi voz. Abrió los ojos y comenzó a empujar de nuevo. Esta vez soltó un alarido tan fuerte que seguro que se oyó desde la calle. Me clavó las uñas con fuerza en la palma de la mano y me hizo sangre, pero yo aguanté. No pensaba dejarla.

El bebé llegó al mundo con determinación y un llanto fuerte que sin duda daba fe de su salud. Cuando el llanto se alejó por la cloaca, Bubbe frunció el ceño sombríamente.

—Dame el bebé —dijo mi madre con la voz rasgada. Bubbe se lo entregó y mi madre apoyó la cabeza del recién nacido contra su pecho para tratar de silenciar sus gritos. Sin embargo, aún no le había subido la leche y el bebé se puso morado de frustración. Lo acercó más a su pecho, asfixiándolo casi para amortiguar los llantos.

—Una niña —declaró la anciana. Me pregunté si mi madre habría preferido tener un hijo que le recordara a mi padre. Corrí hacia nuestras cosas para sacar la manta de bebé que habíamos llevado con nosotros cuando huimos. Aunque se había empapado durante la inundación como el resto de nuestras posesiones, seguía siendo blanca, con dos rayas azules en cada extremo. Se la pasé a mi madre.

De pronto se le fue la cabeza hacia atrás, se le relajaron los brazos y estuvo a punto de caérsele el bebé. La anciana se acercó con una velocidad sorprendente para atraparla.

—Sujétala —me ordenó, y me pasó al bebé sin previo aviso. Jamás había tenido a un bebé en brazos y no sabía bien cómo colocar las manos ante aquel bulto extraño que no paraba de moverse.

—¡Mamá! —grité con fuerza—. ¿Qué está pasando? —Bubbe no respondió, estaba concentrada en reanimarla. Aguanté la respiración. Mi madre era lo último que me quedaba en el mundo. No podía perderla.

Segundos más tarde abrió los ojos. Parpadeó varias veces antes de fijarse en mí, con mi hermanita en brazos. Sonrió débilmente.

—Se pondrá bien —anunció Bubbe—. Está débil, pero al menos ha cesado la hemorragia.

Bajé la cabeza y me quedé mirando al bebé. Antes no estaba segura de lo que sentiría al tener un hermano o hermana. Calvos y rollizos, los bebés siempre me habían parecido todos iguales. Al ver ahora a la niña, con esa nariz chata igual que la mía, me invadió una ola de amor. Haría todo lo posible por proteger a mi hermana.

—¿Cómo se llama? —pregunté con la esperanza de que escogiera la versión femenina del nombre de mi padre, Michal. Mi madre negó con la cabeza. Me pregunté si estaría demasiado débil para decidirlo en aquel momento. O tal vez poner nombre a un bebé en unas circunstancias tan poco esperanzadoras fuese más de lo que pudiera soportar.

Poco después, la anciana me quitó al bebé y se lo pasó a mi madre para que intentara de nuevo darle el pecho. Salí al túnel para contarles a los demás la noticia.

—Es una niña —les dije.

—*Mazel tov* —respondió Pan Rosenberg sin rastro de emoción.

—Un bebé es señal de vida y de esperanza —comentó Saul, dando un paso hacia mí. Por un segundo pensé que iba a darme la mano, pero, claro, no podía—. ¿Está bien tu madre?

—Sí, gracias. Eso parece.

Los llantos del bebé cobraron intensidad, llegando hasta el túnel. Las arrugas de la frente de Pan Rosenberg parecían volverse cada vez más pronunciadas debido a la preocupación.

—¿Cómo vais a evitar que llore? —preguntó. No supe qué decirle. Había estado muy preocupada pensando en cómo podría tener al bebé en la cloaca, asegurándome de que ambos estuvieran bien. Pero, ahora que el bebé ya había nacido, la cuestión en sí era importante. En la cloaca debíamos guardar silencio, sobre todo durante las largas horas del día, cuando la gente paseaba por las calles y entraba en la catedral. Sin duda se oiría el llanto de un bebé. ¿Cómo lo lograríamos?

Me volví hacia la estancia con el estómago encogido. Nos enfrentábamos a muchos obstáculos viviendo allí: escondernos de los alemanes, conseguir suficiente comida, mantenernos sanos en esas condiciones asquerosas, las peligrosas inundaciones. Y ahora parecía que un bebé diminuto iba a suponer el mayor problema de todos.

16

Ella

Cuando Sadie desapareció por la cloaca, me alejé corriendo de la ribera y partí en dirección a Dębniki. Ya era de día y los barrenderos retiraban la basura de las aceras. Cuando llegué a la cafetería de la calle Barska, no entré, en su lugar atravesé la puerta de al lado y subí las escaleras que conducían a los apartamentos de los pisos superiores. El edificio era viejo y sucio. Nadie se había molestado en sustituir las luces de la escalera que se habían fundido y todo apestaba a humo de pipa.

Llegué al último piso y llamé a la puerta. No hubo respuesta.

—¿Krys? —dije con suavidad. Silencio. Esperé unos segundos, confusa. Me había pedido que fuese allí a verlo cuando Sadie hubiera regresado a la cloaca; aquel tenía que ser el lugar correcto. Giré el picaporte, abrí la puerta unos centímetros y me asomé. Era un espacio diáfano, no mucho mayor que el ático de Maciej, con el techo plano en vez de inclinado. Unos pesados cortinajes estaban echados para evitar que entrara la luz de primera hora de la mañana. Cuando se me acostumbraron los ojos a la penumbra, distinguí a Krys sentado sobre un colchón sin sábanas al otro lado de la habitación. Permanecía inmóvil, recostado en la pared, con la cabeza echada hacia atrás—. ¿Krys? —No respondió y, por un momento, me preocupó que hubiera ocurrido algo cuando se marchó del río. ¿Estaría herido, o algo peor? Sin embargo, al acercarme más, me fijé en que su pecho subía y bajaba al ritmo de la respiración. Simplemente estaba dormido. Mientras lo miraba, experimenté un momento de añoranza. Me pregunté cuándo habría descansado por última vez en una cama cómoda, o cuándo habría podido dormir durante una noche entera.

Yo tampoco había dormido, salvo el escaso rato que había pasado escondida con Sadie debajo de aquella escalera. De pronto me sentí exhausta después de pasarme la noche entera escondiendo a Sadie y paseando con ella por la ciudad. Me dejé caer con suavidad junto a Krys, con cuidado de no despertarlo. Mientras lo observaba, experimenté una mezcla de cariño y deseo. Deseé más que nunca que las cosas entre nosotros pudieran ser como antes de la guerra y que no fuera todo tan complicado. Se estremeció mientras dormía. Aunque era primavera, se percibía el aire frío de la noche en aquella habitación sin calefacción. Krys no tenía manta, pero en el suelo, no lejos del colchón, había un abrigo tirado, así que lo recogí y nos tapé a ambos. Luego apoyé la cabeza con suavidad sobre su hombro.

Pareció notar mi presencia y abrió los ojos.

—Ella, estás aquí. Me alegro mucho. —Me rodeó con el brazo y me acerqué. Sentí que todo lo que había sucedido desde que se marchara a la guerra había sido un mal sueño.

—He podido entrar —le dije—. Deberías cerrar la puerta con llave.

—La he dejado abierta para ti. De todas formas, si quieren venir a por mí, una cerradura no se lo va a impedir.

Me di cuenta de que estaba hablando de los alemanes y me estremecí. Su trabajo para el Ejército Nacional lo convertía en un hombre buscado. De pronto sentí como si pudieran echar esa puerta abajo en cualquier momento. Incluso aquel momento sencillo entre nosotros era algo frágil y cargado de peligro.

Se estiró hacia el otro extremo del colchón, sacó un pequeño paquete envuelto y me lo entregó.

—Feliz cumpleaños —me dijo.

—Gracias —le dije, emocionada. No esperaba que se acordase de mi cumpleaños; casi se me había olvidado a mí misma. Dentro del paquete había un pedazo de tarta de miel polaca, espolvoreada con azúcar.

—No es gran cosa, pero hasta anoche no supe que iba a verte. Es lo mejor que he podido hacer con tan poca antelación.

—Es perfecto. —No teníamos tenedores, así que partí la porción en dos y le entregué la mitad. Comer aquel dulce con las manos a una hora tan temprana de la mañana me resultaba extraño, pero al mismo tiempo agradable—. Una nueva tradición —añadí. Entonces noté el rubor en mis mejillas. No era mi intención sugerir que pudiéramos seguir juntos.

—Una nueva tradición —repitió él mirándome a los ojos. Extendió la mano para limpiarme una mancha de azúcar en polvo del labio.

—¿Vives aquí? —pregunté.

—No exactamente. Es una casa segura y un buen lugar para descansar cuando estoy trabajando.

—¿Y qué pasa con tus padres? —le pregunté, confusa—. Viven cerca.

Asintió.

—Sigo dejando mis cosas en su casa y voy allí a lavarme. Pero me mantengo alejado todo lo posible para protegerlos. No puedo ponerlos en peligro, igual que a ti.

Me di cuenta entonces de que su distancia de los últimos meses no había sido una excusa. Realmente estaba intentando protegerme de los peligros de su trabajo. Me acerqué más a él.

—Bueno, pues ya no quiero seguir alejada.

—Bien. —Me abrazó—. Estaba intentando protegerte al mantenerme alejado. Pero ahora me doy cuenta de que era un error. Ninguno está a salvo, Ella. La mejor manera de protegerte es mantenerte cerca.

Se volvió hacia mí y me besó con más intensidad que nunca antes. Algo había cambiado, la distancia que nos separaba pareció esfumarse. Caímos el uno en brazos del otro. Lo besé en los labios, dejé que sus manos recorrieran los lugares que solo había tocado la noche antes de que se fuera a la guerra.

—Te he echado mucho de menos —me dijo mientras se alzaba sobre mí, y supe por la intensidad de su deseo reprimido que no había habido ninguna otra durante el tiempo que habíamos pasado separados. Me dejé llevar, ignorando las voces que me decían que aquello estaba mal porque me había dejado y ya no estábamos juntos realmente. Habíamos vuelto a encontrarnos. Fue un momento único de alegría en un mar de peligro y oscuridad, y lo acepté con ganas.

Después, nos quedamos tumbados y abrazados, dejando que se nos calmara la respiración, sin hablar. Apoyé la cabeza en su pecho.

—¿Te aseguraste de que Sadie regresara al subsuelo? —me preguntó al fin.

—Sí —le dije, agradecida de poder hablar de algo que no fuéramos nosotros y lo que acababa de ocurrir. Recordé la mirada de Sadie al desaparecer bajo tierra—. Parecía muy triste de tener que volver, pero agradeció la comida —me apresuré a añadir—. ¿Cómo la conseguiste?

Sonrió y me apartó un mechón de pelo de los ojos.

—Tengo mis métodos. —Se puso serio de pronto—. Alguien me debía un favor. —Apretó los labios y supe que no me contaría nada más.

—Bueno, yo estoy más que agradecida. Si alguna vez hay algo que pueda hacer para compensarte...

—Sí que lo hay —dijo enseguida, lo que me sorprendió. Hizo una pausa de varios segundos, como si estuviera debatiéndose, y no imaginé lo que iba a pedirme. ¿Estaría pensando en pedirme otra vez que le ayudara con su trabajo?—. Hay suministros, armas y pistolas que son esenciales para nuestro trabajo. Necesito encontrar un lugar para esconderlos durante un tiempo.

—Pero ¿dónde? No pretenderás que lo almacene en mi casa, con Ana Lucia invitando sin parar a sus amigos alemanes.

—No, claro que no. Pero dispones del lugar perfecto: la cloaca.

Me incorporé y me cubrí.

—No puedes hablar en serio. —Pero su mirada solemne me decía que sí—. No, no puedo hacer eso.

—Pregúntaselo a Sadie. Por todo lo que has hecho por ella, seguro que te dice que sí.

Por supuesto, ese era el problema. Sadie estaba agradecida y estaría muy dispuesta a ayudar. Pero apenas lograba sobrevivir ahí abajo. No podía pedirle que hiciera algo que pudiera ponerla en peligro más aún.

Miré a Krys, medio recostado a mi lado, y de pronto lo que había sucedido entre nosotros adquirió un cariz diferente.

—¿Por eso me has pedido que viniera aquí, porque necesitabas ayuda? —le pregunté mientras alcanzaba mi vestido.

—No, no es eso. Quería estar contigo, Ella, como siempre he querido. Pero este es un momento crítico en nuestra lucha contra los alemanes y debemos atacar con todo lo que tenemos. El escondite que tienes en la cloaca es perfecto.

—Lo siento —respondí negando con la cabeza. Había cosas que eran demasiado pedir, incluso para Krys y la importancia de su trabajo.

—¿Por qué Sadie significa tanto para ti? —me preguntó.

Vacilé. Tenía razón. Conocía a Sadie desde hacía muy poco tiempo. Pero, de algún modo, en ese breve espacio de tiempo había llegado a conocerla, nos habíamos hecho amigas y quería ayudarla y protegerla. Estaba segura de que ella haría lo mismo por mí.

Pero Krys eso no lo entendía. Lo único que veía era a una chica extraña en la cloaca a la que casi no conocía, y veía también que la priorizaba a ella antes que a él.

—No puedo explicarlo —dije al fin—. Existe una conexión entre nosotras. Le tengo cariño. Es mi amiga.

—Y eso ¿en qué me convierte a mí?

—Ya sabes lo que significas para mí —respondí deprisa, pues no quería que convirtiera mis sentimientos hacia él en un punto a su favor—. Pero tienes otros lugares donde esconder las municiones.

—No —respondió, tajante—. No tengo. —Yo no sabía si eso era cierto—. Si los tuviera, no te lo pediría.

—La cloaca es la última esperanza de Sadie —le expliqué, desesperada por hacerle entender—. Si la descubren, la arrestarán o la matarán.

—¿Crees que no lo sé? —explotó Krys. Habló tan alto que estuve segura de que los vecinos del apartamento de abajo le habrían oído—. Por eso estamos haciendo todo esto.

—Eso no es cierto —le rebatí—. El Ejército Nacional lucha para liberar Polonia. A la mayoría de los polacos les dan igual los judíos. —Entendía que, para Krys, se trataba de una lucha mucho mayor, no de una pobre chica judía y de su familia. Pero a mí Sadie me importaba.

—Entonces ¿no me vas a ayudar?

—No de esta forma. Lo siento. —Aparté la mirada, incapaz de mirarlo a los ojos. Lo único que me pedía era justo lo único que no podía darle.

—Yo también. —Se apartó de mí y se puso en pie—. Creí que lo entendías.

—Yo podría decir lo mismo.

—Esto es la guerra —me dijo con sequedad mientras se metía la camisa por dentro—. Todos nosotros hemos de hacer sacrificios. —Me di cuenta entonces de que Krys había vuelto de la guerra cambiado. Ahora pertenecía a la causa, a su trabajo. No a mí.

Quise decirle que le ayudaría a esconder las municiones, pero no podía traicionar la seguridad de Sadie.

—Deseo ayudarte —le dije—. Llevaré paquetes o haré lo que necesites. Podemos colocar las municiones en casa de Ana Lucia, si fuera necesario. —Nada más decirlo, supe lo ridícula que era aquella sugerencia—. Pero no vuelvas a pedirme que ponga en peligro la seguridad de Sadie —añadí en tono de súplica—. Puedo ayudarte a encontrar otro lugar.

Negó con la cabeza.

—No hay tiempo y tampoco un lugar mejor. Mira, no necesito tu permiso, Ella. Podría preguntárselo directamente, o incluso entrar en la cloaca. —Era un engaño calculado, diseñado para que yo accediera.

Nos quedamos sentados en silencio, sin hablar.

—Deberías irte —me dijo al cabo. Me levanté, herida por su frialdad. Busqué las palabras adecuadas para arreglar nuestra discusión. No quería que nos separásemos enfadados. Pero seguía existiendo ese abismo entre nosotros, demasiado ancho para salvarlo—. Tengo que hacer esto —insistió, tratando una vez más de persuadirme. Era testarudo y no estaba acostumbrado a que le dijeran que no.

Pero también lo era yo.

—Si te acercas a la cloaca, jamás volveré a hablarte. —Me di la vuelta y salí de la habitación.

De vuelta en la calle, emprendí el camino a casa, alterada. Hacía una mañana despejada y soleada, las aceras estaban abarrotadas de gente que ya había comenzado su día. El mundo se me vino encima y la cabeza me daba vueltas, producto de la confusión. Krys y yo habíamos vuelto a estar juntos, había sido tan perfecto que parecía un sueño. Sin embargo, ahora se imponía de nuevo la distancia y ese momento entre los dos se desvanecía, como si nunca hubiese ocurrido. Había confiado en él, le había contado la verdad sobre Sadie y los demás refugiados en la cloaca. Y ahora él amenazaba con poner en riesgo la seguridad de ellos para sus propios fines. Me pregunté, arrepentida, si el precio de conseguirle la comida a Sadie habría sido demasiado alto.

Cuando llegué a la calle Kanonicza, eran más de las nueve y no tenía esperanza de poder entrar en casa sin ser vista. Me atusé el pelo y me dirigí hacia la puerta. Ana Lucia estaba sentada a un extremo de la mesa del desayuno. Al fijarse en el vestido manchado y arrugado que todavía llevaba desde el día anterior, me preparé para el interrogatorio, pero no me preguntó nada.

—Hay *kiełbasa* —dijo con suavidad. Hanna me trajo un plato y, aunque no tenía mucha hambre, me serví una salchicha. Por supuesto, Ana Lucia no mencionó mi cumpleaños. Nunca se acordaba—. Bueno, Ella —dijo pasados unos segundos. Levanté la mirada del plato y la vi mirándome con los ojos entornados como los de un gato. Aguanté la respiración. ¿Sabría que Sadie había estado en casa la noche anterior?—. Te alegrará saber que me encuentro mejor.

—¿Estabas enferma? —pregunté. Tenía buen color de piel y la mirada despejada. No me parecía enferma—. No tenía ni idea.

—No fue eso lo que les dijiste a los alemanes en Dębniki. —Me quedé helada al acordarme de los soldados con los que me había topado al ir a ver a Sadie la semana anterior y la excusa que les había dado para justificar mi cesta con comida—. Dijiste que tu madre estaba enferma y que me traías comida. Se lo dijeron al coronel Maust.

—Claro que sí—. Utilizaste mi nombre, Ella. Mentiste sobre mí y me hiciste quedar como una idiota. ¿Para qué?

Busqué alguna explicación, mas no hallé ninguna.

—Los alemanes me pararon y no encontraba mi *Kennkarte* —mentí—. Querían saber qué estaba haciendo. Me asusté y me inventé la excusa, lo siento.

—¿Y qué estabas haciendo allí? —insistió. Había caído en su trampa sin darme cuenta—. No tenías razón para volver a Dębniki. Y Fritz dijo que los agentes le contaron que ibas con un joven. —Se detuvo, pensativa—. Es ese horrible muchacho otra vez, ¿verdad? —Frunció los labios con un gesto de desdén. Nunca le había gustado Krys, consideraba que su familia no estaba a nuestro nivel. Aquella actitud siempre me había enfurecido.

Con todo, ahora acepté la excusa que me proporcionaba.

—Sí.

—Tienes que dejar de perseguirlo por ese vecindario mugriento. No puedes volver a ir allí.

—Sí, Ana Lucia —le dije, tratando de parecer escarmentada.

Sin embargo, al aceptar su palabra sin rechistar, había tentado a la suerte.

—Tú estás tramando algo —me dijo despacio, como un depredador que ronda a su presa.

—No tengo ni idea de lo que estás hablando —mentí, intentando que no me temblara la voz.

—Ten cuidado, niña. Estás jugando a un juego peligroso y vas a perder. Ahora esta es mi casa y solo estás aquí porque yo quiero. Lo sabes, ¿verdad? —No respondí, me terminé la salchicha en silencio y después me levanté de la mesa. Sin dejar de sentir su mirada, intenté caminar con normalidad y me obligué a respirar con calma mientras abandonaba la estancia. Ana Lucia sospechaba, pero no sabía nada de Sadie, al menos de momento. Tendría que ir con más cuidado.

Cuando me disponía a subir las escaleras, me fijé en un sobre que había sobre la mesa del recibidor. Iba dirigido a mí y me pregunté cuándo habría llegado, si Ana Lucia se habría olvidado o si habría evitado entregármelo de forma deliberada. Al fijarme en los sellos franceses, me di cuenta de que era una carta de París. Tal vez una felicitación de cumpleaños de mi hermano. Pero la caligrafía no era la de Maciej, no eran sus letras alargadas y cursivas. Abrí la carta.

Querida Ella:
No nos conocemos, pero he oído a tu hermano hablar tanto de ti que parece que ya te conozco. Soy el amigo de tu hermano, Phillipe.

«Amigo». Releí la palabra. Era un eufemismo, un código censurado para decir mucho más. Gracias a las anteriores cartas de Maciej, yo sabía que Phillipe y él se tenían un profundo cariño y me parecía una pena que la sociedad no les permitiese reconocer sus sentimientos y llamar a su relación por su nombre. Seguí leyendo deprisa.

Me temo que te escribo con malas noticias. Maciej fue arrestado por la policía durante una redada en un cabaré que frecuentamos a veces.

El corazón me dio un vuelco. Habían arrestado a mi querido hermano.

Había rumores de que la policía podía irrumpir en el cabaré y le supliqué que no saliera, pero no me hizo caso.

Claro que no. Maciej siempre había sido testarudo y desafiante; eso era en parte lo que había destruido su relación con mi padre, quien le había enviado a París en un primer momento.

He recurrido a todos mis contactos para intentar obtener información sobre su estado y asegurarme de que lo liberen. Me han dicho que está bien y que pronto lo dejarán en libertad.

Respiré aliviada. Aun así, se me encogió el corazón al pensar en mi pobre hermano, obligado a soportar tales circunstancias. Terminé de leer la carta.

Antes de que lo arrestaran, Maciej había solicitado un visado para ti, y ha llegado recientemente. Lo adjunto aquí. Por favor, ven cuando puedas, estaremos encantados de que vivas con nosotros.
Cordialmente,
Phillipe

Miré dentro del sobre y saqué una segunda hoja de papel. Era un visado para viajar a Francia.

Lo sostuve en la mano, contemplándolo. Era mi pasaje para la libertad. Mucha gente mataría por tenerlo. Antes, era lo único que deseaba, pero ese sueño, al que me había aferrado hasta hacía bien poco, me parecía ahora un recuerdo del pasado. Aun así, debía aceptarlo, irme a París y asegurarme de que Maciej estaba bien.

En ese momento, me acordé de Sadie, que me necesitaba como muy poca gente me había necesitado jamás y contaba conmigo para que le diese comida y poder sobrevivir. Pensé en todas esas veces que me había mantenido al margen, primero con Miriam y después con la mujer que saltó del puente con sus hijos. Entonces, ya fuera por decisión propia o por las circunstancias, no había hecho nada. En este caso podía marcar la diferencia. Lo fácil sería marcharse, pero lo valiente sería quedarse. No podía irme, al menos de momento. Doblé el sobre y me lo guardé en el bolsillo.

17

Sadie

Mi madre estaba acurrucada en el rincón de la cámara, tratando de amamantar al bebé. Sabía que algunos días no le subía la leche, pero por suerte aquel día tenía los pechos hinchados y llenos. Al acercarme para ocultarla de las miradas de los demás, vi lo delgada y demacrada que estaba. Una madre lactante debía alimentarse bien. Sin embargo, lo único que teníamos nosotros eran las patatas que Ella me había ayudado a conseguir, y ni siquiera esas durarían para siempre. ¿Qué comeríamos entonces?

Dejando a un lado mis preocupaciones, miré al bebé, a quien aún no habíamos puesto nombre tres días después de su nacimiento. La niña apartó la cabeza del pecho de mi madre y sus ojos claros me miraron sin parpadear. Se suponía que los bebés no podían verte durante los primeros meses, según decía mi madre. Pero, cada vez que me acercaba, los ojos de mi hermana se topaban con los míos y me sostenían la mirada. Teníamos un vínculo instantáneo. Era yo la que podía calmarla cuando estaba cansada y gruñona, o cuando mi madre intentaba darle de comer, pero no le salía la leche.

Observé a mi madre. Pese a la dificultad del parto, parecía haber recuperado la fuerza gracias al nacimiento del bebé, estaba llena de determinación por cuidar de la niña. Llevaba a cabo las rutinas de alimentarla y cambiarla, como si estuviéramos en casa y no en una cloaca donde tenía que lavar los mismos dos trapos que servían de pañales una y otra vez.

Mientras mi madre terminaba de amamantar a la niña, salí de la cámara. Saul había salido antes a por agua y ahora tenía la esperanza de verlo regresar. Pero el túnel me devolvió el eco del vacío. Había llovido mucho la noche anterior, pero por suerte la tormenta había sido breve, así que no tuvimos que preocuparnos por otra posible inundación. No podía imaginar cómo sobreviviríamos a un episodio semejante de nuevo, con un bebé al que mantener a flote además de todo. La lluvia ya había cesado por completo y las nubes de primera hora de la mañana se habían disipado. La luz del sol se filtraba entre los barrotes de la rejilla de la cloaca, haciendo que las piedras del suelo del túnel resplandecieran como la playa en marea baja que había visto solo una vez, cuando mi padre nos llevó a la costa de Gdansk en vacaciones. No era el día de visita de Ella y me pregunté qué estaría haciendo, si se alegraría de no tener la obligación de ir a verme.

En la cámara, el bebé empezó a llorar, y sus llantos reverberaron por el túnel. Regresé corriendo para ayudar. Mi madre caminaba por allí, meciéndola de un lado a otro, tratando de calmar a mi hermana, a la que le había dado un cólico después de comer. La tomé del regazo de mi madre y la abracé con fuerza. Pese a la peste de la cloaca, percibí el dulce aroma a bebé. Su cuerpo me llenó los brazos. Levantó la cabeza y me miró, aparentemente tranquila. Podría haber sido mi propia hija; tenía edad suficiente. La acerqué a mí y le susurré al oído. Le hablé de nuestra antigua vida y de las cosas que haríamos después de la guerra. La llevaría a los lugares donde habíamos ido mi padre y yo, y viviría la ciudad como él me había enseñado. Ella me escuchaba como si entendiera mis palabras.

Colocándole la mano con cuidado en el cuello, como me había dicho mi madre, me la cambié al otro hombro. Al hacerlo, la mantita en la que la habíamos envuelto cuando nació se resbaló y cayó al suelo.

—¡No! —grité cuando aterrizó en un charco de agua junto a la puerta de la cámara. Me agaché deprisa a recogerla, pero era demasiado tarde. El agua turbia se había impregnado en la tela. La esquina de la manta estaba manchada. Mi madre trató de escurrirla, pero se había echado a perder para siempre. Esperé a que me regañara, pero no lo hizo. En su lugar, contempló la manta, resignada. Entonces comenzó a llorar con grandes sollozos, como si todo el dolor por la muerte de mi padre y el parto y todo lo demás le hubiese salido de golpe. Me sentí más culpable por haber ensuciado la manta que casi por cualquier otra cosa en toda mi vida.

A pesar de todo, no había tiempo para preocuparse por la manta. El bebé abrió la boca y fue como si estuviese intentando decirme algo. Entonces soltó un alarido aterrador y sus gritos retumbaron por la cloaca, reverberando en las paredes.

—Trae, déjame a mí —dijo mi madre, y me quitó a mi hermana. De pronto sentí que había hecho algo mal y por eso el bebé lloraba—. Shh —dijo, tratando de calmarla, con cierta urgencia en la voz. Desde el otro lado de la estancia, Pan Rosenberg nos observaba con expresión grave. Recordé su actitud sombría la noche en que nació mi hermana. Un bebé llorón, sobre todo en momentos como ese en los que debíamos guardar silencio, aumentaba las probabilidades de que corriéramos peligro y nos descubrieran.

Con ánimo de ayudar, extendí el brazo para acariciarle la cabeza a mi hermana. Por lo general le gustaban mis caricias. Esta vez, sin embargo, se le puso la cara morada y empezó a gritar.

—No —me ordenó mi madre, apartando de mí al bebé. Retrocedí, dolida por su reacción. Aun así, sabía que no estaba enfadada conmigo, solo cansada, frustrada y asustada. Se dejó caer en el borde de la cama, tratando aún de calmar al bebé. Mi hermana lloraba sin parar, sin entender ninguna necesidad que no fuera la suya.

Mi madre y yo estábamos tan ocupadas intentando calmar a la niña que no oímos los pasos hasta que los tuvimos justo al lado.

Levanté la mirada. Bubbe estaba de pie frente a nosotras. Se arrodilló y le estrechó la mano a mi madre.

—No puede quedarse —dijo con gravedad. Esas tres palabras resonaron en toda la cámara—. El bebé tiene que irse.

—¿Irse? —La miré sin entender, convencida de que la anciana, que parecía más confundida últimamente, por fin había perdido la cabeza. Mi hermana tenía tres días de vida. ¿Dónde quería que se fuera?

Pan Rosenberg se acercó y pensé que iba a llevarle la contraria a su madre, o al menos intentar calmarla.

—Estáis poniéndonos en peligro a todos —dijo, dándole la razón a su madre—. Esto no puede continuar. —No podía creerme que los Rosenberg, que se habían convertido en nuestros mejores aliados y amigos, o eso pensaba, estuvieran diciendo esas cosas. Busqué a Saul con la mirada, pero no lo vi por ninguna parte.

—No hay ningún lugar al que ir —protestó mi madre, apartando la mano de Bubbe de un manotazo—. No esperaréis que nos marchemos.

—No os estamos pidiendo que os marchéis —dijo Pan Rosenberg y, por un momento, esperé que todo fuera un malentendido—. Pero tener un bebé en la cloaca… No creo que pensarais que podríais mantenerla aquí. —Era evidente que Bubbe y él ya habían hablado sobre el tema. Me puse tensa. ¿Quería que enviásemos a la niña a algún lugar? Cuando estábamos en el gueto, circulaban historias de familias judías que escondían a sus bebés con polacos católicos. Sin embargo, mi madre jamás se separaría de mi hermana, ni por un momento. La niña empezó a llorar con más fuerza, como si también ella quisiera protestar.

—Hay que hacer algo —insistió Bubbe.

Justo entonces apareció Saul en la puerta, con la jarra de agua llena en una mano. Corrí hacia él.

—¡Saul, tienes que hacer algo! Tu familia está intentando que nos marchemos. —Por un segundo, me pregunté si él también habría tomado parte en esas conversaciones. Pero supe por su expresión que estaba verdaderamente consternado.

—¿Qué? —Pasó entonces de la sorpresa a la rabia. Atravesó la estancia en dirección a los demás—. ¿Cómo puedes decir algo así? —le preguntó a su padre. Era evidente que la idea le había pillado también por sorpresa.

—Esa niña es una maldición —espetó Bubbe, abandonando cualquier intento de cordialidad—. Va a hacer que nos maten a todos.

Horrorizado, Saul se volvió hacia mí.

—No habla en serio —me dijo.

Pero su abuela le oyó.

—Claro que hablo en serio. Ya he perdido a un nieto y no perderé a otro porque no podáis mantener callada a esa niña. Hay que ser prácticos y hacer lo mejor para el grupo. No lo digo por mí —añadió Bubbe, y suavizó el tono al volverse de nuevo hacia mi madre—. Soy una anciana y me queda poco tiempo. Pero tengo que pensar en mi nieto, y tú tienes a tu hija —dijo señalándome.

—¿Y qué voy a hacer? —preguntó mi madre con la voz rota de desesperación—. Tal vez sería más caritativo... —Le puso la mano en la boca a mi hermana y supe que estaba pensando en los Klein, una familia del gueto que estaba escondida tras una pared durante una *aktion* cuando su bebé empezó a llorar. La madre le había tapado la boca al niño para amortiguar sus llantos y evitar que los descubrieran, pero lo hizo durante demasiado tiempo, el niño se ahogó y murió.

—¡Mamá, no! —le alcancé la mano y se la aparté de la boca de mi hermana. Mi madre casi no sobrevivió aquel día en el gueto cuando pensaba que me habían capturado. Jamás haría daño a una de sus hijas.

—Entonces, el único remedio que queda es que os marchéis —insistió Bubbe.

—No —respondió mi madre con firmeza, se puso en pie y la miró directamente—. No nos vamos. —Todos llevábamos allí desde el principio. ¿Qué derecho tenía ella para decir que nos fuéramos? Mi madre se irguió y distinguí el brillo de su fuerza de siempre. Recé para que pudiera reunirla toda al enfrentarse a aquella mujer.

—Al menos piensa en tu otra hija —le dijo Bubbe, señalándome—. ¿Quieres que la maten?

Mi madre tardó varios segundos en responder, como si estuviera pensando en lo que había dicho Bubbe.

—Tiene razón —me dijo entonces en voz baja—. No podemos mantener a un bebé en silencio aquí abajo. —Mi hermana, que por fin se había calmado en brazos de mi madre, gorjeó como si estuviera de acuerdo.

—¿Qué otra opción tenemos? —pregunté.

—No pondré en riesgo tu seguridad —dijo mi madre, ignorando mi pregunta—. No después de todo lo que hemos pasado. —Miró a los demás por encima de mi hombro—. Me iré yo —anunció de pronto—. Sacaré al bebé de aquí, pero mi hija se queda.

Me quedé mirándola con incredulidad. ¿De verdad pensaba dejarme allí?

—¡Mamá, no!

—Os dejaremos a solas para que lo habléis —dijo Pan Rosenberg, y se llevó a su madre del brazo. Su familia y él se retiraron a su lado de la cámara y Saul se quedó mirándome con una expresión triste.

—No puedes irte —le dije a mi madre cuando nos quedamos solas. Se me quebró la voz, estaba a punto de llorar—. ¿Cómo puedes pensar en marcharte sin mí? —Mi hermana, exhausta de tanto llorar, dormía ahora plácidamente en sus brazos—. Por favor. Ya perdí a papá. No puedo perderte a ti también.

—Pero ¿qué otra opción tenemos? —me preguntó, desesperada—. Ya les has oído: no podemos tener aquí abajo a un bebé que llora.

—Entonces vámonos juntas —le rogué. No tenía idea de dónde podríamos ir. Podría pedirle ayuda a Ella, pero nada más pensarlo supe que sería demasiado. A duras penas había logrado esconderme a mí durante una noche. Sería imposible que pudiera encontrar un lugar permanente para nosotras tres.

—Hace tiempo, Pawel mencionó un lugar donde llevar al bebé cuando naciera —dijo mi madre de repente, lo que me sorprendió—. Me habló de ello hace varias semanas, antes de que naciera el bebé. Me habló de un médico en el Hospital Bonifratrów que esconde a los niños judíos con otras familias. —El Hospital Bonifratrów era un hospital católico en la linde de Kazimierz dirigido por una orden monástica. No había imaginado que aceptaran a niños judíos, ni que Pawel y mi madre hubieran planteado esa opción.

Me quedé perpleja. ¿Por qué no me lo había contado antes?

—¡Mamá, no! —protesté. No podía pretender deshacerse de mi hermana.

—Es la única manera —respondió con calma y resignación. Observé su cara, preguntándome si el estrés del parto le habría nublado el juicio. Pero tenía la mirada lúcida—. Si la llevo allí, podré volver contigo. —Abandonaría a mi hermana y después volvería conmigo.

—No puedes renunciar al bebé —insistí. La idea era casi tan terrible como perderla a ella.

—Solo sería durante un tiempo —me dijo, y vi tristeza en su mirada.

Aun así, algo me decía que, si se iba, nunca volveríamos a estar juntas.

—Las tres tenemos que permanecer juntas —le dije—. Es la única manera.

—Por favor. —Alzó una mano—. No hablemos más por el momento. —Señaló a mi hermana, que dormía tranquila en sus brazos. Quise insistir, hacerle jurar que no se iría, pero estaba pálida y me di cuenta de que lo ocurrido la había dejado agotada.

Mi hermana pequeña estuvo tranquila el resto del día y, para gran alivio mío, nadie volvió a hablar de marcharse. Aun así, la idea seguía dando vueltas en mi cabeza, algo doloroso y sorprendente:

mi madre podría deshacerse del bebé. Era imposible que hablase en serio. Jamás abandonaría a su propia hija. No volví a sacar el tema, con la esperanza de que ella no hablara más del asunto.

Aquella noche dormí mal. En mitad de la noche me desperté sobresaltada. De inmediato noté que algo había cambiado, sentí una quietud en el aire junto a mí. Incluso antes de extender el brazo, supe que mi madre se había ido.

Me incorporé, alarmada, intentando, sin lograrlo, distinguirla en la oscuridad. No estaban ni el bebé ni ella.

—¡Mamá! —grité, sin importarme que los demás estuvieran durmiendo o que pudieran oírme desde la calle. Después me puse en pie de un salto y salí corriendo de la cámara.

Mi madre no estaba allí fuera. ¿Se había ido de verdad? Corrí por el túnel hacia la tubería más grande. La encontré allí, de pie en la penumbra, sujetando al bebé, como si no notase el agua fría que le llegaba hasta los tobillos. Al principio me pregunté si estaría sonámbula, pero tenía los ojos abiertos y la mirada despejada. Había salido de la cámara por su propia voluntad.

—Mamá, ¿qué estás haciendo? —No respondió—. ¿Intentabas marcharte? —Observé que no llevaba su bolsa.

Miraba al vacío, sin ver nada.

—Estaba buscando una salida. —Quise decirle que ella no conocía el camino, pero me di cuenta de que no estaba hablando de escapar solo del túnel, sino de la situación imposible en la que nos encontrábamos. Me pregunté dónde habría ido o qué habría hecho si no hubiera ido a buscarla.

Me pasé el resto de la noche tumbada con parte del cuerpo encima del de mi madre para mantenerla en su sitio, con la mejilla pegada a su delicado hombro. No dormí profundamente, me despertaba con el más mínimo movimiento. Tenía que asegurarme de que no intentase escaparse otra vez.

Pero a la mañana siguiente me desperté tarde, cansada por la falta de sueño. Mi madre ya no estaba a mi lado, aunque no sabía si yo me había dado la vuelta o si ella se habría zafado de forma intencionada. Me incorporé de golpe. La vi al otro lado de la cámara, preparando el desayuno como hacía siempre mientras, con un brazo, acunaba a mi hermana. Me sentí aliviada. Quizá se le había olvidado la idea de marcharse, o a lo mejor había renunciado a ella.

Entonces vi algo al pie de la cama. Era la bolsa, ya preparada. Mi madre se marchaba.

Me levanté de un brinco cuando vi que cruzaba la estancia hacia mí.

—¿Qué estás haciendo? —le pregunté.

Me entregó la fina rodaja de patata que constituía mi desayuno y guardó una segunda porción en la bolsa.

—Me llevo al bebé, como hablamos ayer —contestó con voz temblorosa.

—¡No! —¿Cómo iba a ser capaz de deshacerse de mi hermana? Pero Bubbe Rosenberg tenía razón. Solo era cuestión de tiempo que los alemanes oyeran el llanto de mi hermana y nos descubrieran. No podía quedarse allí. El hospital al menos era una opción.

—Pero, sin Pawel, ¿cómo vas a llevar a la niña hasta allí?

—La llevaré yo misma.

—Mamá, no puedes. Sigues débil tras el parto. Al menos deja que la lleve yo. He salido a la calle. Sé desenvolverme.

—Tengo que llevarla yo —insistió negando con la cabeza—. Tengo que ver con mis propios ojos que está a salvo.

Recordé dos noches atrás, cuando me había despertado y la había visto doblada sobre el bebé, como si le doliera algo.

—¿Qué sucede? —le había preguntado entonces, alarmada—. ¿Te encuentras mal? —Me pregunté si tendría alguna complicación provocada por el parto y si debería despertar a Bubbe para que la ayudara—. Deberías comer algo. —Necesitaba más comida de la que teníamos para mantenerse y para poder amamantar al bebé. Negó con la cabeza y le quitó importancia. Entonces comenzó a llorar contra el hueco de su brazo para no hacer ruido. Jamás había visto llorar a mi madre, ni cuando llegamos allí ni cuando perdimos a mi padre. Verla así de débil fue lo que más me asustó.

Poco después cesaron sus sollozos. Se limpió las lágrimas y se obligó a sonreír.

—No es nada, de verdad. Solo estoy cansada. Todo esto es demasiado. Y a veces, después de tener un bebé, las mujeres lloran sin ningún motivo. Estoy bien, de verdad. —Yo había querido creerla.

Al recordar ahora aquel momento, lo entendí todo: ya entonces mi madre sabía que este momento llegaría, que no podríamos permanecer juntas, incluso antes de que Bubbe exigiera que sacara al bebé de la cloaca. Lloraba entonces por saber que, inevitablemente, tendría que separarse de su hija.

Se colgó la bolsa al hombro y tomó al bebé en brazos, como si estuviera preparándose para irse. ¿De verdad pensaba dejarme allí sin apenas despedirse?

—Dijiste que nunca me abandonarías —le dije, recordándole en mi desesperación las palabras que me dijo la noche que llegamos a la cloaca y perdimos a mi padre.

—Y no lo haré —respondió, con tanta convicción que casi la creí—. Solo tengo que llevar a tu hermana al hospital y después volveré enseguida. —Sus palabras me sirvieron de poco consuelo. Mi madre no me abandonaría para siempre, tenía que creer en su palabra. Pensaba regresar lo antes posible. Pero ¿y si no lo lograba?

—No puedes irte. —Salir de la cloaca supondría una muerte segura—. Si te vas, te matarán. —Sin embargo, a mi madre no le quedaba nada si sus hijas no estaban a salvo. Me dio un beso en la frente y, en la fuerza de sus labios, pareció regresar solo un segundo. Pero entonces la miré y vi sus ojos vacíos y tristes, los ojos de una desconocida—. Por favor, no lo hagas. —Empecé a llorar.

Saul se levantó y caminó hasta mí desde donde estaba sentado con su familia. Intentó rodearme con los brazos, pero lo aparté.

—¡Por favor, decidle que no se vaya! —insistí. Esperé a que alguien, Pan Rosenberg o tal vez su madre, señalase lo temerario del plan de mi madre y le impidiese marcharse. Mi padre se lo habría impedido de haber estado allí. Me volví hacia Saul—. ¿Cómo puedes dejarle hacer esto? No sobrevivirá ahí arriba. No hay ningún lugar seguro para ella.

—Porque es lo correcto —me respondió con calma. Me quedé de piedra—. Mi abuela tiene razón: si el bebé se queda aquí, estamos todos muertos. Y no quiero perderte, Sadie, no si puedo salvarte. —Sabía que estaba pensando en Shifra, en que no había podido salvarla a ella—. No puedes detenerla —añadió en voz baja, señalando a mi madre con la cabeza—. Está decidida a marcharse. Lo único que puedes hacer ahora es ayudarla a salir de aquí.

Asimilé todo lo que me había dicho, incrédula, paralizada. Tenía razón. Ninguno podría impedir que se fuera, pero yo no me quedaría allí sin ella.

—Llévame a mí también —le supliqué—. Iré contigo —insistí—. Conozco el camino. Puedo ayudarte a llevar al bebé.

—No, tú debes quedarte aquí —respondió ella—. Si fuéramos juntas, llamaríamos más la atención. Si voy sola, me moveré más deprisa. Volveré en unas pocas horas, un día a lo sumo. —Se obligó a hablar con determinación.

—Si esperas a que venga mi amiga Ella, puedo pedirle que te ayude. —No sabía cómo podría Ella ayudar a esconder a un bebé, pero estaba tratando de ganar tiempo, cualquier cosa con tal de evitar que mi madre se fuera.

—No puedo esperar —insistió ella—. Cada vez que el bebé llora, nos pone a todos en peligro. No puedo contar con nadie más ahora. Déjame llevarla a un lugar seguro y después volveré contigo, te lo juro.

Así que estaba decidido. Mi hermana se iría. Mi madre se la llevaría. Y yo me quedaría allí sola.

Mi madre dejó la bolsa en el suelo y me pasó al bebé mientras buscaba su abrigo. Después vaciló. La manga del abrigo aún lucía el brazalete blanco con la estrella azul que nos habían obligado a ponernos.

—Toma esto —dijo Bubbe Rosenberg, atravesando la cámara con su capa oscura.

—Gracias. —Mi madre aceptó la capa y se la puso. Me fijé entonces en que su melena rubia había empezado a volverse gris y que su piel, antes sonrosada, había adquirido un tono pálido y una textura arrugada, como un pañuelo de papel. La cloaca la había envejecido, al parecer de la noche a la mañana. Volvió a quitarme al bebé.

Bubbe le puso una mano en el hombro y después le tocó la cabeza al bebé. Quise apartarle la mano de un manotazo. ¿Cómo se atrevía a fingir amabilidad después de lo que había hecho?

—La mantendremos a salvo hasta que regreses —le dijo señalándome con la cabeza. Me sentía confusa. Mi madre decía que no tardaría en volver más de un día, pero las palabras de Bubbe hacían que pareciese mucho más tiempo. Un sentimiento de inquietud me invadió.

Mi madre levantó la bolsa una vez más y se dirigió hacia la entrada de la cámara con el bebé.

—Vamos —me dijo—. Necesito que me muestres el camino. —Sentí un nudo en el estómago. ¿De verdad me estaba pidiendo que la ayudara a marcharse?

—Llévala a la rejilla —me dijo Saul en voz baja—. De lo contrario, se perdería.

Tenía razón; necesitaría mi ayuda para salir.

—Pero ¿cómo voy a ayudar a mi propia madre a marcharse? —protesté.

—Puedo guiarla yo, si quieres —se ofreció Saul.

Entonces negué con la cabeza.

—Tengo que hacerlo yo misma.

—Lo siento, Sadie —me dijo poniéndome una mano en el brazo—. No puedo imaginar lo duro que debe de ser para ti. Estaré esperándote aquí cuando regreses. —Sus palabras no me sirvieron de mucho consuelo.

Con reticencia seguí a mi madre hasta el túnel. Empezó a caminar hacia la rejilla donde había visto a Ella por primera vez, pero la agarré del brazo para detenerla.

—Por aquí —le dije, y la guie en dirección contraria. La rejilla que había junto al río, por donde había salido para buscar comida, era la opción más segura.

Cuando comenzamos a caminar por el túnel, me asaltaron las dudas. Aquel plan no tenía ningún sentido ni era correcto. Tenía que haber otra manera. Quise protestar de nuevo, pero mi madre caminaba ahora con terquedad, apretando la mandíbula con determinación. No se dejaría disuadir. No me quedaba otro remedio. Tenía que llevarla sana y salva hasta la calle o, si no, intentaría ella misma encontrar la salida, y jamás lo conseguiría sola.

Pocos minutos más tarde llegamos a la hondonada.

—La salida está al otro lado —le expliqué. Vi las dudas en sus ojos, no solo con respecto a su capacidad para trepar por el pozo, sino en relación con el plan en general de llevar a mi hermana a un lugar seguro. Fui yo primero y la ayudé a bajar por la hondonada. La atravesamos. Cuando llegamos al otro lado, me pasó a la niña e intentó trepar por la pared hasta la plataforma, sin lograrlo. Traté de ayudarla mientras sujetaba a mi hermana, pero no podía hacerlo con una sola mano. Miré a mi alrededor y encontré un lugar seco en el suelo, donde deposité con cuidado a la niña. Le rodeé la cintura a mi madre con las manos. Era ligera como una pluma cuando la levanté y la ayudé a trepar por la pared hasta alcanzar la plataforma.

Después recogí al bebé de nuevo. Me incliné para darle un beso de despedida y una lágrima solitaria aterrizó sobre la piel suave y cálida de su frente.

—Lo siento —le dije. Si hubiera sido más fuerte, tal vez habría podido hacer algo más para lograr que se quedara con nosotros.

—Deprisa —dijo mi madre. Le entregué a mi hermana y noté como el calor se esfumaba de mis manos al soltarla. Trepé por la pared de la hondonada para reunirme con ellas y juntas nos arrastramos en silencio durante el último tramo de tubería.

Cuando llegamos a la rejilla, el espacio de fuera estaba desierto.

—La rejilla te llevará a la ribera del río y entonces podrás atravesar el puente. —Titubeé, sabiendo que nuestro tiempo juntas estaba llegando a su fin—. Debes mantenerte pegada a los edificios y utilizar los callejones y las calles secundarias. —Pensé en la distancia y en el peligro a los que se enfrentaría. Habría sido casi imposible en circunstancias normales. ¿Cómo lo lograría estando tan débil y con un bebé?

La abracé como si fuera una niña y apoyé la cabeza debajo de su barbilla. Me aferré a su cintura, no quería soltarla. Ella me abrazó con firmeza durante varios segundos, meciéndose como hacía antes, cuando quería calmarme, mientras tarareaba una nana familiar en voz baja. Quise quedarme detenida para siempre en aquel momento. Mi infancia, todos los recuerdos que habíamos compartido, pasó ante mí, se me escapaba entre los dedos como la marea al retroceder. Entre nosotras, mi hermana gorjeó.

La miré y le acaricié la coronilla, que se había vuelto tan familiar como la mía propia en tan corto espacio de tiempo. Acababa de conocerla, había llegado a quererla y ahora iba a perderla, tal vez para siempre. Nosotras éramos la única familia que nos quedaba.

—Serán unos pocos meses como mucho —me dijo mi madre—. Entonces terminará la guerra y podremos ir a recuperarla. —Quise creer que sería tan simple, pero ya sabía cómo era la guerra.

—Mamá, aún necesita un nombre —le dije.

—Dios le dará un nombre —me dijo, y supe en ese momento que no creía que fuésemos a recuperar a mi hermana.

Entonces se apartó de mí y se volvió hacia la rejilla. La abrí y la vi salir con mi hermana en brazos.

Aun así, no podía separarme de ella.

—Espera, iré contigo —le dije agarrándole el tobillo con tanta fuerza que estuvo a punto de tropezar. Empecé a trepar tras ella.

—No —respondió con firmeza, sacudiendo el pie para que la soltara. Supe que no podría convencerla—. Debes quedarte aquí. Volveré contigo, te lo juro. —Su voz sonaba dura y decidida—. Te quiero, *kochana* —me dijo mientras la ayudaba a recolocar la rejilla con esfuerzo. Su rostro permaneció allí unos segundos antes de desaparecer. Me quedé inmóvil, atenta a los sonidos, a cualquier cosa para saber que seguía allí. Pero oía solo sus pasos, que se desvanecían conforme se alejaba. Me invadió la necesidad de trepar y seguirla, rogarle que no se fuera, o al menos mantenerla a salvo mientras se iba.

Oí entonces unos arañazos procedentes de arriba. Aguanté la respiración. ¡Mi madre había regresado! Esperé a que se diera cuenta de su error, a que regresara y dijera que nunca me abandonaría, que encontraríamos juntas otra solución. Pero en su lugar apareció una paloma que empezó a picotear la rejilla. Me miró con pena antes de batir sus alas y echar a volar, dejándome allí sola.

18

Sadie

Y así, sin más, todo mi mundo desapareció.

Después de que mi madre se marchara por la ribera con mi hermana pequeña, permanecí junto a la rejilla, esperando. Una parte de mí deseaba que se diese cuenta de lo descabellado de su plan y regresara.

—¡Mamá! —grité con más fuerza de la que debería, por si acaso aún podía oírme. Era peligroso; podría oírme una patrulla o algún transeúnte, y nos delatarían a todos. Pero ya no me importaba.

Tras permanecer atenta a una respuesta, y no escuchar ninguna, comencé a caminar de nuevo hacia la cámara, derrotada. Según me acercaba a la entrada, tropecé y caí a cuatro patas sobre el agua somera. Se me empapó la ropa.

—¡Mamá! —grité como una niña indefensa, sin levantarme del suelo.

Bubbe apareció en la entrada de la cámara y me ayudó a levantarme.

—Tu madre se ha ido —dijo sin rastro de emoción.

—Mamá —repetí, como si decir su nombre una y otra vez fuese a traerla de vuelta. Pero mi voz sonaba ya más débil.

—Debes guardar silencio —me reprendió Bubbe mientras me guiaba hacia la cámara—. Te va a oír alguien y entonces se acabó.

Dentro de la cámara, me dejé caer contra la pared. Mi madre estaba perdida, ella sola con el bebé. ¿Cómo se las apañaría, ella sola, y débil después de haber dado a luz pocos días antes? A plena vista, en la calle, sin un lugar donde esconderse, sin siquiera ropa limpia, sin duda levantaría sospechas y podrían atraparla.

Saul se acercó y me envolvió con una manta seca, después me abrazó. Al apoyar la cabeza bajo su barbilla, sentí la mirada confusa de su padre al vernos juntos. Era más que el simple contacto físico, que en circunstancias normales habría estado prohibido. También se daba cuenta por primera vez de lo unidos que estábamos su hijo y yo. Para Pan Rosenberg y su madre, aquello debió de suponer una sorpresa. Pese al cariño que me tenía, jamás entendería ni aprobaría que su hijo estuviese con alguien como yo, que no era judía practicante.

Sin hacer caso a lo que pudieran pensar los demás, Saul me condujo al rincón de la cámara que compartíamos mi madre y yo.

—Siéntate —me dijo, sin soltarme. No protesté, me dejé caer en el borde de la cama. Su abrazo, que normalmente agradecía, apenas me sirvió de consuelo. Mi madre me había dejado. La habitación entera parecía vacía y cavernosa.

Bubbe atravesó la estancia y me entregó una taza de té aguado. Quise odiarlos a su hijo y a ella. Eran ellos quienes habían dicho que el bebé no podía quedarse y quienes habían obligado a mi madre a huir con la niña a la calle. Pero, en realidad, no habían hecho sino declarar lo evidente, dar voz a la verdad que todos conocíamos, pero que no queríamos admitir. La decisión de marcharse con mi hermana, y de dejarme a mí atrás, había sido de mi madre, solo suya.

—Tu madre es de piel clara y no parece judía —me dijo Pan Rosenberg, tratando de ser útil—. Puede que no desentone en la calle. —La idea me pareció tan ridícula que podría haberme reído. Mi madre estaba demacrada y pálida como un fantasma tras pasar meses en la cloaca, estaba sucia y llevaba la ropa hecha jirones. Me di cuenta de que debería haberle dado el vestido de Ella. Había estado demasiado angustiada por su partida como para pararme a pensar en ello. Aunque eso no habría cambiado nada. Ninguno de nosotros podía pasar ya por gente normal.

Aquella noche, me senté a cenar con los Rosenberg, notando el vacío donde debería haber estado mi madre.

—Volverá —les dije a los demás mientras terminábamos de cenar.

—Claro que sí —repuso Bubbe, aunque no parecía creerse sus palabras. Calculé en mi cabeza cuánto tiempo tardaría mi madre, lastrada por el peso del bebé y por su propia debilidad, en llegar hasta el hospital y regresar. Varias horas quizá; un día como mucho.

Llegó la noche y no apareció.

—¿Quieres leer? —me preguntó Saul. Negué con la cabeza. Aunque me habría gustado estar a solas con él, estaba demasiado cansada y triste como para poder caminar—. Estaré aquí cerca si me necesitas —agregó con tono de preocupación mientras yo me metía en la cama. Por supuesto, allí no podría consolarme.

Cuando se marchó, me quedé tumbada en la cama, en mi lado de la estancia, sintiendo el espacio frío junto a mí. Las palabras de mi madre resonaban una y otra vez en mi cabeza: «Volveré, te lo juro». Sus intenciones parecían estar claras: dejar a la niña sana y salva en el hospital y después regresar rápidamente conmigo. Quería creerla, pero había muchas cosas que podían salir mal.

Recreé el momento de su partida. También recordé aquel día en el gueto, cuando la policía alemana vino a buscarnos y me escondí en el baúl. Mi madre, al pensar que me habían arrestado, había estado a punto de saltar por la ventana para poner fin a su vida. Habría preferido morir a seguir viviendo sin mí. Ahora, en cambio, me había abandonado por voluntad propia. ¿Qué había cambiado?

El bebé, claro, eso era lo que había cambiado. Aun así, no me arrepentía del nacimiento de mi hermana. De hecho, también a ella la echaba de menos. Añoraba su cuerpecito en la cama entre nosotras durante meses, protegido dentro del vientre de mi madre, y después de nacer, solo durante unas pocas noches. Durante unos días tuve una hermana y después la perdí. En otra época no la había querido en absoluto. Sin embargo, había nacido y entonces la quise enseguida, y la pérdida se me hacía honda y cavernosa. No había imaginado que la ausencia de algo tan diminuto pudiera ser tan inmensa.

Dormí con los brazos extendidos sobre el lugar donde solía tumbarse mi madre. Había albergado la esperanza de que se tumbara junto a mí durante la noche y me calentara con su cuerpo, como siempre hacía. Di vueltas en la cama, inquieta, soñé que regresaba, aún con mi hermana. «No podía abandonarla», me decía y me pasaba a la niña una vez más.

Cuando me desperté, ya era de día y mi madre no había regresado. Pero el sueño parecía tan real que casi podía verla a mi lado y sentir al bebé caliente en mis brazos. Entonces la humedad fría me caló hasta los huesos. Me quedé quieta, abrumada por la inmensidad de mi pérdida. Primero mi padre, después mi madre y mi hermana. Me habían arrebatado a mi familia, uno a uno, hasta quedarme sin nada. Se me encogió el corazón.

El segundo día después de que mi madre se fuera se me hizo muy largo. Tras desayunar, regresé a nuestra cama y me hice un ovillo.

—¿Qué estás haciendo? —me regañó Bubbe cuando hubieron pasado varias horas y yo seguía en la cama—. Esto no es lo que tu madre habría esperado de ti. —Sin embargo, no me obligó a levantarme. En su lugar, me acercó las comidas a las horas correspondientes: puré de patata para comer y también para cenar. Intenté comer un poco, pero la mezcla densa y almidonada se me hacía una bola en la garganta.

Saul se acercó a consolarme varias veces a lo largo del día, me trajo agua y algo de comida. Me sugirió dar un paseo, pero no insistió al ver que declinaba la oferta. Conforme avanzaba el día, viendo que no me levantaba, empezó a preocuparse.

—¿Hay algo que pueda hacer? —me preguntó.

«Hacer retroceder el tiempo. Traer a mi madre y a mi hermana de vuelta». Pese a sus buenas intenciones, no podía ayudarme. Negué con la cabeza.

—No hay nada que puedas hacer.

Cayó la noche. Mi madre debería haber vuelto ya. Había ocurrido algo. Tenía que ir a buscarla. Pero, incluso aunque pudiera llegar hasta la calle, no tenía idea de dónde encontrarla. Sin duda, ya habría llegado al hospital donde iba a llevar a mi hermana, si todo había ido bien. Sin embargo, era un misterio dónde había ido después y por qué no había regresado.

Tres días sin mi madre se convirtieron en cuatro y después en cinco. Pasé la mayor parte del tiempo en mi rincón de la estancia y solo salía de allí para comer, o cuando me tocaba a mí ir a por agua. Los días parecían eternos. Mi madre había insistido en mantener una rutina en la cloaca, al menos antes de que naciera el bebé: levantarse, arreglarse el pelo, lavarse los dientes después del desayuno. Había creado lecciones y juegos sencillos para pasar el tiempo. Pero, sin ella, el orden que había establecido desapareció. Dormitaba con frecuencia, buscaba a mi familia en sueños. Trataba de imaginar cuál habría sido la siguiente lección, si mi madre siguiese allí para enseñármela. No me atrevía a escribir en la pequeña pizarra que Pawel nos había dado, y que contenía las últimas palabras que escribió mi madre. Quería aferrarme a esa parte de ella para siempre.

—¡Levanta! —me gritó Bubbe de nuevo una mañana. Había transcurrido casi una semana y yo había pasado la mayor parte de los días taciturna en la cama—. ¿Qué pensaría tu madre? —me preguntó. Y tenía razón. La pequeña zona de estar que compartíamos mi madre y yo, que ella mantenía muy ordenada, estaba ya hecha un completo desastre, con mis escasas pertenencias desperdigadas por ahí. Llevaba el pelo revuelto y la ropa sucia.

—¿Acaso importa? —respondí entre llantos. Sobrecogida por la tristeza, me levanté y salí corriendo de la cámara y después por el túnel hasta alcanzar la tubería principal, donde el agua corría profunda y con fuerza. Contemplé el torrente embravecido y deseé que el río me llevara hasta un lugar seguro, lejos de la cloaca y de la guerra. Podía lanzarme al agua y dejar que me arrastrara junto a mi padre. Me imaginé el reencuentro con él, aunque no era capaz de visualizar dónde. Extendí el pie hacia el agua y sumergí la punta. El frío me atravesó el zapato de inmediato. Imaginé una oscuridad demasiado espesa para ver nada, sentí el agua llenándome los pulmones. ¿Podría rendirme sin más o lucharía hasta el final? O tal vez la corriente me arrastrara hasta donde la cloaca se juntaba con el río de fuera y entonces me dispararían. De un modo u otro, sería una forma de escapar de aquella cárcel infernal.

Me incliné un poco más hacia delante. Pero no podía hacerlo. Noté que algo se arrastraba de pronto a mi espalda. Me di la vuelta y vi a Pan Rosenberg. Me vio cerca del agua y arrugó el gesto al entender lo que estaba pensando.

—Sadele, no. —Al oír mi apodo, algo que solo usaba mi madre, se me llenaron los ojos de lágrimas.

Intenté explicar qué estaba haciendo tan cerca del borde.

—Tienes que aguantar —me dijo Pan Rosenberg antes de que pudiera hablar. Señaló hacia arriba—. Ahí arriba ya casi no viven judíos. —No se molestó en ocultarme la verdad, como habían hecho mis padres y demás personas cuando era más joven. Los escondites ya no eran seguros—. Somos los últimos que quedan y aquí abajo estamos vivos. Debes continuar, se lo debes a tus padres.

—Pero ¿para qué voy a continuar? —Mi voz sonó lastimera al pronunciar por primera vez en voz alta aquellas palabras desesperadas.

—Debes continuar por tu madre —me respondió—. Al fin y al cabo, se marchó por ti.

—¿Cómo puedes decir eso? —le pregunté, y noté el torrente de dolor y de pérdida que escondían mis palabras—. Me abandonó.

—No, no —aseguró Pan Rosenberg—. Se fue para salvarte. Tu madre no se marchó porque no le importaras. Se marchó porque tu hermana y tú erais lo único que le quedaba, y pensaba que marcharse sería la mejor manera de salvaros a ambas. No querrás que su decisión haya sido en vano.

Continuó hablando.

—Eres la única de tu familia. Tienes la obligación de continuar. —Tenía razón. Aunque me dolía el corazón, debía ser fuerte y hacer lo correcto por mi madre, como había intentado hacer ella por mí.

—Mi madre... —Todavía me costaba olvidar el hecho de que me había abandonado, o ignorar el peligro que probablemente estaría corriendo en esos momentos—. ¿Dónde está?

—No lo sé. Pero le debes a ella tu supervivencia, pase lo que pase.

—Pero ¿y si no regresa?

Por un segundo esperé que me dijera que eso no iba a ocurrir, que negara la posibilidad de que mi madre pudiera no regresar. Pero no iba a mentirme.

—Entonces tendrás que vivir como a ella le habría gustado. Para que se sintiera orgullosa.

Me di cuenta de que tenía razón. ¿Qué pensaría mi madre si pudiera verme ahora, toda descuidada, sin disciplina, habiendo echado por tierra todo su trabajo? Me juré entonces que retomaría mis rutinas y me obligaría a dar paseos para hacer ejercicio, a estudiar, y mantenerme limpia.

Pan Rosenberg me llevó de nuevo hasta la cámara y se dirigió hacia su rincón. Después regresó y me entregó un libro.

—Cuando nos fuimos al gueto, intenté llevarme de casa todos los libros que me fue posible.

—Como mi padre —respondí asintiendo con la cabeza. Ambos se parecían en ese sentido; pese a sus diferencias externas, tal vez habrían sido buenos amigos de haber tenido la oportunidad.

Yo sabía lo de los libros de Pan Rosenberg; de ahí sacaba Saul los que leíamos por las noches. Su padre, según me explicó, no soportaba la idea de abandonarlos e insistió en llevarse todos los que pudo cuando huyeron. «Protegía sus libros en el gueto y solo en una ocasión, cuando estábamos casi muertos de frío y sin comida, nos permitió quemar uno para hacer fuego», me había explicado Saul. Fue una de las pocas veces que vio lágrimas en los ojos de su padre.

Sin embargo, en todos los meses que llevábamos en la cloaca, Pan Rosenberg nunca me había ofrecido personalmente ninguno de sus valiosos libros, hasta ahora. Acepté agradecida el libro, una colección de historias de Sholem Aleichem. Lo abrí por la primera página y me costó distinguir las palabras en la penumbra.

—Aquí está demasiado oscuro —me dijo a modo de disculpa—. Es probable que tengas que ir al hueco que hay debajo de la rejilla para leer con Saul. —Me sorprendió que estuviese al corriente de eso—. Siempre quise tener una hija —añadió—. Esperaba que mi esposa y yo hubiéramos tenido una de haber sido bendecidos con más hijos. O una nieta, si mi hijo Micah hubiera vivido para tener hijos. —Se le quebró la voz al valorar el alcance de su pérdida. Se aclaró la garganta—. De todas formas, me alegra que estés aquí con nosotros.

—Gracias —le dije, sorprendida y conmovida por sus palabras.

—Has de encontrar pequeños destellos de luz, cosas como esta, que te ayuden a seguir adelante —añadió mientras se incorporaba.

—Pero ¿cómo? —Mi madre me había dado esperanza, y también mi hermana. Pero ahora ellas ya no estaban.

—Encuentra cosas que te den esperanza y aférrate a ellas. Es la única manera de poder sobrevivir a esta guerra.

Aquella noche, esperé ansiosa a que los demás se fueran a la cama, deseando poder irme al hueco a leer el libro que me había dado Pan Rosenberg. Confiaba en que, si lograba sumergirme en la historia, aquello supondría un breve respiro frente a la preocupación por mi madre.

Pasado un rato, apareció una sombra junto a mi cama. Era Saul. Me tendió la mano, señalando que debía ir con él. Recogí el libro que me había dado Pan Rosenberg y lo llevé conmigo. Partimos en silencio, con nuestros dedos entrelazados. Normalmente nuestros paseos me resultaban relajantes, pero ya nada lograba aliviar el pánico por mi madre.

—Tengo que ir a buscar a mi madre —le dije cuando llegamos al hueco y nos acomodamos en nuestro angosto lugar de lectura.

—Imposible —respondió negando con la cabeza—. No hay manera de encontrarla. Tienes que quedarte aquí y sobrevivir. Es lo que ella habría querido. —Sus palabras eran el eco de las de su padre—. Además, te necesito aquí. —Me volví hacia él, sorprendida—. Sé que suena egoísta. No supe lo mucho que te echaba de menos hasta que te fuiste aquella noche en busca de comida. Sin poder pasear junto a ti, me sentí perdido. —Me acarició la mejilla—. Esto es amor, Sadie. —Me quedé mirándolo, asombrada, sin palabras, preguntándome si sería todo un sueño—. Ahora lo sé. Solo siento haber tardado tanto en darme cuenta.

Impulsivamente me incliné hacia él y nuestros labios se tocaron. Esperé que se apartara. No podíamos estar juntos. En el caso de Saul, por su prometida fallecida. En mi caso, porque no creía que pudiese ser una mujer capaz de amar en esas circunstancias, o quizá nunca. Acababa de perderlo todo. ¿Cómo era posible sentir tanta tristeza y alegría al mismo tiempo? Pero ambos nos dejamos llevar, incapaces de contener los sentimientos que habían ido creciendo entre nosotros.

Nos separamos pasados varios segundos.

—Pero ¿cómo podemos hacerlo? —le pregunté—. Yo no soy religiosa.

—¿Acaso importa eso aquí dentro? —Me sonrió. Quise preguntarle qué ocurriría si conseguíamos salir de allí. Sin embargo, ninguno se atrevía a hablar del futuro. Tendría que bastarnos con aquel momento.

Me acerqué más, disfrutando del consuelo cálido que me ofrecía su cariño. Sin embargo, enseguida volví a pensar en mi madre.

—Es que estoy muy preocupada.

—Tu madre jamás te abandonaría para siempre —me dijo—. No por voluntad propia. Algo debe de haberle impedido regresar.

La idea no me tranquilizaba mucho.

—Podrían haberla arrestado, podría estar herida o algo peor. —Empecé a asustarme. Esperé a que rebatiera mis palabras, a que me asegurase que nada de aquello había ocurrido. Pero no podía—. No debería haber dejado que se fuera.

—No podrías habérselo impedido.

Asentí, reconociendo la verdad de sus palabras.

—Pero me siento tan impotente. Aquí abajo, atrapada, no puedo hacer nada por ayudarla.

—Quizá tu amiga pueda ayudar.

De pronto me acordé de Ella. El domingo anterior, consumida por la pena y la sorpresa tras la marcha de mi madre, no había acudido a nuestro encuentro. Me sorprendía que ahora Saul me sugiriese acudir a ella. No confiaba en Ella y, en circunstancias normales, pedirle ayuda habría sido lo último que me habría sugerido.

—Me hiciste jurar que no acudiría a verla.

—Sí. Estaba preocupado por ti y deseaba que no te hubieras ido, pero ella es la única persona que podría ayudarnos.

Me planteé su sugerencia. Sumida en mi preocupación, no se me había ocurrido pedirle ayuda a Ella. Hacía casi dos semanas de la última vez que la vi. Había echado de menos nuestro encuentro de siempre y no sabía si se habría rendido o habría dejado de acudir. De todos modos, yo lo intentaría.

Me di cuenta de que solo estábamos a miércoles. Tendría que esperar otros cuatro días para verla. Los siguientes días pasaron despacio. Por fin, la mañana del domingo, salí de la cámara cuando los demás aún dormían. En el túnel, volví a detenerme al ver una sombra más adelante. Alguien me cortaba el paso. Me entró el pánico. Me di cuenta de que era Bubbe al distinguir su figura encorvada. Me relajé un poco. No me había fijado en que no estaba en su cama.

—¿Qué estás haciendo aquí fuera? —le pregunté.

—Iba a por agua —respondió.

—Puedo hacerlo yo. —Confusa, agarré la jarra vacía. Normalmente éramos los jóvenes, Saul o yo, los encargados de ir a por el agua. Ella no habría podido arrastrarse por la estrecha tubería ni haber soportado el peso de la jarra cuando estuviese llena. ¿Por qué pensaría que tenía que hacerlo ahora?

—Gracias —me dijo cuando regresé al cabo de un minuto con la jarra llena. Pesaba bastante, así que caminé junto a ella para llevársela—. Quiero preparar sopa y no tenía agua suficiente para cinco cuencos.

—Cuatro —la corregí amablemente. Pensar que éramos uno menos sin mi madre fue como sentir una daga en el corazón.

—Sí, por supuesto, cuatro —respondió Bubbe. Percibía en sus ojos cierta confusión.

Entonces me di cuenta de algo.

—Bubbe, ¿te encuentras bien?

—Sí, sí —me dijo—. Soy una anciana. Se me olvidan las cosas. Es lo normal.

Me sentí más inquieta. Bubbe parecía haber cambiado durante el tiempo que llevábamos en la cloaca, cada vez se enfadaba más y a veces no se acordaba de las cosas. Yo lo había achacado a las terribles condiciones y a su incapacidad para sobrellevarlas a su edad. Pero ahora lo veía con claridad: aquello era algo más que los olvidos o las quejas propios de la edad. Bubbe no estaba bien. La enfermedad, o la edad, o la angustia de la cloaca, quizá una combinación de esas tres cosas, estaba haciéndole perder poco a poco el juicio. También quizá la forma física, pensé al fijarme por primera vez en lo frágil y consumida que estaba, comparada con la mujer que había recorrido los túneles con energía la noche de nuestra llegada. Me pregunté si Saul se habría percatado y decidí no comentarle nada de momento. Ya había sufrido bastante y tal vez no pudiera soportar más malas noticias.

—Vamos —le dije con amabilidad, y la guie de vuelta hasta la entrada de la cámara—. Entra y descansa. —En más de una ocasión, Bubbe me había prohibido acercarme a la rejilla por el riesgo que suponía. Esperé a que me lo impidiera. Recé para que no me llevase la contraria o insistiese en acompañarme también.

Cuando se metió en la estancia, emprendí de nuevo el camino por el túnel. Me acerqué a la profunda hondonada y la bajé. Después subí por el otro lado, más deprisa ahora porque sabía cómo hacerlo.

Alcancé la rejilla. Era domingo por la mañana y Ella debería haber estado allí. Pero no estaba. Por supuesto. La semana anterior no me había acordado de acudir y probablemente habría dado por hecho que aquel día tampoco iría. Era posible que hubiese renunciado a seguir acudiendo a nuestro encuentro.

Al ver la luz del día más allá de la rejilla, algo se abrió dentro de mí. Incluso sin Ella, tenía que salir a la calle, encontrar a mi madre y ver si estaba bien. Podría salir yo sola.

Alcancé la rejilla y entonces me detuve. «No es seguro estar ahí fuera», pareció decirme una voz. Sonaba un poco como Pawel. Pawel, bendito sea, nos había mantenido allí porque pensaba que era la única forma de protegernos. Pero Pawel se había ido y mi madre desaparecería también si no hacía algo al respecto. Teníamos que salvarnos.

Por supuesto, si salía a la calle sin Ella, no tendría ayuda ni lugar donde esconderme. Sería casi tan vulnerable como mi madre. Pero no podía quedarme allí metida elucubrando. Debía intentarlo.

Empujé la pesada rejilla. No se movió. Lo intenté de nuevo, y me sentí confusa. Se había abierto hacía solo unos días, cuando dejé salir a mi madre. Me pregunté si alguien la habría sellado. Vi que había una piedra que, de algún modo, se había alojado en el estrecho hueco pegado al borde de la rejilla. Una piedra diminuta que me impedía salir y buscar a mi madre. De pronto sentí que no podía más. Aumentó mi frustración, estaba a punto de explotar.

Golpeé la rejilla con fuerza, tanto que cualquiera que pasara por ahí podría oírme. Pero la rejilla no se movió.

Derrotada, me di la vuelta y emprendí el camino de vuelta por el túnel. No podía salir, al menos de esa forma. Me acordé entonces de la rejilla de Dębniki. Ahí era donde Ella y yo nos habíamos visto la primera vez. Comencé a andar en esa dirección, consumida de nuevo por las dudas: aquella rejilla estaba más elevada y además junto a una calle concurrida. No sabía si lograría alcanzarla e, incluso si lo hiciera, si alguien me vería. Sin embargo, si quería encontrar a mi madre, esa era mi única esperanza. Tenía que intentarlo.

Desanduve mis pasos, atravesé los túneles y pasé junto a la cámara. Por fin llegué a la otra rejilla. Miré hacia arriba y deseé ver la cara de Ella, como tantas otras veces. Pero, claro, el hueco estaba vacío. Ella no me esperaba allí. Miré dubitativa a mi alrededor. Advertí entonces unos salientes metálicos con muescas en una de las paredes. Los obreros debían de usar esos peldaños para entrar y salir de la cloaca. Puse el pie en el primero y me alcé, pero las paredes estaban pringosas y me costaba no resbalar. Llegué con cuidado hasta el segundo saliente, después al tercero. Con mucho cuidado, para no caerme, llegué hasta arriba y empujé la rejilla de la cloaca, rezando para que no estuviera atascada como la otra.

La rejilla se deslizó hacia un lado. Asomé la cabeza por la superficie en ambas direcciones para asegurarme de que no hubiese nadie en el callejón que pudiese verme. Después empleé todas mis fuerzas para impulsarme hacia arriba y salir de la alcantarilla.

Era libre de nuevo. Pero esta vez estaba sola.

19

Ella

Sadie había desaparecido.

O al menos ese era mi miedo mientras caminaba hacia el río una cálida mañana del mes de julio. La había visto por última vez hacía dos semanas. El domingo anterior, una semana después de ir juntas en busca de la comida y de que ella regresara a la cloaca, fui a la rejilla que había junto al río a nuestra hora habitual. Al no verla aparecer aquel día, di por hecho que se habría retrasado y esperé todo lo que pude. La rejilla parecía ligeramente entreabierta, como si alguien la hubiera movido y después hubiera vuelto a colocarla en su sitio. Me pregunté si yo misma la habría dejado así la noche en que la ayudé a regresar a la cloaca. Sin embargo, recordaba haber colocado la rejilla correctamente sobre el agujero y haberme asegurado después de que pareciera intacta, para que nadie en la calle se diera cuenta. No, alguien la había vuelto a mover. Al volver a colocarla en su lugar, recé para que nadie de la calle hubiera bajado por allí. No había manera de saberlo.

Al acercarme al puente, la multitud de personas se volvió más densa, como si algo obstaculizase el flujo habitual del tráfico peatonal de la mañana. Más adelante, vi que la policía había levantado una especie de barricada, obligando a la gente a hacer cola. Recé para que no fuera otra *aktion* como cuando la mujer saltó del puente con sus dos hijos. Pero la policía no parecía tan nerviosa como aquel día y

250

sus movimientos eran mecánicos y eficientes. Un puesto de control, pensé al ver que empezaban a revisar los papeles de las personas que intentaban cruzar el puente. Aquella idea daba solo un poco menos de miedo que la *aktion*. Desde que comenzara la guerra, la policía había levantado puestos de control aleatoriamente por toda la ciudad, inspeccionando los papeles de los polacos de a pie y poniendo en duda cualquier irregularidad. Pero cada vez ocurría con más frecuencia, y las razones por las que podían detener a alguien para interrogarle me parecían más arbitrarias y frecuentes.

El hombre que tenía delante en la cola avanzó arrastrando los pies y yo lo seguí, sacando mi tarjeta de identidad conforme me acercaba al puesto de control.

—*Kennkarte?* —me pidió el policía. Al entregarle la tarjeta, se me aceleró el pulso. Los papeles estaban en regla y los sellos que Ana Lucia había conseguido gracias a los alemanes me permitían caminar libremente por la ciudad. Pero eso no impediría que la policía cuestionara mi motivo para entrar en Dębniki.

El policía levantó la mirada de la tarjeta y me observó. Me preparé para el interrogatorio que sin duda vendría después. Pero entonces me la devolvió con la misma rapidez.

—¡Adelante! —ladró, e hizo un gesto a la persona que tenía detrás para que se aproximara al control. Seguí avanzando, tratando de contener el deseo de salir corriendo.

Pocos minutos más tarde, llegué a la otra ribera del río. Miré inquieta hacia atrás, hacia el puesto de control, por miedo a que la policía pudiera ver la rejilla de la cloaca. Pero por suerte no se veía desde donde ellos estaban. Sin embargo, había algunos niños jugando junto a la orilla, dando de comer a los patos, y tuve que esperar a varios metros de distancia hasta que se alejaron. Por fin me dirigí hacia la entrada de la cloaca. Eran casi las once y media ya, nuestra hora estipulada había pasado y, al acercarme a la rejilla, esperé ver a Sadie, mirando hacia arriba, con sus ojos marrones esperanzados y expectantes. Sin embargo, no estaba allí. Aumentó mi inquietud. Una visita fallida era algo anormal; podría haber diversas razones que explicasen que no hubiera podido acudir. Pero dos veces consecutivas me hacían temer que hubiese ocurrido algo.

Sabía lo importantes que eran para ella nuestras visitas. No dejaría de acudir sin más. Además, me necesitaba para que le diera comida, pensé con cierto sentimiento de culpa, arrepentida por no haber podido sacar nada de casa aquella mañana sin que me vieran.

Sadie no había venido. Algo iba mal. Se me pasaron por la cabeza un montón de posibilidades horribles. Podrían haberla arrestado, o quizá se había ahogado como su padre. Por supuesto, tal vez no fuera tan grave, pensé. Quizá estuviera cuidando de su madre o de cualquiera de los demás. No había manera de saberlo.

A no ser que entrara en la cloaca. Me arrodillé junto a la rejilla y noté el estómago revuelto al tratar de ver lo que había debajo. Pero el espacio estaba envuelto en la oscuridad. No sabía cómo lo conseguía Sadie día tras día. No estaba tan mal, me decía en más de una ocasión. Para ella la cloaca era un refugio, la salvación, y se había acostumbrado a esas horribles condiciones de vida. Sin embargo, mientras miraba ahora por el agujero, era incapaz de imaginarme bajar ahí siquiera un segundo. No era la porquería, ni las embravecidas aguas residuales que, según me había contado, se tragaron a su padre lo que más miedo me daba.

Lo que me asustaba eran los espacios cerrados. «Claustrofobia», lo había llamado mi hermano Maciej.

Recordé una pesadilla de la infancia en la que estaba atrapada. De pronto me di cuenta de que era más que una pesadilla, el recuerdo surgió con claridad. Cuando mi padre estaba de viaje de negocios, Ana Lucia podía ser indescriptiblemente cruel. No me pegaba, pero tenía otras tácticas, como olvidarse de darme de comer durante un día y medio. Olga, nuestra cocinera de entonces, me pasaba las sobras cuando mi madrastra no miraba, para que no me desmayara por el hambre. Una vez que me ensucié la ropa jugando en la calle, Ana Lucia me encerró en un armario que contenía muchos abrigos de piel. Atrapada entre todas esas pieles de animales muertos, no podía respirar. Grité, pero los abrigos amortiguaban el sonido de mi voz. Me imaginé el aire desapareciendo y yo asfixiándome poco a poco sin que nadie lo supiera. Traté de abrir la puerta, pero estaba cerrada por fuera. Pasaron cuatro horas hasta que Olga se dio cuenta de dónde estaba, me liberó y yo salí sudorosa e histérica. Ana Lucia había salido de casa y no había manera de saber cuánto tiempo me habría dejado allí metida si mi Olga no hubiera acudido en mi ayuda.

Después de aquel día, no volví a poder meterme en un espacio estrecho. Y ahora no podría bajar a la cloaca. Retrocedí, avergonzada por mi cobardía.

A lo lejos, un reloj dio las once y media. Era demasiado tarde ya para que Sadie apareciera. Comencé a alejarme de la ribera y entonces vacilé. El puente seguía atestado de peatones en el puesto de control, así que no podría emprender el camino de vuelta a casa en aquel momento. Miré carretera arriba, hacia la plaza de Dębniki y los chapiteles de la iglesia Kostka, que se alzaban en lo alto. La otra rejilla, recordé de pronto. No había regresado a la alcantarilla de detrás de la iglesia desde que Sadie y yo habíamos decidido reunirnos en la ribera. La rejilla de Dębniki estaba más cerca de donde vivía Sadie bajo tierra; tal vez, si acudía allí, sería capaz de encontrarla. Era improbable, pero no tenía otro lugar donde buscarla. Comencé a subir por el río en dirección al barrio industrial, que me resultaba ya más familiar desde que había empezado a pasar por allí. Llegué al callejón y, tras asegurarme de que nadie me miraba, caminé hasta la alcantarilla. Pero el espacio de debajo estaba oscuro. Sadie no estaba.

Claro que no. Habíamos decidido no vernos allí más. Decaída, abandoné el callejón, me acerqué a la plaza del mercado y miré hacia la cafetería. Una parte de mí deseaba ir a ver si Krys estaba allí, pero, después de lo mal que nos separamos la última vez, no podía. En su lugar, empecé a caminar hacia el puente. Tardaría un rato en cruzar el puesto de control y me pregunté si debería tomarme el tiempo de acercarme hasta otro puente. Mientras bordeaba la linde del Rynek Dębniki, divisé una cara conocida.

Sadie.

Parpadeé dos veces, sin creerme lo que veían mis ojos. Sadie estaba en la calle.

Corrí hacia ella. ¿Qué estaba haciendo allí? Había llegado en el momento justo. La vi entre una multitud de gente de a pie a plena luz del día, mirando a su alrededor, como si intentara ubicarse. El vestido que le había regalado la última vez que nos vimos estaba manchado y mojado por la cloaca. Destacaba por su cara demacrada y su ropa sucia. La gente la esquivaba y la miraba de un modo extraño, en cualquier momento alguien se daría cuenta de lo que pasaba, y posiblemente alertaría a la policía. Corrí hacia ella.

—¡Ahí estás! —le dije, tratando de hablar con normalidad. Le di un beso en la mejilla como si no pasara nada extraño, tratando de no estremecerme por el olor a cloaca—. Llegamos tarde a tu cita con el médico. Vamos. —Antes de que pudiera protestar, la saqué de la plaza y nos metimos por una calle lateral.

—¿Una cita con el médico? —me preguntó cuando estuvimos lejos y nadie podía oírnos.

—Solo era una excusa que se me ha ocurrido para justificar que estuvieses en la calle en ese estado. ¿Qué diablos estás haciendo aquí? —Me debatía entre la felicidad de verla y la preocupación.

—La rejilla junto al río estaba atascada y tenía que salir. Tengo que encontrar a mi madre.

—¿Encontrarla? —Dejé de andar y me volví hacia ella. Una sensación de malestar se apoderó de mí—. ¿Qué quieres decir?

—Justo después de la última vez que te vi, a mi madre se le adelantó el parto. Tuvo al bebé, una niña. Pero no podíamos mantenerla en la cloaca porque lloraba y hacía mucho ruido. Así que mi madre se la llevó a un hospital, el Bonifratrów de Kazimierz, porque Pawel le dijo que alguien allí podría dar cobijo a la niña. O al menos eso era lo que estaba intentando hacer. Ha pasado más de una semana y todavía no ha regresado.

—Oh, Sadie... —La cabeza me daba vueltas y trataba de asimilar todo lo que le había ocurrido en el breve espacio de tiempo que había transcurrido desde la última vez que nos vimos.

—Así que vine a buscarte para ver si podías ayudarme —continuó—. Pero no estabas.

—Lo siento mucho. Había unos niños jugando cerca de la rejilla y he tenido que esperar a que se fueran. —Omití la parte del puesto de control, pues no quería alarmarla innecesariamente—. Pero, Sadie, no puedes hacer esto. No es seguro para ti estar aquí arriba.

—Ya había salido antes de la cloaca.

—Eso fue diferente. —Escabullirse de noche para buscar comida era una cosa. Caminar por la calle a plena luz del día e ir haciendo preguntas era otra bien distinta. Si hablaba con la persona equivocada, la arrestarían y todo se habría acabado. Pero ya no le importaba. Sin su madre y sin su hermana, no le quedaba nada que perder—. Sadie, piénsalo. No podrías ayudarlas en absoluto si te atrapan. —Se quedó callada, sin querer admitir la verdad de mis palabras. Apretó la mandíbula con testarudez.

—La última vez tú me ayudaste a salir —me dijo al fin.

—Lo planeamos. Era de noche. Y ahora las cosas son más peligrosas —añadí.

—¿Por qué? —me preguntó. Noté cierta dureza en ella. Se mostraba menos confiada, incluso conmigo.

Vacilé antes de hablar.

—Hay más policía por la calle, incluso SS, paran a la gente y la interrogan. Cuando venía hacia aquí hoy habían levantado un puesto de control y hemos tenido que enseñar los papeles —le expliqué, contándole ahora la verdad en un intento por lograr que lo entendiera. Sadie abrió mucho los ojos—. Así que ya ves, no es del todo seguro ni siquiera para mí, mucho menos para ti. —En su dolor desesperado y desgarrador, parecía ahora estar más fuera de lugar que antes. Por mucha ropa o maquillaje que se pusiera, no lograría encajar. De ninguna manera, no podía caminar por las calles con seguridad—. No sé si puedo protegerte.

Su rostro adquirió un gesto mezcla de rabia y decepción.

—Entonces no lo hagas. —Supe que no pretendía parecer grosera. Solo estaba decidida a encontrar a su madre a toda costa—. Si las cosas son más peligrosas, entonces es aún más importante que encuentre a mi madre deprisa y la lleve de vuelta a la seguridad de la cloaca.

—Si te arrestan, hay otros que pagarán el precio también. —No estaba pensando solo en mí misma, sino en Krys, que me había ayudado—. Salir en pleno día es peligroso e insensato.

—Lo siento —me dijo, verdaderamente arrepentida—. Tenía que buscar a mi madre. No podía esperar más.

—Si me lo hubieras pedido, podríamos haber elaborado un plan. Te habría ayudado. Y te ayudaré ahora. —La estreché entre mis brazos, deseando al mismo tiempo protegerla y ayudarla. No sabía si podría hacer ambas cosas. Ayudarla sería arriesgado para mí también. Había planeado estar fuera para verla solo unas pocas horas. Esto, en cambio, me llevaría mucho más tiempo, lo que provocaría que Ana Lucia empezara a hacer preguntas sobre mi ausencia y mi paradero. Sin embargo, pese al peligro, no podía darle la espalda a Sadie—. Iré a preguntar al hospital por ti. Pero tienes que quedarte escondida mientras lo hago.

—No volveré sin ella —me dijo con determinación.

—Vamos. —No sabía dónde llevarla. No me atrevía a esconderla en casa de Ana Lucia una segunda vez—. Krys —dije de pronto en voz alta—. Quizá pueda ayudarnos. —Entonces me detuve de nuevo. No nos habíamos separado en buenos términos la última vez que nos vimos. Quizá no quisiera verme. Pero tenía que intentarlo. Me tragué el orgullo y puse rumbo a la cafetería. Al menos él podría esconderla mientras yo iba en busca de su madre.

—¿Has visto a Krys? —me preguntó Sadie mientras caminábamos—. Desde aquella noche en la ribera, me refiero.

—Sí, pero casi desearía no haberlo visto.

—¿Por qué? ¿Cómo puedes decir eso?

Vacilé. Aunque quería haberle contado a Sadie lo de Krys, me parecía ridículo hablar de mis problemas cuando ella estaba sufriendo tanto.

—Cuando volviste bajo tierra, fui a verlo. Al principio las cosas fueron bien entre nosotros, como eran antes. Casi pensé que podríamos volver a estar juntos. Pero después discutimos.

—¿Por qué?

—Por ti —admití. Me miró con los ojos muy abiertos—. Quiero decir, por la cloaca. Quería almacenar municiones allí para el Ejército Nacional, pero le dije que era demasiado peligroso.

—Lo almacenaré si quieres —me dijo con resignación y miedo en la mirada—. Es lo mínimo que puedo hacer.

—No —me apresuré a responderle—. No permitiré que hagas eso. Es muy amable por tu parte, pero no puedo permitir que te pongas en peligro, o a los demás. Encontraremos otra manera. —Pero el asunto me preocupaba mientras caminábamos hacia la cafetería. Me había negado a hacer lo que Krys quería y nos habíamos separado enfadados. ¿De verdad iba a atreverme ahora a pedirle ayuda?

—Saul me besó —dijo Sadie de pronto—. Quiero decir, nos besamos. Tenías razón. Resulta que él también me tiene cariño. —Mientras me lo confesaba, se ruborizó.

—¡Oh, Sadie, te lo dije!

—Sé que es horrible. No debería pensar en esas cosas ahora mismo, y mucho menos hablar de ellas. Pero tenía que contártelo.

—Me alegra que lo hayas hecho. Estoy muy contenta por ti. —Cualquier cosa que le diera a Sadie la más mínima esperanza en esos momentos me parecía una bendición.

Llegamos a la cafetería y la conduje hasta el mismo callejón donde se había escondido la última vez que fuimos allí. Entré en la cafetería y me detuve. Había esperado ver a la chica del pelo moreno rizado. En su lugar, detrás de la barra, secando vasos, había un hombre desconocido con barba pelirroja.

—Disculpe —le dije—. Estoy buscando a la joven que normalmente trabaja aquí.

—¿Kara? —preguntó, y asentí con la esperanza de que fuese correcto. Era la primera vez que oía su nombre—. Está en la barra del sótano. —Señaló un tramo de escaleras situadas a la derecha en las que no me había fijado antes. Bajé con cuidado los irregulares escalones de mampostería. Al llegar abajo, me sorprendió encontrar una animada *piwnica*. Los bares en sótanos de ladrillo eran frecuentes en Cracovia; había al menos una docena en las inmediaciones de la plaza del mercado principal. Sin embargo, yo no había oído hablar de aquel en concreto, situado debajo de la cafetería. Me di cuenta de que era un lugar clandestino, un negocio sin licencia, que funcionaba sin el conocimiento ni el permiso de los alemanes. Me sorprendió lo concurrido que estaba tan entrada ya la mañana. Una mezcla de gente joven, estudiantes y obreros estaba sentada a una media docena de mesas de madera sin pulir, bebiendo cerveza en jarras grandes. Eran casi todos hombres y algunos me lanzaron miradas de curiosidad cuando llegué al final de las escaleras.

Kara estaba detrás de la barra, tirando de un largo grifo situado en un barril de madera para servir cerveza. Me acerqué a ella y observé en sus ojos la sorpresa, después el fastidio.

—Otra vez tú —me dijo. Me puso una jarra delante. Saqué una moneda del bolso y la dejé sobre la barra, pero no acepté la jarra. Nunca me había gustado la cerveza y no quería bebérmela a esa hora de la mañana, pero supe por la expresión de Kara que estaba intentando mantener las apariencias. Di un sorbo a la jarra y el alcohol amargo me hizo cosquillas en el labio.

—Krys no está aquí —me dijo.

—¿Dónde está?

—Está fuera de la ciudad. —Bajó la voz—. Está haciendo un recado para Korsarz.

—¿El contrabandista? —Asintió—. Pero Krys nunca trabajaría con Korsarz. —No soportaba a ese hombre ni todo lo que defendía—. A no ser que no le quedara más remedio. —Pensé de nuevo en las patatas que Krys le había conseguido a Sadie, y su reticencia a contarme cómo las había conseguido tan deprisa. Dijo que alguien le debía un favor, pero ahora me daba cuenta de que había acudido a Korsarz para ayudar a Sadie, e incluso a mí, aunque eso suponía trabajar con ese hombre despreciable para saldar la deuda—. ¿Cuándo volverá? —le pregunté.

—No tengo ni idea. ¿Quieres dejarle algún mensaje? —me preguntó Kara, alargándome una servilleta por encima de la barra.

Negué con la cabeza. Pero de pronto me sentí llena de remordimientos. Krys me había ayudado, aunque yo me había negado a hacer lo mismo por él. Pensándomelo mejor, le dejé una nota.

Lo siento. Te ayudaré con lo que necesites. E.

Me debatí sobre si agregar algún tipo de firma cariñosa, pero decidí no hacerlo.

Aún tenía que encontrar la manera de esconder a Sadie. Me di cuenta de que Krys no era quien podría ayudarme en esa ocasión. Le entregué la nota a Kara y tomé aliento.

—Necesito tu ayuda.

—¿Mi ayuda?

Dije que sí con la cabeza.

—Tengo un paquete que necesito que me guardes. —Pareció confusa—. Está fuera.

—No —respondió, apretando la mandíbula—. Ni hablar. No podemos acoger fugitivos aquí.

—No es una fugitiva, solo una chica que intenta sobrevivir.

Aun así, Kara se negó.

—Si la policía viene por aquí, nos cerrarán el negocio. —Me di cuenta por su voz de que no le preocupaba el negocio ni la *piwnica* en sí, sino más bien su uso como tapadera para las operaciones del Ejército Nacional.

—Por favor. No tiene otro sitio al que ir.

—No es mi problema.

—Krys también la está ayudando —añadí. Solo era mentira en parte; había encontrado la comida para Sadie—. La chica tiene un escondite que Krys cree que podría ser útil para el Ejército Nacional, para almacenar cosas. Pero no será posible si la atrapan.

Kara suavizó el gesto.

—Hay unas puertas que dan al sótano al doblar la esquina, detrás del edificio. Llévala y os veré allí.

Volví a subir corriendo las escaleras y fui al callejón donde estaba escondida Sadie.

—Sígueme —le dije, y la guie hacia la parte trasera del edificio. Había unas puertas dobles de metal en el suelo. De las que se usan para descargar cerveza y otras provisiones. Una de las puertas se abrió y Sadie bajó por las escaleras hacia el sótano. Me dispuse a seguirla, pero Kara me detuvo.

—No hace falta que estés tú aquí —me dijo con frialdad—. Ve a hacer lo que tengas que hacer. —Quizá hubiera accedido a ayudarme, pero seguía sin caerle bien.

Sadie me miró desde abajo, aparentemente angustiada al ver que no me quedaba con ella.

—Volveré a por ti —le prometí—. Tienes que quedarte escondida.

—Pero tengo que buscar a mi madre. —Pese a todo lo que le había explicado, todavía deseaba ir.

—La buscaré yo —añadí poniéndole la mano en el hombro—. Iré al hospital a informarme. Pero solo si prometes quedarte aquí. —Aún parecía reticente—. Me crees, ¿verdad?

—Sí —respondió—. Pero, por favor, ten cuidado. Una cosa era ayudarme a conseguir comida, pero ir al hospital y hacer preguntas es mucho más peligroso.

—No te preocupes —respondí, emocionada al ver que le preocupaba mi seguridad—. Iré deprisa y volveré enseguida, ¿de acuerdo? —Aparentemente satisfecha, Sadie se dio la vuelta—. Espera. ¿Cómo se llama tu madre? —Acababa de darme cuenta de que no lo sabía.

—Danuta —dijo con tristeza—. Danuta Gault. —Desapareció entonces en las profundidades del sótano.

—Volveré lo antes posible —le dije a Kara—. Le vendría bien comer un poco, si puedes darle algo.

—Puedo. Tiene que estar fuera antes de que anochezca.

—Lo juro. Y gracias. —Sin decir nada más, Kara cerró la puerta del sótano y me dejó sola en la calle.

Me alejé a toda prisa de Dębniki hacia el puente que conectaba la orilla sur con el centro de la ciudad. Mientras caminaba, fui asimilando todo lo que me había dicho Sadie. Sabía poco sobre lo de tener bebés, pero no podía ni imaginar lo que debía de haber pasado su madre, dando a luz en la cloaca. Y verse obligada a abandonar a su otra hija; era algo inimaginable. Sadie parecía albergar la esperanza de que su madre y su hermana estuvieran bien. Una parte de mí no quería saber lo que había sido de ellas, tener que contarle la horrible verdad si la descubría. Pero se lo había prometido, así que tendría que intentarlo.

Crucé el puente y enseguida llegué al Hospital Bonifratrów, un edificio gigantesco en la linde de Kazimierz. Aunque me di cuenta de que en otra época había estado bien cuidado, la fachada de ladrillo rojo estaba ahora dañada y con manchas de hollín, las aceras estaban agrietadas y los arbustos y matorrales de fuera se habían marchitado. La puerta delantera del hospital, situada debajo de una arcada, estaba cerrada con llave, así que llamé al timbre que había al lado. Un minuto más tarde apareció una monja. Recordé que el hospital era propiedad de una orden monástica y contaba con una iglesia y una rectoría a la vuelta de la esquina.

—Lo siento, pero estamos cerrados a las visitas —me dijo mirándome a través de sus gafas torcidas.

—Estoy buscando a una mujer llamada Danuta Gault.

La monja me miró con desconfianza.

—No conozco a esa persona.

Me sentí confusa. Sadie me había parecido convencida del destino de su madre. ¿Se habría equivocado o habría ocurrido algo que hubiera cambiado los planes de su madre una vez fuera de la cloaca?

—¿Está segura? —insistí—. Es una mujer pequeña, muy guapa, con el pelo muy claro —le dije acordándome de cómo me la había descrito Sadie en una ocasión.

La mujer negó firmemente con la cabeza.

—Aquí no está esa persona. —Me sentí decepcionada. La madre de Sadie no estaba allí. No sabía dónde más buscar. Iba a tener que volver a la *piwnica* y decirle a Sadie que no lo había logrado.

—Viajaba con un bebé recién nacido —dije entonces. Con las prisas, me había olvidado de aquel detalle tan evidente—. Trataba de encontrar un lugar donde dejar al bebé.

Algo pareció cambiar en la mirada de la monja y me di cuenta de que la madre de Sadie sí que había estado allí.

—No puedo ayudarte. —Aunque su expresión permaneció impávida, advertí ahora el miedo en su voz.

—Es mi madre —mentí, con la esperanza de que se mostrara más dispuesta a ayudarme si la persona a la que estaba buscando era un familiar directo—. Tengo que encontrarla. Me preocupa que haya podido pasarle algo —agregué, y sentí la tristeza y el miedo de Sadie como si fueran míos—. Por favor. Es la única familia que me queda. Si pudiera dejarme entrar. Solo será un minuto.

La monja vaciló, pero después abrió la puerta un poco más.

—Pasa, deprisa. —Me hizo pasar al hospital. La seguí por un largo pasillo con al menos una docena de habitaciones a cada lado.

Se oyó un pitido procedente de una máquina en una de las habitaciones, un gemido grave en otra de ellas. Un olor metálico me echó para atrás. Me acordé de cuando era pequeña y fui a visitar a mi madre al hospital. Mi padre me había aupado para darle un beso en la mejilla reseca, porque ella estaba demasiado débil para sujetarme. Fue la última vez que la vi.

Aparté ese recuerdo de mi mente y me centré en la monja que caminaba rauda frente a mí, hasta llegar a un pequeño despacho. Observé el cuadro colgado detrás de su escritorio, un óleo enmarcado de Jesús en la cruz. Aunque con frecuencia llevaba colgada al cuello por una cuestión sentimental la cruz que Tata me había regalado, no éramos una familia religiosa y no había vuelto a misa desde que murió mi madre. La monja retiró unos papeles de una silla y me indicó que me sentara.

—Solo podrás quedarte un minuto. Hemos recibido órdenes del Gobierno General de no permitir visitas. Me metería en graves problemas si alguien descubriera que te he dejado pasar.

—Me iré enseguida —prometí—. Pero, primero, ¿puede decirme si ha visto a la mujer de la que le hablo?

—No es tu madre, ¿verdad? —me preguntó la monja con severidad.

—No —respondí agachando la cabeza—. Lo siento. Es la madre de una amiga. —Había mentido a una monja. Sentí que en cualquier momento me caería un rayo. Me pregunté si se enfadaría, si insistiría en que me fuera sin ayudarme.

—La mujer que dices vino aquí. Uno de nuestros sacerdotes la encontró en la calle y la trajo aquí para cuidarla. Cuando llegó, estaba muy débil. Tenía mucha fiebre, una infección provocada por el parto. Había perdido mucha sangre. —Me sorprendió; Sadie no me había dicho que su madre estuviera tan enferma. Quizás no lo supiera—. Le ofrecimos una cama. Al principio no quiso aceptar. Dijo que tenía que regresar, aunque no dijo dónde ni con quién. Pero no tenía otro remedio, estaba demasiado débil para marcharse. De modo que la atendimos, le dimos la poca comida y la medicina que teníamos.

Se me aceleró el corazón por la emoción. Había encontrado a la madre de Sadie.

—¿Dónde está ahora? —pregunté. Podría hacer que se reencontraran, o al menos tranquilizar a Sadie diciéndole que su madre estaba a salvo.

Su expresión se volvió sombría.

—Vinieron los alemanes. Normalmente evitan el hospital, no quieren enfermar. Pero esta vez entraron e interrogaron al personal. Habían recibido informaciones sobre una mujer vestida de forma extraña que había estado a punto de desmayarse en la calle. —Las palabras de la monja me impresionaron mucho. Alguien había visto a la madre de Sadie y la había denunciado—. No podíamos plantar cara a los alemanes y poner en riesgo a los demás pacientes y el trabajo que hacemos aquí. —Algo en su voz me decía que su misión iba más allá de los cuidados médicos, y me pregunté si el hospital en sí actuaba como resistencia frente a los alemanes—. Pero no íbamos a permitir que se la llevasen. Sin duda la habrían matado como mataron a los pacientes del hospital judío. —Hizo una pausa—. Así que nosotros mismos le dimos alivio, una simple inyección. No sufrió ni sintió dolor.

«Alivio». Esa palabra resonó en mi cabeza. La madre de Sadie había muerto. Se me encogió el corazón por mi amiga, que ya había perdido tanto.

Me tragué la tristeza y miré a la monja.

—¿Cuándo?

—Hace unos días.

Me estremecí. Era demasiado tarde. De haberlo sabido, habría acudido antes. Pero, pensándolo bien, me di cuenta de que no podría haberla salvado.

—¿Y la niña? ¿Qué ha sido de ella?

La monja pareció confusa.

—Lo siento, no te entiendo.

—La madre de mi amiga llevaba consigo a una recién nacida.

—No es verdad —respondió—. Vino sola.

—Pero usted ha dicho que llevaba un bebé.

—No. He dicho que había dado a luz. Lo supimos por su estado. Y no paraba de hablar de un bebé. Esas cosas son habituales con mujeres que han perdido a un niño o están en fase de negación. Pero nunca llegó a haber un bebé aquí con ella. —Se puso en pie—. Lo siento, ya te he dicho todo lo que sé. Ahora, por la seguridad de nuestros pacientes, debo pedirte que te vayas. —Me sacó de su despacho y me condujo al exterior del hospital por una puerta lateral.

Me di la vuelta, asqueada y asombrada por todo lo que había descubierto. Me detuve en la verja frente al hospital y me apoyé en la barandilla. La madre de Sadie había muerto y su hermana recién nacida estaba desaparecida. Sentí el dolor de haber perdido a mi propia madre tantos años atrás, tan agudo y real como si hubiera sido ayer. Sin embargo, cuando murió mi madre, yo todavía tenía a Tata y a mis hermanos para ofrecerme consuelo. A Sadie no le quedaba familia. ¿Cómo iba a contárselo?

Cuando llegué a la cafetería, fui a la parte trasera y llamé con suavidad a la puerta del sótano. Kara abrió una de las hojas y me condujo hasta un rincón donde estaba sentada Sadie. Al verme, se le iluminó la cara.

—¿Alguna noticia? —Kara me miró a los ojos por encima del hombro de Sadie—. Mi madre. ¿Has sabido algo?

Titubeé. «No le digas nada», me dijo una voz interior. La verdad solo la destrozaría. ¿Qué tendría de malo permitirle mantener la esperanza? Pero nunca se me había dado bien guardar secretos. Me acordé de los meses largos e inciertos que mi padre pasó desaparecido en el frente, antes de enterarnos de su destino. La esperanza había sido casi más cruel que el dolor. Tomé aliento.

Entonces me detuve. No podía hacerlo.

Intenté decirle a Sadie que su madre había muerto, pero se me quedaron las palabras atascadas en la garganta. Su madre había sido lo último que le quedaba en el mundo, aquello que le daba energías para continuar. Y ahora yo estaba a punto de arrebatarle esa última familia que le quedaba. Recordé cómo me sentí la noche que supe que mi padre había muerto, fue como si ya no me quedara nadie. Iba a hacerle lo mismo a Sadie, en unas circunstancias mucho peores. Iba a arrebatarle toda esperanza, su razón de vivir. Sería, casi literalmente, como firmar su sentencia de muerte.

¿Qué tenía de malo dejar que se aferrara a la esperanza unos pocos días más? Tal vez incluso me diese tiempo a seguir buscando a su hermana recién nacida. Aunque nada más pensarlo supe que sería inútil. Pero eso me dio esperanza... y un motivo para no contárselo todavía.

—De momento nada. —La mentira me salió casi sin poder contenerla.

—No puedo regresar sin ella —respondió Sadie, abatida.

—Sadie, tienes que hacerlo. Piensa en Saul y en su familia. Seguiré buscando —me apresuré a añadir—. Pero no puedo hacer demasiadas preguntas sin llamar la atención. Ahora debes darte prisa. Tenemos que llevarte de vuelta a la cloaca. —Me volví hacia Kara antes de empezar a subir la escalera—. Gracias. Si sabes algo de Krys... —Entonces vacilé. Ya le había dejado una nota—. Dile que lo haré. Le ayudaré en lo que necesite. —Solo teníamos aquel momento. Negarme a ayudarle no iba a mantenernos a salvo, al igual que huir y esconderse no había servido para salvar a la madre y a la hermana de Sadie. Kara asintió con gravedad.

Guie a Sadie por los callejones de Dębniki, rezando para que su extraña apariencia no llamase la atención. Caminamos en silencio. Cada paso era como un obstáculo salvado. Tenía que contarle la verdad antes de separarnos y que ella volviese al subsuelo. Me di cuenta de que debería habérselo dicho en el bar. ¿Y si perdía la compostura allí en la calle y montaba una escena? Por fin llegamos a la rejilla situada junto al río. Alcanzó la piedra que había hecho que la rejilla se atascara y después la abrió.

—¿Seguirás buscando a mi madre? —me preguntó.

—Te lo prometo. —La mentira me rompió el corazón. Me pregunté una vez más si debería decirle la verdad. Pero, si lo hacía, tal vez no volviera a esconderse, o incluso no quisiera seguir con su vida.

—Mira en nuestro antiguo barrio, además del gueto —me sugirió, tratando de pensar en todos los lugares a los que podría haber ido su madre.

—Lo haré.

—Gracias. —Me dedicó una sonrisa de agradecimiento.

Me sentía cada vez más culpable, como si esa culpa fuese a devorarme entera.

—Lo siento mucho. —Se me quebró la voz y estuve a punto de revelarle la horrible verdad. Pero me contuve—. Ojalá pudiese hacer algo más.

—Estás haciendo todo lo que puedes. Le rogué a mi madre que no abandonara la cloaca. Si me hubiera hecho caso...

—¡Sadie, no! Eso no habría sido posible. Si se hubiera quedado, los llantos del bebé habrían alertado a alguien y ya os habrían descubierto a todos. Se marchó para protegerte.

—Se ha ido, ¿verdad? —No respondí, la estreché entre mis brazos. Su rostro era como una máscara vacía, como si una parte de ella supiera la verdad sin que yo se la dijera—. No tengo a nadie.

—¡No digas eso! Me tienes a mí. —Las palabras me sonaron huecas—. Sé que no es mucho, y no compensa la ausencia de tu madre, ni lo mucho que la echas de menos, como al resto de tu familia. Pero estoy aquí. —No respondió—. Sadie, mírame. —Le estreché las manos con las mías—. Esto no durará para siempre. Te juro que volveré a sacarte de la cloaca. —No supe cómo pude hacerle esa promesa. Pero me agarraba a un clavo ardiendo, cualquier cosa con tal de darle el impulso de continuar un día más—. No tienes que volver —le dije a pesar de todo. No tenía idea de dónde la escondería si no volvía—. Me refiero a que no tienes que regresar a la cloaca. Podríamos marcharnos de la ciudad esta noche, encontrar la manera. —En ese momento lo vi claro, las dos juntas, lejos de allí, libres.

—Tengo que hacerlo —me respondió—. Están los demás. —Aunque su madre y su hermana se habían ido, no abandonaría a Saul y a su familia.

Aun así, permaneció allí.

—La vida ahí abajo es muy dura. La única razón por la que aguantaba era mi madre. No sé si tendré fuerzas para hacerlo sin ella —me dijo con la voz rota—. No puedo hacerlo sola.

—No tienes por qué. Tú sigue viniendo a verme, ¿de acuerdo? Y yo vendré y te traeré lo que pueda, y pasaremos juntas estos días horribles hasta que se acabe la guerra. —Intenté hablar con optimismo y certeza.

—De acuerdo —me dijo, aunque no sabía si de verdad me creía o si estaría demasiado triste o cansada para discutir. Empezó a meterse por la alcantarilla. Intenté colocarme delante de ella, para que no la viera nadie que pudiera pasar por allí y ver algo extraño.

—Vendré mañana, ¿de acuerdo? —le aseguré—. Y pasado mañana. Vendré todos los días. Solo tienes que levantarte por la mañana y venir a verme. —No sabía cómo me las apañaría. Librarme de la mirada entrometida de Ana Lucia para acudir hasta aquella parte remota de la ciudad una vez por semana ya me resultaba complicado. Pero Sadie necesitaba algo, cualquier cosa, para seguir adelante.

Sin decir una palabra, se dio la vuelta y desapareció una vez más en el interior de la cloaca.

20

Sadie

Ella llegaba tarde aquel día. Me hallaba en el túnel, tratando de esquivar la lluvia que salpicaba a través de la rejilla de la cloaca. El viento soplaba hacia abajo, haciendo que las gotas cayeran de lado, como si me persiguieran. Me acurruqué en el rincón, tratando sin éxito de escapar de la humedad. Por una vez, quise volver corriendo a la cámara. Pero me quedé, convencida de que Ella aparecería.

Estábamos a finales de julio, habían pasado más de cuatro meses desde que llegamos a la cloaca. Mi madre llevaba desaparecida casi tres semanas. Ella no había sido capaz de encontrarla, ni de descubrir nada, desde que regresé al subsuelo. Con cada día que pasaba se me hacía más difícil ignorar la verdad innegable de que tal vez no regresara nunca. Aun así, me aferraba a la esperanza porque era lo único que me ayudaba a superar el día a día. Sin mi madre, no me quedaría nada.

No era solo mi tristeza por su ausencia lo que hacía que la vida fuese difícil de soportar; nuestras condiciones de vida se habían visto deterioradas. El clima veraniego calentaba el aire y provocaba que los gases residuales se volvieran más densos y pestilentes. Nos dolían las articulaciones por la humedad y habían empezado a aparecernos extraños sarpullidos en la piel.

—Al menos no hace frío —comentó Pan Rosenberg en una ocasión—. No tengo ni idea de lo que haremos para sobrevivir al próximo invierno. —Lo miré entonces con incredulidad. Faltaban varios meses para el invierno. No imaginaría que seguiríamos allí para entonces.

Pese al agravamiento de las condiciones, intentaba hacerlo lo mejor posible para que mi madre estuviese orgullosa. Me levantaba por la mañana, me lavaba y me vestía, mantenía la cámara ordenada y leía o estudiaba de manera regular. Los días, no obstante, pasaban despacio, y las noches solitarias eran aún más largas, plagadas de sueños raros e inquietantes. Una noche soñé que flotaba por el río de aguas residuales, que me dejaba llevar por la corriente y me encontraba con mi madre y mi padre. Buscaba al bebé en brazos de mi madre.

—¿Dónde está? —le preguntaba.

—¿Quién? —respondía mi madre, como si no me entendiera. Pero, como no le habíamos puesto nombre a mi hermana, me faltaban las palabras. Mis padres tiraban de mí, formando una especie de balsa, y seguíamos navegando juntos, con una baja.

Por supuesto, tener a Saul me ayudaba. Nos habíamos acercado mucho desde que admitimos nuestros sentimientos. Los momentos que pasábamos juntos, caminando o leyendo en el hueco, seguían siendo escasos, no mucho más de lo que lo eran antes. Pero saber que estaba cerca y que sentía lo mismo por mí que yo por él hacía más llevaderos los días sin mi madre y sin mi hermana.

Alcé ahora la mirada hacia la rejilla, por donde la lluvia caía más despacio, aún con la esperanza de ver a Ella. Había acudido a verme todos los días, como prometió, desde que fue en busca de mi madre, sin importar el clima o lo difícil que le resultase escabullirse. Cada mañana la esperaba entre las sombras hasta que la veía aproximarse, y entonces salía a la luz. No nos atrevíamos a hablar demasiado y solo se quedaba unos pocos minutos en cada visita. Todavía no había podido encontrar a mi madre ni a mi hermana. Sus visitas, sin embargo, se habían convertido en un salvavidas, lo que me ayudaba a pasar de un día al siguiente, ahora más que nunca.

Ella llegaba tarde aquel día. No solo unos minutos, sino una hora entera. Me pregunté si tal vez no acudiría. Conforme pasaban los minutos, alejándose más y más de la hora de nuestra cita, hube de aceptar que tal vez pasaría otro día hasta poder ver a mi amiga. Si acaso volvía a verla. La vida era cada vez más difícil también para los ciudadanos corrientes, en la calle, según se alargaba la guerra. Lo oía todo desde el subsuelo, los puestos de control, las patrullas y los arrestos. Aunque Ella no se quejaba ni hablaba mucho del tema, veía el estrés y la preocupación en las arrugas de su hermoso rostro con cada visita. En más de una ocasión me planteé decirle que dejara de venir. Ahora mi preocupación aumentó: ¿y si le había sucedido algo?

O quizá solo estuviese ocupada, pensé, y sus encuentros conmigo fuesen algo secundario y sin importancia. Tenía una vida allí arriba que yo desconocía, una vida llena de gente y de horas del día.

Pero, pocos minutos más tarde, la vi apresurarse por el dique del río, más deprisa de lo normal, como para compensar el tiempo perdido. Su melena pelirroja, normalmente bien recogida, iba suelta y se agitaba en torno a su rostro, contrastando con las nubes del cielo.

—Me alegro de verte —le dije—. Temía que te hubiera ocurrido algo y no fueras a venir.

—La policía tenía el puente cortado —respondió encogiéndose de hombros—. He tenido que retroceder y buscar otro camino. —Antes de que pudiéramos hablar más, se oyó un ruido procedente de la carretera que bordeaba en paralelo la ribera, a su espalda; el chirriar de unos neumáticos y la voz de la policía dando órdenes. Ella miró hacia allá. Yo me agaché con rapidez. Retrocedí hacia las sombras, preguntándome si debería irse a casa.

Pocos minutos más tarde, cuando las sirenas y el ruido se desvanecieron, Ella reapareció y se plantó desafiante sobre la rejilla.

—Las cosas están empeorando —le dije. Ya no quedaban judíos por las calles y, aun así, los arrestos y las represalias contra los polacos de a pie parecían aumentar cada día.

—Sí —respondió, tajante—. La guerra no pinta bien para los alemanes. —Me pregunté si sería cierto o si solo estaría intentando darme esperanza—. Los rusos están avanzando por el frente oriental y los Aliados por el sur. —Una parte de mí se mostraba escéptica. Ya habíamos oído antes esos rumores, y aun así la ciudad permanecía bajo el férreo control alemán—. Los alemanes están intentando cargar contra los polacos todo lo posible ahora que todavía pueden.

—Porque no quedan judíos contra los que arremeter —añadí amargamente. Los polacos sufrían, desde luego, pero al menos la mayoría seguía en sus casas y no estaba encarcelada o escondida—. No tienes por qué venir, si es demasiado difícil —le dije con reticencia. Ver a Ella era uno de los pocos momentos alegres que me quedaban y sería una pena que ya no pudiese venir más.

—Aquí estaré —respondió con determinación. Me pareció la persona más valiente que había conocido jamás—. Pero hoy no puedo quedarme mucho. —Le hice un gesto afirmativo, intentando que no se notara que me importaba. Unos pocos minutos ya eran algo, señal de que alguien se acordaba de mí y se preocupaba lo suficiente como para venir a verme.

Ella me pasó una pequeña barra de pan de masa madre a través de la rejilla antes de marcharse.

—¿Estás segura de que puedes dármelo? —le pregunté.

—Sí, desde luego —respondió, y me pregunté si sería cierto. Me parecía que había adelgazado a lo largo de las últimas semanas y sospechaba que estaba comiendo menos para guardar comida que poder darme a mí. Conforme se prolongaba la guerra, a los polacos les costaba más trabajo encontrar alimento. Ya no hacían cola en el mercado porque no quedaba nada que comprar. Incluso Ella y su adinerada madrastra empezaban a pasar necesidades. Me sorprendía que pudiese seguir encontrando comida para todos nosotros y trataba de no quejarme cuando era menos que antes. Al fin y al cabo, teníamos menos bocas que alimentar que hacía unos meses, pero aun así no alcanzaba.

Al otro lado del río, las campanas de la catedral daban las doce cuando Ella se marchó y yo me aparté de la rejilla. La cámara estaba extrañamente silenciosa. Pan Rosenberg estaba enfrascado en su libro de oraciones en el rincón. A Saul no lo vi. Debía de haber ido a por agua, pensé. Deseé habérmelo encontrado en el túnel, para poder compartir unos minutos a solas los dos.

Bubbe estaba tumbada en la cama, en el lado de la estancia que pertenecía a los Rosenberg. Aquella mañana no se había levantado y yo había preparado el desayuno de puntillas para no despertarla. Su confusión se había convertido en delirio los últimos días y se había quedado en su cama, situada en un rincón, gimiendo y murmurando para sus adentros sin parar. A veces, cuando los ruidos de su sufrimiento se volvían demasiado fuertes, no podía evitar pensar que suponían el mismo peligro que los llantos de mi hermana recién nacida.

Había intentado hablar de ella con Saul pocos días antes, cuando su deteriorado estado ya era imposible de ignorar.

—Bubbe —le había dicho— no está bien. —Él había hecho un gesto afirmativo con la cabeza—. ¿Tienes idea de lo que podría ser?

—Es una especie de demencia —me dijo—. Su padre también la padecía. No se puede hacer nada.

Me acerqué, queriendo consolarlo.

—Lo siento mucho.

—Siempre ha sido una mujer muy lista y graciosa —me dijo, y traté de imaginarme a la abuela que me describía, y que no se parecía en nada a la mujer que llegó con nosotros a la cloaca—. Esta enfermedad es más cruel en ciertos aspectos que una enfermedad física. —Asentí con la cabeza. La demencia le había robado a Bubbe su personalidad.

Ahora estaba tumbada, en silencio. El cuenco de gachas que había intentado darle de desayunar esa mañana seguía intacto junto a ella. Me pareció extraño que a mediodía siguiese dormida. Me acerqué más para verla, con la esperanza de que no le hubiese dado otra de las fiebres que parecían afectarle solo a ella, empeorando su estado. Le puse una mano en la frente para ver si estaba caliente. Para mi sorpresa, tenía la piel fría. Observé entonces que yacía en una postura extraña y su cara había adquirido un gesto parecido a una sonrisa.

Me aparté de inmediato y me tapé la mano con la boca. Bubbe había muerto. Debía de haber fallecido mientras dormía. ¿Su muerte habría sido producto de la demencia, o quizá de otra enfermedad? Tal vez fuese simplemente por la edad. Miré a Pan Rosenberg, sentado a pocos metros de distancia, ajeno a lo que le había sucedido a su madre. Quise decírselo, pero no me correspondía a mí. Salí corriendo de la cámara a buscar a Saul.

Al entrar en el túnel, Saul dobló la esquina, caminaba despacio, cargando con el peso de la jarra llena de agua.

—Sadie... —dijo al verme. Me sonrió con cariño y con ese brillo que aparecía en su mirada siempre que nos veíamos. Pero, al ver mi expresión de angustia, dejó caer la jarra, derramando el agua, y corrió hacia mí—. ¿Qué sucede? ¿Estás bien?

—Estoy bien. Se trata de Bubbe. —Sin decir palabra, salió corriendo hacia la cámara. Lo seguí, pero me quedé junto a la puerta, manteniendo una distancia respetuosa mientras confirmaba lo que yo ya sabía. Agachó la cabeza un segundo, después se incorporó, se acercó a su padre y se arrodilló ante él. No oí las palabras que le susurraba. Pensé que Pan Rosenberg gritaría, como hizo el día que supo que su hijo mayor había muerto. En su lugar, apoyó la frente en el hombro de Saul y lloró en silencio, como un hombre demasiado roto para dar voz a su dolor.

Cuando al fin se separaron, me acerqué.

—Lo siento —le dije, tratando de imaginar qué más decir. Habría imaginado que, después de todas las pérdidas que había visto y sufrido desde el comienzo de la guerra, las condolencias me saldrían con más naturalidad—. Sé lo mucho que la queríais y lo terrible que es su pérdida.

Pan Rosenberg asintió, después miró hacia la cama donde yacía Bubbe.

—¿Qué vamos a hacer con ella?

Ni Saul ni yo respondimos. La ley judía dictaba que Bubbe debería ser enterrada lo antes posible en una tumba. Pero no podíamos llevarla a la calle y el suelo de la cloaca era impenetrable. Sin ninguna otra opción, cargamos los tres con ella por el túnel hasta el lugar donde nuestra tubería se juntaba con el torrente principal del río residual. La depositamos en la superficie. La miré con tristeza y le toqué la mano, ahora fría. Bubbe y yo no habíamos empezado con buen pie. Sin embargo, ahora me daba cuenta de que todo lo que había hecho había sido por proteger a su familia, y en cierto modo también a mí. Y, pese a todo eso, nos habíamos tomado cariño. Mientras se la llevaba la corriente, le di las gracias por su ayuda, le perdoné las ofensas hacia mí y hacia mi familia. Su cuerpo se deslizó por la esquina antes de hundirse bajo la superficie. Imaginé que mi padre estaría esperándola.

—¿Deberíamos decir un *kaddish*? —pregunté. Aunque no sabía mucho sobre la fe que compartíamos, estaba familiarizada con la oración por los muertos, que había oído en funerales y en visitas a los dolientes cuando era pequeña, en Kazimierz.

Saul negó con la cabeza.

—Solo se puede decir un *kaddish* si tienes un *minyan*, diez hombres. —Allí metidos, siendo solo nosotros tres, su padre y él se verían privados de aquel ritual de duelo. Saul le puso la mano a su padre en el hombro—. Algún día, papá, iremos a la sinagoga y diremos un *kaddish* por Bubbe. —Parecía convencido, pero me pregunté si creería sus propias palabras. La sinagoga de su pueblo había sido reducida a cenizas. Las de Cracovia también habían desaparecido, pensé al recordar las estructuras huecas y silenciosas que había visto en mi paseo por Kazimierz con Ella. Las pocas que quedaban en pie habían sido profanadas por los alemanes y convertidas en establos o almacenes. Costaba imaginar un mundo donde siguiera existiendo una oración y un lugar de culto donde poder decirla.

Los siguientes días los pasamos los tres con tristeza. La pérdida de Bubbe fue mucho más dura de lo que imaginaba. La cámara parecía vacía y fría sin ella. Había sido una mujer gruñona, como podían serlo los ancianos, y a veces dura, pero aun así había ayudado a mi madre a dar a luz al bebé y me había consolado tras la marcha de esta. Su muerte me dejó un vacío inimaginable. Ahora quedábamos solo Saul, su padre y yo. Íbamos cayendo día tras día y no pude evitar preguntarme quién sería el siguiente, o cuánto faltaría para que no quedásemos ninguno.

21

Ella

Una noche de principios de agosto, me hallaba sola en el desván, demasiado inquieta para leer o pintar. La casa estaba en silencio. Ana Lucia no celebraba ninguna de sus fiestas desde hacía más de un mes. La actitud de los alemanes en la calle había cambiado de forma perceptible conforme iban llegando las noticias de sus dificultades en su lucha contra los soviéticos al este, además de los avances de los Aliados en Italia, noticias demasiado frecuentes como para dudar de ellas. Me imaginaba que los invitados que antes disfrutaban de las reuniones de mi madrastra no estarían de humor para celebraciones. Tanto mejor. Con la disminución del suministro de comida, no habría podido recibir visitas con su estilo habitual.

Miré distraídamente la foto de Krys que tenía en el escritorio. Habían pasado más de tres semanas desde que fui a la cafetería para que me ayudara a encontrar a la madre de Sadie y descubrí que no estaba. No había vuelto a saber de él. No debería sorprenderme, me dije a mí misma. Habíamos discutido la última vez que nos vimos y nos separamos de malas formas. Había albergado la esperanza, no obstante, de que la nota que le dejé a Kara para él hubiera enmendado aquello. Pero no sabía siquiera si ella lo había visto desde entonces para dársela. En más de una ocasión, cuando iba a visitar a Sadie, me planteaba realizar el breve trayecto desde la rejilla del río hasta la cafetería de Dębniki para ver si Krys había regresado. Sin embargo, mi orgullo siempre me lo impedía. En otro tiempo había añorado a Krys, lo había esperado, pero me había salido el tiro por la culata. No volvería a cometer el mismo error.

En vez de eso, pasaba los días yendo a visitar a Sadie, llevándole lo poco que podía. Todavía no le había contado la verdad sobre su madre. Era la decisión correcta, intentaba decirme a mí misma una y otra vez para acallar mis dudas. Se me hacía cada vez más difícil encontrar esperanza en los ojos de Sadie según se prolongaba el tiempo en la cloaca sin su familia. No podía empeorar su situación con más malas noticias.

Me puse el camisón, me metí en la cama e intenté en vano dormir. Poco después, oí llegar a Ana Lucia y a su nuevo acompañante y subir dando tumbos por las escaleras hasta su dormitorio. El coronel Maust se había ido, había sido destinado a Múnich por razones que desconocía. Me había preguntado si, al no estar él, Ana Lucia perdería los favores de los que disfrutaba con el Gobierno General. Pese a todo, pronto lo reemplazó con un alemán de mayor rango cuyo nombre no me había molestado en memorizar. Un oficial arisco y taciturno que prescindía de los cumplidos, entraba con paso firme en la casa a última hora de la noche y se marchaba del mismo modo antes del amanecer. Hanna me había susurrado en una ocasión que tenía mujer e hijos en Berlín. Era un tipo horrible que parecía gritar más que hablar con mi madrastra. Los sonidos que me llegaban últimamente desde su dormitorio rozaban la violencia y, con frecuencia, me preguntaba si tendría que bajar e interceder para ayudarla.

Pocos días antes, durante el desayuno, había advertido un moratón bajo su ojo.

—Sabes que no tienes por qué estar con él ni permitir que haga eso —le dije. Aunque se portaba muy mal conmigo, no pude evitar sentir pena por ella—. Estaríamos bien sin un alemán que nos proteja.

Vi entonces el bochorno en su rostro.

—¿Quién te crees que eres para darme consejos sobre mis asuntos personales? —me espetó, y la vergüenza dio paso a la rabia. Así que no insistí con el tema.

Por fin logré aislarme de los sonidos procedentes del dormitorio de Ana Lucia y me dormí. De pronto, unos golpecitos agudos me despertaron. Me froté los ojos y volví a oírlos. Una piedra, después otra, contra mi ventana. Me incorporé. Tiempo atrás, Krys solía avisarme de esa forma, era nuestra contraseña para que bajara a encontrarme con él en secreto. Me atusé el pelo, preguntándome hacía cuánto tiempo habría regresado de su recado. ¿Kara le habría dado mi nota, o simplemente habría decidido ir a verme por su cuenta? Me parecía bastante presuntuoso por su parte, dada nuestra última pelea y el tiempo transcurrido desde entonces, que diese por hecho que iba a estar dispuesta a verlo ahora. Me acerqué a la ventana.

Para mi sorpresa, en la calle, bajo mi ventana, no estaba Krys, sino Kara.

—¿Qué sucede? —pregunté, decepcionada, curiosa y molesta a partes iguales. Era evidente que Krys le había dicho dónde vivía. ¿Por qué no habría acudido él mismo?

Kara no respondió, solo me hizo un gesto para que bajara a la calle. Me vestí y bajé deprisa las escaleras, con cuidado de no hacer ruido. Me preocupaba que Ana Lucia y su acompañante hubieran podido oír las piedras contra mi ventana. Pero roncaban, dormían profundamente después de beber demasiado vino. Salí a la calle.

—Vamos —me dijo, y empezó a andar según cerré la puerta a mi espalda.

—¿Dónde vamos? ¿Le ha pasado algo a Krys?

—Está bien. Necesita que vengas de inmediato.

—¿Por qué? ¿Sucede algo? —Me pregunté si habría decidido aceptar mi oferta de ayudarle en su trabajo. Sin embargo, Kara negó con la cabeza, sin querer hablar más o responder a mis preguntas en la calle. Caminaba con paso rápido, casi corriendo, y pese a que mis piernas eran más largas me costaba seguirle el ritmo.

Cuando llegamos a Dębniki, supuse que Kara me conduciría hasta la cafetería. En su lugar, se dirigió hacia el callejón que había detrás de la iglesia. Me di cuenta de que Kara no había estado antes en la rejilla de la cloaca sin nosotros, de modo que Krys debía de haberle dicho dónde se encontraba.

—¿Le ha ocurrido algo a Sadie? —pregunté con un nudo en el estómago.

—Está bien, que yo sepa.

Según nos acercábamos al callejón, distinguí a alguien de pie junto a la rejilla. Por un segundo me entró el pánico. Pero era Krys. Avancé hacia él. Kara, que me había guiado hasta allí, se esfumó y nos dejó solos.

Junto a él, en el suelo, había dos cajas de madera rectangulares.

—¿Qué es eso? —pregunté, y por un segundo deseé que hubiera logrado encontrar más comida y fuese a entregársela a Sadie. Sin embargo, las cajas eran industriales, grabadas con grandes letras cirílicas de color negro que destacaban algún tipo de advertencia.—. Krys, ¿son las municiones? —No respondió de entrada—. Ya hablamos de esto.

—En tu nota decías que querías ayudar.

—Dije que quería ayudar yo, no Sadie. No de esta forma.

—Ella, tenemos que esconder estas municiones. Hace semanas que las esperábamos y mañana podremos llevarlas a su destino, pasado mañana a lo sumo. No debería ser más de una noche.

—Ni hablar —le dije, furiosa—. Ya te dije que no pensaba poner en peligro a Sadie por tu causa.

—¿Mi causa? —Entonces fue él quien se enfadó—. No es una causa. Estamos luchando por nuestras vidas, Ella. Por la tuya y la mía, y también la de Sadie. —Bajó entonces la voz—. Estas municiones y explosivos son difíciles de encontrar y son críticos para una operación inminente en Varsovia, parte de una batalla mayor que tendrá lugar después. Has de entender que la cloaca es el lugar perfecto. Escondido, imposible de encontrar. Tengo que hacerlo. —Esta vez no me lo estaba pidiendo, el riesgo era demasiado alto—. Solo será una noche.

—Pero es muy peligroso. Si se descubren las municiones, o si por algún motivo explotan, Sadie y sus amigos serán descubiertos.

—Eso no sucederá. —Para Krys, la idea de que su plan pudiera fallar era impensable. Aun así, yo sabía que cualquier cosa podría ocurrir.

—No puedes estar seguro —protesté. Había muchas cosas que podían salir mal.

—Te prometo que a Sadie no le pasará nada. Daría mi vida antes que dejar que eso ocurra. —Vi la determinación en su mirada—. En tu nota decías que estabas dispuesta a ayudar —añadió.

—Sí, pero... —Me había imaginado entregando un paquete, o ayudando de algún otro modo. De haber imaginado que pensaba arriesgar la seguridad de Sadie, jamás se lo habría ofrecido.

—Dijiste que harías cualquier cosa. Ahora es el momento de demostrarlo. —No respondí—. En este trabajo no hay medias tintas, Ella —me dijo con severidad—. O estás dentro o estás fuera. —Tenía los ojos encendidos y en ese momento me di cuenta de que estaba dispuesto a sacrificarlo todo por la causa en la que creía.

Sin embargo, yo no lo estaba. Me erguí, preparada para decirle que no y aceptar las repercusiones.

Se oyó un ruido debajo de la rejilla, miré hacia allá y vi a Sadie, que debía de haberse acercado al oír el ruido. Ella miró hacia arriba y parpadeó sorprendida al ver a tanta gente de pie sobre la alcantarilla.

El miedo ensombreció su mirada, pero, al reconocerme, sonrió.

—Ah, hola —dijo, confiada. Se me encogió el corazón. Vio a Krys detrás de mí—. ¿Va todo bien?

—Sí —respondí deprisa, después titubeé. ¿Cómo podría explicarle lo que Krys quería pedirle que hiciera?

Antes de poder seguir hablando, Krys se arrodilló junto a la alcantarilla y le describió a Sadie la situación en voz tan baja que me resultó imposible oírlo. Ella asintió mientras escuchaba, con los ojos muy abiertos, asimilando sus palabras con seriedad.

—Está bien —dijo haciéndome un gesto para que me acercara. Parecía aceptar la realidad de la situación de un modo que a mí me resultaba imposible—. Puedo hacerlo. —Le temblaba el labio.

—Sadie, no...

—Lo haré —insistió.

—Es demasiado peligroso. No puedo permitírtelo.

—No es decisión tuya —respondió—. No soy una niña, Ella —me dijo con más suavidad ahora, aunque todavía dolida—. Puedo decidir por mí misma y quiero hacer esto.

—Pero ¿por qué?

—Porque quiero ayudar. Antes ni siquiera sabía que siguiera habiendo gente buena como tú ahí fuera. Mucha gente me ha ayudado: Krys y tú, Kara, Pawel, el obrero que nos trajo a la cloaca. Y, después de todo lo que habéis arriesgado por mí, si puedo ayudar de algún modo, quiero hacerlo. —Levantó la barbilla con determinación—. Desde que empezó la guerra, lo único que he hecho es huir y esconderme. Esta es mi oportunidad de hacer algo, en vez de sentirme impotente. Quiero hacer mi parte. Puedo hacerlo —repitió, más convencida ahora.

—No tienes por qué —insistí.

—Lo sé, pero quiero hacerlo.

—Vamos a necesitar ayuda para bajar esto a la alcantarilla —dijo Krys, dando una palmada a una de las cajas. Parecían pesadas y me pregunté cómo habría logrado llevarlas hasta allí él solo. Sadie asintió con solemnidad. Desapareció durante unos minutos y regresó con un joven de barba. Supe al instante que se trataba de Saul, el chico de la cloaca del que me había hablado; el mismo del que estaba enamorada. Era pocos años mayor que nosotros, vestía la ropa de un judío religioso y tenía unos oscuros ojos amables. A juzgar por cómo se acercaba y se ponía delante de ella, como para protegerla de lo que fuera que estuviera sucediendo, supe que sus sentimientos eran correspondidos.

Sadie se volvió hacia él.

—Esta es Ella, la amiga de la que te he hablado. Es quien ha estado ayudándonos. Ella, este es Saul. —Noté el cariño en su voz al decir su nombre.

—Hola —le dije. Saul no respondió ni sonrió. Para él yo era el enemigo que estaba poniendo en peligro su seguridad, no podía confiar en mí. Su mirada amable se endureció al evaluar la situación.

—No esperarás en serio que hagamos esto —le dijo a Krys en voz baja, pero firme—. Esta cloaca lo es todo para nosotros, el único cobijo que tenemos.

—Lo sé —respondió Krys—. Y no os lo pediría si hubiera otra opción. Pero solo será por una noche.

Krys retiró la tapa de la alcantarilla y empujó la primera caja hacia allí.

—Apártate —le dijo Saul a Sadie mientras intentaba ayudar a Krys desde abajo. La caja resbaló y cayó a la cloaca con un sonido ensordecedor que reverberó en la calle. Recé para que las municiones fueran estables y no explotaran por el impacto. Después miré nerviosa a mi alrededor. Cualquiera que estuviera en el radio de una manzana habría oído el ruido. Krys me puso la mano en el hombro y escuchamos en silencio por si oíamos pasos, pero la calle permaneció tranquila. Pasados unos segundos, le pasó la segunda caja a Saul, que la colocó con cuidado en el túnel.

—No hace falta que las llevéis hasta el final —dijo Krys—. Basta con meterlas en el túnel para que no se vean.

—¿Sería conveniente que hiciésemos guardia y las vigiláramos? —preguntó Saul.

—No es necesario. Nadie sabe que las tenemos, o que las esconderíamos aquí. —Para la mayoría de la gente sería imposible imaginar que se podían esconder cosas en la cloaca, pensé, y mucho menos personas. Krys lanzó también una lona—. Podéis tapar las cajas con esto y dejarlas donde están durante esta noche. Alguien vendrá aquí a recogerlas antes de que salga el sol.

—¿Alguien? —le pregunté, volviéndome hacia él—. ¿No vendrás tú?

—Yo, si puedo. Si no, uno de mis hombres de confianza. —Me tomó las manos—. Nunca haría nada que pusiera en peligro a Sadie, ni a ti. —Me miró fijamente a los ojos, animándome a creerle.

¿Cómo iba a creerle, después de lo que estaba haciendo?

—Ya lo has hecho —le dije, apartándome. Me acerqué a la rejilla. Apenas veía a Sadie alrededor de las dos enormes cajas que ocupaban casi todo el espacio de entrada a la cloaca—. ¿Sadie?

—Estoy aquí. —Su voz sonaba amortiguada y, pese al hecho de que había insistido en ayudar, algo asustada.

—No tienes por qué hacer esto. Todavía puedes cambiar de opinión —le dije, aunque en realidad no sabía cómo. Sería casi imposible sacar las cajas de la cloaca y me pregunté cómo planeaba hacerlo Krys por la mañana.

—Estaré bien, Ella. Puedo hacerlo. —A lo lejos se oyó una sirena de la policía—. Ahora deberías irte a casa. Es peligroso que te quedes demasiado tiempo en la calle. —Incluso en aquellos momentos, se preocupaba por mí.

—Tiene razón —intervino Krys cuando la sirena pareció acercarse—. Deberíamos irnos.

Sin hacerle caso, permanecí allí. Apenas soportaba la idea de dejar a Sadie en unas circunstancias tan horribles. Pero no había otra opción.

—Volveré con el primer rayo de sol —le prometí, convencida de que, al abandonarla, estaba cometiendo el peor error de mi vida.

22

Sadie

Cuando Ella y Krys desaparecieron al otro lado de la rejilla, me volví hacia Saul.

—¿Y ahora qué?

—Supongo que podemos volver a la cámara a dormir. Krys ha dicho que no era necesario hacer guardia.

—No tengo sueño —le dije. Me costaba aceptar la idea de abandonar las municiones en el túnel e irme a dormir sin más, como si nada de aquello hubiera ocurrido.

—Yo tampoco. ¿Nos vamos a leer?

—Sí, vamos. —Emprendimos el camino hacia el hueco. Saqué el libro que había estado leyendo, pero Saul se quedó mirando al vacío—. ¿Qué sucede?

—Estoy bien. —Se frotó un ojo y después agitó la mano como para sacudirse algo—. No es nada. Es que han pasado muchas cosas en las últimas semanas. Primero la pérdida de Bubbe. Ahora esto. —Las lágrimas resbalaron por sus mejillas. Me acerqué más, desesperada por consolarlo.

—Sé que es difícil —le dije—. Lo siento mucho.

Se secó la cara con la manga.

—Debes de pensar que soy tonto, un hombre adulto que llora por su abuela. Tuvo una vida larga, y mucho más tiempo que mi hermano y que tantas otras personas ahora mismo. Y fue una bendición que muriera mientras dormía. Pero nos crio como si fuéramos sus propios hijos tras morir mi madre. Estuvo ahí toda mi vida.

Sentí muchas ganas de abrazarlo, pero me pareció inadecuado, de modo que entrelacé los dedos con los suyos.

—Lo comprendo. —Habíamos sufrido muchas pérdidas, muchas muertes. Bubbe se había mostrado difícil en ocasiones, era cierto, pero nuestras familias se habían vuelto una y yo también sentía el dolor de su pérdida. Al quedarnos tan poco a lo que aferrarnos, cada pérdida era una herida profunda, un agujero que se abría en el suelo a nuestros pies.

Saul dejó de llorar. Aun así, no sacó su libro y siguió mirando al vacío.

—¿Te encuentras bien? —le pregunté. No sabía si estaría pensando en su abuela o en las municiones, o en cualquier otra cosa.

De pronto se volvió hacia mí y me estrechó la mano.

—Cásate conmigo, Sadie —me dijo. Me quedé demasiado sorprendida para responder. No imaginaba que sus sentimientos fueran tan fuertes. Pero me miraba a los ojos con determinación y sinceridad—. Quiero que seas mi esposa. Te amo.

—Y yo te amo a ti. —Lo sabía desde hacía mucho tiempo, pero decirlo en voz alta hacía que pareciera más real—. Cuando salgamos de aquí...

—No algún día —me dijo, interrumpiéndome—. No quiero esperar. Quiero casarme contigo ahora.

—No lo entiendo. Eso no es posible.

—Sí que lo es. La ley judía no requiere que haya un rabino, solo alguien que esté al corriente de los rituales y requisitos. Mi padre puede casarnos. —Hablaba más deprisa ahora, ganando ímpetu con sus palabras—. Sé que debería pedirle permiso a tu madre —añadió en tono de disculpa—. Ojalá pudiera. ¿Qué opinas, Sadie? —Me miró a la cara, esperanzado.

No contesté de inmediato, sino que me planteé la pregunta. Tenía edad suficiente para casarme. Si no hubiera estallado la guerra, tal vez ya tuviera marido, quizás incluso un hijo. Pero me habían arrebatado ese mundo y la idea del matrimonio y de llevar una vida normal me resultaba tan extraña y lejana que apenas podía imaginarla. No obstante, amaba a Saul, mi lugar estaba con él. Me parecía adecuado tener una vida con él, incluso dadas las circunstancias.

Aun así, una parte de mí deseaba esperar. Todo había sucedido muy deprisa. La cloaca no era lugar para empezar una vida en común. Pese a todo, aquel horrible lugar era lo único que teníamos; tal vez nunca hubiese otro sitio. Era ahora o nunca, quizá la única oportunidad de convertir nuestro amor mutuo en algo permanente y real. Podríamos estar juntos, no solo en aquellos momentos robados en los que nos consolábamos el uno en brazos del otro más de lo que deberíamos, sino como hombre y mujer.

—Sí —dije al fin. Me sonrió, y fue la primera alegría sincera que veía en sus ojos desde la muerte de Bubbe. Entonces me besó—. ¿Cuándo? —le pregunté tras deshacer nuestro abrazo.

—¡Ahora! —exclamó, y ambos nos reímos—. Quiero decir, no esta noche, sino mañana. —Quise decirle que deberíamos esperar a que regresara mi madre. Pero a saber cuándo sería eso. Con cada día que pasaba, con cada semana, me parecía menos una esperanza que una fantasía—. Vamos a decírselo a mi padre cuando se despierte por la mañana, y podrá ayudarnos a prepararlo todo de inmediato. —Asentí y me pregunté si Pan Rosenberg se alegraría de la noticia. En otro tiempo, le habría molestado que yo no fuese practicante, tal vez incluso se habría negado a celebrar un ritual que no fuese estrictamente acorde. Aun así, todos nos habíamos visto obligados a cambiar allí abajo, y albergaba la esperanza de que me diera la bienvenida con cariño a su familia—. Podemos casarnos mañana —repitió Saul.

—Quiero ver a Ella primero, si lo consigo —le dije—. Me gustaría casarme bajo la rejilla para que pueda estar presente. —Sin mi madre allí, no me quedaba familia. Necesitaba que Ella estuviese a mi lado, o al menos lo más cerca posible.

Pensé que Saul protestaría, pero dijo que sí con la cabeza.

—Lo entiendo. Pero no deberíamos esperar mucho.

Nos quedamos sentados en silencio varios minutos. Saul apoyó la cabeza en la mía, era un gesto que se había vuelto habitual entre nosotros en las noches que pasábamos leyendo a la luz de la luna. Enseguida reconocí el sonido lento y regular de su respiración. Pensé que deberíamos volver a la cámara con su padre, quizás incluso ir a ver si las municiones seguían intactas. Pero Saul necesitaba descansar. No quería molestarlo, al menos de momento.

Empezaron a pesarme los párpados a mí también. Parpadeé varias veces, tratando de mantenerme despierta.

—Sadie... —oí que me llamaba una voz. Abrí los ojos sobresaltada. Seguíamos en el hueco. Me había quedado dormida pese a todo. No sabía cuánto tiempo había pasado. Saul estaba dormido a mi lado con la boca abierta—. ¡Sadie! —me llamó de nuevo la voz, con más energía esta vez. De pronto vi a Krys en la entrada al hueco, con expresión de pánico. Me sentí confusa por un segundo. Todavía era de noche.

—¿Qué haces aquí tan pronto? —le pregunté.

—He logrado gestionar el traslado de las municiones antes de lo esperado —respondió—. ¿Dónde están?

Me incorporé, tratando de orientarme.

—Las municiones —insistió—. ¿Qué habéis hecho con ellas?

—Las dejamos justo debajo de la rejilla de la cloaca —le dije—. Nos dijiste que no era necesario moverlas más adentro. Así que no lo hicimos. —Noté que Saul se agitaba junto a mí.

—Han desaparecido —me dijo Krys con los ojos muy abiertos. Me levanté de un brinco y lo seguí. Saul vino detrás de mí.

—Debes de haberte equivocado. —Me dije a mí misma que Krys no estaba familiarizado con la cloaca. Debía de haber mirado en el lugar que no era.

Sin embargo, al acercarnos al punto situado bajo la rejilla donde nos había pasado las cajas, el estómago me dio un vuelco.

Las municiones que nos había pedido vigilar habían desaparecido.

—Las dejamos ahí, como tú dijiste —le aseguré.

—Nos dijiste que no era necesario montar guardia —añadió Saul con tono defensivo.

—A lo mejor las ha trasladado otra persona —sugirió Krys con desesperación.

—Aquí solo estamos nosotros —le expliqué—. Y el padre de Saul.

—Él no tendría fuerza para moverlas —dijo Saul—. Quizá haya venido uno de tus hombres.

—No había ninguno disponible, por eso he venido yo. —Nos miramos los unos a los otros cada vez con más miedo. Nosotros no teníamos las municiones y Krys tampoco. Lo que nos dejaba solo con una única y aterradora posibilidad.

Alguna otra persona había entrado en la cloaca y se las había llevado.

—Volved a vuestro escondite —nos ordenó Krys.

—No tenemos ningún escondite. —Solo la cámara, a escasos metros de donde habían robado las municiones.

—Volved —repitió Krys, que no parecía haberme oído—. No salgáis, pase lo que pase, ni siquiera para ir a la rejilla. Iré a buscar las municiones. —Salió corriendo y el eco de sus pasos resonó en las paredes del túnel mientras se alejaba.

Cuando desapareció, Saul y yo nos quedamos en silencio, perplejos, varios segundos.

—Alguien ha estado aquí.

—Eso no significa que sepan lo de la cámara ni dónde está —sugirió Saul—. No significa que sepan que estamos aquí. —Sus palabras apenas fueron un consuelo. Alguien más había estado en la cloaca. Eso era más que suficiente—. Krys se encargará de todo

—me dijo, lo cual me sorprendió. Saul no confiaba en los no judíos, y el hecho de que contara con que Krys nos protegiera me pareció la señal más amenazante de todas—. Intenta no pensar más en ello. Tenemos una boda que planear —bromeó, tratando sin éxito de ahuyentar la preocupación de sus ojos.

—¿Todavía quieres casarte, después de todo lo que acaba de pasar?

—Más que nunca. Aquí abajo, cada día es un regalo. Nadie tiene asegurado el mañana. —Asentí. No se me había ocurrido verlo de ese modo, pero Saul tenía razón. Incluso antes de que Krys escondiera las municiones, nuestra vida en la cloaca era peligrosa e incierta—. ¿Por qué no aprovechar este breve momento de felicidad mientras podamos?

—De acuerdo —le dije. Regresamos a la cámara y entramos en silencio para no despertar a Pan Rosenberg. Me metí en la cama. Sin embargo, no podía dormir y empecé a dar vueltas de un lado a otro. Repasaba mentalmente una y otra vez el incidente con las municiones. Alguien había estado en la cloaca. El peligro me parecía más cercano y nuestra situación insostenible.

Al oírme inquieta, Saul atravesó la estancia. Se metió en la cama y se tumbó a mi lado.

—¿Te importa? —me preguntó. No pude responderle por el nudo que se me formó en la garganta. Me abrazó por detrás y se me aceleró el corazón al preguntarme si intentaría llevar las cosas más lejos, ahora que íbamos a casarnos. Pero se limitó a abrazarme—. Un día más —me susurró al oído, y supe exactamente a qué se refería. Al día siguiente, por la noche, podríamos estar juntos como hombre y mujer. Aun así, me parecía una eternidad. Me imaginé nuestra vida después de la guerra, Saul escribiendo y yo estudiando para ser doctora. Hacía mucho tiempo que no creía que esa clase de sueños se cumplieran algún día. No sabía dónde, pero estaríamos juntos. Me quedé dormida en su cálido abrazo y dormí profundamente por primera vez desde que se fuera mi madre.

Por la mañana, al despertarme, Saul ya se había ido.

—Se ha ido a preparar las cosas —me dijo Pan Rosenberg.

Saul ya debía de haberle contado a su padre la noticia de nuestra boda. Observé el rostro de Pan Rosenberg en busca de alguna reacción.

—¿No te importa?

Me sonrió con brillo de emoción en la mirada.

—¡Sadele, no podría hacerme más ilusión! —Supe entonces que nuestro matrimonio sería un voto de confianza, la promesa de que existiría un futuro. Nos aportaría a todos, incluido Pan Rosenberg, un poco de esa esperanza que tanto necesitábamos. Se le nubló entonces el semblante—. Solo desearía que tus padres pudieran estar aquí para verlo. Sin embargo, espero que me permitas ser un padre para los dos. —Vi entonces que había arrancado una página de uno de sus libros y estaba intentando escribir una *ketubá* improvisada para nosotros.

No sabía dónde había ido Saul ni qué esperaba que hiciera yo a modo de preparativos para la boda. De modo que empecé a prepararme y me puse el vestido que me había regalado Ella, que había logrado mantener relativamente limpio. También me arreglé el pelo lo mejor que pude. Volví a pensar en las municiones y me pregunté si Krys habría sido capaz de encontrar las cajas o averiguar quién había entrado en la cloaca para llevárselas.

Pese al consejo de Krys de quedarme en la cámara, a las once en punto, la hora habitual de mi encuentro con Ella, me dirigí hacia la rejilla. Me hacía ilusión contarle nuestros planes de boda y pedirle que formara parte de ello. Sin embargo, no llegó a su hora habitual, ni después. Me pregunté si Krys le habría contado lo sucedido con las municiones y le habría prohibido acudir a la alcantarilla también, y si ella le habría hecho caso. ¿Cómo iba a poder encontrarla y contarle la noticia de nuestra boda?

Una hora más tarde, regresé a la cámara, decaída.

—Ella no ha venido —le dije a Saul, que ya había vuelto—. ¿Y si ha ocurrido algo?

—Seguro que todo va bien —me tranquilizó, aunque no podía saber con certeza si eso era cierto.

—Eso espero. Aun así, me gustaría que estuviera presente cuando nos casemos. ¿Podemos esperar un poco más para ver si aparece? —Atisbé la decepción en su rostro—. Sé que, con lo de las municiones y todo lo que ha ocurrido, parece que no deberíamos perder un minuto. Pero estoy segura de que mañana vendrá. Lo sé.

—Por supuesto —me dijo Saul con una sonrisa—. ¿Qué importa un día más cuando tenemos el resto de nuestra vida? Pero, Sadie, ¿y si mañana tampoco viene?

Era una pregunta que no podía soportar plantearme.

—Entonces nos casaremos sin ella. —Saul tenía razón; no podíamos esperar para siempre.

El día pasó despacio.

—Voy a emplear el tiempo en ver si puedo encontrar algunos elementos para construirnos una *jupá* en condiciones —anunció Saul, alegremente, esa noche después de la cena.

—No es necesario. —La cloaca entera formaba una especie de palio nupcial que nos protegía del cielo. Pero Saul parecía tan emocionado que no quise disuadirlo—. Ten cuidado. —Me dio un beso rápido y se adentró en el túnel.

Pasó una hora, después dos, y empecé a preocuparme. Conforme anochecía, confié en que no se hubiera aventurado demasiado lejos en su búsqueda, llevado por su entusiasmo, y se hubiera metido en problemas. Me planteé ir a buscarlo, pero no sabía qué camino había tomado a través de los túneles. A esas horas, podría estar en cualquier parte.

—¿Crees que estará bien? —me preguntó Pan Rosenberg con un hilo de voz.

—Sí, desde luego —respondí, obligándome a parecer convencida—. Solo está buscando cosas para la boda. —Sin mucho ánimo, el padre de Saul no se preparó aquella noche para irse a la cama como solía hacer, sino que empezó a dar vueltas, nervioso, de un lado a otro.

Por fin, bien pasada la medianoche, Saul apareció en la entrada de la cámara.

—Saul, ¿dónde estabas? Estaba muy preocupada. ¿Va todo bien? —Las preguntas me salieron atropelladas.

Negó con la cabeza y, al ver la expresión sombría de su rostro, se me encogió el corazón. Justo entonces vi aparecer a su espalda una sombra oscura.

—¿Ella? —Me sorprendió ver a mi amiga en la cloaca por primera vez—. ¿Qué estás haciendo aquí? —Deseé por un segundo que, pese a lo absurdo de la hora, Saul la hubiera invitado a la boda y que ella hubiese accedido.

Al fijarme en su expresión, no obstante, supe que aquello no podía estar más lejos de la verdad.

—La cloaca ya no es segura. Necesito que vengáis todos conmigo de inmediato.

23

Ella

Después de que Krys metiera las municiones en la cloaca y abandonáramos la alcantarilla, regresé a casa. Me pasé la noche despierta, imaginando las cosas horribles que podrían pasar. Me reprendí a mí misma diciéndome que no debería haber permitido que Sadie dijera que sí. Veía su cara, tímida, aunque decidida a ayudar en lo que pudiera. Ni Saul ni ella estaban equipados para lo que Krys les había pedido que hicieran por el Ejército Nacional. En circunstancias normales, no sería tan difícil almacenar unas pocas cajas durante una noche. Pero en la existencia de Sadie no había nada normal; había al menos media docena de razones por las que todo podría salir horriblemente mal, y yo las repasaba todas en mi cabeza una y otra vez, como si fuera un mal sueño del que me era imposible escapar.

A la mañana siguiente, salí de casa antes del amanecer, demasiado inquieta y preocupada para esperar más. Tenía que ver a Sadie y asegurarme de que estuviese bien. El aire de la mañana de agosto era cálido y húmedo mientras atravesaba el puente desierto. Fui primero a la rejilla, pero, por supuesto, Sadie no estaba allí a una hora tan temprana. No veía nada ahí abajo. Desde ahí me fui a Dębniki. La cafetería estaba cerrada, así como las puertas del sótano que conducían a la *piwnica*. Incluso subí a la habitación del último piso donde se alojaba a veces Krys, pero la encontré vacía.

Cuando abrí la puerta y me asomé a aquel espacio diáfano, me dio la impresión de que no hubiera habido nadie allí, ni esa noche ni nunca antes.

Me noté más ansiosa. No encontraba a nadie ni sabía qué había ocurrido. Derrotada, emprendí el camino de vuelta hacia el centro de la ciudad. Tendría que esperar horas hasta la hora habitual de mi encuentro con Sadie. Después de todo lo ocurrido, ni siquiera sabía si acudiría. Llegué a nuestra casa en la calle Kanonicza y entré, con la esperanza de cruzar el recibidor sin hacer ruido y saltarme el desayuno. No soportaba la idea de sentarme con Ana Lucia y conversar con ella. Pero, al pasar frente al comedor, lo encontré sorprendentemente tranquilo, con la mesa despejada. Tampoco oí a Hanna en la cocina. Me pregunté si mi madrastra ya habría comido o no habría bajado aún de su habitación. Quizá ni siquiera estuviese en casa. Empecé a subir las escaleras.

Al aproximarme a la cuarta planta, oí un crujido procedente del piso de arriba. Aumentó mi inquietud. Había alguien en el desván.

—¿Hola? —dije. Recé para que fuera Hanna, que estuviera limpiando. Pero las pisadas eran demasiado pesadas y el sonido de los movimientos parecía deliberado.

Ana Lucia apareció en la puerta de mi dormitorio, con las mejillas sonrojadas y sin aliento, como si hubiera estado escalando una montaña. Tenía un gesto triunfante.

—¿Qué es esto? —preguntó.

En la mano llevaba el collar de Sadie.

Se me heló la sangre. Ana Lucia tenía el collar de Sadie con las letras hebreas. ¿Cómo lo había descubierto? Husmeando en mi habitación. No me sorprendió, pero me pregunté qué le habría hecho ir a buscar.

—¿Has rebuscado entre mis cosas? ¿Cómo te atreves? —le espeté, escandalizada.

Sin embargo, Ana Lucia llevaba ventaja y además lo sabía. Dio un paso al frente, sin dejarse amedrentar.

—Los judíos, ¿dónde están?

—No tengo ni idea de lo que estás hablando. —Jamás traicionaría a Sadie ante Ana Lucia.

De pronto se le iluminaron los ojos.

—Sí que hay judíos, ¿verdad? —Aunque yo no había admitido nada, sus sospechas parecieron confirmarse—. Y les estás ayudando. Por eso estuviste haciendo tantas preguntas sobre ellos en mi comida hace unos meses. Friedrich estará encantado de tener esta información.

—¡No te atreverás! —Me la imaginé planificando cómo contárselo a su novio nazi, calculando los favores que esa información le proporcionaría.

—¡Menudo panorama me dejó tu padre! Tú, una bienhechora entrometida y amante de los judíos. Y ese hermano tuyo, ese *ciota*. —Empleó un término horrible para referirse a los hombres a quienes les gustaban otros hombres.

—¡No metas a Maciej en esto!

—¿Te crees que en París tratan mucho mejor a los gais? —me preguntó, después sonrió con crueldad. Se me encogió el corazón al pensar en mi hermano, tan lejos de allí—. Sois los dos una vergüenza.

—Mejor que tú, que colaboras con esa escoria nazi —le dije alzando la barbilla en actitud desafiante.

Se acercó más y levantó la mano como si fuera a abofetearme. Pero después volvió a bajarla con la misma rapidez.

—Tienes una hora —anunció con calma.

—¿Para qué? —pregunté, confusa.

—Para marcharte. Recoge tus cosas y vete.

Me quedé mirándola asombrada. Había nacido en esa casa, había pasado allí toda mi vida.

—No puedes hacer eso. Esta es mi casa. Pertenece a mi familia.

—Pertenecía. —La miré sin entender—. Los papeles de la herencia de tu padre llegaron la semana pasada. Iba a decírtelo, pero nunca estás aquí porque andas por ahí con esas ratas de alcantarilla que son los judíos. —Los papeles eran la notificación oficial de la muerte de Tata y declaraban que su testamento podía ya legitimarse—. Ahora que él no está, el testamento estipula que la casa y todo lo que hay dentro me pertenece.

—Eso no puede ser cierto. —No podía creerme que Tata hubiera sido tan insensato. ¿Tan ciego había estado ante la crueldad de Ana Lucia como para dejárselo todo a ella? Quizá fuese una trampa, una maniobra legal por parte de ella. No tenía manera de saberlo—. Pero ¿dónde voy a ir? —Me entró el pánico. Por un momento me planteé suplicarle. Si dejaba de ayudar a Sadie, o si lo prometía al menos, tal vez me dejara quedarme allí.

—Ese no es mi problema. Pero te aconsejo que no acudas a ver a tus judíos. Ellos tampoco durarán mucho allí.

Se me heló la sangre. El propósito de sus palabras era inconfundible: iba a contarles a los alemanes lo de Sadie.

—No creerías en serio que ibas a poder salvarlos, ¿verdad? —me preguntó con tono burlón y cruel.

Me lancé hacia ella y la agarré del cuello. Mi instinto me decía que apretara hasta dejarla sin aire. Pero eso no me ayudaría, ni tampoco a Sadie. La solté un segundo más tarde. Retrocedió llevándose las manos a las marcas rojas que le habían dejado mis dedos en el cuello.

—¿Cómo te atreves? —preguntó, casi sin aire—. Debería hacer que te arrestaran ahora mismo.

Supe al instante que no lo haría. Sería incapaz de soportar el espectáculo y la vergüenza de que la policía sacase a rastras de su casa a su propia hijastra.

—Eres mala, Ana Lucia. Pero tu tiempo casi se ha acabado. Los ejércitos aliados están avanzando. Pronto liberarán la ciudad. —Era un farol; aunque había oído que el ejército alemán estaba teniendo dificultades con los Aliados en Italia y con los soviéticos en el este, no sabía cuándo llegarían realmente a Cracovia.

Pero eso Ana Lucia no lo sabía.

—Los rusos no están cerca de la ciudad —respondió. Pero advertí el destello de la duda en sus ojos.

—Lo primero que harán cuando expulsen a los alemanes será ir a por los colaboracionistas como tú —añadí.

Parpadeó varias veces, como si, hasta ese momento, no se hubiese planteado en absoluto la realidad de su situación. El miedo en sus ojos se hizo más profundo.

Retrocedí, satisfecha, y me dispuse a marcharme.

—Ella, espera. —Me volví hacia ella. Vi el pánico en su cara mientras asimilaba las consecuencias de lo que le había dicho—. Quizá me haya precipitado un poco. Si dejas de ayudar a los judíos, tal vez podamos ayudarnos la una a la otra, encontrar la manera de salir de esto. —Advertí cierto tono de súplica en su voz—. Podríamos ir al sur de Francia. Tengo algo de dinero ahorrado en Zúrich. Podrías escribir a Maciej, pedirle que me envíe un visado para mí también. —No le había contado lo del visado que Phillipe, el amigo de Maciej, me había enviado. No debería haberme sorprendido, y aun así me di cuenta por primera vez de que había estado leyendo mi correo.

Vacilé un instante. En otra época, habría buscado la aceptación de mi madrastra. Ahora me la ponía delante de los ojos como una zanahoria y una parte de mí deseaba ceder. Pero solo hablaba por desesperación, por el hecho de que tal vez yo pudiera ofrecerle la ayuda que necesitaba. Entonces vi cómo apretaba el collar de Sadie entre sus dedos gordos y codiciosos.

—Vete al infierno, Ana Lucia.

Le arrebaté el collar y, con solo la ropa que llevaba puesta, empecé a bajar las escaleras. Al llegar a la puerta principal, me volví para contemplar por última vez el lugar que albergaba todos los recuerdos de mi familia que conservaría por siempre. Me erguí y empecé a alejarme, dejando atrás para siempre el hogar de mi infancia.

Fuera, corrí por las calles sin rumbo, como si Ana Lucia ya hubiese llamado a la policía y pudieran atraparme en cualquier momento.

El corazón me latía desbocado. Pero, al ver las expresiones de alarma de quienes me rodeaban, aminoré el paso; no podía permitirme llamar la atención.

Atravesé el puente para entrar en Dębniki y caminé en dirección a la cafetería. Entonces vacilé. Poco tiempo antes estaba cerrada. Pero ya era de día y recé para que Krys, o al menos Kara, estuviera allí. Por suerte la puerta de la cafetería estaba abierta. No había nadie dentro, así que bajé deprisa las escaleras hacia la *piwnica*. Encontré a Krys detrás de la barra, estudiando un mapa que había extendido por el suelo.

—Ella —dijo al verme, poniéndose en pie. No sonrió. Estaba demacrado, con los ojos hundidos y preocupados, como si no hubiera dormido nada—. No puedes estar aquí. —Su voz era tajante y me pregunté si estaría enfadado conmigo por discutir sobre las municiones la noche anterior.

Pero supe por su semblante sombrío que sus preocupaciones iban mucho más allá de nuestras desavenencias.

—¿Qué sucede? —le pregunté—. ¿Le ha ocurrido algo a Sadie?

—Está bien. —Hizo una pausa—. Pero las municiones... Alguien se las ha llevado.

El miedo se apoderó de mí.

—¿Quién?

—No lo sabemos. La policía, creemos, o tal vez una patrulla alemana.

—¿Entraron en la cloaca? —Asintió, y me quedé horrorizada. Se había producido la peor situación de todas, la que Krys había jurado que no era posible—. ¿Saben lo de Sadie y los demás?

—No creo. —Vaciló un instante—. No lo sé.

Vi el peligro a un paso. Quise gritarle que sabía que no debería haber escondido las municiones en la cloaca, que ya se lo había dicho. Imaginé lo aterrorizada que debía de haber estado Sadie al descubrir que alguien había entrado allí. Pero nada de eso importaba ya.

—Vamos a ir a buscar las municiones y a quienquiera que se las haya llevado —me dijo Krys—. Hay un equipo buscándolas y voy a reunirme con ellos ahora. Pero, en cualquier caso, vamos a tener que trasladar a Sadie y a los demás de inmediato.

—Probablemente sea lo mejor de todas formas —convine.

Entonces fue él quien me miró confuso.

—¿Por qué? ¿A qué te refieres?

—Ana Lucia ha encontrado el collar de Sadie que yo tenía escondido. —Los ojos de Krys se oscurecieron mientras asimilaba las consecuencias de lo que estaba diciéndole. Esperé a que me regañase por hacer algo tan absurdo como esconder objetos de valor judíos, pero no lo hizo—. Ha atado cabos y ha descubierto que he estado ayudando a los judíos. Todavía no sabe lo de la cloaca, o al menos eso creo. Pero me ha echado de casa.

La rabia le nubló la vista, seguida inmediatamente por la resignación.

—Lo siento. Sé lo disgustada que debes de estar. Pero, sinceramente, es lo mejor que podría haber pasado. Cuando los Aliados liberen al fin la ciudad, no querrás estar cerca de una colaboracionista como ella.

Tenía razón, por supuesto.

—Pero es cuestión de tiempo que les diga a los alemanes lo que he hecho. —Esperé a que me quitara la razón.

Pero no lo hizo.

—Te buscaremos un lugar al que ir, te sacaremos de la ciudad —respondió en cambio. Vi sus ojos moverse de un lado a otro mientras ideaba un plan—. Tu hermano está en París, ¿verdad? Puedes irte con él.

—Sí. —Sopesé por unos instantes la idea de irme a vivir con Maciej. En otro tiempo me había parecido un sueño, pero ya no—. No —dije despacio—. No quiero irme con mi hermano.

—Me refiero a después de que saquemos a Sadie de la cloaca. De esa forma sabrás que están a salvo antes de marcharte a París.

—No es solo eso. Tampoco quiero dejarte a ti. —Sentí las palabras por primera vez mientras las pronunciaba. Krys y yo éramos complicados e imperfectos, y discutíamos con frecuencia. Sin embargo, lo amaba igual que antes de que se fuera a la guerra. Quizá más. El destino nos había permitido encontrarnos una segunda vez; sin duda no nos concedería una tercera oportunidad.

—Siento lo mismo —admitió—. Pero, con mi trabajo, no podemos estar juntos ahora.

—Deja que me una a vosotros. —Se quedó mirándome como si no se creyera mis palabras—. No solo para esconder cosas, sino unirme de verdad. —Era el mensaje que había querido darle el día que había ido a buscarlo a la cafetería y le había dejado la nota. Entonces no había podido contárselo todo, pero ahora sí podía—. Dijiste que hay mujeres en el Ejército Nacional, ¿verdad? —Asintió—. Quiero ser una de ellas. No solo hacer recados, sino formar parte de ello. —Aguanté la respiración, esperando su reacción—. ¿O no crees que pueda hacerlo?

—Creo que no hay nadie más adecuado para el trabajo. —Me enorgullecí al oírle decir aquello—. Pero me temo que es imposible. Verás, ha llegado el momento de la verdad. Se va a producir una gran revuelta en Varsovia y casi todos nuestros esfuerzos, nuestros hombres y nuestro material pronto se concentrarán allí.

—¿Incluyéndote a ti?

—Incluyéndome a mí.

El corazón se me encogió.

—Pero en Varsovia la situación es aún más peligrosa.

—Y por eso debo ir —respondió con solemnidad—. Me necesitan allí.

—No puedo soportar perderte de nuevo. —Quise rogarle que no se fuera, pero estaba decidido, y hacer cualquier otra cosa le habría hecho sentirse menos válido de lo que era. Me dio un vuelco el corazón al pensar que me abandonaría una vez más—. Entonces iré contigo —dije, sorprendiéndome a mí misma.

—¿A Varsovia? Pero, Ella, es demasiado peligroso —protestó—. Tú misma lo has dicho.

—Ya nada es seguro —respondí. Me miró como si quisiera rebatirme, pero no podía—. Deja que me una a vuestra lucha. —Gané seguridad al decirlo, me creí mis palabras. Realmente deseaba hacer aquello—. Al menos de esa forma estaremos juntos pase lo que pase.

Vaciló unos instantes y pensé que iba a decir que no.

—De acuerdo —dijo al fin, y me sorprendió—. Te quiero, Ella. Podemos marcharnos juntos. —Me estrechó entre sus brazos y me abrazó.

—Pero, por supuesto, primero debemos ayudar a Sadie. No me marcharé antes de hacerlo —añadí con determinación.

—Confirmaré que tenemos salvoconducto para ellos y me encargaré de las municiones. Luego podremos ayudar a Sadie y nos iremos. —Hizo que todo pareciera muy fácil.

—Iré a buscar a Sadie y a los demás para decírselo. Debería estar en la rejilla dentro de una hora más o menos.

Krys negó con la cabeza.

—Me temo que no será posible. Le dije que se quedara escondida y que no se acercara a la rejilla pasara lo que pasara.

—Entonces tendré que bajar a buscarla yo misma —dije tras tomar aliento. Intenté parecer segura, pero por dentro estaba temblando. No había sido capaz de entrar en la cloaca antes. ¿Cómo iba a lograrlo ahora?

—Ella, no. Las tuberías están minadas.

—¿Minadas?

—Acabo de descubrirlo, después de que robaran las municiones. Los alemanes han empezado a minar los túneles para fortificar la ciudad. Pretenden detonarlos cuando al fin lleguen los Aliados, pero sería demasiado fácil tropezar con uno de los cables antes de tiempo. —Pensé entonces en Sadie y en los demás. ¿Cuántas veces habían recorrido esos túneles, ajenos al hecho de que podían volar en pedazos en cualquier momento?—. Así que ahora entiendes por qué no puedes bajar ahí.

—Si Sadie está en peligro, tengo que ir ahora más que nunca —respondí.

—Al menos espera a que yo vaya contigo. No podemos rescatarla hasta que no le encontremos un lugar al que ir. Primero tengo que reunirme con mi equipo y asegurarme de que han encontrado las municiones. Y tengo que organizar un salvoconducto para Sadie y sus amigos. Déjame hacerlo y me reuniré contigo junto a la rejilla del callejón a medianoche.

—Pero podría ser demasiado tarde. Tenemos que avisar a Sadie y a sus amigos ahora mismo.

—Es lo mejor que podemos hacer. Sé que no puedes regresar a tu casa por Ana Lucia. Puedes quedarte en mi habitación de arriba hasta que llegue el momento de ir a por Sadie.

—Y entonces, cuando esté a salvo, tú y yo podremos marcharnos juntos a Varsovia. Quizá podríamos incluso casarnos. —Aquel viejo sueño brilló entre mis recuerdos.

—Eso espero —me dijo con menos seguridad de la que habría deseado. Por un segundo resurgieron mis antiguas dudas; tal vez no sintiera lo mismo que yo—. Te quiero con todo mi corazón y deseo casarme contigo. Pero ahora todo es incierto. No volveré a hacerte una promesa que no pueda cumplir. —No dudaba de sus sentimientos hacia mí, sino del futuro en sí—. Pero quiero que sepas una cosa, Ella: te esperaré. Vendré a por ti. Y, pase lo que pase, jamás volveré a abandonarte. —Sus palabras significaron más que cualquier voto matrimonial.

Me dio un beso largo y apasionado y después se marchó.

24

Ella

Aquella noche esperé junto a la rejilla de la cloaca del callejón de detrás de la iglesia, como me había ordenado Krys. Tras despedirme de él, había pasado casi todo el día en la habitación vacía del piso de arriba de la cafetería. Había querido intentar ver a Sadie, o al menos recorrer las calles de Cracovia una vez más antes de abandonar la ciudad para siempre. Pero no me atrevía a hacer nada por no arriesgarme a que me viera Ana Lucia o alguno de sus conocidos y poner así en peligro nuestro plan.

Escondida ahora entre las sombras del callejón, el corazón me latía con una mezcla de nerviosismo y anticipación. En cualquier momento esperaba que apareciese Krys, con su silueta imponente recortada contra el cielo iluminado por la luna. Tendríamos que entrar en la cloaca para encontrar a Sadie, cosa que temía, y rescatarla a ella y a los demás sería algo difícil y peligroso. Pero, cuando ya estuvieran a salvo, Krys y yo podríamos marcharnos y comenzar nuestra vida juntos.

Sin embargo, Krys no apareció.

El tiempo pasó despacio mientras esperaba. En una ocasión creí ver una sombra a la entrada del callejón. Pero solo era un coche que pasaba por allí. El reloj de la iglesia dio las doce y media de la noche, después la una de la madrugada, y Krys seguía sin llegar. Intenté no entrar en pánico, pensar en todas las razones por las que podría haberse retrasado. Quizá su propósito de encontrar las municiones le hubiera llevado más tiempo del esperado, o se había visto obligado a buscar otra forma de llegar hasta la alcantarilla para evitar a los alemanes, como me había pasado a mí con frecuencia.

No obstante, conforme pasaba el tiempo, mis excusas se volvieron más difíciles de aceptar. Cuando el reloj dio las dos, supe que había pasado algo. No podía quedarme allí plantada y seguir esperando. Pero tampoco podía entrar en la cloaca y rescatar a Sadie sin Krys; no sabía cuál era su plan de escape. Tenía que encontrarlo.

Cuando empecé a alejarme del callejón, intenté no entrar en pánico, imaginarme alguna explicación no terrible que justificase su ausencia. Le había visto muy convencido de reunirse conmigo allí para ayudar a Sadie, y de marcharnos después juntos. Había ocurrido algo, algo horrible, estaba segura. Tenía que averiguarlo.

Corrí hacia la calle Barska. La cafetería estaba cerrada al ser tan tarde, de modo que rodeé el edificio hasta la parte de atrás y bajé a la *piwnica*, donde encontré a Kara detrás de la barra, sirviendo cerveza a los pocos clientes que quedaban. Cuando me vio, su expresión se volvió cauta. Supe entonces que había ocurrido algo horrible.

—¿Qué pasa? —pregunté—. ¿Qué le ha ocurrido a Krys? —Hablaba demasiado alto, sin molestarme en ser discreta. Pero, con el miedo, ya me daba igual.

Kara me arrastró detrás de la barra y me metió en el almacén donde había escondido a Sadie el día en que fui al hospital a buscar a su madre.

—Han arrestado a Krys.

«Arrestado». Aquella palabra retumbó en mi cabeza.

—Pero ¿cómo?

—Él fue con dos de nuestros hombres en una misión de reconocimiento para intentar recuperar las municiones. Descubrieron que se las había llevado un ladrón callejero que se había topado con ellas mientras buscaba chatarra. Tenía planeado vendérselas a los alemanes. Intentaron interceptarlo antes de que pudiera entregar las municiones, pero resultó ser una trampa. El muy desgraciado había sido sobornado para atraer a Krys y a los otros hasta los alemanes. Uno de sus hombres logró escapar, pero a Krys y al otro los arrestaron.

—Tenemos que ayudarle —dije, alzando la voz.

—No hay nada que podamos hacer.

—Seguro que, si se lo dices a alguno de vuestros contactos en el Ejército Nacional, intentarán hacer algo para rescatarlos.

—No pueden arriesgarse ahora —me respondió, negando con la cabeza—. Y hemos recibido órdenes de no intentar nada que pueda poner en peligro las operaciones. Los hombres que han sido capturados no querrían que los salvásemos a costa de la misión. Son buenos hombres y no cantarán, no dirán lo que saben. Solo podemos rezar por ellos.

Intenté asimilar lo que Kara me estaba diciendo: nadie iba a ir a ayudar a Krys. A cambio de todo lo que había entregado, lo dejarían abandonado ante una muerte segura. Tenía que hacer algo.

—Voy a ir a buscarlo —dije, y me dispuse a marcharme de allí. No tenía ni idea de cómo llegar hasta él, pero tenía que intentarlo.

—¡Para! —Kara me agarró por los hombros y me giró hacia ella—. Te comportas como una niña impulsiva y así acabarás muerta. No se puede volver del lugar al que ha ido Krys, ¿lo entiendes? —No respondí, me negaba a reconocer la verdad de lo que decía.

—Pero no puedo abandonarlo sin más —protesté—. No puedo perderlo, ahora no, cuando por fin habíamos vuelto a encontrarnos.

Había perdido a Krys para siempre. Sentí que mi corazón agonizaba.

—Si vas a buscarlo y te arrestan, entonces todo lo que él hizo, todo su dolor y sufrimiento, no habrá servido para nada. Haz que valga la pena. Ve a salvar a tu amiga, y a ti misma, como planeabas hacer.

Pensé entonces en Sadie. Krys jamás les revelaría su paradero a los alemanes. Pero el ladrón que había robado las municiones sin duda les habría contado dónde las había encontrado. Solo era cuestión de tiempo que los alemanes registraran las alcantarillas para ver qué más podría haber allí abajo.

—Kara, por favor... —Apenas me atrevía a preguntar—. Krys tenía un plan para sacar a Sadie y a sus amigos de la ciudad.

No me respondió, pero vi en sus ojos que sabía dónde había planeado llevarlos Krys.

—¿Por qué debería ayudarte? —me preguntó con amargura—. Krys y los demás se han ido. —Vi entonces que tenía los ojos rojos y surcos en las mejillas por donde habían resbalado las lágrimas—. Se acabó, Ella. Ya nada importa.

—Claro que importa. Todavía hay que luchar en Varsovia. Krys y yo íbamos a sumarnos a la lucha después de poner a salvo a Sadie. Eso importa, y Sadie y sus amigos también importan. Deberías ayudarlos porque es lo que Krys habría querido que hicieras. Y porque, si no lo haces, todo lo que él ha hecho habrá sido en vano.

Algo pareció iluminarse en sus ojos.

—De acuerdo —accedió—. Kryspinów, ¿lo conoces? —Dije que sí con la cabeza. Estaba familiarizada con ese pequeño pueblo a unos quince kilómetros de Cracovia—. Hay un establo detrás de la estación de tren. Allí hay un conductor de camión contratado por el Ejército Nacional para llevar paquetes especiales hasta la frontera. Se supone que ha de llevar a Sadie y a sus amigos por la ciudad de Poprad para cruzar los montes Tatras y entrar en la República Eslovaca.

—Pero la República Eslovaca también está ocupada por los nazis.

—Sí, no pueden quedarse allí. No es seguro. Pero hay una ruta por tierra que han tomado algunos refugiados a través de Rumanía hasta llegar a Turquía. Nuestros contactos los guiarán y los entregarán allí.

—Eso está muy lejos —dije imaginándome la ruta. La cabeza me daba vueltas—. Incluso aunque podamos sacar a Sadie y a sus amigos de Polonia, su supervivencia no está en absoluto garantizada.

Kara asintió.

—Le dije a Krys que era una locura, pero me contestó que era la única manera.

Una manera que resultaría más imposible ahora sin Krys, pero no podía abandonar a Sadie. Tendría que intentarlo sola. Me dispuse a marcharme de la *piwnica*.

—Espera —me dijo Kara. Me volví de nuevo—. Si consigues sacar a los judíos de la cloaca, me reuniré con vosotros en la rejilla y te ayudaré a sacarlos de la ciudad.

—¿De verdad?

Se encogió de hombros.

—Tú lo echarás todo a perder si te dejo hacerlo sola —me dijo. Aunque hablaba con tono despectivo, me di cuenta de que le importaba aunque fuera un poco.

—Gracias. —Al llegar a la calle, me detuve y fui consciente de lo que Kara acababa de decirme: Krys se había ido, probablemente para siempre. Vi su cara ante mí, oí su promesa de que jamás me abandonaría. Y sin embargo, lo había hecho. Habíamos perdido demasiado tiempo peleando desde nuestro reencuentro. Y al final, ninguna de esas cosas importaba en realidad.

Traté de contener la pena. Si quería rescatar a Sadie, tendría que hacerlo ya. Iba a tener que entrar en la alcantarilla yo sola.

Quince minutos más tarde, me hallaba sobre la rejilla de la cloaca del callejón una vez más, mirando hacia abajo. El cielo estaba totalmente oscuro, las nubes cubrían la poca luz que habrían podido proporcionarme las estrellas. No distinguía nada allí abajo.

—¿Sadie? —dije en voz baja, con la esperanza de que, por casualidad, hubiera acudido a buscarme en mitad de la noche, o al menos estuviera cerca. El eco de mi voz no obtuvo respuesta en la tubería. Sadie no estaba allí. Si quería encontrarla, iba a tener que bajar a la cloaca.

Retiré la rejilla y la levanté con esfuerzo. Aquel agujero redondo me pareció más estrecho que antes. Solo el hecho de mirar hacia el suelo hacía que me costase respirar. Y dejarme caer en su interior no era la peor parte. Sadie me había hablado en más de una ocasión de las pequeñas tuberías por las que tenía que arrastrarse, apretujada, para moverse por la cloaca. Yo no podría hacer eso. Aun así, tenía que encontrarla y advertirle con tiempo. No me quedaba otra opción.

Me introduje poco a poco en la alcantarilla, aferrándome a los bordes afilados y húmedos de la rejilla. Traté de encontrar el suelo con los pies. Pero sabía que por lo menos me quedaba un metro más hasta llegar abajo, porque había visto a Sadie hacerlo. Tendría que soltarme y dejarme caer, pero la idea me aterrorizaba, me parecía casi imposible. Tomé aliento y cerré los ojos. Entonces solté la tapa de la alcantarilla y me dejé caer hacia la tierra.

Caí al suelo con un golpe seco y el agua mugrienta salpicó a mi alrededor, ensuciándome las medias y el vestido. Había olido la cloaca muchas veces desde la calle. Sin embargo, nada podía prepararme para la pestilencia que saturaba el aire allí abajo, mil veces peor. Fui consciente de la realidad de la existencia de Sadie y me quedé horrorizada. ¿Cómo había podido vivir así durante meses? Yo debería haber hecho más, haber insistido en sacarla de allí antes.

Pero no tenía tiempo para cavilaciones. Tenía que encontrarla. Empecé a recorrer la tubería en la dirección de la que ella siempre venía. Conforme se me acostumbraba la vista a la oscuridad, me di cuenta aliviada de que la tubería no era tan pequeña. Me había imaginado que los túneles de la cloaca serían estrechos, como una versión mayor de las tuberías de los cuartos de baño, casi demasiado pequeños para caber por ellos. Pero aquello parecía más un pasillo y vi que el techo abovedado era lo suficientemente alto como para permitirme caminar erguida. Extendí las manos a ambos lados para mantener el equilibrio y me estremecí al tocar las paredes viscosas.

Más adelante, en el túnel, había una bifurcación en el camino. Traté a la desesperada de adivinar de qué dirección habría venido Sadie. Estaba segura de que, si tomaba el camino equivocado, jamás encontraría la salida. Además, no podía permitirme perder tiempo si me desorientaba.

Por fin oí voces a lo lejos, una de ellas familiar.

—¡Sadie! —grité. Me olvidé de hablar en voz baja y me sorprendió el fuerte eco de mi voz a lo largo de la tubería. Corrí hacia ella.

Al doblar la esquina, una figura me cortó el paso.

—Saul... —dije al reconocerlo. Cargaba con un extraño surtido de varas metálicas y una lona.

Dejó caer todas esas cosas al suelo de la cloaca, generando un fuerte estruendo.

—¿Cómo nos has encontrado? —me preguntó. La última vez que había estado allí, había llevado conmigo a Krys, las municiones y el peligro. Para él, siempre sería una intrusa, no confiaría en mí.

—Sabía en qué dirección iba y venía Sadie desde la rejilla —respondí—. Al final, he seguido el sonido de vuestras voces.

—No deberíamos permitir que se nos oiga con tanta facilidad —me dijo con el ceño fruncido. Me daba miedo decirle que eso ya daba igual, que los alemanes pronto sabrían que estaban allí aunque guardasen silencio—. ¿Has venido sola?

Asentí.

—Llévame a ver a Sadie, por favor. Es muy importante. —Debería haberle dicho entonces que teníamos que marcharnos, pero no sabía cómo reaccionaría y no quería decir nada hasta que no viera a Sadie.

Había una grieta en la pared del túnel que conducía a un pequeño hueco. Antes de poder entrar, apareció en el umbral el rostro diminuto de Sadie.

—Saul, ¿dónde estabas? Estaba muy preocupada. ¿Va todo bien? —Saul no respondió. Entonces Sadie me vio—. ¿Ella? —preguntó con cariño y sorpresa—. ¿Qué estás haciendo aquí?

—La cloaca ya no es segura. Tengo que sacaros de aquí a todos de inmediato.

No respondió, se quedó mirándome como si no lo entendiera.

—¿Puedo pasar? —le pregunté. Reticente, se echó a un lado y me permitió entrar. El espacio, húmedo y sucio, era más pequeño que mi dormitorio de casa, no apto para una persona, mucho menos para cinco adultos y un recién nacido. Un hombre mayor, que imaginé que sería el padre de Saul, estaba sentado en el rincón. Durante todos esos meses, había sabido que Sadie vivía en unas condiciones horribles cuando nos separábamos, pero hasta ese momento no me había dado cuenta del alcance de su realidad. Y sin embargo había vida allí, un lugar donde Sadie y los demás comían, dormían y hablaban. Entendí entonces que había todo un mundo bajo tierra en el que Sadie vivía y del que yo no tenía conocimiento.

—¿Qué estás haciendo aquí? —me preguntó.

—He venido para sacaros a todos.

—¿Sacarnos? —repitió. Vi el miedo en sus ojos. Entendía que antes Sadie no quisiera escapar y dejar atrás a los demás. Sin embargo, ahora podían marcharse todos juntos. Los otros parecían igualmente horrorizados por la idea. Aquel lugar, que a mí me parecía una cárcel apestosa, se había convertido en su espacio seguro. Hasta aquel momento no se me había ocurrido pensar que tal vez no quisieran marcharse.

—¿Cómo podemos marcharnos? —preguntó Saul—. Pawel dijo que, si salíamos a la calle, nos dispararían nada más vernos.

—El trabajador de las cloacas les había dicho que esconderse allí era su mejor esperanza, y durante mucho tiempo le habían creído. Pawel había sido su salvador y los había protegido con su vida. ¿Por qué iban a confiar más en mí que en él? A excepción de Sadie, no me conocían en absoluto.

Me aclaré la garganta para hablar.

—Es cierto que las cosas son muy peligrosas en la calle —dije—, pero todo está cambiando y ya no es seguro que os quedéis aquí.

—Traté de encontrar la mejor manera de explicarme—. Ya sabéis que alguien se llevó las municiones. Esa persona se las entregó a los alemanes y les alertó. Es muy probable que la policía venga a registrar la cloaca en cualquier momento para ver qué más hay aquí.

Sadie pareció palidecer.

—Ya te dije que vendrían —le dijo a Saul con la voz aguda.

—Entonces nos esconderemos en otra parte —respondió él—. Tal vez en el hueco de lectura. —No sabía que tuvieran otro sitio.

—Es demasiado pequeño para los tres —insistió Sadie con pavor.

—Pues encontraremos otro lugar —dijo Saul, tratando de calmarla—. Podemos adentrarnos más en la cloaca. Seguro que hay otros lugares. —Buscaba a la desesperada otra solución que no les obligara a salir a la calle.

—Eso no servirá —intervine—. Veréis, los alemanes han minado la cloaca como medida defensiva. Si camináis por los túneles, os arriesgáis a detonarlas. —Sadie abrió mucho los ojos y supe que estaría calculando la cantidad de veces que había recorrido esos túneles sin ser consciente del peligro.

—Nos las arreglaremos —insistió Saul con testarudez—. Ya lo hemos hecho antes. —Me miró desafiante—. No nos vamos.

—Me temo que hay algo más —dije volviéndome hacia Sadie—. Mi madrastra encontró el collar.

—¿Tu collar *chai*? —le preguntó Saul con los ojos muy abiertos—. Te dije que no te lo pusieras.

—Es culpa mía —me apresuré a decir para defenderla.

—No, la culpa fue mía —admitió Sadie dando un paso hacia mí. Saul y su padre nos miraron con reprobación. Era como si sus peores advertencias sobre nuestra amistad se hubieran hecho realidad—. Se lo di a Ella para que me lo guardara en un lugar seguro. No debería haberlo hecho.

—Y yo debería haberlo escondido mejor —añadí—. Pero eso ya no importa. Mi madrastra lo ha encontrado y se ha dado cuenta de que estaba ayudando a los judíos. Me ha echado de casa. Así que tengo que abandonar Cracovia.

—Oh, Ella —me dijo Sadie con la voz cargada de remordimiento—. Lo siento mucho.

—Cuando me vaya, ya no tendréis a nadie que os traiga comida. No podéis quedaros aquí por si vienen los alemanes y no podéis adentraros más en los túneles debido a las minas. Tenéis que marcharos conmigo ahora.

—Pero ¿qué pasará si mi madre regresa? Quiero decir, cuando regrese. —Sadie se corrigió a sí misma, obligándose a transmitir una seguridad que ya no sentía—. Cuando regrese, tengo que estar aquí.
—Noté un nudo en el estómago. La mentira que había creado semanas atrás para ahorrarle sufrimiento era precisamente lo que me impediría ahora salvarle la vida. Si Sadie pensaba que su madre estaba viva, nunca se marcharía. Supe entonces que no me quedaba elección.

—Sadie, con respecto a tu madre...

—¿Qué sucede? ¿Has sabido algo? —Pero, al verme la cara, se detuvo—. ¿Está bien?

Supe en ese momento que tenía que decírselo.

—Fui al hospital donde tu madre había llevado al bebé. Pero ya no estaba allí.

—No lo entiendo.

—Tu madre fue al hospital donde planeaba llevar al bebé. Las monjas allí le dieron cama y atenciones.

—Pero mi madre no fue al hospital como paciente. Fue a esconder a mi hermana.

—Lo sé. Pero estaba más enferma de lo que parecía después de dar a luz. Tenía fiebre y había desarrollado una infección tras el parto. De modo que la ingresaron para intentar curarla. Los alemanes descubrieron que estaba allí y fueron a por ella.

—¿La arrestaron? —Quise mentir y decir que sí. Decirle que los alemanes se habían llevado a su madre sería horrible, pero al menos le daría algo de esperanza.

Y además sería otra mentira.

—El hospital no permitió que los alemanes se la llevaran. Sabían que entonces su destino sería mucho peor, de modo que le administraron una medicina que le permitiese morir sin dolor mientras dormía. —Me acerqué y la estreché entre mis brazos—. Sadie, lo siento. —Me detuve y tomé aliento—. Tu madre ha muerto.

—No... no puede ser verdad. —Se le puso el rostro rígido por la incredulidad. Aunque ya sospechaba que su madre había muerto el día que fui al hospital a buscarla, una parte de ella se había aferrado a la esperanza hasta ese momento—. Dices eso solo para que me marche de aquí.

—Es la verdad. —No había nada que pudiera decir para aliviar su dolor. Se le desencajaron los ojos por el horror y abrió la boca. Me preparé para el grito que yo misma habría lanzado de haber estado en su lugar, tan fuerte que llamaría la atención y enseguida llegaría gente a la cloaca para detenerla. Sin embargo, pareció gritar en silencio, con el cuerpo tembloroso. No le salieron lágrimas. Yo me quedé ahí parada, sin poder hacer nada, tratando de hallar palabras que pudieran ofrecerle algún consuelo.

—¿Y mi hermana? —preguntó al fin.

—Las monjas me dijeron que tu madre llegó sola al hospital, sin un bebé. No logré averiguar qué había pasado. No había rastro de ella.

—Probablemente haya muerto también —dijo Sadie con la voz consumida por la pena. Quise consolarla, mas no sabía cómo. Se enderezó y se apartó de mí—. Fuiste al hospital hace semanas. Has sabido lo de mi madre durante todo este tiempo, y no me lo habías dicho.

—Sí. —Quise decirle que acababa de descubrirlo, pero no podía seguir ocultando la verdad—. Quería ahorrarte el sufrimiento. Lo siento.

—Pensé que eras mi amiga. —Su mirada era fría, de piedra. Saul dio un paso hacia delante y le pasó un brazo por los hombros para apartarla, pero volvió a girarse hacia mí—. Si me has mentido, ¿por qué debería confiar en ti para marcharme? —me preguntó.

Vacilé, enfrentada a su lógica.

—No te lo dije porque temía que no sobrevivieras aquí abajo si sabías la verdad. —Me di cuenta de que la había subestimado, y tal vez ese fue mi mayor error—. Estaba intentando salvarte entonces. Y estoy intentando salvarte ahora. —Me acerqué a ella y le tomé la mano mientras la miraba directamente a los ojos—. Sadie, lo siento. Puedes odiarme todo lo que quieras cuando hayamos salido, pero no permitas que mi error te mate a ti y a estas buenas personas a las que quieres. —Estaba convencida de que diría que no. No sabía qué haría entonces. Los arrestarían o morirían allí abajo, y si me quedaba seguramente moriría con ellos. Pensé en Krys, me pregunté dónde estaría y si alguna vez uno sabría qué fue del otro.

Sadie no respondió. Volví a intentarlo.

—Por favor, sé que estás enfadada y, cuando salgamos de aquí, si no quieres volver a hablarme en la vida, lo entenderé. Pero no queda tiempo. Tienes que venir conmigo ahora si quieres vivir.

Algo pareció quebrarse entonces dentro de ella.

—De acuerdo —me dijo lentamente—. Iré, por Saul y por su padre. —Su voz sonaba fría, y supe que jamás me perdonaría por lo que había hecho. Aun así, estaba dispuesta a salvar a los demás.

Sin embargo Saul, que todavía la tenía agarrada, se mantuvo inmóvil, indeciso. Intenté de nuevo razonar con él.

—Sé que la cloaca ha sido vuestro refugio, el lugar que os ha mantenido a salvo, pero ya no lo es. Escapar, esa es la única salvación ahora.

—¿Por qué deberíamos confiar en ti? —me preguntó con amargura, y sus palabras fueron el eco de las de Sadie.

—Porque no hay otra opción —respondí tajante—. Soy vuestra única esperanza. —Pareció a punto de rebatir mis palabras, pero no podía—. Si no venís conmigo, vais a morir todos.

—Saul, Ella ha venido a ayudarnos —dijo Sadie, volviéndose hacia él. Pese a todo, una parte de ella aún creía en mí.

—No podemos confiar en ella. No podemos confiar en ninguno de ellos.

—Pero en mí sí confías, ¿verdad? —le preguntó ella, acariciándole la mejilla con la mano. Saul no contestó de entrada. Después asintió levemente—. Bien. Te digo que tenemos que marcharnos ya. Por favor, Saul. No me marcharé sin ti.

—Pero se suponía que íbamos a casarnos —dijo Saul.

—¿Casaros? —pregunté, sorprendida.

Sadie asintió.

—Saul me lo pidió anoche. Iba a contártelo hoy. —Le estrechó a Saul las manos y lo miró a los ojos—. Ya encontraremos nuestro palio nupcial en otra parte. —Se llevó la mano al pecho—. Aquí dentro, ya estoy casada contigo.

—Mañana a estas horas, podréis casaros en libertad —les dije. Pensando en el largo y difícil plan que Kara había trazado para su huida, dudaba que aquello fuese cierto.

Saul asintió y pareció más flexible conmigo, como si por fin se diese cuenta de que solo quería lo mejor para Sadie y para ellos.

—Pero... —Miró a Sadie y después a su padre, que seguía sentado en el mismo sitio, negándose a reconocer la verdad o a moverse. Si no lograba convencerlo, entonces ninguno de ellos se marcharía y todos estarían condenados a una muerte segura.

Saul le soltó la mano a Sadie y caminó hacia su padre.

—Por favor, papá. Sé que nos trajiste aquí porque pensabas que era lo más seguro. Y lo ha sido. Pero las cosas están cambiando. No pudiste salvar a Micah, pero puedes salvarme a mí si vienes con nosotros ahora. Por favor, danos esta oportunidad.

Su padre levantó la mirada y me di cuenta de que estaba enfrentándose al miedo y a los horrores de lo que sucedía en la calle. Sadie se acercó a ellos.

—Te prometo que a tu hijo no le pasará nada —le dijo con solemnidad. Al principio, dudé que fuese a creerla. Pero entonces le tendió la mano y advertí el vínculo que se había desarrollado entre ellos. Sadie lo ayudó a levantarse. El hombre atravesó la estancia y arrancó la *mezuzá* de la puerta.

Juntos nos adentramos en el túnel. Vi que Sadie miraba un instante por encima del hombro aquel espacio pequeño y horrible que había sido su hogar durante varios meses, que ahora abandonaba para siempre, despidiéndose del lugar que había sido su refugio. Entonces se volvió hacia mí.

—¿Cómo? Quiero decir, ¿dónde vamos? ¿Krys ha organizado alguna especie de transporte para nosotros? —No quería contarle la verdad sobre Krys. Temía que, si sabía que él no estaría allí para acompañarlos, decidiera no marcharse.

Sin embargo, no podía volver a mentirle.

—Han arrestado a Krys —le dije al fin—. Se lo han llevado. Fue a interceptar las municiones y lo atraparon.

Vi la expresión de horror en su rostro.

—¿Arrestado? —Esperé que entrara en pánico—. Oh, Ella, debes de estar muy angustiada —me dijo con gran preocupación—. Tienes que ir a buscarlo, para ayudarle.

—No hay nada que pueda hacer por él —respondí, haciendo un esfuerzo por que no se me quebrara la voz. Sentí de nuevo el nudo en el estómago al pensar en Krys, arrestado o algo peor. En aquel momento, habría hecho cualquier cosa para ayudarlo. Pero, como había dicho Kara, no era eso lo que él habría querido. Mi lugar estaba allí, junto a Sadie—. Esto es lo que él habría querido que hiciera. —No me gustaba hablar de él en tiempo pasado de manera instintiva, como si ya se hubiera ido.

—Pero, sin él, ¿cómo podremos escapar? —Sus dudas parecieron aflorar de nuevo.

—Conozco el camino —le dije, lo cual era cierto en parte—. Kara, la mujer de la cafetería, me lo contó y dijo que me ayudaría.

Puedo llevaros a un lugar seguro. —Intenté que mi voz sonara segura. Simplemente tenía que sacar a Sadie y a los demás del túnel yo sola y después Kara los ayudaría a llegar a Kryspinów. Podría hacerlo—. Vamos.

Caminamos por el túnel en silencio. Yo los guiaba, seguida de Sadie.

—Siento mucho lo de tu madre —le dije. Tal vez fuese poco acertado sacar el tema de nuevo y volver a disgustarla cuando estábamos yéndonos, pero sentía que necesitaba decir algo.

—Creo que una parte de mí ya lo sabía, al ver que no había regresado después de tanto tiempo.

Tras ella, Saul ayudaba a su padre, que avanzaba despacio. Convencerlos para marcharse me había llevado más tiempo del esperado y deseaba instarles a que se dieran prisa. El hombre, sin embargo, estaba entumecido después de todos esos meses en la cloaca y apenas podía caminar. Me concentré en el camino, tratando de no pensar en las minas. No sabía qué aspecto tenían ni cómo las evitaríamos, y me parecía que cada paso podría ser el último.

Nos dirigimos hacia la rejilla donde había visto a Sadie por primera vez, la que estaba cerca del mercado de Dębniki. No sabía cómo conseguiríamos salir todos, o evitar que nos vieran, aunque fuera de noche. Recé para que Kara estuviera allí para ayudarnos. «Un paso y después otro», oí decir a mi hermano Maciej, como solía hacer en épocas difíciles. «Es lo único que puedes hacer».

De pronto se oyó un fuerte estrépito. Al principio pensé que podría ser un ataque aéreo, pero sonaba demasiado cercano e intenso. Las paredes comenzaron a vibrar. Sadie tropezó y yo no logré alcanzarla, pero Saul la agarró antes de que cayera al suelo.

Una de las minas había explotado.

—¡Seguid adelante, deprisa! —grité. Tal vez una de las minas hubiese explotado por accidente. Los Aliados todavía no estaban cerca de Cracovia; sin duda los alemanes no las habrían detonado todas. Pero se produjo otra explosión, y después otra, como si la primera hubiese provocado una especie de reacción en cadena. Los sonidos, sin embargo, no procedían de arriba, sino del subsuelo, sonaban cerca y eran estremecedores.

Se produjo una explosión más que nos tiró al suelo. Nos quedamos todos allí sin movernos durante varios segundos. No podía ponerme en pie y me parecía como si ya estuviese muerta. Nos ayudamos a levantarnos unos a otros y nos sacudimos los escombros. Se me había metido el polvo en los pulmones y empecé a toser y a escupir para expulsarlo. El aire estaba tan saturado de polvo que ya no podía ver nada. Alguien me agarró de la mano y tiró de mí. Reconocí los dedos delicados de Sadie en los míos, guiándome ahora ella a mí. Seguimos avanzando.

A nuestras espaldas oímos otro fortísimo estruendo, como si las paredes estuviesen derrumbándose a nuestro alrededor. Sadie tropezó y a punto estuvo de arrastrarme al suelo con ella. Saul intentó ayudarla, pero ella lo apartó.

—Ayuda a tu padre —le dijo empujando a ambos hombres hacia delante.

Al final del túnel, distinguí la luz tenue de la calle sobre la rejilla de la cloaca. Krys, pensé. Por un segundo imaginé que su arresto no había tenido lugar y que, pese a todo, estaría ahí arriba esperándome. Por supuesto, sabía que eso era imposible. Me volví hacia Sadie.

—Lo hemos logrado —le dije. Esperé que se alegrara, pero no lo hizo. En su lugar, sus ojos se llenaron de horror al mirar por encima de mi hombro.

—¡Ella! —Sus labios dibujaron mi nombre, pero un sonido ensordecedor a nuestro alrededor ahogó su voz. El sonido era diferente esta vez, no era una bomba al explotar; procedía de dentro de las paredes. Las explosiones habían aflojado los muros del túnel, que empezó a ceder a nuestro alrededor, como a cámara lenta; el hormigón abovedado fue resquebrajándose poco a poco y comenzó a ceder hacia dentro.

Frente a nosotras, Saul vaciló un instante.

—¡Seguid! —gritó Sadie, animándole a avanzar. Saul echó a correr con su padre, prácticamente llevándolo a cuestas. Le lanzó una última mirada a Sadie. El techo se derrumbó entonces, tiré de Sadie hacia mí y nos tapamos las cabezas para no quedar aplastadas. El hormigón, los escombros y la ceniza comenzaron a llovernos, cortándonos la piel.

Cuando levanté la mirada, vi que el camino frente a nosotras había quedado bloqueado por las piedras. El túnel, que en otro tiempo había servido de puente para conectar el mundo de Sadie con el mío, se había venido abajo. Saul y su padre, y el mundo entero que quedaba al otro lado de la rejilla, habían desaparecido, dejándonos a Sadie y a mí atrapadas en la cloaca, solas.

25

Ella

Me retiré el polvo de los ojos y traté de orientarme.

—¿Sadie? —pregunté. Estaba tendida en el suelo a poca distancia de mí, no se movía. Me arrastré apresuradamente hacia ella—. ¿Te encuentras bien? —Se incorporó con cara de dolor—. ¿Estás herida?

—Es solo un pequeño corte —dijo llevándose la mano al estómago. Extendí el brazo para inspeccionarle la herida, pero me apartó la mano de un manotazo—. ¿Saul? —preguntó poniéndose en pie—. ¿Dónde está? —Al ver la pared de piedras que nos separaba de él, le entró el pánico—. ¡Saul! —gritó.

—Shh —le dije. Incluso en aquel momento, podrían oírse sus gritos desde la calle. Pero me ignoró y empezó a agarrar las piedras que habían caído y que nos separaban de Saul y de su padre—. Tengo que encontrarlo —insistió—. Íbamos a marcharnos juntos. Tenemos que casarnos. No puedo perderlo a él también. —Todo el dolor y la frustración que habían ido acumulándose en su interior en el transcurso de los últimos meses parecieron desbordarse de pronto mientras intentaba retirar las piedras.

—Para —le dije agarrándole las manos ensangrentadas para detenerla—. Nunca lo conseguirás. Y, si sigues removiendo las piedras, vas a hacer que se nos caiga encima el resto del túnel.

A Sadie se le descompuso el rostro. Habría imaginado que, después de sus padres y de su hermana, ninguna otra pérdida podría devastarla. Pero Saul era la última persona que le quedaba además de mí, y representaba el amor que acababa de descubrir. La idea de perderlo le parecía insoportable.

—Estábamos a punto de escapar juntos, y ahora se ha ido.

—No, ha logrado pasar al otro lado con su padre —le respondí confiando en que fuese cierto.

Sadie miró a su alrededor con impotencia.

—No volveremos a vernos nunca —se lamentó.

—¡No digas eso! Saldremos de aquí y los encontraremos.

—Pero no pueden esperarnos en la calle. ¿Cómo sabrán dónde tienen que ir sin nosotras? Podrían descubrirlos. —Incluso en aquel momento, atrapadas como estábamos, corriendo peligro nuestras vidas, Sadie seguía pensando en los demás.

—Saul se las arreglará. Es fuerte. Y Kara los guiará hasta un lugar seguro. Lo único que tenemos que hacer es encontrar una manera de salir nosotras para reunirnos con ellos. —Me obligué a hablar con determinación, haciendo que pareciera mucho más sencillo de lo que de verdad era.

—¿Cómo? —Sadie conocía los túneles mil veces mejor que yo, pero estaba demasiado abrumada para pensar con claridad y me pedía respuestas a mí.

—La otra rejilla —le dije—. La que da al río. ¿Podemos llegar hasta allí?

—Eso creo, si las explosiones no han derrumbado ese túnel también. Sin embargo, es mucho más difícil llegar.

—Hemos de intentarlo —respondí con firmeza. Sadie se quedó mirando los escombros del túnel, reticente a abandonar el último lugar donde había visto a Saul—. Vamos, tenemos que darnos prisa —insistí tirando de ella. A regañadientes me guio en la otra dirección, caminando más despacio ahora. Pese a que las explosiones no hubieran derrumbado el túnel por completo en esa dirección, el camino había quedado en ruinas. Avanzábamos despacio entre los agujeros del suelo y los montones de cascotes.

—Las explosiones —repitió Sadie mientras recorríamos el túnel—. ¿Qué ha ocurrido?

—Algunas de las minas han explotado. Pero no sé bien por qué.

—¿Crees que las han detonado los alemanes?

—No lo sé. No creo. —Incluso aunque los alemanes sospecharan que había personas escondidas en el túnel, me parecía improbable que hubieran detonado las minas sin comprobarlo primero—. Tal vez uno de nosotros pisó en el lugar equivocado, o a lo mejor las hemos detonado por el peso de los cuatro caminando juntos —sugerí. Había muchas cosas que no sabíamos—. No importa. Solo tenemos que encontrar la manera de salir de la cloaca para poder reunirnos con los demás.

Sadie giró hacia la derecha, en dirección a lo que antes debía de haber sido un camino estrecho. Sin embargo, ahora estaba bloqueado, cubierto de escombros y piedras de las paredes derrumbadas.

—Teníamos que ir por aquí —me dijo, asustada—, pero ya no hay camino.

Me pregunté con temor si nuestro único plan de escape había fracasado.

—Y ahora ¿qué?

Retrocedió, volviendo unos pocos metros sobre nuestros pasos. Entonces contempló la pared.

—La tubería. —Señaló un hueco en el muro, cerca del suelo, tan pequeño que no me había fijado en él la primera vez que habíamos pasado por allí—. No estoy del todo segura, pero creo que circula en paralelo al túnel por el que teníamos que ir. Tenemos que tumbarnos boca abajo para pasar —me explicó con decisión.

Me agaché para asomarme por el hueco, que daba a una tubería larga y horizontal.

—Es imposible. —La tubería no debía de tener más de sesenta centímetros de diámetro. No podía pretender que cupiésemos por ahí.

—No lo es. Toda mi familia tuvo que hacerlo cuando llegamos aquí. Incluso mi madre, y estaba embarazada. —Se le humedecieron los ojos al recordarlo—. Confía en mí. Yo iré primero y tiraré de ti. —Me arrodillé preguntándome si la tubería habría quedado dañada por las detonaciones, al igual que había sucedido con los túneles. Pero estaba hecha de hierro forjado, no de piedra, y permanecía intacta. Al asomarme a aquel espacio oscuro y estrecho, retrocedí angustiada—. ¿Qué sucede? —me preguntó Sadie al ver mi reacción.

—Nada —respondí negando con la cabeza—. Es que me dan miedo los espacios estrechos..., me dan terror, de hecho. —Me pareció una tontería según lo decía.

—Yo te ayudaré —me dijo, y alcanzó una cuerda que había tirada en el suelo—. Ponte esto alrededor de la cintura. Cuando llegue al otro lado, tiraré de ti para que pases. —Lo dijo como si fuera sencillo. Las tuberías eran mi peor pesadilla, pero para ella eran algo natural—. Confía en mí —me suplicó. Durante mucho tiempo, Sadie me había confiado su seguridad; ahora me pedía que le confiara yo la mía.

Antes de que pudiera resistirme, se tiró al suelo y empezó a arrastrarse por el túnel, sujetando un extremo de la cuerda. Pocos minutos más tarde, me llegó su voz a través de la tubería.

—Ya estoy. —Era mi turno. Me quedé inerte, incapaz de moverme—. ¡Ella! —me gritó—. Vamos. —Tiró de la cuerda. No había otra salida, tenía que intentarlo. Tomé aliento, me tumbé en el suelo y me metí por el túnel. Cuando me vi rodeada por la estrecha tubería, sentí que no podía respirar. Su interior estaba húmedo y tenía un extraño olor metálico, como a sangre. Oí en mi cabeza la voz burlona dc Ana Lucia, diciéndome que también en eso fracasaría, como en todo en mi vida. Me enderecé. No iba a permitirle ganar. Tenía que lograrlo, por el bien de Sadie y por el mío propio.

Respiré profundamente y tomé todo el aire que pude en aquel espacio angosto. Después me empujé con los pies, intentando deslizarme. No podía moverme. Estaba atascada y me moriría allí mismo. Por un segundo, noté que las paredes se estrechaban más y pensé que me iba a desmayar. Me impulsé de nuevo. Al mismo tiempo, Sadie tiró de la cuerda desde el otro lado y conseguí avanzar unos centímetros. Repetimos la operación, yo empujando con los pies y ella tirando de la cuerda, veinte o treinta veces más. Me parecía que avanzaba muy despacio. Me ardía la piel, irritada por la rugosidad de la tubería. Me dolían los músculos y pensé en rendirme, pero Sadie me animaba, su voz era como un faro.

—Puedes hacerlo. Te lo prometo, vamos a salir de esta. —En el espacio oscuro que tenía ante mí, vi a Krys, me imaginé que me daba ánimos. Pasase lo que pasase, quería que estuviese orgulloso de mí y que supiera que no me había rendido.

Oía la voz de Sadie cada vez más fuerte y, por fin, distinguí una luz débil. Ya casi había llegado. Di un fuerte empujón, salí arrastrándome del túnel y caí al suelo de rodillas. Sadie me miró mientras me levantaba.

—Estás llena de mugre —me dijo—. Ahora te pareces a mí. —Las dos nos reímos.

Sin embargo, no había tiempo para bromas.

—Vamos —me dijo arrastrándome por el camino en el que nos hallábamos ahora. El túnel era más grande allí y solo tenía que encorvarme ligeramente para caminar. Sadie avanzaba ahora un poco más despacio y parecía que le costaba respirar. Quise animarla a ir más deprisa. Teníamos que llegar al exterior y estar bien lejos de allí antes de que amaneciera. Estaba segura de que Kara habría hecho lo prometido y habría rescatado ya a Saul y a su padre, si acaso habían conseguido salir. Pero no sabía si estaría al tanto de la existencia de la otra rejilla y si se le ocurriría ir a buscarnos allí. Me preocupaba que pudiera marcharse sin nosotras.

El túnel comenzó a ascender. Pensé que nos acercábamos a la calle y me permití albergar cierta esperanza. Doblamos una esquina y llegamos a una estancia con una hondonada profunda y llena

de agua, de unos cuatro metros de ancho, y una plataforma elevada en el otro extremo.

—¿Tienes que atravesar esto para llegar a la rejilla del río? —le
pregunté con incredulidad. Me dijo que sí con la cabeza. La pared
del otro lado era de piedra y la plataforma a la que teníamos que
llegar estaba al menos a dos metros de altura. Me maravilló que lo
hubiera logrado sola en tantas ocasiones.

—Pero nunca he tenido que hacerlo así —me explicó señalando el tanque—. Normalmente está vacío, no lleno de agua. Las explosiones deben de haber destruido alguno de los diques. —Se oía
el fuerte sonido torrencial del agua entrando en la estancia que teníamos que cruzar, procedente de algún lugar que no alcanzaba a
ver. En pocos minutos, la sala quedaría inundada.

—Tendremos que nadar —dije—. Vamos. —Me senté al bor-
de del tanque y me quité los zapatos, preparada para zambullirme.
Pero Sadie no me siguió y supe por su mirada que algo iba mal—.
¿Qué sucede? —le pregunté.

—No sé nadar —confesó. Recordé entonces que una vez me
contó que su madre y ella habían estado a punto de ahogarse cuando se inundó la cloaca, y también que el agua le arrebató la vida a
su padre. Vi que estaba reviviendo sus miedos y eso la paralizaba.
No solo era incapaz de nadar, sino que le aterrorizaba el agua, igual
que me había aterrorizado a mí la estrechez de la alcantarilla.

—¿Existe otra ruta? —le pregunté, aunque ya sabía la respuesta. Dijo que no con la cabeza. Vi el pánico en sus ojos—. Entonces
tendremos que cruzar de alguna forma.

Pero ¿cómo? Miré desesperada a mi alrededor. Entonces me
acordé de la cuerda que había utilizado para tirar de mí por la tubería. Regresé corriendo por el túnel, la recuperé y me reuní de nuevo con Sadie.

—Toma. Yo tiraré de ti. —La cuerda que había sido mi salvavidas en la tubería sería ahora el suyo—. Voy a nadar y tú solo tienes que agarrarte.

—Pero... —empezó a decirme.

—Tenemos que cruzar —insistí.

—No puedo hacerlo ahora.

—No hay otra opción —le dije con firmeza—. No si quieres volver a encontrarte con Saul. Te ayudaré. —Agarré la cuerda, me até un extremo y amarré el otro a su cintura, de modo que quedamos separadas por un metro de distancia. Fue entonces cuando me fijé en la mancha de sangre de su vestido, que estaba rasgado—. ¿Estás herida? —Empecé a asustarme.

—No es más que un corte de cuando ha explotado la mina y nos hemos caído. Al tener que arrastrarme por el túnel se me ha puesto peor. Pero estoy bien. —Advertí cierta tensión en su voz que me hizo preguntarme si estaría diciendo la verdad.

En cualquier caso no había tiempo para hacer más preguntas. Me metí en el agua helada y empecé a tirar de ella. Sadie puso un pie en el agua y retrocedió.

—Puedes hacerlo —le dije. Por fin se decidió a meterse en el agua. Vi el pánico en su cara y empezó a patalear y a bracear sin control—. Relájate. —Extendí los brazos y la arrastré hacia mí. Era buena nadadora. Me había pasado los veranos de la infancia, una época más feliz, en nuestra cabaña junto al lago Morskie Oko, en los montes Tatras, y enseguida aprendí a nadar cuando mis hermanos me tiraban al agua sin piedad.

Empecé a cruzar el tanque tirando de Sadie. Intentaba nadar, pero sus movimientos eran frenéticos e inefectivos. Traté de remolcarla. Debería haber sido más ligera en el agua, pero su peso era como el de una roca. La cuerda que nos unía me tiraba de la cintura. Pataleé con más fuerza, impulsándome hacia delante. No tenía ni idea de cómo nos alzaríamos hasta la plataforma cuando llegásemos al otro lado. Primero, no obstante, teníamos que conseguir cruzar. Sadie pareció volverse más pesada y, por un momento, pensé que estaba resistiéndose. Cuando miré hacia atrás, vi que había dejado de moverse. Estaba inerte en el agua, como si se hubiese quedado exhausta o simplemente se hubiese rendido. Aumentó mi frustración.

—Tienes que seguir intentándolo —le dije. Y me fijé entonces en que había algo rojo en el agua. Sangre.

La acerqué a mí y la saqué a la superficie para examinar la herida de su tripa.

—No es nada —me dijo, pero tenía la cara blanca como un fantasma. Le retiré el vestido por la rasgadura y me horrorizó descubrir que la herida que me había descrito como «nada» era en realidad un tajo de varios centímetros de profundidad, con un trozo de piedra clavado. Empezó a brotar sangre de la herida, tiñendo el agua de rojo a nuestro alrededor. El trozo de piedra estaba alojado en profundidad, apretado en torno al corte; si lo extraía, no haría más que empeorar las cosas. El corte estaba empapado de agua sucia, lo que suponía una infección garantizada.

—Aguanta —le dije pasándole un brazo alrededor de la cintura para mantenerla cerca. Empecé a nadar de nuevo con el otro brazo. Solo unos metros más. Me aproximaba al otro extremo del tanque. Al hacerlo, Sadie se me escurrió. Empezó a hundirse, y su peso al otro extremo de la cuerda tiraba de mí hacia abajo. Tomé aire, me sumergí y empecé a buscar. El agua mugrienta estaba demasiado oscura para poder ver, de modo que intenté encontrarla a tientas. Mis manos no hallaron nada. Volví a buscar hasta que al fin agarré un trozo de su vestido y tiré con todas mis fuerzas hacia la superficie.

—Tienes que dejar de llevarme —me dijo casi sin aire.

—Jamás. Pienso sacarte de aquí.

—Vete, ahora que puedes.

—Ya te he dicho que no pienso dejarte. —El nivel del agua subía con rapidez y, cuando superase la plataforma e inundase el túnel al otro lado, nuestra única vía de escape quedaría sellada. Cada segundo que permaneciéramos en esa estancia disminuía nuestras posibilidades de salir de allí. Pero, mientras Sadie siguiese con vida, había esperanza para las dos. No podía dejarla.

Llegamos al otro extremo del tanque. Miré hacia arriba sin saber qué hacer. Incluso aunque el nivel del agua nos elevara, todavía quedaba al menos un metro hasta la plataforma. Podría intentar trepar, pero Sadie nunca lo conseguiría. Tendría que levantarla yo. Me detuve para reunir fuerzas, mientras Sadie yacía débil en mis brazos.

Tenía los ojos medio cerrados y la respiración entrecortada.

—Saul —murmuró con añoranza. Miró al vacío, como si de verdad estuviera viéndolo. ¿Estaría alucinando?—. Sí que me amaba —añadió.

—Y te ama. Aún te ama. Está esperándote. Solo tenemos que subir por esa pared.

—Dile que...

Me di cuenta entonces de que se estaba muriendo. La herida era demasiado grave; había perdido mucha sangre. Se me encogió el corazón.

—Sadie, no. Vamos a salir de aquí y vas a ir a ver a Saul y se lo dirás tú misma —insistí. No me respondió, y vi que la poca fuerza que le quedaba se le escapaba del cuerpo como la sangre, mezclándose con el agua—. Te dije que íbamos a salir de aquí.

—Tendrás que seguir tú por las dos.

—No. —Eso jamás bastaría—. Te casarás con Saul. O puedes venir a París conmigo. Dibujaré y tú estudiarás Medicina, y tendremos una vida fabulosa. —Hablaba deprisa, las palabras se me atropellaban, casi sin aire, cualquier cosa con tal de que siguiera hablándome—. No puedes dejarme. Tienes que ser fuerte. Me lo debes.

Pero negó con la cabeza y vi que había dejado de luchar.

—No puedo.

No iba a sobrevivir. Aquel era nuestro final. Se me rompió el corazón.

—Tienes que soltarme —me dijo casi en un susurro. Extendió el brazo hacia abajo y, con la poca fuerza que le quedaba, desató la cuerda que nos unía. Después intentó apartarse de mí, pero la sostuve. Miré hacia la plataforma. El nivel del agua nos había acercado un poco más. Alcé a Sadie y, con gran esfuerzo, logré elevarla sobre mi cabeza. Se aproximó a la plataforma, pero se me escurrió, volvió a caer al agua y estuvimos a punto de hundirnos las dos. La agarré y volví a levantarla. Esta vez conseguí dejarla sobre la plataforma, donde quedó tendida e inerte durante varios segundos. Se giró hacia un lado, me tendió la mano y, con un último hilo de fuerza, intentó ayudarme a salir del agua.

—¿Lo ves? Te prometí que saldríamos —le dije.

Pero había hablado demasiado pronto. A mi espalda oí un fuerte estruendo, me di la vuelta y vi que la pared opuesta del tanque, debilitada por las explosiones, comenzaba a derrumbarse. El impacto provocó una ola gigantesca que se abalanzó sobre nosotras, demasiado grande y poderosa para frenarla. La fuerza del agua me estrelló contra el muro y nos arrastró hacia el fondo, sumiéndonos en la oscuridad.

26

Salí a la orilla del Wisła antes del amanecer.

Mientras trepaba para salir de la cloaca, había alargado el brazo en busca de la mano que debería haber estado allí, pero que no estaba. Ahora me hallaba bajo un manto oscuro y vasto cubierto de estrellas, yo sola. Había albergado la esperanza de ver a alguien, a Kara o tal vez a Saul, allí esperándome. Sin embargo, la ribera del río estaba desierta, los demás nos habían dado por muertas.

«Lo conseguiremos». Una promesa incumplida.

Después de que la crecida del agua derrumbara la pared del tanque, me revolví bajo la superficie, sumergida en la oscuridad, tratando de encontrarla durante varios minutos, sin éxito. Al fin logré hallarla y, no sé bien cómo, conseguí subirnos a las dos a la plataforma. Pero era demasiado tarde. Se le habían llenado los pulmones de agua y apenas respiraba. Además, tenía un corte enorme en la cabeza, pues con la fuerza del agua se había estrellado contra la pared de hormigón del tanque. Le salía mucha sangre y era imposible frenar la hemorragia.

—Podemos lograrlo —le dije tratando en vano de ponerla en pie—. Iremos a París a pintar y a estudiar Medicina. —Le puse nuestros sueños delante de los ojos, para que tratase de alcanzarlos y así sobrevivir.

Pero era incapaz de caminar y utilizó la poca fuerza que le quedaba para apartarme de ella.

—Tienes que continuar tú por las dos —me dijo. Y, con gran esfuerzo, se metió la mano en el bolsillo y me sorprendió al entregarme no una cosa, sino dos—. Toma. Dile que... —Y me incliné hacia ella, esperando a recibir el mensaje que deseaba transmitir. Pero entonces cerró los ojos, y las palabras nunca llegaron.

Le puse la mano en el hombro y la zarandeé con suavidad, como para revivirla, pero no respondió.

—¡No! —grité al darme cuenta de la realidad. Se estaba muriendo. Mi amiga, la que lo había dado todo por mí, no sobreviviría. Agaché la cabeza para acercarla a la suya y derramé lágrimas sobre sus mejillas. Su respiración era cada vez más lenta.

Cuando su pecho dejó de moverse, la mantuve abrazada varios segundos. Deseaba llevármela conmigo. Sabía que no podría cargar con ella para salir de la estancia. El agua del tanque seguía subiendo. En pocos segundos, sobrepasaría la plataforma y yo me ahogaría también. Aun así, me aferré a ella y le retiré los mechones empapados de su hermoso rostro. Se me encogió el corazón. Le había jurado que saldríamos juntas de la cloaca. ¿Cómo podría abandonarla ahora?

Le di un beso en la mejilla y la sal de mis lágrimas se mezcló con el agua sucia y amarga. Se merecía un entierro adecuado en un cementerio, con flores. Por supuesto, eso sería imposible. Aun así, no la dejaría allí para que los alemanes la encontraran. Con esfuerzo, levanté su cuerpo y la empujé desde la plataforma hacia el agua. Su rostro, tranquilo y en paz, permaneció unos segundos en la superficie antes de hundirse bajo las aguas y desaparecer mientras la cloaca se la llevaba.

Entonces comencé el último ascenso hacia la libertad.

Cuando llegué a la ribera del río, me quedé inmóvil, tratando de recuperar el aliento. Se oyó una sirena de niebla a lo lejos, procedente de algún barco del río que yo no veía. Me dolían las heridas y no sabía cómo lograría continuar a partir de ahí, y mucho menos estando sola.

Justo entonces vi un rostro familiar aparecer en el horizonte. Se me llenó el corazón de júbilo. No había imaginado que siguiera vivo o que me habría esperado. Al verme, corrió hacia mí con expresión de felicidad y alivio.

Entonces, al acercarse y darse cuenta de que estaba sola, la oscuridad le nubló la vista.

—¿Dónde está?

—Lo siento —le dije, sin querer darle la noticia que sin duda le destrozaría—. Hubo una inundación. Me salvó, pero no ha logrado salir con vida. —Vi como el dolor se apoderaba de su mirada—. He hecho todo lo posible —añadí.

—Lo sé. —Percibí un tono de resignación en su voz. No me culpaba. Que cualquiera de nosotros lo hubiera logrado, y menos aún todos, era demasiado improbable. Aun así, su pérdida era dolorosa y vi en sus ojos lo mucho que la había amado.

—Lo siento —repetí—. Me salvó. Pero ahora estoy yo aquí y ella no.

—No es culpa tuya —me dijo, mirando al vacío mientras parpadeaba para contener las lágrimas—. Has hecho todo lo que podías. Sabes que te quería. Le alegraría saber que estás viva.

—¡Pero ella no! —exclamé, dejándome llevar por el dolor. Me abrazó y me dejó llorar contra su camisa, sin importarle el agua sucia que le empapaba.

—Deberíamos irnos —me dijo con suavidad poco después.

—No. —Sabía que tenía razón, pero no estaba preparada para dejarla. Me volví hacia la entrada. Debíamos marcharnos juntas.

—No podemos quedarnos aquí —insistió él con firmeza—. Ella querría que hicieras lo que fuera necesario para sobrevivir. Lo sabes, ¿verdad? —No respondí—. No permitas que su muerte sea en vano. —Me arrastró por la ribera. Me costaba trabajo caminar, la idea de abandonarla me resultaba insoportable. Pero se había ido. Y quedarme allí no iba a traerla de vuelta. Con reticencia, permití que me alejara de la ribera y me llevara hacia un lugar seguro, pero cada paso que daba me parecía una traición hacia la amiga a la que había dejado atrás.

Al aproximarnos a la calle, contemplé el manto de estrellas que cubría el cielo nocturno. Parecían casi azules y pensé que había una por cada alma que había sido liberada. Vi su imagen en las estrellas y supe que era importante seguir adelante en nombre de las dos. Ahora las veía, las constelaciones que habíamos visto juntas aquella noche, guiándome hacia casa, como un faro.

Cuando llegamos a la base del puente, miré hacia atrás por encima del hombro. Cracovia, la única ciudad que había conocido en mi vida, estaba envuelta en la oscuridad, salvo por el cielo, que empezaba a adquirir un tono sonrosado en el horizonte, hacia el este. La guerra continuaba, mi ciudad natal estaba sitiada. Y yo la abandonaba. Me sentí culpable.

No, no la abandonaba, me dije. Me marchaba, pero encontraría la manera de luchar y honrar su recuerdo.

—¿Preparada? —me preguntó.

—Sí —respondí estrechándole la mano. Nuestros dedos se apretaron con fuerza y, juntos, dimos el primer paso hacia la libertad.

Epílogo

Cracovia, Polonia
Junio 2016

La mujer que tengo ante mí no es en absoluto a quien esperaba.

Al acercarme a su mesa, me quedo observando a la mujer, que todavía no me ha visto. Aunque debe de tener más de noventa años, su piel suave y su postura perfecta le hacen parecer mucho más joven. No ha sucumbido a la melena corta de la edad madura, como me ha sucedido a mí, sino que lleva los rizos blancos recogidos en un moño alto deshecho que acentúa sus pómulos y el resto de sus rasgos marcados. Es, en una palabra, majestuosa.

Aun así, viéndola de cerca hay algo en ella distinto de lo que me esperaba. Algo familiar. Debe de ser la expectación, me digo a mí misma, la búsqueda y la espera. El momento con el que he soñado durante tanto tiempo por fin ha llegado.

Tomo aliento y me preparo.

—¿Ella Stepanek?

No responde, pero parpadea una vez. La lluvia, que ha cesado con la misma rapidez con que apareció, ha hecho que otros clientes corran a refugiarse al interior. Pero la mujer permanece sentada, impávida. Cuando sus ojos color chocolate se posan en mí, parece confusa.

—¿La conozco?

—No nos hemos visto nunca —le digo con amabilidad—. Pero usted conocía a mi hermana, Sadie. Soy Lucy Gault. —Utilizo el apellido de mi familia, el que había pertenecido a los padres y a la hermana a quienes nunca tuve oportunidad de conocer.

La mujer se queda mirándome como si hubiera visto un fantasma.

—Pero ¿cómo es posible? —Trata de levantarse, pero le tiemblan las rodillas y se agarra al borde de la mesa con tanta fuerza que el té se derrama de su taza, manchando el mantel de un azul oscuro—. No puede ser. Estábamos seguras de que habías muerto.

Asiento, con ese nudo en la garganta que se me forma siempre que pienso en la inverosimilitud de mi supervivencia. No debería haber sobrevivido. Nací en una cloaca, escondida de los alemanes, que querían eliminar a la siguiente generación de judíos y los mataban sin piedad. Vi a los cientos de miles de niños que no habían sobrevivido. Debería haber estado entre ellos.

Pero, por alguna razón, a mis setenta y dos años sigo aquí.

—¿Cómo? —pregunta la anciana una vez más.

Vacilo, tratando de encontrar el modo de explicarme. Aunque he imaginado este momento más de cien veces y he tratado de planificarlo, no me salen las palabras e intento averiguar por dónde empezar.

—¿Puedo sentarme? —le pregunto.

—Por favor. —Señala la silla que tiene al lado.

Me siento y recoloco la taza sobre el platito.

—Me resulta extraño decirlo, pero nací en la cloaca. Esa parte ya la conoces, ¿verdad? Y que mi madre me sacó a escondidas.

Ella asiente.

—Tu madre estaba intentando llevarte a un hospital católico que creía que ayudaba a esconder a niños judíos.

—Sí, pero de camino allí, un cura la vio en la calle en un estado lamentable y le advirtió que no era seguro llevar al bebé al hospital.

El hombre escondió al bebé y después la llevó al hospital para que la atendieran. Pero mi madre estaba allí cuando los alemanes fueron a por ella. A mí me salvaron y después me adoptó una pareja polaca. Mis padres adoptivos, Jerzy y Anna, eran gente maravillosa y tuve una buena vida. Decidieron emigrar a Estados Unidos cuando tenía cinco años y tuve una infancia feliz en Chicago. Cuando tuve edad suficiente, me contaron lo poco que sabían de mi pasado. El resto lo supe a través de Pawel.

—¿El trabajador de las cloacas? —Ella parece asombrada—. Pero si lo arrestaron por ayudar a los judíos. Dimos por hecho que murió en la cárcel.

—Lo arrestaron, sí. Pero consiguió librarse de la cárcel y regresó junto a su familia.

—Pawel sobrevivió —murmura Ella, y se le llenan los ojos de lágrimas—. No tenía ni idea.

—Regresó a la cloaca cuando lo liberaron para ir a ver a Sadie y a los demás. Pero no estaban allí. Al principio, pensó que los habían atrapado. Luego se dio cuenta de que habían huido, o al menos lo habían intentado. No sabía dónde habían ido ni si lo habían logrado. Pero sí sabía que una posibilidad, al menos en el caso de mi madre, era que hubiera dado a luz y hubiese abandonado la cloaca para esconder al bebé.

Hago una pausa cuando aparece un camarero y sirve café. Cuando se marcha, continúo.

—Pawel era quien le había hablado a mi madre del hospital en un primer momento. Así que fue allí a buscarla. Supo que había acudido al hospital, pero no con el bebé. Estuvo investigando y encontró al cura que me había salvado, supo dónde me habían llevado. Cuando fui mayor, me carteé con él durante muchos años. Me habló de mi familia, pero había muchas preguntas que no podía responder.

»Así que he venido a buscarte para saber más sobre ellos, o al menos sobre mi hermana. Me gustaría conocerla. —Eso es lo que quiero, encontrar el último vínculo con la hermana a la que nunca conocí y capturar, ahora que todavía puedo, las historias que puedan devolverla a la vida. Por eso he venido hasta aquí. Toda mi familia murió antes de que pudiera conocerlos. He tenido una buena vida, con un marido que me ha querido y dos hijos, y ahora también nietos. Pero esa pieza siempre me ha faltado y ha dejado un hueco donde debería estar mi pasado. Quiero conocer a la gente a la que perdí.

Deposito el ramo de flores sobre la mesa.

—Son para ti.

Ella no toma las flores, se queda mirándolas durante varios segundos.

—Mi madre tenía razón —susurra para sus adentros.

—¿Perdón?

—Me dijo que algún día habría flores. —Sus palabras me resultan confusas y me pregunto si la sorpresa de mi llegada habrá sido demasiado. Aprieta los labios, como si quisiera decir algo más, pero no pudiera—. Y entonces, ¿cómo supiste de mí? —Tiene más preguntas que respuestas.

—Por Saul —respondo.

—¿Saul? —Sonríe al repetir aquel nombre tan familiar, y las arrugas en torno a su boca se acentúan. Le brillan los ojos—. ¿Sigue vivo?

—Sí, es viudo, vive en California y tiene muchos hijos y nietos. Pero nunca se olvidó de Sadie.

—Lo logró después de todo —dice con voz temblorosa, como si hablase más para sí misma que para mí.

—Antes de morir, Pawel me habló de la otra familia que había vivido en la cloaca, los Rosenberg —le explico—. Años más tarde, logré encontrar a Saul. Me proporcionó muchas de las respuestas que estaba buscando sobre lo que le ocurrió a mi familia. Se había separado de Sadie mientras huían y nunca supo qué fue de ella. Pero me contó que ella tenía una amiga, una chica polaca muy valiente,

Ella Stepanek, que les ayudó a escapar. Empecé a investigar, tratando de encontrar a la mujer que había ayudado a mi hermana. Durante años, fue un callejón sin salida, pero, cuando cayó el comunismo y logré acceder a los archivos de Polonia, supe que había existido una joven llamada Ella Stepanek que había luchado en la Revuelta de Varsovia. Pensé que podías ser tú. —Parpadea sin responder—. Así que vine a buscarte.

Aun así, viéndola sentada ante mí, noto que algo no encaja. Al fijarme en la forma familiar de sus ojos, algo se mueve en mi interior. Me doy cuenta entonces de que no he encontrado a la mujer que he venido a buscar.

—Pero tú no eres Ella, ¿verdad? —No responde. Su piel de porcelana palidece aún más—. O al menos, no siempre lo fuiste.

Su mano, apoyada en el borde de la mesa, comienza a temblar de nuevo.

—No —responde con apenas un susurro—. No siempre lo fui.

Una certeza me recorre el cuerpo, como un torrente que amenaza con ahogarme, y las palabras me parecen tan irreales que no me atrevo a pronunciarlas.

—Entonces —digo muy despacio—, supongo que eso te convierte en Sadie.

—Sí. —Extiende el brazo y me acaricia la mejilla con dedos temblorosos—. Ay, mi hermanita... —Y, sin previo aviso, la mujer a la que conozco desde hace solo diez minutos cae entre mis brazos. Mientras la abrazo, la cabeza me da vueltas. He venido en busca de respuestas sobre mi hermana.

En su lugar, a quien he encontrado es a mi hermana.

Transcurridos unos segundos, nos separamos. Me quedo mirándola mientras asimilo la realidad: Sadie, mi hermana, sigue viva. Se aferra a mi brazo como a un salvavidas, sin querer soltarme.

—Pero ¿cómo es posible? —le pregunto—. Durante todos estos años he pensado que habías muerto en la cloaca. —Por supuesto, busqué en todos los archivos posibles cualquier información sobre mi hermana, Sadie Gault. Pero, tras descubrir una entrada en los archivos del gueto que demostraba que había sido internada allí, el rastro se perdía. Supe por Pawel y Saul que había escapado a la cloaca con nuestros padres, y que ellos habían muerto. Di por hecho que Sadie habría fallecido también.

—Cuando naciste, las cosas se pusieron muy difíciles —me explica Sadie—. No podíamos impedir que llorases y delatases nuestra presencia en la cloaca. Así que nuestra madre te llevó en busca de un lugar seguro donde esconderte. A mí me dejó con los Rosenberg, Saul y su familia. —Entiendo entonces lo doloroso que debió de ser para ella quedarse allí sola. Quizá incluso me odiara por ello—. Mamá nunca regresó. Murió en el hospital. —Se le llenan los ojos de lágrimas. Aunque he lamentado su pérdida toda mi vida, ahora me embarga una tristeza renovada al pensar en la madre a la que nunca conocí.

Sadie sigue hablando.

—Varias semanas después de que mamá se fuera, Ella vino a la cloaca a rescatarnos. Dijo que nuestro escondite estaba en peligro y que ya no era seguro quedarnos allí. Tendríamos que huir con ella. Pero los alemanes habían minado la cloaca y, cuando intentábamos escapar, explotaron varias minas. Los muros de la cloaca se derrumbaron, separándonos a Ella y a mí de Saul y de su padre. Intentamos escapar por otro camino, a través de otra estancia, pero se inundó. Yo no sabía nadar. Ella me salvó. —Al revivir ese recuerdo, se le humedecen los ojos—. Pero la pared del tanque cedió y las aguas nos arrastraron. Ella se golpeó contra un muro y quedó gravemente herida. Murió antes de que pudiéramos salir.

—Lo siento mucho —le digo al ver el dolor en sus ojos. Trato de imaginarme el horror que debieron de pasar, pero soy incapaz.

—Logré salir de la cloaca, pero estaba sola y malherida. Saul y los demás ya estaban demasiado lejos para poder alcanzarlos.

—¿Así que estabas completamente sola?

—No, había alguien más. Un joven polaco llamado Krys, que amaba a Ella. Formaba parte del Ejército Nacional. Iba a ayudar a Ella a sacarnos de la cloaca, pero fue capturado por los alemanes. Cuando lo transferían a una prisión distinta, escapó y consiguió volver a la cloaca. Llegó demasiado tarde para ayudar a Ella, pero me encontró a mí. Iba a ir a Varsovia para luchar en la revuelta. Me fui con él para unirme a la causa y hacer todo lo que pudiera.

—¿Qué fue de él? —le pregunto con impaciencia. De pronto siento curiosidad por conocer el destino del hombre que desempeñó un papel tan importante en la supervivencia de mi familia.

—Murió luchando contra los alemanes, pero creo que parte de su espíritu quedó destruido cuando le conté la horrible verdad sobre Ella. Era un buen hombre. —Se le humedecen los ojos otra vez—. Pero de algún modo logré sobrevivir en Varsovia.

—Fuiste muy valiente —le digo.

—¿Yo? —Sadie parece sorprendida—. Yo no hice nada. Ella, Krys y Pawel, ellos fueron los valientes.

Niego con la cabeza y sonrío para mí. Investigar sobre mi familia me ha convertido en una especie de historiadora aficionada y, a lo largo de los años, he conocido a varios supervivientes de la guerra. Todos ellos parecían menospreciar su papel en la guerra, otorgando el mérito «verdadero» a otra persona.

—Fuiste muy valiente —insisto—. Saul me contó muchas historias sobre las cosas heroicas que hiciste.

—Saul... —Sadie sonríe, perdida en sus recuerdos—. Fue mi primer amor. Intenté buscarlo después de la guerra, pero no tenía idea de dónde había ido. Y después, cuando empezó a haber registros, pensé que ya no tenía sentido. Di por hecho que habría seguido con su vida.

—Pero nunca se olvidó de ti. Estoy segura de que se alegraría de saber de ti.

—Puede ser. —Titubea, y en su reticencia a enfrentarse al pasado reconozco algo de mí, la misma indecisión que ha estado a punto de impedirme cruzar la plaza del mercado y encontrar a mi hermana. Hay partes del pasado que quedan demasiado lejos para alcanzarlas.

—Pero ¿por qué has usado el nombre de Ella todos estos años? —le pregunto.

—Antes de que muriera, Ella me entregó su tarjeta de identidad. Me sentí mal por llevármela, pero era lo único que podría garantizarme la salida de la ciudad. Al principio la empleé para hacerme pasar por no judía. Después de la guerra, decidí mantener su nombre y vivir mis días honrándola. Sadie Gault había muerto; no le quedaba nadie. Pero Ella Stepanek podía empezar de nuevo. Viajé a París, le conté a Maciej, su hermano, lo que había sido de ella. Me instalé allí y cumplí mi sueño de estudiar Medicina. Me hice pediatra y me jubilé hace ya tiempo.

—¿No volviste directamente a Cracovia después de la guerra?

Niega con la cabeza.

—Pero, cuando terminó el comunismo, Maciej logró recuperar la casa de su familia en Cracovia. El gobierno se la quedó después de la guerra, cuando su madrastra fue arrestada por colaboracionista. Me la dejó a mí cuando murió. Es una casa preciosa no lejos de aquí. Sin embargo, no me trasladé allí. Tenía demasiados recuerdos dolorosos. La vendí. Ahora tengo un pequeño apartamento. —Mira hacia el otro lado de la plaza—. He vivido por todo el mundo. Al final, volví a casa. Me resultó extraño regresar a esta parte del mundo después de tantos años en el extranjero. Pero había algo que me atraía. Ahora este es mi hogar. —Envidio su tranquilidad, y la sensación de estar en paz con su pasado.

—¿Qué fue de la madrastra de Ella, la colaboracionista? —pregunto. Esa mujer no significa nada para mí, y aun así siento curiosidad por encajar todas las piezas que faltan.

—Murió en prisión antes de poder ir a juicio. No era una buena persona y le causó a Ella mucho dolor. Aun así, fue un triste final hasta para ella misma, y yo no se lo habría deseado.

Intento asimilar todo lo que he descubierto. Mi hermana y yo hemos vivido todos estos años sin saber de la existencia de la otra. Hemos perdido mucho tiempo.

—Cuéntamelo todo —le digo acercando más la silla. No solo he encontrado a mi hermana, sino una valiosa fuente de información sobre la familia a la que nunca conocí y una manera de llenar las páginas en blanco de una historia que creí perdida—. Quiero saberlo todo, sobre nuestros padres, sobre nuestra vida antes de la guerra. —Quiero saber más cosas además de cómo murieron. Quiero entender cómo habían vivido.

Pero Sadie niega con la cabeza.

—No puedo contártelo sin más. —Me pregunto si, como para tantos otros supervivientes, el pasado es demasiado doloroso para contarlo. Se pone en pie, como si fuese a marcharse. Me entra miedo. Hemos perdido muchos años. Tal vez sea ya demasiado tarde—. En su lugar, deja que te lo enseñe. —Me tiende una mano.

—Me gustaría ver los lugares donde vivió nuestra familia —le digo levantándome también.

—Puedo enseñarte dónde estaba nuestro apartamento antes de la guerra, e incluso el sitio donde vivíamos en el gueto —me dice.

—Pero ¿no la cloaca? —Aunque suena macabro, una parte de mí siente curiosidad por el horrible lugar donde nací, una parte indeleble de nuestra historia.

—Me temo que no. Eso lo cerraron hace mucho tiempo. Me planteé volver a bajar, pero creo que es mejor así. —Digo que sí con la cabeza. Aunque nací allí, la cloaca no es lo que nos define, es solo un pequeño pedazo de nuestras vidas—. Hay otros lugares —añade—. Los sitios donde solía pasear y jugar con papá, y un monumento en el gueto. —Pequeñas piezas, pienso, que por fin completarán el rompecabezas de nuestra historia familiar.

—¿Tuviste hijos?

—No, nunca me casé. No tuve familia, al menos hasta ahora. —Me aprieta la mano—. Estoy sola. —Sonríe alegremente, pero percibo un quiebro en su voz que me indica que le afecta más de lo que quiere admitir.

—Ya no. —Entrelaza los dedos con los míos; su piel está marchita, pero su mano aún conserva la fuerza y la firmeza.

Me fijo en un collar que lleva por dentro de la camisa.

—¿Qué es eso?

Saca la cadena que lleva al cuello y me muestra un pequeño colgante de oro con letras hebreas que forman la palabra *chai*. Sadie ha escogido vivir su vida con el nombre de Ella, y sin embargo no ha negado por completo la fe judía de nuestra familia.

—Pertenecía a nuestro padre. Ella me lo escondió durante la guerra y me lo devolvió al final. —Se lleva la mano a la nuca, se lo desabrocha y me lo entrega—. Deberías tenerlo tú ahora.

—No es necesario —protesto—. Es tuyo. —Pero es el único recuerdo que tengo de mi familia y en el fondo me alegro cuando cierra mi mano con él dentro.

—Es nuestro —me corrige—. Hay mucho que ver. Empezaremos ahora mismo, aunque sea tarde.

Por un segundo me siento abrumada.

—Se supone que debo marcharme mañana. —Nada más decirlo, sé que no me iré tan pronto después de haber encontrado a mi hermana. Reconstruir juntas nuestra historia familiar no es tarea de un solo día, sino un camino que recorreremos con el tiempo, paso a paso, ahora que todavía podemos—. Tendré que ver si puedo prolongar mi estancia en el hotel.

—Quédate conmigo —me sugiere Sadie—. De ese modo tendremos más tiempo para ponernos al día. Tengo un apartamento precioso en el Barrio Judío.

—¿Se ven las estrellas desde allí? —le pregunto. Por alguna razón, la astronomía siempre ha sido una de mis pasiones.

—Se ven todas —me responde, sonriente—. Vamos, te lo enseñaré.

Nota de la autora

Este libro está parcialmente inspirado en la historia real de un pequeño grupo de judíos que sobrevivió a la Segunda Guerra Mundial en las cloacas de Lviv, Ucrania. La historia que he escrito y ambientado en Cracovia es ficticia. Sin embargo, me he propuesto ser fiel al heroísmo de esas personas valientes y de aquellas que les ayudaron, y mostrar con precisión las maneras en las que les fue posible sobrevivir. Si quieres leer más sobre la verdadera historia, te recomiendo el libro de no ficción *In the Sewers of Lvov*, de Robert Marshall.

Agradecimientos

Al igual que el año 2020, este libro parecía, en muchos aspectos, condenado desde el principio.

La historia comenzó en diciembre de 2019 cuando (siendo sincera) le entregué a mi editora un libro que no estaba bien. Acordamos que, básicamente, debía empezar otra vez, algo que nunca antes había hecho. Tras quejarme durante cinco minutos, me acordé de una cita de *El padrino, parte II*: «Este es el negocio que hemos escogido», y me puse manos a la obra. Descarté el noventa por ciento del libro y empecé a reescribir a toda velocidad con el propósito inconmensurable de terminar en unos cinco meses. Para conseguirlo, mi Club de Escritores de las Cinco de la Mañana de pronto pasó a las Cuatro de la Mañana.

Durante la revisión del texto, decidí trasladar la ambientación del libro a Cracovia, Polonia, y planeé viajar allí para documentarme. (Cuando era más joven, había vivido varios años en Cracovia. Sin embargo, debido a las circunstancias familiares, no había estado allí desde hacía casi veinte años). Tenía pensado marcharme el 11 de marzo de 2020, la misma semana en que explotó la pandemia del COVID-19 y los viajes internacionales se suspendieron. La cancelación resultó ser algo bueno, ¡porque el mismo día que debía volar a Polonia acabé hospitalizada para una apendicectomía de urgencia! Regresé a casa del hospital y me encontré con el mundo detenido y con la cuarentena del COVID. Como muchos de vosotros, tuve que adaptarme a la nueva normalidad: educar a tres hijos en casa y dar clases a distancia, además de terminar este libro.

Pese a todo esto, *La mujer de la estrella azul* vio la luz. No me había propuesto escribir un libro que fuera relevante para la pandemia. (¿Cómo iba a saberlo?). Sin embargo, cuando estaba inmersa en el proceso de escritura surgieron temas como el aislamiento y el futuro incierto, asuntos más relevantes para nuestra situación actual de lo que podría haber imaginado jamás.

Mientras escribo esto, a finales de agosto de 2020, seguimos confinados y aún no hemos recuperado muchas de las cosas que dábamos por descontadas. Aunque la escritura es un oficio solitario, soy una persona que funciona mejor en comunidad. Echo de menos nuestra escuela de primaria, a las madres del parque, a mis compañeros y estudiantes de Derecho en Rutgers, la sinagoga y el Centro Comunitario Judío y las cinco bibliotecas que frecuento cada semana. Quiero volver a entrar en mi librería local y abrazar a los lectores.

Aun así, pese a las dificultades que todos hemos experimentado, hay muchas luces brillantes que permanecen, como las estrellas en el cielo nocturno que Sadie anhelaba ver desde su confinamiento en la cloaca. Nuestra comunidad de lectores y escritores sigue creciendo. Pese a los meses alejados de los lectores y amigos de los libros, sé que estáis ahí y agradezco que los libros hayan sido un salvavidas y que la comunidad de escritores siga apoyándose; agradezco a todos los bibliotecarios y libreros que siguen buscando la manera de hacernos llegar los libros, a los blogueros, *influencers* y páginas web que se han dado cuenta de que los escritores y los lectores tienen que estar conectados ahora más que nunca, a la tribu de escritores que se da ánimos, y a los lectores que nunca dejan de creer.

Este libro no sería posible sin muchas personas. Estaré eternamente agradecida a mi gran equipo: mi adorada agente, Susan Ginsburg, y mi gran editora Erika Imranyi, que es más como una coautora. Gracias por vuestra pasión y vuestro compromiso para hacer de este libro lo mejor que podía ser. Muchas gracias también a mi maravilloso publicista, Emer Flounders, y al talentoso equipo de Writers House, Park Row, Harlequin y HarperCollins. (¡Va por vosotros, Craig, Loriana, Heather, Amy, Randy, Natalie, Catherine y muchos otros!) Mi gratitud por su tiempo y su talento es siempre inmensa, y más aún porque perseveran en estos tiempos tan difíciles y sin precedentes.

También estoy muy agradecida a toda la gente de Cracovia que me proporcionó su ayuda y sus conocimientos. En primer lugar, a mis queridas amigas Barbara Kotarba y Ela Konarska, del Consulado estadounidense en Cracovia, que me ayudaron a planificar mi viaje cuando pensaba que iba a ir allí y después con los recursos a distancia cuando descubrí que no podía. Estoy agradecida a Anna Maria Baryla por sus conocimientos sobre Cracovia y el idioma polaco, a Jonathan Ornstein, del Centro Comunitario Judío de Cracovia, por ponernos en contacto y a Bartosz Heksel por sus conocimientos sobre las cloacas de Cracovia. Estoy en deuda con la maravillosa Jennifer Young, por verificar la información, y con la correctora Bonnie Lo. Como siempre, cualquier error es mío.

Me gustaría dar las gracias a los trabajadores esenciales. Pienso en los médicos, enfermeros y personal sanitario cuyo asombroso trabajo experimenté en primera persona cuando estuve en el hospital. También estoy muy agradecida a los empleados de la alimentación, por proporcionarnos comida; a los repartidores, por traernos todo lo que necesitamos; a los profesores que aparecen cada día, ya sea en persona o por Internet. Nada de lo que hacemos sería posible sin vosotros.

Estar lejos de nuestros seres queridos sin duda ha sido lo más difícil de esta cuarentena. Le envío todo mi amor y agradecimiento a mi madre, Marsha, que lo es todo para nosotros y me ayuda con los niños y el perro y muchas más cosas para que yo pueda escribir; a mi hermano, Jay; a mis suegros Ann y Wayne; a mis queridas amigas Steph, Joanne, Andrea, Mindy, Sarah y Brya. Ojalá pronto podamos juntarnos de nuevo.

Por último, y sobre todo, a quienes me han sufrido durante el confinamiento: mi amado esposo, Phillip, y mis tres pequeñas musas. Os quiero y os doy las gracias. Agradezco el tiempo que hemos pasado juntos en casa durante la cuarentena, las mañanas tranquilas, los largos paseos y las innumerables horas en el jardín. Me asombra en especial la capacidad de resiliencia de mis hijos y el vínculo que existe entre ellos, que ha hecho que esta situación sea un poco más soportable. Ellos me dan esperanza en que podamos salir de todo esto más fuertes y unidos para la lucha.

Printed in the USA
CPSIA information can be obtained
at www.ICGtesting.com
BVHW032145250823
668900BV00001B/4